Wei-Wei est née en 1957 au Guangxi, au sud de la Chine. Après ses études, elle a séjourné à Paris puis près de Manchester, où elle vit désormais. Elle est l'auteur de *Fleurs de Chine, La Couleur du bonheur, Le Yangtsé sacrifié* et *Une fille Zhuang*.

DU MÊME AUTEUR

Le Yangtsé sacrifié
Denoël, 1997
et « l'Aube poche », 2004

Fleurs de Chine
Éditions de l'Aube, 2001
« l'Aube poche », 2007
et « Points », n° P1808

Une fille Zhuang
Éditions de l'Aube, 2006
et « l'Aube poche », 2007

Wei-Wei

LA COULEUR DU BONHEUR

ROMAN

Denoël

TEXTE INTÉGRAL

ISBN 978-2-7578-1753-7
(ISBN 2-207-24454-7, 1re publication)

Ce livre est dédié aux Chinois ordinaires
qui ont vécu, qui vivent et qui continueront
à vivre leur vie, malgré TOUT.

美丽

La date ? C'est drôle mais je ne m'en souviens plus… Il y a de cela si longtemps… Soixante-quatre ans déjà… Et puis, l'ancien calendrier lunaire… Mais le printemps devait être avancé, car le jour se levait déjà très tôt et il faisait doux. En tout cas, c'était un jour faste que mon père et mes futurs beaux-parents avaient choisi après s'être penchés des heures sur les pages jaunies d'un gros bouquin poussiéreux.

Alors, en ce jour faste de 1920, dès que la vieille pendule dans le salon a sonné la demie de trois heures du matin, on m'a fait sortir du lit parce que les préparatifs seraient longs, disait-on, que la ville, Tien-Ma, le Cheval-Céleste, était loin, et que nous devrions partir de bonne heure. On a porté dans ma chambre l'unique fauteuil de la maison et on m'a hissé là-dessus. Le fauteuil était fait de bois noir et le vernis était parti aux angles. Son dossier très finement sculpté représentait un cerf dansant dans les champs et ses bras, plusieurs chauves-souris en vol. Ah, ces motifs sont significatifs comme tu t'en doutes bien : le mot « chauve-souris » (fu) est l'homonyme du mot « bonheur » et le mot « cerf » (lu) est l'homonyme de « carrière brillante ». Ce fauteuil était le siège sacré de mon père pour les cérémonies du Nouvel An. Il l'avait hérité de son père qui l'avait hérité de son grand-père qui l'avait hérité de son arrière-grand-père. Une antiquité, quoi.

On a apporté de l'eau chaude dans une cuvette de bronze. On m'a lavé le visage, les pieds. On a défait ma natte épaisse, on m'a versé abondamment de l'huile aux fleurs d'osmanthe dans les cheveux, puis on les a frictionnés, frictionnés, frictionnés… jusqu'à ce que l'huile pénétrât leurs racines. Comme ça, disait-on, le parfum durerait plus longtemps…

– Mes félicitations, mon enfant !

Grand-maman Wang était entrée dans le cercle jaunâtre de la lumière d'une grande lampe à huile. Comme il était étonnant de voir son corps massif se déplacer avec une telle souplesse sur deux petits pieds bandés ! On disait qu'elle était la femme la plus chanceuse de notre bourg. Mariée à l'âge de treize ans à un homme trois fois plus âgé qu'elle mais très riche et toujours fidèle, elle n'avait jamais connu les soucis des estomacs vides ni l'amertume des femmes trompées. Son mari avait su d'ailleurs lui donner sept enfants en dix ans, dont quatre fils mariés vivaient toujours sous son toit et lui avaient donné à leur tour sept petit-fils. Son visage sans ride, plus rond et plus large que la cuvette de bronze, toujours éclairé d'un sourire de bouddha, était l'image même de sa vie facile, de son contentement, de son bonheur paisible. Voilà pourquoi elle était sollicitée comme une déesse chaque fois qu'une famille du bourg mariait sa fille. Après que grand-maman Wang avait peigné les cheveux de la nouvelle mariée, croyait-on, celle-ci aurait toutes les chances d'avoir autant de prospérité, autant de fils et de petits-fils…

Soigneusement, grand-maman Wang a déplié un morceau de satin rouge qu'elle a retiré de sous le pan de sa veste, sorti d'entre ses doigts boudinés un peigne de bois dont les dents fines étaient aussi pointues que des aiguilles. Elle a labouré mon crâne avec ça pendant au moins une demi-heure, puis elle a attrapé à pleines poignées mes cheveux longs, les a rassemblés, les a tordus, les a noués au-dessus de ma nuque et y a planté des épingles jusqu'à ce que la peau de ma nuque et de mes tempes me tiraille douloureusement. Elle a fixé ensuite sur mon chignon une petite fleur rouge en soie. Après ça, elle s'est cambrée devant moi, sa poitrine lourde légèrement remontée, et, pour mieux juger du résultat, elle a plissé les paupières de ses yeux en grain de riz. Elle a ajusté la fleur sur mon chignon, puis un coup de peigne sur ma frange et ça y est, me voilà bien coiffée. Elle a frotté deux fois son peigne de bois contre le devant de sa veste, l'a enveloppé avec soin dans le petit carré de satin rouge et a remis le tout sous son habit.

Tout à coup, elle s'est penchée à mon oreille d'un air mystérieux.

– Faut que tu saches une chose, mon enfant, c'est très important : Mourra le premier qui parlera le premier dans la chambre nuptiale. Donc, laisse ton mari dire le premier mot. T'as compris ?

Puis, me laissant bouche bée, elle s'est redressée satisfaite et a déclaré en posant ses mains sur son énorme poitrine comme si elle chantait sur la scène d'un opéra :

– Oh Mei-Li, tu es magnifique !

J'étais tellement suffoquée par la révélation foudroyante de grand-maman Wang que j'ai même oublié de lui dire merci quand elle s'est retirée de ma chambre. Son thé et sa rémunération avaient sans doute été préparés dans le salon en bas de l'escalier.

Perchée sur le fauteuil, j'ai longuement réfléchi aux paroles de grand-maman Wang. Absurde, dis-tu ? Oui oui, d'accord, moi non plus je ne voulais pas la croire, mais grand-maman Wang était quelqu'un d'expérience qui pouvait me dire sans exagérer : « Les ponts que j'ai traversés dans ma vie sont plus longs que la route que tu as faite. » D'ailleurs la vie elle-même n'est-elle pas remplie de choses absurdes qu'on ne peut pas expliquer ? Bon, me disais-je, ne vous en faites pas, grand-maman Wang, ce ne sera pas Mei-Li qui parlera la première.

On a affiné encore mes sourcils pourtant suffisamment fins à mon avis, mais on disait que c'était la coutume. On m'a épilé la face aussi, ça s'appelait alors kai-lian, « lisser le visage ». Crois-tu que j'avais de la moustache ou de la barbe ou de longs poils sur la face comme un singe ? haaa !... Bien sûr que non, ma peau était plus lisse que la soie, mais on disait que c'était la coutume. Quand on te disait ça, tu ne pouvais plus rien, tu n'avais qu'à te taire et qu'à laisser faire. La coutume de l'ancêtre, voilà le suprême des suprêmes. Comment on épile, me demandes-tu ? Rien de plus simple. On tend un fil de coton contre la peau de tes joues, on le tourne entre le pouce et l'index avec une telle habileté que le fil prend les poils invisibles, puis on l'éloigne vivement de tes joues et tu ressens une légère brûlure. Non, non, ça ne te fait pas très mal, mais c'est tellement long, tellement ennuyeux ! Après la séance d'épilation, il y avait encore la poudre sur les joues et le rouge sur les lèvres. Puis on m'a apporté les habits spécialement confectionnés pour ce grand jour : veste de style Tang, soie rouge, col haut, ouverte sur le côté droit, encolure et ourlet finement brodés de motifs multicolores ; pantalon à jambes larges, de soie rouge également ; brodé aussi ; chaussures à semelles de toile, toujours soie rouge, ornés à la pointe d'une petite boule de laine de la même couleur… Pourquoi rouge des pieds à la tête, dis-tu ? Eh bien, parce que c'est là la couleur du bonheur !

Quand cette toilette interminable a été enfin achevée, on m'a passé un miroir. Eh bien, pour me laisser voir ce que j'étais devenue ! Avant même que j'aie pu reconnaître cette jeune femme qui me regardait fixement, pouf ! j'étais déjà aveuglée par un grand morceau de tissu rouge jeté sur ma tête pour me protéger des regards impudents. À partir de cet instant, seul mon mari aurait le droit de poser sur mon visage le premier regard.

Près de moi, mais invisible, toute la maison s'agitait. On allait, venait, montait, descendait, entrait, sortait, chuchotait, s'affairait… Mais personne ne me parlait plus. J'avais l'impression d'être abandonnée, oubliée, transformée en statue de pierre sur le fauteuil dur de mon père… Combien de temps ça a duré ? Je ne sais plus. Une éternité, je te dis. Puis, tout à coup, une sorte de vacarme s'est élevé au loin et tous les pas se sont précipités au-dehors. J'ai écouté un moment, puis soulevé avec prudence un coin de l'étoffe rouge : personne n'était plus dans la chambre. Alors je me suis levée doucement et approchée de la fenêtre sur la pointe des pieds. Nous habitions une grande maison à un étage. C'était l'une des plus grandes de He-Zheng, le Bourg-aux-Grues, qui devait son nom à la colline derrière le bourg, qui s'appelait He-Shan, la Colline-aux-Grues. Ma chambre se situait au premier étage et sa fenêtre donnait sur la rue. J'ai poussé légèrement les battants de bois : dans la douce lumière matinale gorgée de poussière vieil or, un palanquin rouge porté par quatre hommes vêtus de bleu arrivait lentement. Mon père dans ses habits de fête – longue blouse de soie marine, chapeau rond surmonté d'un bouton, également de soie marine – se tenait debout dans la rue, devant la porte de la maison, le buste légèrement incliné, les mains jointes sur sa poitrine. Ma belle-mère, elle aussi tirée à quatre épingles, se trouvait un pas derrière lui. Les voisins étaient sortis pour le spectacle, une bande d'enfants courait, sautillait, se bousculait tout autour du palanquin en battant des mains et en criant, en chœur : « Mei-Li, nouvelle mariée ! Mei-Li, nouvelle mariée !… » Mes joues se sont enflammées, mon cœur a battu à m'en sortir du corps. J'ai refermé rapidement les battants et m'y suis appuyée. Je respirais avec peine, la gorge brûlée, comme si j'avais couru trois rues entières d'un seul souffle. Puis, un peu calmée, je suis retournée m'asseoir sagement dans le vieux fauteuil aux cerfs et chauves-souris, en me recouvrant le visage du voile rouge.

Dix minutes plus tard on est venu me chercher. On m'a saisie par les bras, on m'a soulevée du fauteuil, on m'a fait sortir de la chambre, on m'a fait descendre l'escalier, on m'a fait entrer dans le salon parfumé d'encens brûlé, on m'a dit de me mettre à genoux devant les planchettes en bois qui portaient le nom des ancêtres et de me prosterner neuf fois jusqu'au sol : « Que les esprits des ancêtres me protègent… » Puis on m'a conduite dans la cour, on m'a dit à nouveau de me mettre à genoux et de frapper la terre du front neuf fois encore : « Merci papa, merci maman, pour m'avoir élevée et bien éduquée… » Ensuite on m'a dit de pleurer à grands bruits. C'était aussi une coutume de l'ancêtre, tu penses ! La nouvelle mariée devait pleurer à se briser le cœur pour montrer aux spectateurs son immense tristesse de quitter le toit paternel, sinon elle serait aux yeux des autres un monstre d'ingratitude. Après la cérémonie des larmes, on m'a aidée à monter dans le palanquin rouge.

Couleur de la bonne chance. Couleur de la prospérité. Couleur du bonheur.

Puis, accompagné du chant des trompettes, des claquements des pétards, au rythme du tambour et du gong, le palanquin s'est lentement ébranlé. On a tourné d'abord le palanquin vers l'est et on est restés un moment comme ça pour faire la révérence au génie du bonheur. Ce jour-là, avait prédit le diseur de bonne aventure, un vieillard aveugle, le génie du bonheur devait se trouver à l'est. Oui, c'est bien ça, les diseurs de bonne aventure étaient le plus souvent des aveugles… Je ne me suis jamais posé la question mais je pense que… que seuls les gens aux yeux morts peuvent voir les génies invisibles, évidemment… Enfin, une fois la révérence rendue au génie du bonheur, on a tourné le dos au soleil qui se levait et on est partis en direction de l'ouest car la ville où habitait la famille de mon futur mari se situait dans l'Ouest à soixante-quatre lis[1] de notre bourg. C'est à ce moment-là qu'un frisson a couru le long de mon échine. Mes doigts se sont crispés sur le bois du palanquin comme ceux d'un naufragé à une épave avant d'être aspiré dans la profondeur insondable du gouffre. Je me sentais oppressée, étouffée, paralysée par un poids invisible qui ne cessait de s'alourdir sur ma poitrine. Qu'est-ce que j'avais ? Mais peur ! C'était bien la PEUR, je te dis. La peur dans toute sa violence. La peur de l'inconnu. Figure-toi que tu vas partager pour le reste de tes jours le lit d'un homme que tu n'as même jamais vu, et tu viens d'avoir seize ans ! Ciel, je voudrais bien savoir si tu n'aurais pas peur, toi !

1. 2 lis = 1 kilomètre.

Oui, bien sûr, il y avait une entremetteuse. À l'entendre, c'est toujours le meilleur parti possible qu'elle te propose ; tu n'as absolument pas à t'inquiéter ; tout est parfait ; ton futur mari est jeune, beau et bien éduqué ; il est plus riche que le roi des mers, plus doux qu'un mouton ; et sous le ciel tu ne pourras jamais espérer un meilleur mari que lui, tu ne pourras jamais rencontrer des gens plus aimables que tes futurs beaux-parents ; et si l'année prochaine tu es capable de leur donner un descendant mâle, tu feras sûrement mourir d'envie toutes les femmes de la ville… Mais attention ! ne crois jamais à la parole d'une entremetteuse de mariage. Jamais ! Elle peut t'affirmer sans bouger un seul poil de ses sourcils que le blanc est noir, le noir blanc, le vivant mort, le mort vivant. Faut attendre que le fleuve Jaune devienne limpide, crois-moi, pour rencontrer une entremetteuse honnête. L'année précédente, Siu-Lan, une jeune fille du bourg, s'était suicidée avec des ciseaux la nuit même de son mariage. Pourquoi ? Les bruits ont couru après sa mort que son mari était un bel idiot qui avait fait pipi et caca dans son pantalon de nouveau marié pendant le festin de noce, que ça avait senti tellement fort que sa mère avait dû le faire sortir pour le laver et le changer, et que tous les invités avaient ri dans leur barbe… Pauvre Siu-Lan !… Quoi ?

Qu'est-ce que tu dis ? Divorcer ? Tu plaisantes, toi ! À cette époque, on pouvait entendre qu'un mari répudiait sa femme mais qui a jamais entendu qu'une femme divorçait d'avec son mari !

Ce n'était pas tout…

生活

Le 21 février 1953.

L'aube livide se coulait à travers les rideaux de la fenêtre. Les murs suintaient un froid glacial. Mei-Li se tourna et remonta sa couverture. Le lit grinça. Elle promena son regard sur la chambre sommairement meublée : les profils brouillés d'un buffet bas, une table, un porte-cuvette, une chaise. Puis elle contempla un moment le rectangle pâle de la fenêtre. Pourvu qu'il y ait du soleil aujourd'hui, se disait-elle. Elle se dressa doucement sur son séant et le lit poussa un gémissement épouvantable qui la désespéra. Elle écouta un instant la pièce voisine. Pas de bruit. Rien que les petits coups égaux d'une respiration paisible. Elle tira son pull-over de grosse laine qu'elle avait glissé la veille sous la couverture pour qu'il ne refroidît pas et l'enfila rapidement. Aaatchoum !… elle n'avait pu étouffer un éternuement qui tonna comme un gros pétard dans le silence du petit matin. Elle prit sa veste doublée d'ouate qu'elle jeta sur son dos et boutonna jusqu'au menton. Elle descendit ensuite du lit et, très vite, mit pantalon, chaussettes et chaussures. Elle écouta à nouveau la pièce voisine. Un craquement léger d'un meuble en bois. Un râle de sommeil. Puis le silence.

Dans la pénombre de l'aube, Mei-Li prit deux thermos sur le buffet et alla ouvrir sans bruit la porte de derrière. Une odeur légère de fumée, laissée par les pétards qu'on avait brûlés cette nuit pour accueillir le Nouvel An chinois, flottait dans l'air. Mei-Li en aspira une grosse bouffée. Elle l'aimait bien cette odeur un peu âcre, c'était comme de retrouver un vieil ami lors de chaque fête. Un souffle froid passa, Mei-Li eut un frisson. Elle resserra un peu plus sa veste ouatinée, descendit le perron.

À trois pas en face du bloc des deux-pièces, s'alignait une dizaine de cabanes basses aux toits gris. En guise de fenêtres, les murs en briques rouges étaient percés de petits trous en forme de croix, comme des yeux sans prunelle. C'était là le bloc des cuisines.

Le jour se levait. Derrière les cuisines, les bambous en gros bouquets s'étiraient, faisant craquer leurs hautes vertèbres. Des tiges longues de plus de dix mètres se courbaient vers le sol avec l'élégance des plumes de faisan.

Mei-Li se hâta, entra dans la cabane n° 11, tira sur un cordon qui pendait du plafond, près de la porte. La cuisine s'éclaira. Mei-Li posa les thermos sur la table, alluma le feu et mit l'eau à chauffer. Puis elle sortit un bol du petit buffet de bois blanc, où elle déposa une pincée de sel, puisa un peu d'eau dans la jarre placée à côté de la porte et donna au liquide quelques coups de baguette pour que le sel s'y dissolve bien. Elle posa ensuite le bol sur la table auprès du hachoir qu'elle avait bien aiguisé la veille. Puis elle tira de sous la table un chapon gras aux pattes entravées par une ficelle de chanvre. D'une main, Mei-Li empoigna les ailes et la tête du châtrillon, et de l'autre elle lui pluma le dessous du bec, saisit le couteau, trancha la gorge d'un coup net. Du sang rouge jaillit à petits jets au-dessus du bol d'eau salée. Mei-Li essuya alors chaque côté de la lame sur les plumes de la volaille, et attrapa le chapon par les pattes en le tenant bien droit pour que le sang s'écoulât plus vite. Quand il ne coula plus que goutte à goutte, elle jeta le chapon inerte dans une cuvette, y versa de l'eau bouillante et le tourna et retourna pendant dix minutes avec des baguettes. Après que le chapon mouillé eut refroidi dans un panier de bambou rond posé sur la cuvette, Mei-Li s'installa sur un escabeau et commença de le plumer.

Mei-Li était arrivée chez sa fille trois jours plus tôt et avait tout de suite commencé la préparation du dîner. Elle avait passé une bonne journée à faire les courses, courant d'une boutique à l'autre, un grand panier au bras, se rendant même jusqu'à la place de la Paix à l'autre extrémité de la ville, où se tenait le plus grand marché de poissons et de volailles vivantes. En un jour elle avait dépensé ses économies de six mois. Bai-Lan avait voulu lui donner de l'argent, mais Mei-Li avait refusé. « Allons, mon enfant, un dîner ne va pas me ruiner », avait-elle plaisanté. « Qu'est-ce que tu vas nous faire, maman ? » avait demandé Bai-Lan en souriant. « Alors ça, ce sera une surprise. » Le Nouvel An et les noces, voilà double raison pour Mei-Li d'user de ses talents culinaires. Elle ferait un vrai banquet, oui, un vrai qui allait écarquiller les yeux des nouveaux mariés et des invités. Le mariage de sa fille unique, pensait-elle, ça mérite ça.

– Veux-tu que je te donne un coup de main ? demanda Bai-Lan apparue dans l'embrasure de la porte, un sourire charmant au coin des lèvres.

C'était une jeune fille d'une vingtaine d'années, au visage lisse d'un ovale parfait, grands yeux de porcelaine sombre, sourcils noirs et longs en une courbe touchante, cerise de bouche éclatée. On aurait dit une réplique de Mei-Li, mais plus jeune, plus fraîche.

– Oh non chérie, répondit Mei-Li d'une voix attendrie. Va te préparer. C'est ton grand jour aujourd'hui, fais de toi une princesse.

Après avoir plumé, vidé et lavé le chapon, Mei-Li étala la plumée sur une feuille de journal. Elle pourrait l'utiliser plus tard pour confectionner un joli plumeau. Puis elle mit la poêle sur le feu, versa une bonne cuillerée d'huile, tailla deux tranches épaisses de nian-gao (grand gâteau rond à base de riz gluant et de sucre brun), les étendit au milieu de la poêle. Fumée blanche. Crépitements joyeux. Odeur sucrée qui remplit la cuisine minuscule. Le feu a pris très vite ce matin, songe Mei-Li, voilà un bon présage. Cela ne fait que trois mois que je n'ai pas vu ma Bai-Lan, et comme elle a changé ! Ses regards sont devenus plus doux, ses gestes plus souples et sa voix même, plus grave. On sent en elle une sorte d'assurance, de maturation ou… d'épanouissement. Oui, c'est bien ça, d'épanouissement. C'est magique. L'amour l'a transformée. Qu'elle soit plus heureuse que moi ! Il n'y a d'ailleurs aucune raison pour qu'elle ne le soit pas. Elle est belle, ma Bai-Lan. Et douce comme le premier rayon du soleil du matin. Elle chante l'opéra Gui depuis… combien de temps déjà ? un, deux, trois… oui, bientôt trois ans. Que le temps passe vite ! Je la revois encore revenir en courant, serrée dans son uniforme de collégienne trop étroit, sac en bandoulière. Comme si c'était hier… Elle va sur ses vingt ans cette année, et elle s'est déjà taillé un petit nom dans la région. C'est elle-même qui a choisi celui qu'elle va épouser aujourd'hui. Quelle chance de pouvoir choisir ! Si j'avais pu quand j'étais jeune moi aussi... Oh n'en parlons plus, c'est du passé... Ne jamais regarder en arrière... ça ne pourra pas modifier les jours écoulés... Il y a toujours trop de choses à regretter dans la vie... Bai-Lan a rencontré Hong chez une amie, elle me l'a dit. Elle a amené Hong chez moi, une fois, à Ying-Bing, pour me le présenter. Elle voulait savoir ce que j'en pensais, cette petite. Comment dire ?... il n'est pas ce que je peux appeler un bel homme, moi, pas très grand non plus, mais il l'aime. Et elle l'aime. L'amour, voilà ce qu'il y a de plus beau. Et de plus important. Faut dire aussi que c'est un garçon très comme il faut. Doux, attentif, beaucoup d'humour. Bien éduqué aussi. Il est revenu des États-Unis le lendemain de la naissance de la République populaire. Pour construire une nouvelle Chine, disait-il. Il travaille à l'institut de recherche scientifique de Guang-Ning. C'est un physicien. Il donne aussi des cours à l'école normale. Qu'est-ce qu'on peut demander de plus, hein ?

L'œil de Mei-Li brilla d'un sourire intérieur.

Elle déposa quatre bâtonnets d'encens dans le feu et murmura en les regardant brûler :

– Qu'ils soient heureux pour mille années...

– Maman, maman, appela Bai-Lan sur le pas de la porte.

Elle était d'une beauté émouvante ce matin : les flots soyeux de ses cheveux noirs remontés en catogan sur sa nuque ; son visage sans fard, comme s'il sortait de l'eau ; et dans ses prunelles limpides sautillait un rire de bonheur.

– Tu rayonnes…, murmura Mei-Li, embrassant sa fille d'un regard tendre.

Si seulement Jing-Ming la voyait…, pensait Mei-Li en se levant.

– Oh, maman !… dit Bai-Lan d'une voix câline en lui jetant les bras autour du cou.

– Ah, te voilà déjà, ajouta Mei-Li en apercevant Hong.

Le jeune homme salua Mei-Li par un grand sourire et un hochement de tête.

– On va à la fête maintenant, maman, annonça Bai-Lan.

– Vous ne mangez pas ? demanda Mei-Li. J'ai déjà réchauffé du nian-gao pour vous.

– Non, maman, on est déjà en retard, répondit Bai-Lan. N'est-ce pas, Hong ?

– Oui, parce que la princesse a passé trop de temps devant le miroir, répondit-il en faisant un clin d'œil à Mei-Li.

– Oh toi ! fit Bai-Lan, feignant de se fâcher.

Mei-Li sourit, essuya ses mains au tablier noué à sa taille, boutonna le dernier bouton du manteau rouge que portait sa fille.

– Il fait froid dehors, dit-elle doucement.

Comme Bai-Lan et Hong partaient, Mei-Li ajouta encore :

– Je te la confie, Hong. Occupe-toi bien d'elle.

– Ne t'en fais pas, maman, répondit Hong, le visage heureux.

Il l'avait appelée maman ! Et d'une façon si naturelle qu'on aurait dit qu'il l'appelait ainsi depuis toujours. Elle avait désormais non seulement une fille, mais aussi un fils. Oui, elle l'aimait déjà comme un fils, le fils qu'elle n'avait jamais eu.

Mei-Li saisit un coin du tablier et s'essuya les yeux.

Mei-Li versa quatre grands bols d'eau dans une cocotte qu'elle posa sur le fourneau. Elle prit ensuite un sachet de toile blanche, le remplit d'épices variées : fenouil, réglisse, cannelle, anis étoilé, clous de girofle, poivre de Shichuan. Elle y ajouta encore cinq fruits d'azeroles séchés et un petit morceau de gingembre avant de le fermer avec une ficelle de coton. L'eau dans la cocotte commença à chanter, Mei-Li y plongea le sachet d'épices, ajouta sel, sucre, sauce de soja, et arrosa l'ensemble d'un petit verre d'eau-de-vie.

Laissant le bouillon frémir à feu très doux, Mei-Li alla manger une tranche de nian-gao sur le seuil de la cuisine. À ce moment-là, les portes des appartements voisins s'ouvrirent l'une après l'autre comme par enchantement, et les vœux fusèrent comme autant de pétards.

– Bonne année ! Bonne année ! salua Mei-Li à gauche et à droite. N'oubliez pas de venir à la maison manger des bonbons de bonheur, venez avec les enfants !...

La cuisine était remplie de fortes odeurs d'épices. Mei-Li prit le chapon et le plongea dans la sauce brun-noir. Pour qu'il s'imprégnât bien, il fallait le laisser mijoter à couvert de longues heures.

Mei-Li hésita un instant. Qu'allait-elle faire maintenant ? Ah, la bénincase farcie bien entendu, une grosse courge allongée à la peau couverte d'un duvet poussiéreux. La cucurbitacée pesait exactement un kilo. Dommage qu'elle n'eût pu trouver moins grand : ç'aurait été plus commode pour la cuisson. Assise sur le pas de la porte, Mei-Li élimina le duvet poudreux avec le dos du hachoir. La peau dure offrait maintenant un vert tendre et lisse. Après l'avoir lavée et séchée, Mei-Li coupa la bénincase en deux, ôta à la cuillère la partie centrale qui contenait les pépins, et, à la pointe de son canif, stylisa soigneusement le mot « bonheur » sur le dessus de chaque moitié, de manière que cela formât « double bonheur » quand les deux morceaux seraient réunis avant d'être servis. Ensuite Mei-Li plongea la bénincase dans l'eau bouillante une dizaine de minutes, puis l'égoutta dans le panier de bambou. Il ne restait plus qu'à préparer la farce pour remplir les moitiés de courge. Il suffirait alors de cuire la bénincase à la vapeur dans un panier immense.

Après avoir rajouté quelques morceaux de charbon dans le foyer, Mei-Li alla jeter un coup d'œil sur le réveil dans la chambre de Bai-Lan. Midi déjà ! Elle devait se dépêcher, sinon elle n'aurait jamais assez de temps pour tout terminer avant le retour des enfants et l'arrivée des invités. Mei-Li emporta le réveil dans la cuisine et le posa sur la table. D'habitude, elle n'aimait pas la compagnie du tic-tac implacable qui rappelle trop bien que le temps passe, et sans retour. Elle n'avait jamais besoin de réveil pour se lever, ni de pendule ou de montre pour savoir quand se coucher, manger, aller au marché, se rendre au travail… oui, elle n'était d'ailleurs jamais en retard au travail. Sans doute ne pourrait-elle pas être aussi ponctuelle, se disait-elle parfois, si elle avait une montre. Pour elle, chaque vie possédait sa propre durée, son propre rythme, son propre itinéraire, ses propres surprises – bonnes ou mauvaises – à chacun de ses détours. Tout était réglé avant la naissance. Tout était écrit dans les livres secrets enfermés dans de lourdes armoires, au séjour des morts. Alors, à quoi bon se presser sur le chemin de la vie ? À quoi bon se mettre perpétuellement sous la pression du tic-tac, assassin de la patience et du plaisir ? Seulement, aujourd'hui, c'était différent. Le grand jour de Bai-Lan, et faire attendre les invités… quand même !

Mei-Li souleva le panier rond de bambou posé sur un petit seau de bois à côté de la jarre, et regarda. Une carpe rouge flottait à la surface de l'eau, le ventre en l'air, mais ses ouïes bougeaient encore faiblement. Mei-Li avait découvert cette beauté au fond du seau d'un vieux paysan en loques, accroupi tout au bout d'une rangée d'étals de marchands de poisson sur la place de la Paix. Le vieillard avait demandé un prix d'or, mais Mei-Li n'avait pas hésité une seconde, trop excitée par cette découverte. Elle avait même payé cinq fens[1] de plus pour acheter le petit seau de bois. Comme ça le poisson pourrait vivre encore deux ou trois jours, avait dit le vendeur. C'était normal d'avoir un plat de poisson dans un repas de fin d'année ou un repas de noces, car le poisson est symbole d'abondance et de prospérité. Une contrée fertile et bien arrosée où les récoltes sont abondantes se surnomme presque toujours « pays de poissons et de riz ». Le poisson figure aussi très souvent sur les nian-hua, images qu'on achète et colle au mur ou sur la porte au mois de décembre pour accueillir la nouvelle année. « Pourquoi ça ? » Mei-Li se souvenait encore de cette question que Bai-Lan enfant lui avait posée en l'aidant à choisir des nian-hua. « Eh bien, ma fille, lui avait expliqué Mei-Li, peut-être parce que le mot "poisson" se prononce de la même façon que le mot "yu", surabondance. Nous les Chinois, nous croyons profondément à la force magique des mots. » Mais une carpe rouge ! Prospérité plus bonheur ! Quelle

1. 1 yuan = 10 jiaos = 100 fens, mais dans la langue chinoise parlée on remplace très souvent « yuan » par « kuai » et « jiao » par « mao ».

coïncidence… Afin de conserver la précieuse couleur, Mei-Li décida de cuire la carpe à la vapeur.

Mei-Li jeta un coup d'œil au réveil. Il n'y avait pas une minute à distraire. Elle avait encore plusieurs plats à préparer : boulettes de viande, canard au citron, rouleaux d'œuf aux crevettes, bœuf sauté aux pousses de soja, soupe de racines de lotus avec des côtelettes de porc, sans parler du dessert : graines de lotus « cristallisées »… et ce dernier en particulier prendrait beaucoup de temps… mais comment imaginer le repas du mariage de sa Bai-Lan sans dessert de graines de lotus symboles d'« enfants nombreux », un vœu pour les nouveaux mariés vieux de plus de quatre mille ans ?… De plus, un vrai régal pour les gourmands…

Aux cris de « Nous voilà, maman ! », un groupe de jeunes gens fit irruption dans l'appartement n° 11, Bai-Lan et Hong en tête.

– Mmmm… ça sent tellement bon, maman ! J'en ai l'eau à la bouche.

Hong s'était exclamé bruyamment en clignant de l'œil vers Mei-Li. Puis s'adressant aux invités d'une voix joviale :

– Au travail, camarades, dressons le couvert, asseyons-nous et remplissons nos verres !

Mei-Li leur adressa un sourire maternel, retourna dans la cuisine, fit chauffer de l'huile de cacahouètes dans une poêle, additionnée de sucre brun et de feuilles de thé au jasmin. Dès qu'une fumée jaunâtre s'éleva, elle installa une grille dans la poêle, retira le chapon de la sauce, le plaça sur la grille, couvrit la poêle et fuma le chapon pendant dix minutes.

L'opération terminée, Mei-Li apporta solennellement dans la salle à manger, posé sur un grand plat ovale, « le coq du seigneur » doré, épicé, et parfumé à souhait.

– Mets un couvert supplémentaire pour grand-papa Zhang, dit Mei-Li à Bai-Lan.

– Qui est-ce ? demanda Hong, faisant le tour de la table pour remplir les verres.

– Le plus âgé des voisins, répondit Bai-Lan. Sa femme nous a quittés l'année dernière, ils n'ont pas eu d'enfant.

美丽

Si j'étais tellement anxieuse en ce grand jour, c'était aussi pour une autre raison – ça va peut-être te faire rire, je le sais – j'avais des pieds non bandés. Aujourd'hui on les dit normaux, mais à l'époque ils paraissaient diaboliquement démesurés à côté des petits pieds bandés des autres femmes. Comme ceux de grand-maman Zhou. Voilà, c'est aussi une coutume de l'ancien temps quand j'étais jeune fille. La petite taille des pieds était la preuve que l'on était une femme de bonne famille : plus petits tes pieds sont, plus charmante et plus vertueuse tu es aux yeux des hommes. Les tout petits pieds étaient alors joliment surnommés « san-cun-jing-lian », fleurs-d'or-de-lotus-à-trois-pouces, ou « xiang-lian », fleurs-de-lotus-fragrantes. Très poétique ? Tu trouves ? Haaa ! L'origine de cette coutume étrange, je ne saurais te dire… Selon certains très âgés, ça remonte aussi loin que la dynastie Tang, il y a plus de huit cents ans. Un savant de la dynastie Manzhu a même consacré un livre entier aux pieds de femmes bandés. Dans son livre, tu imagines ! il les a divisés en cinq catégories principales et en dix-huit sous-catégories. D'après lui, une paire bien bandée, idéale, devrait être à la fois charnue, molle et élégante. Les mères qui voulaient que leurs filles se marient dans de bonnes familles devaient donc… Le nom de l'auteur ? Non, je ne me rappelle plus, il y a de cela si longtemps… Mais je suis sûre qu'il n'avait contemplé que les fleurs-d'or-de-lotus-à-trois-pouces bien cachées dans de petites chaussures pointues faites sur mesure et finement décorées de broderie. S'il les avait vues nues, il aurait poussé des hurlements d'horreur…

Comment fait-on pour avoir les pieds si petits ? Alors là, je dois dire qu'il n'y a rien de poétique là-dedans. Dès qu'une fillette a deux ou trois ans, on commence à lui serrer les pieds avec une paire de longues bandes de tissu. On serre très très fort, à briser l'os. Oh non, non, tu ne peux pas quitter les bandes de tissu la nuit, tu dois dormir avec. Elles ne peuvent être enlevées que quand tu te laves. Mais les gens de l'époque ne se lavaient pas aussi souvent qu'aujourd'hui, alors quand tu les défaisais, les bandes puaient à te donner des haut-le-cœur. Est-ce que ça fait mal ? Mais bien sûr que ça fait mal ! Très très mal. Torture je te dis. Figure-toi que tu marches sur les orteils pliés de force à la racinc vers la plante du pied. C'est comme marcher sur tes os cassés. Et les os de tes orteils se casseront sûrement à la longue. De plus, ça n'est pas pour un jour, ni pour une semaine, ni pour un mois, ni pour un an, mais jusqu'à la fin de ta jeunesse ! Jusqu'au moment où tes pieds complètement déformés s'arrêtent de pousser… Et alors là, tu n'oses plus quitter les bandes de tissu le reste de ta vie puisque, nus, tes pieds sont d'une laideur à te faire vomir toi-même. Voilà le prix pour l'épanouissement des séduisantes fleurs-d'or-de-lotus-fragrantes.

Et quel prix !

Comment j'ai pu échapper à ce supplice commun aux femmes de mon âge ? Eh bien, c'est par la faute de mes parents, ou la volonté de Dieu du ciel. Qui sait… Ma mère est morte très jeune, en me mettant au monde. Mon père a été cruellement affligé par la disparition de ma mère qu'il aimait beaucoup, disait-on, il a vieilli de dix ans en un mois. Dans ma mémoire de petite fille, c'était à peine si je le voyais à la maison. Chaque matin je dormais encore qu'il était déjà parti pour sa boutique, où il débitait le riz qu'il avait acheté en gros chez des paysans. Il y déjeunait et ne rentrait qu'à la tombée de la nuit. Pendant le dîner qui était le seul moment où je pouvais l'apercevoir, il ne levait guère l'œil sur moi et parlait comme si je n'avais pas existé. Pourquoi une telle indifférence, pour ne pas dire rejet ? Qu'est-ce que j'avais fait pour le mériter ? Voilà les questions douloureuses que je me poserais souvent quand je serais plus grande. Non, il ne m'a jamais expliqué, c'est ça qui était le plus terrible. Il ne devait pas avoir d'autre explication sauf… sauf qu'il voyait en moi une comète maudite et maudissante qui n'était tombée sur la terre que pour lui enlever la vie de la femme qu'il aimait… Absurde ? Mais je souffrais affreusement de cette pensée et je faisais parfois des cauchemars dans lesquels je voyais ma mère debout au milieu d'un étang rouge sang, immobile, derrière un rideau de brume qui m'empêchait de m'approcher et de distinguer les traits de son visage… Je ne saurai jamais comment elle était, parce qu'il n'y avait pas de portrait d'elle à la maison. Enfin, je ne sais pas, c'était… c'est encore très dur d'y penser.

Comme tu peux déjà te l'imaginer, mon père n'avait eu ni le temps ni le cœur de se préoccuper de mes pieds qui grandissaient de jour en jour. Tante Huang, une vieille paysanne des environs, s'occupait de moi. Le jour, je la regardais ranger les lits, balayer la maison et la cour, faire la vaisselle et la lessive, tendre du linge sur de longues cannes de bambou, nourrir les poules et les canards, ramasser des branches mortes, fendre du bois, trier et laver les légumes, préparer les repas… J'allais au marché avec elle aussi, l'entendais marchander, bavarder ou se disputer avec des vendeurs qui étaient presque tous des paysans des environs et parlaient le même dialecte qu'elle. La nuit, je partageais son grand lit dans sa chambre voisine de la cuisine, sombrais dans le sommeil en me berçant de sa chansonnette douce mille fois répétée d'une voix caressante. C'était auprès d'elle que je trouvais un peu de l'affection maternelle que je n'avais pas connue hélas ! Elle n'avait pas les pieds bandés, tante Huang. Sans doute pour sa famille, gagner de quoi se remplir l'estomac était bien plus important que d'avoir de petits pieds charmants. Elle avait une grande bouche et le cœur large. Elle aimait dire des blagues et riait de toutes ses dents noires quand mon père n'était pas là. Elle est partie malheureusement, lorsque mon père, dans l'espoir d'avoir un héritier mâle, s'est remarié. Ma belle-mère était une femme très scrupuleuse et très respectueuse des traditions. Alors, tu peux imaginer quel a été le choc quand elle s'est aperçue de mes pieds libres, le lendemain de son entrée dans la maison.

– Regarde-moi cette petite, ô Dieu du ciel, s'est-elle écriée d'une voix scandalisée, c'est incroyable ! Il est grand temps de lui bander les pieds, sinon ce sera trop tard, on ne pourra jamais la marier !

Mais c'était déjà trop tard. J'avais plus de six ans, je me débattais comme un animal indomptable, je pleurais à inonder la maison, je criais à faire trembler les murs, je hurlais à éveiller le bourg entier… De plus, je défaisais et redéfaisais chaque bandage dès que j'étais seule, et avec des ciseaux que tante Huang m'avait laissés, je coupais les bandes de tissu en mille morceaux. Ma belle-mère, au bout d'un mois d'efforts héroïques dignes de la faire entrer dans la chronique des femmes vertueuses du pays, a baissé les bras. « Tu ne peux pas me laisser tranquille avec ça ? » J'avais entendu mon père dire cela à ma belle-mère dans le salon, quand elle se plaignait devant lui de ma résistance opiniâtre. « Au diable, petite sauvage ! » m'a-t-elle dit le lendemain matin après le départ de mon père pour la boutique. Désormais j'étais perdue pour elle. Son visage chevalin s'allongeait encore plus dès que j'entrais dans son champ de vision. Plus tard elle a eu trois filles en trois ans à la grande déception de mon père, et de quoi se soucier…

Pourtant il faut admettre que si plus tard je me félicitai de ne pas trottiner sur des fleurs-dorées-de-lotus-à-trois-pouces, mes pieds libres m'ont fait honte le jour de mon mariage. Je redoutais tellement le moment où mon futur mari porterait l'œil sur mes pieds immenses que je pensais tomber raide morte à la moindre lueur de moquerie ou de mépris dans son regard. Enfermée dans mon palanquin rouge, je sentais que l'angoisse galopait dans mes veines, surtout quand je me souvenais du sourire que ma belle-mère m'avait adressé, la veille, pour la première fois depuis plus de neuf ans.

Je le comprendrais plus tard, ce sourire sournois. Trop tard.

生活

Le 30 décembre 1957.

Le train entra dans la gare de Guang-Ning. Mugissements de la sirène. Grincements des freins. Quelques secousses brutales. Avant même que le train ne s'arrêtât complètement, les voyageurs se pressaient devant les portières avec cette fièvre qui marque la fin d'un long voyage.

Mei-Li restait immobile sur son siège près de la fenêtre. Elle regardait dehors. La dernière visite qu'elle avait rendue à la petite famille de sa fille remontait à presque trois mois. Ç'avait été pour embrasser Fan-Fan, la petite-fille que Bai-Lan lui avait donnée le 31 août, trois longues années après la naissance de son petit-fils Ming-Ming le 14 mai 1954. Cette fois-là Hong était venu la chercher à la gare. Il avait paru très fatigué mais heureux comme un roi. Il ne savait pas, hélas ! que moins de quatre semaines plus tard, le mouvement en vue de créer une atmosphère plus démocratique dans le pays, « Que cent fleurs différentes s'épanouissent, que cent écoles rivalisent », mouvement lancé par Mao lui-même, se transformerait soudain en un combat sans merci contre les « droitiers[1] antirévolutionnaires », et que lui Hong, un sympathisant sincère de la cause socialiste, se retrouverait brusquement « ennemi » du Parti… Dans sa lettre, Bai-Lan avait écrit aussi que le nom de Hong figurerait probablement sur la liste de ceux qui allaient être envoyés au camp de Lao-gai pour y être « remodelés » par les travaux forcés…

– Le train est arrivé, tout le monde descend ! s'écria une voix suraiguë derrière Mei-Li.

Mei-Li sursauta, tourna la tête, vit une grande bouche aux lèvres épaisses.

– Voulez-vous passer la nuit dans le wagon ? ricana la bouche énorme.

Mei-Li secoua la tête, se leva, prit sa valise et son sac de voyage dans le filet, tira de sous la banquette deux paniers ronds couverts de fichus bleus et descendit.

Le quai était désert, les derniers voyageurs sortis. Hong n'était pas venu. Mei-Li posa ses bagages, se couvrit la tête avec son foulard à carreaux, puis se dirigea vers la sortie.

Une petite pluie tombait, une bruine plutôt. Seuls quelques passants rasaient les murs, le dos rond, les mains enfoncées dans les poches. Deux ou trois tricyclo-pousses attendaient encore des clients de l'autre côté de la rue, dans le halo jaunâtre des réverbères.

Mei-Li fit un signe de la main. Un tricyclo-pousse traversa la rue pour s'arrêter devant elle. Elle y jeta ses bagages et s'installa sur le banc étroit.

– Où on va ? demanda la voix éraillée du conducteur.

– 123, rue des Bambous-Nouveaux, répondit Mei-Li.

1. Environ un demi-million de Chinois furent accusés d'être « droitiers » pour avoir critiqué le Parti pendant ce mouvement.

Elle s'était décidée tout de suite après avoir reçu la lettre de Bai-Lan. Elle avait été trouver le directeur de la pharmacie et l'avait informé qu'elle partait, définitivement. Il avait demandé pourquoi. Elle avait répondu qu'il n'y avait pas de pourquoi, qu'elle décidait de s'arrêter, qu'elle s'arrêtait. Mais il fallait attendre quinze jours pour obtenir l'accord des autorités locales. Puis trois semaines pour accomplir les formalités nécessaires pour le transfert de son hu-kou, la carte de résidence, de Ying-Bing à Guang-Ning où vivait sa fille. Puis un jour pour rassembler ses affaires, aller chez des paysans acheter un cent d'œufs frais et deux poulets vivants, sans oublier un paquet de bonbons à la noix de coco à la boutique du coin. Un autre jour encore pour dire adieu aux voisins et laisser sa nouvelle adresse aux amis. Puis huit heures et deux minutes de voyage dans un train archibondé.

– On arrive, annonça le conducteur.

– Je vous dois combien ? demanda Mei-Li.

– Deux maos cinq fens, répondit-il, déjà prêt à repartir.

Mei-Li descendit ses bagages et paya.

Le tricyclo-pousse redémarra, aussitôt englouti par la nuit.

Mei-Li s'arrêta devant la porte de l'appartement n° 11, posa ses bagages, lissa ses cheveux avec ses doigts, puis frappa deux fois.

– Entrez, dit une voix lasse à l'intérieur.

Mei-Li poussa la porte.

Deux cordes de chanvre étaient tendues parallèles du chambranle de la porte d'entrée à celui de la porte du fond. Sur les cordes, de petits morceaux de tissu découpés dans de vieux linges flottaient comme des fanions multicolores.

Bai-Lan donnait le sein à Fan-Fan, assise sur le bord du lit, les pieds posés sur un tabouret. Ses lèvres se mirent à trembler dès qu'elle vit sa mère entrer.

Mei-Li se déchargea rapidement de ses bagages et, s'asseyant près de Bai-Lan, caressa doucement le dos de sa fille.

Le corps de Bai-Lan fut secoué de sanglots contenus.

– Pleure si tu veux..., dit tendrement Mei-Li.

De grosses gouttes de larmes sortirent aussitôt, coulèrent le long des deux sillons creusés par le malheur jusqu'aux coins de sa bouche serrée...

Mei-Li caressait toujours le dos de sa fille. Il avait compris que Hong n'était plus là.

Tout à coup, le bébé s'agita dans les bras de Bai-Lan. Elle avait avalé de travers et fut saisie d'une quinte de toux.

Bai-Lan porta le bébé sur son épaule et tapota son dos.

– Oooh, déjà un grand bébé ! dit Mei-Li en prenant Fan-Fan dans ses bras. N'est-elle pas mignonne, hein ? Regarde-moi ces yeux, ce nez, cette bouche ! On dirait sa maman toute petite.

Sur le visage amaigri de Bai-Lan passa l'ombre d'un sourire.

– Hong dit aussi qu'elle me ressemble beaucoup.

– Quand est-il parti ? demanda Mei-Li.

– Hier.

– Comment ça a pu lui arriver ?... lui toujours si prudent ?

– Il a été encouragé à parler et il a dit ce qu'il pensait... Et puis...

– Quoi encore ?

– Il a été aussi accusé d'espionnage à cause de ses parents et de son frère qui sont en Amérique...

– Oh ciel ! comment ont-ils pu le savoir ?

– Son meilleur ami l'a dénoncé à la réunion d'autocritique.

– Mais pourquoi ?

– Pour se montrer plus révolutionnaire que les autres, pour se protéger peut-être…

Il y eut un moment de silence. Puis Mei-Li demanda :

– Où a-t-il été emmené ? Il ne t'a pas dit ?

– Si, il me l'a dit. Il paraît que le camp de Lao-gai où il a été envoyé se trouve dans la province Qing-Hai.

– Si loin que ça ! Il ne sait pas combien de temps il va y rester ?

– Quinze ans.

– Quoi ? Quinze ans !

– Oui. Enfin, c'est ce qu'ils lui ont dit.

Oh non, pas ça, surtout pas ça, songeait Mei-Li douloureusement. Elle aurait voulu se couper les oreilles plutôt que de l'entendre. Elle connaissait trop bien ce qu'est une vie loin de celui qu'on aime. Quinze ans ! Non, ce ne serait plus une vie, mais l'enfer… Qu'est-ce qu'elle avait fait, elle, Mei-Li, dans son passé, pour que sa fille doive souffrir des mêmes souffrances que celles dont elle souffrait depuis tant d'années ? Elle avait cru que la plaie de son cœur commençait à cicatriser, que l'attente était devenue l'une de ses habitudes quotidiennes… Et voilà que la blessure se rouvrait à nouveau… se fendait plus profondément… Elle s'indigna. Mais contre qui ? Celui qui avait déclenché le mouvement ? Celui qui avait encouragé Hong à parler ? Celui qui l'avait dénoncé par lâcheté ? Hong lui-même qui n'avait pas su se taire ? Le destin auquel elle s'était jusque-là résignée ?… Elle s'indigna d'autant plus qu'elle ne savait même pas sur qui ni quoi devait se porter son indignation… La vie est une erreur… qui disait ça déjà ?…

Soudain, une voix enfantine :

– Grand-mère !

C'était Ming-Ming, debout dans le cadre de la porte du fond, suçant son pouce. Il avait trois ans et sept mois, mais paraissait très petit pour son âge. Il avait les grands yeux en amande de Bai-Lan, mais son nez écrasé et sa bouche large aux coins relevés lui venaient de son père. Sa tête était très grande, trop grande pour son petit corps maigre. Signe d'un enfant précoce qui grandit moins vite physiquement qu'en intelligence.

Bai-Lan essuya rapidement ses larmes d'un revers de la main.

– Grand-mère, je t'ai entendue ! dit-il encore en s'approchant timidement.

– Viens ici, chéri, dit Mei-Li en remettant le bébé dans les bras de Bai-Lan.

Elle souleva Ming-Ming, le posa sur ses genoux et l'embrassa avec tendresse sur les deux joues.

– Tu n'as pas encore dormi, mon grand ? Viens voir ce que grand-mère a apporté pour toi.

– Tu n'as pas oublié ?...

– Bien sûr que non ! ça c'est la dernière chose au monde que grand-mère puisse oublier !

Mei-Li porta Ming-Ming jusqu'à ses bagages, ôta le fichu qui couvrait un panier et en sortit un paquet posé sur les œufs qu'elle donna à Ming-Ming.

– Voilà, tes bonbons à la noix de coco.

– Tout est pour moi ? demanda Ming-Ming en défaisant le paquet.

– Mais oui, mon chéri, tout est pour toi. Ta sœur est bien trop petite pour les manger...

– Et les œufs, c'est pour moi aussi ? interrogea encore Ming-Ming en mettant un bonbon dans sa bouche.

– Oui, pour toi et ta maman.

– Qu'est-ce qu'il y a là-dedans, grand-mère ? s'enquit le petit garçon qui enleva d'un coup le fichu sur l'autre panier.

Effrayés par la lumière brutale, deux poulets poussèrent des cris en battant des ailes.

– Ces poulets aussi, c'est pour toi et ta maman, dit Mei-Li en caressant le dos des bêtes pour les calmer. Tu as déjà tout vu, mon chéri, maintenant on va au lit ?

– Tu vas dormir avec moi, grand-mère ?

– Oui, je vais dormir avec toi, mais je vais parler encore un peu avec ta maman. Tu m'attends dans ton lit, d'accord ?

– D'accord, dit l'enfant.

Mei-Li recouvrit les paniers, puis porta Ming-Ming dans son lit, et pendant qu'elle l'aidait à ranger ses bonbons dans une vieille boîte à biscuits, l'enfant lui demanda d'une voix craintive :

– Pourquoi maman pleure ?

– Eh bien, répondit Mei-Li après une brève hésitation, parce que ton papa est parti…

– Papa est parti pour un voyage, il m'a dit…

– Oui, c'est ça, il est parti pour un très très long voyage. Et la séparation est toujours triste… Tu comprendras quand tu seras plus grand…

– Tu partiras demain comme papa, grand-mère ?

– Oh non, je ne partirai ni demain, ni après-demain, ni plus tard. Je resterai avec toi et ta maman et ta petite sœur.

– Chouette ! Tu vas me raconter beaucoup beaucoup d'histoires, n'est-ce pas ?

– Oui, si tu es sage. Maintenant dors, mon chéri, dors.

Mei-Li embrassa Ming-Ming sur le front, puis retourna dans la chambre de Bai-Lan, fermant doucement la porte derrière elle.

Bai-Lan changeait le bébé. Ses cheveux longs glissaient vers son visage. Elle enleva les langes mouillés, prit une chemise d'homme qu'elle plia et plaça sous les fesses de la petite.

– Ces langes-là ne sont pas encore secs ? demanda Mei-Li en désignant les morceaux de tissu étendus sur les cordes.

– Non, je les ai lavés cet après-midi.

Elle enveloppa Fan-Fan dans une couverture ouatinée et la coucha dans le berceau de bambou placé à côté de son lit. Puis elle s'allongea et tira la couverture sur elle jusqu'au menton.

Mei-Li s'assit sur le bord du lit.

– Il m'a laissé une lettre, dit Bai-Lan d'une voix étrangement calme. Ses joues sèches étaient aussi blanches que la taie d'oreiller.

Mei-Li remarqua alors une feuille de papier froissée qui traînait sur la couverture.

– Qu'est-ce qu'il t'a écrit si ce n'est pas imprudent de te le demander..., bredouilla Mei-Li saisie d'un sombre pressentiment.

– Il a dcmandé le divorce.

– Mais pourquoi ?

– Pour ne pas compromettre l'avenir des enfants...

Mei-Li posa une main sur les cheveux de sa fille. Une fois encore, elle ne sut plus que dire. Elle se sentait coupable d'être une mère incapable de protéger son enfant, coupable de son impuissance devant une telle douleur.

Bai-Lan dit en se tournant vers le mur :

– Ça y est, maman, c'est passé. Ne t'en fais pas pour moi. Va te reposer. Tu dois être fatiguée après toute cette agitation...

– Toi aussi, dit Mei-Li avec douceur, essaie de dormir un peu.

– Oui, maman.

Après avoir rangé ses paniers dans la cuisine, Mei-Li revint à pas de loup dans la chambre de Bai-Lan pour ramasser les langes étendus sur les cordes. Elle retourna ensuite dans la cuisine, versa du riz dans un petit verre et y planta deux bâtonnets d'encens qu'elle alluma. Un peu de fumée blanche s'éleva, la pièce se remplit tout de suite d'une odeur agréable de santal. Mei-Li se mit à genoux, ferma les deux mains sur la poitrine, murmura :

– Que le Très-Vénérable-Dieu-du-Ciel ouvre ses yeux et prenne soin de Hong. Il n'a rien fait de mal. Il a toujours été un bon fils pour moi, un bon mari pour Bai-Lan, un bon père pour les petits…

Puis Mei-Li posa le petit verre sur la table, plaça le brasero au milieu de la pièce, froissa une feuille de vieux journal, ajouta des brindilles sèches et alluma. Quand le feu eut pris, elle versa une pelletée de charbon de bois et l'éventa un moment. Elle installa ensuite à l'aide de trois tabourets un énorme panier rond de bambou à gros trous au-dessus du brasero, étala une à une les bandes de tissu sur le panier. Comme ça, pensa-t-elle, il y aura demain matin des langes secs pour le bébé.

美丽

On est arrivés à Tien-Ma au coucher du soleil. Une légère odeur d'huile brûlée flottait dans la maison. Des lampes étaient allumées.

Avant de franchir la porte de la chambre nuptiale, on a mis l'extrémité d'une écharpe de soie rouge feu dans ma main droite et placé l'autre dans sa main. J'ai remarqué, de sous l'étoffe qui me cachait toujours la figure, que c'était une main large, carrée, un peu nerveuse. Et nous sommes entrés comme ça dans la chambre.

Pourquoi l'écharpe rouge, me demandes-tu ? Eh bien, voilà une autre coutume du pays, plus vieille que l'arrière-grand-mère de l'arrière-grand-mère de ton arrière-grand-mère. Selon la légende racontée par les aïeux, il y avait sous la dynastie Tang un beau jeune homme appelé Wei-Gou. Un soir en passant par la cité Song il aperçut au bord de la route un homme si vieux que sa fine barbe blanche lui descendait jusqu'à la taille. Assis sur une pierre, le vénérable vieillard était en train de feuilleter un livre épais de trois pouces au clair de lune, un petit sac de lin grossier à ses pieds. Très étonné, Wei-Gou lui demanda quel livre il lisait, il lui répondit que c'était le *Livre des Mariages de Tous les Hommes sous le Ciel.*

De plus en plus étonné, Wei-Gou lui demanda ce qu'il avait dans son sac, le vieillard lui répondit que c'étaient des ficelles rouges. Wei-Gou lui demanda alors ce qu'il en faisait, il lui répondit que c'était pour attacher les pieds des hommes et des femmes. Wei-Gou lui demanda encore pourquoi il faisait cela, il lui répondit qu'un homme et une femme liés par la même ficelle rouge étaient alors destinés l'un à l'autre et formeraient un couple quelque grandes que fussent les différences sociales ou d'âge et la distance géographique qui les éloignaient l'un de l'autre, et qu'ils le voulussent ou non. Wei-Gou lui demanda donc qui serait sa future épouse, le vieil homme regarda dans son gros livre et lui répondit que c'était la fille d'une vieille vendeuse de légumes aveugle et très pauvre habitant dans une cabane à la sortie de la ville et que la petite fille venait d'avoir trois ans. Wei-Gou dans un accès de colère envoya son valet de pied pour tuer la fillette, mais le valet rata son coup, et les deux hommes durent s'enfuir du pays à toutes jambes. Quatorze ans plus tard Wei-Gou devint un officier brillant de l'armée impériale. Son général, Wang-Tai, qui l'appréciait beaucoup lui donna sa fille comme épouse. Elle était très jolie mais elle collait toujours une petite fleur de soie sur son front entre les sourcils. Wei-Gou lui demanda pourquoi, elle lui répondit que c'était pour cacher une petite cicatrice qu'un assassin lui avait laissée quatorze ans plut tôt au temps où sa mère naturelle vendait des légumes dans la cité Song. Wei-Gou apprit aussi qu'après la mort de la vieille vendeuse de légumes, sa fille avait été adoptée et élevée par le général Wang-Tai ; que son mariage avec cette fille était prédestiné et qu'il avait eu bien tort de s'opposer à la volonté de Dieu du ciel… Wei-Gou demanda donc pardon à sa femme et à Dieu du ciel. Après cela, on commença à lier une ficelle rouge aux pieds des nouveaux mariés lors de la cérémonie, et cette coutume fut transmise de génération en génération… La ficelle rouge devint plus tard par je ne sais quelle voie mystérieuse l'écharpe rouge que lui et moi nous tenions ce jour-là chacun par un bout en franchissant le seuil de notre chambre.

La porte s'est refermée derrière nous et ça y est, nous voilà seuls.

Il se tourne vers moi. J'entends sa respiration. Et de plus en plus anxieuse, j'attends le coup du destin…

D'un geste désespérément lent, il enlève le carré de textile rouge qui me couvre le visage. Nos yeux se rencontrent. Il me regarde comme s'il me connaissait depuis toujours. Bien qu'il me paraisse un peu pâle et très grave, ses longs yeux clairs me rassurent, je ne sais trop pourquoi.

« Aïe, t'as marché sur mon pied ! » s'est plaint quelqu'un à voix basse derrière la fenêtre. Des gens se cachaient là pour nous regarder.

Nous échangeons un petit sourire amusé, lui et moi. Il n'est pas sourd, merci. Ciel ! Il a de grosses lèvres et de belles dents blanches. Nous ne nous sommes rien dit mais j'ai l'impression qu'il sait tout de moi, qu'il va me protéger et m'aimer pour toujours. Désormais il est là, à bord de la barque de ma vie, et il dirige et il veille : « T'en fais pas, ma petite femme, je suis là… » me dirait-il sans doute quand il y aurait de la tempête…

Il tire une chaise de sous la table et me fait signe de m'asseoir. Je m'assieds. Il prend une autre chaise et s'assied lui-même en face de moi. Sur la table carrée couverte d'une nappe blanche brodée de petites fleurs rouges, il y a deux petits bols vides et un grand bol dans lequel je vois un cœur de porc cuit à la vapeur à demi noyé dans une soupe brunâtre. Il saisit une cuillère, divise le cœur de porc en deux, met une moitié dans le petit bol devant moi et l'autre moitié dans le petit bol devant lui. Puis il me fait signe de manger. Nous mangeons en silence.

Étrange coutume, dis-tu ? Oui, mais pour nous Chinois le mariage a un caractère sacré comme tu le sais et tout est fait dans nos rites – je veux dire nos anciens rites matrimoniaux – pour le souligner : comme la ficelle ou l'écharpe rouge incarne la prédestination ou la volonté de Dieu du ciel (malheur à qui ose la trahir !), le cœur de porc ne signifie pas autre chose que l'union de cœur de deux personnes liées par le pacte de mariage jusqu'à la fin de leur vie…

Puis il me fait signe de le suivre, et nous nous approchons du lit qui se trouve au fond de la pièce. Devant le lit, on voit un tabouret sur lequel il y a un bol de grains de riz, quelques bâtonnets d'encens, une petite tasse de thé et une petite tasse d'eau-de-vie. Il se met à genoux, allume deux bâtonnets d'encens, les serre dans ses mains jointes devant la poitrine et se prosterne trois fois. Puis il plante les bâtonnets d'encens dans les grains de riz, verse le liquide brun sur le sol autour du tabouret et ainsi, la révérence a été faite au Génie du Lit qui adore le thé. Moi je fais de même et je verse le liquide clair sur le sol comme lui, pour faire la révérence à Madame la Femme du Génie, qui est quant à elle une grosse buveuse d'eau-de-vie. Alors, croit-on, les nouveaux mariés se trouvent désormais sous la protection du Génie et ne pourront connaître que des nuits de joie et de sommeil tranquille. Ha, ha…

Il n'a pas parlé jusque-là et je pense que quelqu'un doit lui avoir dit de ne pas parler le premier dans la chambre nuptiale. Moi je n'ai pas envie de mourir la première bien entendu, mais je ne veux pas non plus qu'il meure avant moi. Est-ce que je l'aime déjà ? Je ne sais pas… enfin… je crois… L'idéal me paraît donc qu'on prononce ensemble le premier mot et l'on mourra ensemble au même moment. Ainsi on n'aura pas après la mort à s'attendre pour se rejoindre dans l'autre vie. Mais comment lui dire tout cela… sans parler justement ? Et… peut-être… est-il muet !…

Yaaa, la porte a grincé sur ses gonds, nous nous sommes retournés. Une jeune fille est apparue avec une cuvette fumante dans les mains. Elle m'a dit :

– Veuillez vous asseoir, belle-sœur.

– C'est ma sœur, Jing-Hua, dit-il.

Sauvée !

J'ai fermé les yeux et poussé un long soupir de soulagement. Il n'est donc pas muet ! Et comme ni lui ni moi n'avons dit le premier mot, la maxime de grand-mère Wang doit avoir perdu sa vertu sinistre. Merci ciel ! Dire que j'ai failli parler la première pour vérifier s'il était muet ou non…

– Vous n'allez pas bien ? m'a-t-il demandé, un peu inquiet.

– Rien, il n'y a rien.

J'ai essayé de le rassurer.

– Elle vous apporte de l'eau chaude pour votre toilette de nuit, m'a-t-il expliqué. Vous devez être fatiguée après une aussi longue journée, ça vous fera du bien. Il vaut mieux que vous vous mettiez au lit tôt ce soir parce que demain on devra partir dès le lever du soleil.

Partir ? Oui, c'était bien là une autre coutume des ancêtres : le jour suivant le mariage, les nouveaux mariés allaient ensemble rendre visite aux parents de la nouvelle mariée. Mais cette fois, celle-ci pouvait y aller à visage découvert. Les cérémonies du mariage ne prendraient fin qu'après cette visite rituelle.

Il avait une voix grave et douce. Sur ces mots il s'est retiré avec Jing-Hua en refermant la porte derrière lui. Comme il est délicat, pensais-je, il a l'air un peu gêné, mais ça doit être la pudeur.

Après la toilette, j'ai mis la cuvette sur le porte-cuvette de bois qui se trouvait près de la porte, puis posé dans la cuvette, selon la coutume qu'on m'avait expliquée la veille, une pièce d'argent en signe de remerciement et de bonne entente. Ma belle-sœur Jing-Hua viendrait la ramasser le lendemain matin.

Maintenant mon mari allait revenir d'une minute à l'autre. Je l'attendais sagement, assise sur le bord du lit. Dans la chambre, il y avait aussi une armoire de bois laqué, et au chevet du lit une petite bibliothèque en bambou aux trois quarts remplie. Lui aussi il savait lire ! Voilà quelque chose de plus en lui qui me plaisait. Le vieux lettré chez mon oncle ne nous avait enseigné que Confucius et ses disciples, mais ici aux rayons de la bibliothèque il y avait surtout des œuvres taoïstes : *Taodejing* (Livre de la Morale écrit par Lao-tseu, le père du taoïsme) ; *Zhuangtse* (Paroles collectées de Zhuangtse, grand disciple de Lao-tseu). Et ce qui m'a le plus intriguée, c'était de voir parmi des poèmes Tang et des romans dits historique comme *L'Histoire de Trois Royaumes* ; *Au bord de l'eau Liang-Shang*, certains titres réputés pervers qui nous avaient été interdits par le vieux lettré : *Les Histoires étranges sorties d'une salle d'études*, *La Chambre Ouest, Le Rêve du Pavillon Rouge*, etc. Avec ça, songeais-je, je n'aurai pas le temps de m'ennuyer…

Comment se fait-il que je sache lire et écrire ? Alors là, c'est une autre histoire.

Après l'échec des pieds bandés, tu sais, ma belle-mère n'avait plus voulu s'occuper de moi. Donc, très souvent, pour se débarrasser de moi, elle m'envoyait chez le frère aîné de ma mère. Quel bonheur pour moi tu imagines ! Au moins mon oncle, sa femme et ses enfants, deux filles et trois garçons, m'aimaient bien, eux. Ils habitaient alors une jolie maison à l'autre extrémité du bourg, au pied de la Colline-aux-Grues. Pas plus gros qu'une trique et déjà chauve sur le sommet du crâne, cet oncle fumeur d'opium se vantait souvent d'avoir fait fortune à la sueur de son front. Après plus de vingt ans de travail, et de nuits bien courtes, il était devenu le patron d'une petite fabrique de cigarettes très prospère à l'époque, et ses vêtements sentaient tellement le tabac, disait-il souvent avec un air faussement désolé, que ça lui coûtait une mine d'or pour huiler la bouche de sa femme qui ne cessait de lui raboter les oreilles avec ses plaintes… Assez peu instruit lui-même, il croyait à la vertu des études, et il hébergeait à la maison comme précepteur de ses enfants un vieux lettré ruiné qui avait su s'attirer la gloire lors de l'examen impérial.

Un jour, mon oncle qui rentrait plus tôt du travail m'avait surprise cachée derrière la fenêtre de la salle d'études.

– Hé, dit-il, hé, hé, voilà mon petit oiseau. Qu'est-ce que tu fiches là ?

– Je regarde, répondis-je.

– Regarde ? Qu'est-ce que tu regardes ?

– Là.

Je montrai du doigt mes cousins qui peinaient sur leurs cahiers dans la salle.

– Alors qu'est-ce que t'as vu ?

– J'ai vu ça.

Je dessinai du doigt deux caractères sur le sol.

– Tiens ! tiens ! Qu'est-ce que c'est que ça ?

Il fronça les sourcils.

– Mais vous ne savez pas, mon oncle ? dis-je étonnée.

Dans mon esprit de petite fille de sept ans je croyais que les grandes personnes en savaient plus que les enfants, mais ce n'est pas toujours vrai, tu sais.

– Non… oh si, bien sûr que si, dit-il avec l'air le plus naturel du monde. D'ailleurs, y a-t-il sous le ciel quelque chose que ton oncle ne sait pas ? Non. Bien sûr que non. Allons, je voulais seulement savoir si tu connaissais bien ces deux caractères toi. Dis, qu'est-ce que c'est ?

– C'est « Meng-Ke », le nom du meilleur élève de Confucius ! Et d'un ton fier je répétai mot pour mot la parole du vieux lettré.

– Très bien, très bien, ma petite, dit-il en caressant lentement son menton où tremblotaient trois ou quatre longs poils jaunâtres. Je n'y avais pas pensé, mais ça t'intéresse d'apprendre à lire et à écrire ?

– Oh oui, j'aimerais bien.

– Très bien… Alors, j'en parlerai ce soir avec ton père. S'il est d'accord…

Mais mon père n'était pas d'accord. « La vertu d'une femme est dans son ignorance », répondit-il.

– Voyons, mon petit oiseau, voyons, me consola mon oncle en fourrageant dans mes cheveux, arrête de faire cette mine de misérable à ton vieil oncle, ça me fait mal au cœur à moi. On trouvera bien un moyen… Ah, j'ai une idée et cette fois-ci, tu vas voir, ça ira comme sur des roulettes. Fais-moi un sourire, vas-y, un petit sourire, hein ? Oui, c'est ça !

Peux-tu deviner ce qu'il allait faire mon oncle ? Il allait parler à ma belle-mère ! Il allait donc parler à ma belle-mère avec une jolie boîte qui contenait une jolie paire de bracelets en argent massif. Il lui expliquerait que si je venais à la maison tous les matins pour les leçons, je déjeunerais bien entendu chez lui, elle n'aurait donc pas à me préparer de repas, elle aurait ainsi moins de travail et plus de temps pour son trio, que d'ailleurs ça lui ferait faire des économies non négligeables, qu'il n'y aurait aucun danger du côté de mon père car celui-ci ne rentrait jamais à la maison avant la tombée de la nuit, que tout ce qu'elle aurait à faire serait de faire semblant de ne rien savoir, etc. Enfin, bref, mon oncle avait si bien usé de son talent de meilleur négociateur du bourg pour faire briller aux yeux de ma belle-mère tous les avantages que ça pourrait représenter, que ma belle-mère avait fini par donner sa parole sans oublier, bien sûr, d'empocher la paire de bracelets en argent massif. Tu vois, c'est aussi simple que ça.

Une pendule qui se trouvait quelque part dans la maison a sonné la demie, mon mari n'était pas encore revenu. Je restais assise sur le bord du lit et j'attendais, patiente. La nouvelle vie que j'allais commencer ici me semblait avoir la même couleur que ce gros caractère Xi, double bonheur, découpé dans du papier rouge vif qu'on avait collé sur la porte.

Puis la pendule a sonné une autre demie, puis une autre, puis encore une autre… mais il n'est toujours pas revenu. Qu'est-ce qui se passe ? Quelle heure est-il ? Pourquoi n'est-il pas rentré ?… Où peut-il être ? Que fait-il ? J'ai commencé à m'inquiéter. C'est quand même bizarre… Encore une coutume ? Jamais entendue avant. Sortir pour le chercher ? Pas question. Qu'est-ce qu'on dirait si la nouvelle mariée se mettait à fouiller partout dans la maison pour retrouver son mari perdu la nuit du mariage ?… Mais… si… s'il ne m'aimait pas ? Idée folle ! J'ai regardé alors mes pieds non bandés qui semblaient aussi larges que des petits bancs. L'inquiétude montait en moi. Ou si… si c'était à cause de ça ? Oh ! que n'aurais-je donné à ce moment pour avoir une jolie paire de fleurs-d'or-de-lotus-à-trois-pouces ! Fatalement, la pendule a sonné une autre demie, puis une autre, puis une autre, puis une autre… Non, surtout ne pas paniquer, non. Le ciel ne s'écroulera pas sur nos têtes, répétais-je en imitant l'intonation de mon oncle pour me rassurer, le ciel ne s'écroulera pas sur nos têtes…

Puis d'un coup, la colère s'est emparée de moi. Laisser la nouvelle mariée seule dans la chambre nuptiale la nuit des noces ! Sans explication ! Sans rien de rien ! Qu'est-ce que c'est que ça !… J'ai décidé alors de ne plus attendre et de me coucher tout habillée. À peine ma tête eut-elle touché l'oreiller que j'ai sombré dans un sommeil de plomb. J'étais vraiment trop fatiguée pour penser plus longtemps à quoi que ce fût.

Le lendemain matin, c'est Jing-Hua qui est venue me réveiller.

– Qu'est-ce qui s'est pas… ?

– Je ne sais pas, m'a-t-elle coupée à mi-voix.

– Où était…

– Il vous attend dans la salle à manger.

– Mais…

– Dépêchez-vous, belle-sœur, le petit déjeuner est prêt.

D'un geste rapide, elle a ramassé la pièce d'argent dans la cuvette et « merci ! », elle a disparu.

Le premier rayon du soleil pénétrait par la fenêtre et dessinait un rectangle lumineux sur le mot « double bonheur », rendant sa couleur rouge feu plus vive encore.

Nous sommes partis tout de suite après le petit déjeuner. Lui sur un mulet noir, moi dans mon palanquin rouge. De nouveau.

Comme il faisait beau ce matin-là : soleil brillant, ciel bleu, fleurs jaune d'or, fleurs blanc neige, fleurs violettes, fleurs carmin, fleurs cerise, fleurs vermeil, vrombissement d'abeilles, chants d'oiseaux, feuilles de bananiers luisantes de rosée, étangs d'un vert opaque où nageaient des canards joyeux, rizières en terrasses dans lesquelles travaillaient des paysans cassés en deux…

Il a gardé la bouche scellée pendant tout le trajet. Plus d'une fois j'ai rassemblé des lambeaux de courage pour l'interroger sur cette nuit étrange que je venais de passer. Mais chaque fois que mon regard rencontrait le sien, tout mon courage se dissipait comme de la fumée balayée par un coup de vent. Il y avait beaucoup de choses dans ses longs yeux clairs. De la peine surtout. Comme s'il avait su ce que j'avais dans la tête et qu'il m'avait suppliée « Non, Mei-Li, s'il te plaît, ne me demande rien, non… ».

Mon père et ma belle-mère, dans la même tenue de cérémonie que la veille, nous ont offert un déjeuner somptueux. Je ne me rappelle plus quels plats nous avons avalés, tout devenait sans goût dans ma bouche comme de la cire. Mon mari parlait peu, écoutait bien, souriait discrètement. Il paraissait plaire énormément à mon père. Celui-ci a même daigné lever l'œil sur moi et ses lèvres minces ont murmuré quelque chose qui ressemblait à ce vœu rituel : « Soyez heureux pour mille années !… » J'ai alors oublié pendant un centième de seconde cette inquiétude qui m'assaillait depuis la nuit précédente, et je me suis sentie presque heureuse.

Après le repas et le thé, il fallait que nous rentrions. Avant de remonter dans mon palanquin, je me suis retournée pour voir une fois encore la maison de mon enfance. Un peu de vent soulevait la poussière jaune dans la rue déserte quand ma belle-mère, sur le pas de la porte, m'a adressé, comme la veille des noces, un sourire singulier.

Nous voilà de nouveau seuls dans la chambre, enfin !

– Voilà..., m'a dit mon mari d'une voix hésitante, voilà, Mei-Li, je... Il faut que je vous explique... Comment vous dire... Je... je ne suis pas votre mari...

Quoi ! La foudre ne m'aurait pas frappée aussi fort. Je n'ai pas compris.

– Voilà..., a-t-il balbutié avec un embarras de plus en plus grand, voilà... Mon grand frère... lui... C'est lui... Il est votre mari...

Suivant la direction de son bras, je me suis tournée et j'ai aperçu, à la lueur vacillante de la lampe à huile, sur le lit où j'avais dormi seule la nuit dernière, le visage blême et creux d'un homme à demi assis, le dos appuyé contre un gros oreiller.

– Voilà..., dit encore la voix évasive que je n'écoutais plus, il me faut partir maintenant... Je vous laisse...

Je me suis pincé la cuisse de toutes mes forces et j'ai senti une douleur vive : ce n'était donc pas un cauchemar.

– Mei-Li, on m'a dit que vous êtes aussi jolie que votre nom[1], a murmuré l'homme sur le lit.

Je restais comme clouée sur place, sans geste, sans pensée, sans voix, sans larmes. Je ne comprenais pas... je ne voulais pas comprendre...

– Je m'appelle Meng-Yu, s'est présenté l'homme sur un ton un peu ironique, Meng – rêver, Yu – l'espace.

1. Mei-Li (美丽) signifie « beau », « beauté ».

Il me semble que toutes ses forces se concentraient dans ses prunelles immobiles.

– Je vais avoir trente-deux ans cette année et je ne peux pas marcher depuis quinze ans à la suite d'une maladie…

Oh non !

– Et je ne peux pas voir non plus…, a continué la voix faible, cruellement.

Non et non et non et non et non !

– J'ai cru qu'ils vous avaient dit, a-t-il repris après un gros soupir, parce que j'y tenais.

Menteur !

– Écoutez, Mei-Li, il faut que je vous explique…

J'ai reculé.

– Venez, Mei-Li, s'il vous plaît, a-t-il dit d'un ton triste, il faut que vous m'écoutiez…

Je reculais encore. Le porte-cuvette s'est renversé avec fracas. La cuvette a roulé jusqu'au pied du lit.

Paralysé ! Aveugle ! Ô ciel ! il ne me manque que ça ! Comme en un éclair, j'ai revu le sourire machiavélique de ma belle-mère. Elle s'était bien vengée, elle !… Mais mon père, mon père ! Qu'est-ce qu'il avait fait à sa fille, mon père !… J'ai écrasé mes paumes sur ma figure, des larmes de rage, d'humiliation, de désespoir impuissant, se sont mises à couler entre mes doigts, sans bruit.

« Mariée à un coq on suit le coq, mariée à un chien on suit le chien, voilà le sort d'une femme… » Qui m'avait dit ça, déjà ?

生活

Le 23 août 1964

La porte de l'école primaire de la Source-aux-Pêchers était grande ouverte dès sept heures moins le quart. L'entrée donnait sur une cour carrée de terre battue. Le soleil du matin allongeait sur la cour soigneusement balayée les ombres de cinq eucalyptus aux larges feuilles vertes plantés en ligne droite. Après avoir traversé la cour, on voyait deux bâtisses longues en briques rouges fraîchement blanchies à la chaux : à gauche sept salles de classe avec chacune trois fenêtres hautes à barreaux de bois ; à droite le bureau du directeur, le bureau des professeurs, cinq autres salles de classe. Puis c'était un minuscule terrain de sport rectangulaire avec un bac à sable, une barre fixe, une paire de barres parallèles, deux tables de ping-pong en briques rouges avec un plateau en ciment, et au fond les toilettes.

À partir de sept heures et demie, les professeurs, les élèves et leurs parents ou grands-parents commençaient d'arriver. C'était le jour de la présentation des devoirs à domicile pour les élèves déjà à l'école et le jour de l'inscription pour les nouveaux.

Mei-Li entra avec Fan-Fan et Ming-Ming vers neuf heures.

Grande et dodue, dans une robe neuve à petites fleurs roses qui flottait sur elle, Fan-Fan paraissait un vrai monument à côté de Ming-Ming, son aîné de trois ans et trois mois qui semblait n'avoir jamais grandi.

Ils s'arrêtèrent devant la salle de classe sur la porte de laquelle un carton indiquait : INSCRIPTION POUR LES NOUVEAUX ÉLÈVES.

– Fan-Fan et moi faisons la queue ici, dit Mei-Li à Ming-Ming, toi tu vas présenter tes devoirs dans ta salle de classe.

– Oui, grand-mère, dit Ming-Ming, impatient de rejoindre ses camarades.

– Si tu sors plus tôt que nous, ajouta Mei-Li, rentre seul. T'as pas besoin de nous attendre, la queue est trop longue ici.

– Oui, je sais, grand-mère, cria Ming-Ming qui s'éloignait, et j'irai au marché ramasser des feuilles de choux pour les lapins.

Mei-Li prit la main de Fan-Fan et elles se placèrent dans la file d'attente.

Une demi-heure plus tard, Ming-Ming repassa avec un copain. Il fit un signe de la main à sa sœur et à sa grand-mère.

Il y avait encore une vingtaine de personnes avant elles.

Quand enfin arriva le tour de Fan-Fan, ses joues étaient rosées de chaleur et d'excitation. Elle avait attendu ce jour avec tant d'impatience ! Aller à l'école signifiait pour elle « être devenue grande ». Elle s'impatientait de voir arriver son prochain anniversaire en comptant les jours sur ses doigts, le temps passait trop lentement. À l'instant même où elle avait franchi le seuil de l'école, elle avait jeté un regard furtif sur le visage maigre de son frère qui entrait en quatrième : à partir d'aujourd'hui, fini ton privilège d'être le « grand ». Moi aussi, je saurai montrer à maman et à grand-mère d'excellentes notes à l'encre rouge dans les marges de mes cahiers. Mieux encore, je serai la première de la classe. Je ne suis pas bête, et je suis prête à travailler dur… Fan-Fan voyait déjà la surprise et la joie briller dans les yeux de sa mère et de sa grand-mère lisant son premier bulletin scolaire…

Loin de partager le même enthousiasme que sa petite-fille, Mei-Li se sentait à bout de nerfs. Sa main qui tenait celle de Fan-Fan était moite et froide.

– Comment t'appelles-tu ?

La femme à lunettes avait interrogé Fan-Fan d'une voix agréable.

– Fan-Fan, répondit la fillette.

– Bien. Quel âge as-tu ?

– Sept ans dans une semaine.

– Le 31 août 1957 ?… Tu as de la chance, ma petite ! Un jour plus tard, et tu devais attendre l'année prochaine pour pouvoir t'inscrire. Où est-ce que tu es née ?

– À Guang-Ning.

– Bien. Sais-tu compter ?

– Oui.

– Jusqu'à dix ?… vingt ?… trente ?…

– Jusqu'à mille, répondit Fan-Fan fièrement.

– Ah bon ! Alors, compte-moi de quatre-vingts à cent.

Fan-Fan le fit d'un seul souffle.

– Excellent, dit la femme à lunettes. Tu sais sans doute calculer aussi ?

– Oui, répondit Fan-Fan en bombant sa poitrine.

– Alors, quatre plus trois donne… ?

– Sept !

– Exact. Neuf moins six donne… ?

– Trois !

– Bravo. Peux-tu écrire ton nom ?

– Oui, et le nom de mon frère, le nom de ma maman, le nom de ma grand-mère…

– Très bien. Peux-tu m'écrire le nom de ta maman ici ?

La femme à lunettes donna un crayon à Fan-Fan et lui indiqua une case dans le formulaire.

D'un air grave, Fan-Fan saisit bien le crayon, écrivit deux caractères sur la feuille.

– Bai-Lan ?… Elle n'est pas une cantatrice de l'opéra Gui ?

Fan-Fan tourna la tête, posa sur sa grand-mère un regard interrogatif.

– Elle l'était, dit Mei-Li, mais elle ne chante plus… à cause… d'une maladie de voix…

Elle avait failli dire la vérité.

– Quel dommage ! dit la femme à lunettes. Je l'ai entendue chanter *Sœur Liu* au théâtre de Guang-Ning il y a des années. Je l'ai beaucoup appréciée.

Mei-Li sourit. D'un petit sourire triste.

– Qu'est-ce qu'elle fait maintenant ? s'enquit la femme avec sympathie.

– Je sais, moi, dit Fan-Fan en hâte. Dans un endroit où on fait des gâteaux !

La femme à lunettes sourit.

– Elle voulait dire dans la boulangerie-pâtisserie d'État de Guang-Ning, expliqua Mei-Li.

– D'accord. Je comprends pourquoi tu es un peu forte, Fan-Fan, tu dois manger des gâteaux tous les jours…

– Non, ce n'est pas vrai ! Maman rapporte des gâteaux à la maison seulement les jours de fête, répliqua Fan-Fan d'un ton sérieux qui les amusa.

– Ah bon ! Alors, dis-moi le nom de ton papa.

– Il s'appelle Fan-Hong.

– Fan-Hong, oui.

– Où travaille-t-il ?

– Euh…

Fan-Fan regarda de nouveau sa grand-mère.

– Nous ne savons pas, balbutia Mei-Li. Il vit dans une autre région… Il a divorcé d'avec la mère de Fan-Fan il y a longtemps…

Fan-Fan fixa sa grand-mère comme si elle ne la reconnaissait plus.

– Ah ! dit la femme à lunettes d'un air surpris. Je suis désolée… Il nous reste encore une dernière question : où habites-tu, Fan-Fan ?

Fan-Fan fixait toujours sa grand-mère comme si elle n'avait pas entendu la question.

– 123, rue des Bambous-Nouveaux, répondit Mei-Li en forçant un sourire. C'est combien, le droit d'inscription ?

– Un kuai cinq maos.

Mei-Li sortit de sa poche deux billets froissés.

– Parfait, dit la femme en rangeant les billets dans une petite boîte en carton couverte de poudre de craie. Voilà, c'est fait, Fan-Fan sera dans la classe I-1, celle des élèves avancés.

– Êtes-vous le professeur de la classe ? hasarda Mei-Li.

– Oui. Mon nom est Li. J'enseigne la langue chinoise.

– Combien d'élèves y aura-t-il dans la classe ?

– Cinquante-quatre maximum. La rentrée sera dans huit jours, le 1er septembre.

– Merci beaucoup, dit Mei-Li en donnant un petit coup de coude à Fan-Fan. Au revoir, professeur Li !

– Au revoir, professeur Li, répéta Fan-Fan machinalement.

– Au revoir. À la semaine prochaine, Fan-Fan. Le suivant !…

Mei-Li et Fan-Fan sortirent de l'école, remontèrent la rue de la Source-aux-Pêchers en silence.

Le soleil flambait dans un ciel sans nuages. Le goudron de la route devenait mou et brûlant.

Une charrette à bras chargée de deux énormes morceaux de béton armé roulait péniblement à deux mètres devant elles. Les mains crispées au bout des brancards, le corps tendu comme un arc à force de tirer son fardeau, l'homme avançait pas à pas, le front touchant presque le sol, le crâne caché sous une serviette mouillée dont on ne devinait plus la couleur d'origine. Son dos nu et bronzé luisait de soleil et de sueur. Mei-Li fixait les yeux sur son cou maigre et sale où les veines bleues grosses comme des cordes semblaient devoir éclater d'une minute à l'autre. Elle savait que Fan-Fan allait l'interroger. Elle connaissait aussi les questions que l'enfant allait lui poser. Trois ans plus tôt elle avait dû affronter la même situation quand Ming-Ming avait commencé l'école. Elle avait tout fait, et elle ferait tout pour protéger ses petits-enfants, mais elle ne pouvait pas remplacer leur père. Tôt ou tard, ils devraient faire face à la réalité. Et quelle réalité ?...

– Grand-mère, dit Fan-Fan. Papa et maman ont divorcé il y a très longtemps ?

– Oui, trois mois après que tu es née.

– Qu'est-ce que c'est que divorcer ?

– C'est-à-dire que ton papa a quitté ta maman.

– Tu m'as dit que c'était pour un long voyage ?

– Oui, c'est ça. Pour un très long voyage. Et personne ne sait où il se trouve maintenant.

– Pourquoi fait-il ce très long voyage ?

– Parce qu'il y a été forcé.

– Par qui ?

– Par quelque chose de très puissant… trop puissant pour qu'un individu y résiste… Tu le comprendras quand tu seras plus grande.

Fan-Fan se tut. Elle n'était point convaincue par ce « tu le comprendras quand tu seras plus grande ». Elle détestait cette réponse qui ne répondait rien. Pourtant, elle savait que c'était inutile d'insister, sa grand-mère lui répéterait la même chose, à peu de mots près, comme chaque fois que l'évocation de son papa surgissait dans la conversation. Fan-Fan ne pensait pas que c'était une mauvaise chose d'avoir un papa qui fait de longs voyages. Shiao-Wa, sa copine qui habitait dans le même bloc d'appartements, avait aussi un papa qui faisait souvent de longs voyages. C'est-à-dire qui était marin et qui faisait des tours du monde à bord d'un bateau très grand. Mais le papa de Shiao-Wa revenait au moins deux fois par an, et chaque fois c'était une fête : il rapportait pour sa fille des tas de cadeaux qui faisaient venir l'eau à la bouche des enfants des voisins ; il la portait haut sur son épaule et l'emmenait partout, au zoo, au cinéma, au restaurant, dans les magasins ; il lui achetait des bonbons, des biscuits, des glaces, des jouets, de beaux vêtements ; il jouait à cache-cache avec elle, la soulevant pour l'embrasser quand elle le trouvait… Tandis que son papa à elle n'était même pas revenu la voir une seule fois depuis son départ ! Elle ne gardait aucun souvenir de lui. Elle ne l'avait vu qu'une fois, sur une photo.

– Est-ce que papa m'aime ? demanda Fan-Fan d'une petite voix.

C'était là une vieille question que Fan-Fan ne savait plus combien de fois elle avait posée à sa grand-mère, mais elle avait besoin d'être rassurée.

– Bien sûr que oui ! répondit Mei-Li en lui serrant plus fort la main. Il vous aime tous, ta maman, ton frère et toi.

– Alors, pourquoi n'est-il jamais revenu nous voir ?

– Il reviendra, un de ces jours… quand tu seras plus grande…

Encore ce « quand tu seras plus grande » ! Fan-Fan se tut à nouveau, tristement. Elle sentit que le rayon du soleil qui pénétrait à travers son chapeau de paille, brûlait ses cheveux et ses yeux. Elle fit une grimace douloureuse.

– Tu n'es pas fatiguée, chérie ? s'inquiéta Mei-Li.

Fan-Fan fit « non » de la tête.

– Alors, allons chez le serrurier pour te faire faire une clef de la maison. Comme celle de Ming-Ming. Tu en auras besoin quand tu iras à l'école.

Mei-Li et Fan-Fan ressortirent de la boutique du serrurier de la rue du Vieux-Puits. Elles tournèrent à droite, marchèrent une vingtaine de mètres et entrèrent dans une baraque de briques grises. Une plaque de bois verticale fraîchement peinte en blanc était clouée à l'entrée avec en gros caractères rouges : *Station de Récupération des Déchets*.

Il faisait sombre à l'intérieur. Cela donnait une impression de fraîcheur. Sur une table près de la porte, un cahier noirci d'empreintes de doigts était ouvert. Renversé sur une chaise en bois, un homme d'une quarantaine d'années, au visage triangulaire et vêtu d'un T-shirt blanc troué à l'épaule, chantonnait un air d'opéra Gui en s'éventant avec une feuille de journal pliée en quatre, les pieds nus posés sur le bord de la table. Deux balances romaines, une grande et une petite, à long levier de bois luisant d'usure, traînaient par terre, au milieu de la pièce.

De gros sacs de chanvre à demi pleins étaient entassés dans un coin. Les objets qu'on rachetait ici et leur prix étaient indiqués au pinceau à l'encre noire sur une grande feuille de papier jaunie collée sur le mur. Tout dans cette pièce, y compris l'homme assis derrière la table, exhalait une odeur de moisi.

À la vue de Mei-Li et de Fan-Fan, l'homme au visage triangulaire ôta promptement les pieds de la table :

– Aaah !... Ce n'est pas là grand-maman Mei-Li ? dit-il avec un large sourire. Bonjour ! Comment ça va ? Comme il fait chaud ici ! On se croirait dans un four. Pas un client depuis que j'ai ouvert la porte ce matin. Je me demandais même si j'en aurais un aujourd'hui. Qui veut venir par une chaleur pareille, hein ? Ha, ha, ha... Qu'est-ce que vous m'apportez cette fois, grand-maman Mei-Li ? Pas grand-chose ? Faites voir... Voilà. Alors, le plumage d'un poulet... mettez-le dans ce sac... ça vous fait un fen... Et le plumage d'un chapon... non, non, pas dans le même sac, dans celui-là... ça vous fait deux fens... Et des peaux d'orange... Oui, c'est propre et bien sec... Mettez-les dans le plateau de la petite romaine... oui, comme ça... Voilà, ça pèse une livre exactement... Alors, huit fens... Et de vieux journaux... Passez-les-moi... Cinq livres quatre... Alors, je peux vous donner seulement cinq fens... je pourrais vous donner six fens si ça pesait cinq livres cinq, mais... Ce sera tout ?... Alors, voyons, ça fait un mao six fens au total. Ce n'est pas grand-chose, d'accord, mais c'est mieux que rien. Avec ça, vous pourrez déjà offrir un petit cadeau à votre petite-fille pour son anniversaire... un paquet de bonbons ou de biscuits par exemple... Non ? Elle n'aime pas ça ? Qu'est-ce qu'elle veut alors ?... *Le Roi Singe*

Shun-Wu-Kong ?... Bien sûr, bien sûr, tous les enfants adorent ça. Ha, ha, ha...

L'homme au visage triangulaire rangea les gros sacs de chanvre, sortit d'on ne sait où une petite boîte de fer-blanc, l'ouvrit, compta un mao six fens, les donna à Mei-Li.

– J'achète aussi des trucs de bronze, ajouta l'homme, de vieux tubes de pâte dentifrice faits de métal malléable, des morceaux de verre, et des he-shou-wu...

– Vous voulez aussi des he-shou-wu, Vieux-Huang ? demanda Mei-Li. À quel prix ?

– Deux maos la livre. Regardez, les prix sont indiqués là, sur le mur.

– Deux maos la livre ? C'est pas mal...

– Oui, c'est un bon prix. Mais il m'en faut de bien propre et de bien sec, comme tes peaux d'orange...

Mei-Li ramassa son panier de bambou, remercia Vieux-Huang, sortit avec Fan-Fan. Une fois dans la rue, Mei-Li demanda :

– Fan-Fan, sais-tu ce que c'est que he-shou-wu ?

– Non, répondit Fan-Fan.

– C'est une liane dont la racine peut être utilisée comme médicament. Elle a de petites feuilles vertes en forme de cœur, des fleurs blanches, une longue tige rouge-violet, une racine tubéreuse couleur brun-noir qui rappelle une patate douce. On prend seulement sa racine. On la lave, on la coupe en tranches, on sèche les tranches au grand soleil, et on en fait une tisane avec d'autres plantes pour soigner la neurasthénie, l'hépatite chronique...

– Où ça pousse ? demanda Fan-Fan sans enthousiasme.

– Il y en a beaucoup dans les environs de la ville, surtout au pied des collines ou des pans de muraille ancienne. On ira en chercher quand il fera moins chaud, d'accord ? Je te montrerai... Si nous avons de la chance, nous pourrons en trouver des kilos, et ça nous fera un peu de sous... Depuis combien de temps déjà rêves-tu d'une poupée qui sait ouvrir et fermer les yeux, comme celle de Shiao-Wa ? Figure-toi que tu pourras peut-être t'offrir ce luxe pour le Nouvel An !

Fan-Fan ne se montra pas particulièrement excitée par cette idée.

– Ah, Fan-Fan, reprit alors Mei-Li, sais-tu pourquoi ça s'appelle he-shou-wu ?

– Non. Pourquoi ?

– He, c'est un nom de famille, d'accord ? Shou veut dire la tête ; et wu, c'est la couleur noire. Alors, ensemble, ça signifie « He aux cheveux noirs ». Pourquoi ce nom bizarre pour une plante ? Parce qu'il y a des centaines d'années, il y avait un vieux vagabond qui s'appelait He. He était très pauvre et souvent n'avait rien à manger entre le lever et le coucher du soleil. Un jour, il sortit pour mendier mais il était si faible qu'il tomba évanoui sur la route. Quand il reprit conscience, il vit à côté de lui une plante qui grimpait au pied d'un rocher. Il en prit une feuille et la mit dans sa bouche. Mmm... pas mal du tout ! pensa-t-il. Dans son état, il aurait trouvé délicieuse une poignée de terre jaune, tu imagines. Il tira sur la plante pour attraper plus de feuilles... Qu'est-ce qu'il vit alors ? Quelque chose comme une patate douce ballottant au bout de la tige ! Sans perdre une seconde pour la laver, il y planta ses dents. C'était à la fois amer et doux. Il en trouva d'autres, et les dévora. He ne mourut pas empoisonné cette nuit-là, et désormais la plante fit partie de son alimentation quotidienne. Il n'était pas mort non plus au bout d'un mois, bien au contraire, il se sentait moins faible et son appétit était meilleur que jamais. Plusieurs mois plus tard, quand He revint dans les hameaux où il avait l'habitude de mendier, les villageois n'en croyaient pas leurs yeux : à la place d'un pauvre vieux clochard qui tenait à peine sur ses jambes, c'était aujourd'hui un vieillard rajeuni, qui parlait fort, riait bruyamment, marchait à grands pas… Et plus incroyable encore, ses cheveux déjà blancs étaient redevenus noirs ! Voilà. Grâce à He, ou au hasard, on découvrit une nouvelle plante fortifiante, et on l'utilise depuis dans notre médecine… D'où le nom « He-aux-cheveux-noirs ».

Fan-Fan sourit pour la première fois depuis qu'elle était sortie de l'école. Mei-Li poussa un léger soupir de soulagement.

– Maintenant on va à la librairie acheter le livre du Roi Singe ?

– Non, je ne veux plus l'acheter, répondit Fan-Fan.

– Pourquoi ?

– Ming-Ming m'a dit qu'il y avait une boutique de livres d'occasion près de l'école. Là-bas, on peut lire sur place une bande dessinée à un fen. Ming-Ming m'a promis de m'emmener. Alors, avec un mao six fens, je peux lire seize livres…

Il était déjà midi sonné lorsque Mei-Li et Fan-Fan rentrèrent au 123, rue des Bambous-Nouveaux. Mais la porte de l'appartement n° 11 était encore fermée. Surprise, Mei-Li dit :

– Où peut-il traîner encore par une telle chaleur ?

– Ming-Ming ? Il est peut-être allé se baigner.

– Se baigner ? Où ?

Mei-Li sortit la clef, ouvrit le cadenas, poussa la porte.

– Bah, dans le fleuve…, répondit Fan-Fan en allant vers le buffet pour se verser un verre d'eau.

– Comment le sais-tu ?

Fan-Fan vida le verre d'un trait, le remplit à nouveau.
– Je l'ai vu sortir de l'école avec Jiang.
– Qui c'est, Jiang ?
Fan-Fan s'assit sur un tabouret, but une grande gorgée, s'essuya la bouche du revers de la main.
– C'est son meilleur copain. Il est déjà venu plusieurs fois à la maison quand tu étais au marché…
– Et alors ?
– Alors, les parents de Jiang sont pêcheurs, ils habitent sur un sampan. Il a dit qu'il fallait que Ming-Ming aille se baigner une fois avec lui dans le fleuve, que c'est très agréable en été…
– Mais il aurait pu au moins me le dire…
À cet instant, une voix appela :
– Grand-maman Mei-Li !
Mei-Li et Fan-Fan tournèrent la tête et virent entrer tante Wang avec sa fille Shiao-Wa dans les bras.
– Asseyez-vous, tante Wang, asseyez-vous, dit Mei-Li avec chaleur en approchant une chaise. Quel bon vent vous amène ?
Tante Wang s'assit et dit à Shiao-Wa :
– Montre ta joue à grand-maman Mei-Li.
Shiao-Wa ôta sa main qui tenait sa joue droite. C'était gonflé et tout rouge sous l'oreille.
Mei-Li s'approcha.
– Mais ce sont les oreillons ça ! Oh, ma pauvre petite…
– Qu'est-ce que c'est que les oreillons, grand-maman Mei-Li ? demanda tante Wang d'un air très inquiet.
– C'est comme ça qu'on appelle une inflammation des parotides. Ming-Ming et Fan-Fan ont eu ça l'année dernière. Ça fait mal, mais ce n'est pas grave. Ne t'en fais pas trop. Va au marché immédiatement. Achète deux morceaux de cactus frais. Ah, tu ne sais pas ce que c'est ?… Alors, c'est une plante épineuse qu'on appelle

aussi la main-de-l'immortel… Voilà. C'est ça. Tu vas en acheter deux gros morceaux, tu enlèves les épines, tu les coupes en tranches, tu les écrases en purée, et tu en appliques là, sur la partie gonflée… comme ça. Et tu changes le cataplasme toutes les demi-heures. Oui, c'est très efficace, je te le garantis. Ça va passer en deux jours tu verras…

– Alors, on va tout de suite au marché. Merci grand-maman Mei-Li, dit tante Wang en se levant en hâte.

Sur le seuil, tante Wang faillit heurter quelqu'un qui entrait.

– Oh, Dieu du ciel ! s'écria tante Wang en s'accrochant au chambranle.

– Oh non, ciel ! s'écria Mei-Li en portant la main à sa bouche. Mais qu'est-ce qui s'est passé ?

Ming-Ming entra, regarda tante Wang puis Mei-Li d'un air étrange. Il avait du sang partout, sur son visage, dans ses cheveux, sur ses mains. Le col de sa chemisette blanche était tout rouge.

– Mais qu'est-ce qui t'est arrivé, ciel ? répéta Mei-Li en installant Ming-Ming sur une chaise.

Puis elle lui souleva une mèche de cheveux pour examiner la blessure sur son front.

– Ah, ça ne coule plus… ce n'est pas très profond heureusement… mais il faut y mettre l'huile-à-dix-mille-fleurs si on ne veut pas que ça s'infecte plus tard…

Elle prit une minuscule fiole remplie d'un liquide jaune clair et versa un peu d'huile-à-dix-mille-fleurs sur la plaie. Ming-Ming fit une grimace.

– Ça y est mon grand, ça y est, lui dit Mei-Li avec douceur, on va te laver et te changer tout de suite…

Mei-Li leva la tête et s'aperçut que tante Wang était encore là. Elle lui indiqua la porte d'un mouvement du menton. Tante Wang fit un petit signe de tête et sortit avec sa fille.

Mei-Li versa de l'eau bouillante refroidie dans une cuvette et se mit à essuyer le visage du garçon.

– Enfin, qu'est-ce qui s'est passé, mon grand ? demanda Mei-Li doucement.

– Je me suis battu avec Lai-Fu. Il m'a frappé la tête avec une brique…

Lai-Fu était le frère de Shiao-Wa. Il avait un an de moins que Ming-Ming, mais une tête de plus que lui. C'était d'ailleurs un costaud à la poigne de fer comme son père le marin. Quand Lai-Fu tendait la main, tout enfant de l'immeuble y mettait ce qu'il possédait sans oser regimber : bonbons, biscuits, billes, toupies, canifs, argent de poche… Même les petits voyous du quartier n'aimaient pas avoir des histoires avec lui. « Ne vous approchez jamais de lui, avertissait Mei-Li très souvent. Si vous le voyez sur votre chemin, changez de trottoir. »

– Mais pourquoi tu t'es battu avec lui, dit Mei-Li, je te disais toujours de…

– Je sais, grand-mère, mais c'est lui qui venait me chercher au marché et me disait des choses sur papa…

– Tu te souviens bien de l'histoire de Han-Xin ?

– Oui, grand-mère, fit Ming-Ming en baissant la tête.

– Alors, raconte-la-moi.

– Euh… c'était il y a presque deux mille ans. Un jeune homme s'appelait Han-Xin. Il n'avait pas un sou. Il demandait l'aumône à tout le monde. Les gens le méprisaient. Un jour, un boucher se plaça sur le chemin de Han-Xin, les jambes écartées : « Tu n'es qu'un pauvre bon-à-rien, Han-Xin, provoqua le boucher. Si tu es un homme, plante ton épée ici, dans ma poitrine ; si tu n'es qu'un lâche, rampe entre mes jambes ! »

– Que fit Han-Xin alors ?

– Euh… il regarda son provocateur un instant, puis se baissa, et rampa entre ses jambes. Le boucher éclata de rire mais Han-Xin s'éloigna sans rien dire.

– Pourquoi Han-Xin ne tua pas l'offenseur ? Il eut peur de lui ?

– Non, il n'eut peur de personne. Il ne voulut pas tuer le boucher, tout simplement parce que… parce que ce pauvre con de boucher ne valait même pas qu'on tire son épée…

– Oui, c'est ça, acquiesça Mei-Li. Le plus fort est celui qui sait se mettre au-dessus de l'humiliation pour n'avoir pas eu peur d'être humilié. Voilà pourquoi Han-Xin put devenir plus tard le général en chef de l'empereur Liu-Bang.

– Mais, grand-mère…, mais Lai-Fu disait que papa est un contre-révolutionnaire, que je suis le fils d'un prisonnier !…

L'expression de Mei-Li devint très grave. Elle regarda tour à tour son petit-fils et sa petite-fille dont le regard lourd d'interrogation pesait sur elle.

– Alors, mes enfants, dit Mei-Li lentement, alors, je vois qu'il est temps de vous laisser savoir…

美丽

En ce temps-là, mes beaux-parents possédaient une pharmacie où l'on vendait des remèdes chinois traditionnels. Elle était pompeusement nommée Yong-Ji, « Éternité », et se trouvait à l'endroit le plus animé de Tien-Ma, parmi toutes sortes d'échoppes, restaurants, maisons de thé, qui se serraient les uns contre les autres des deux côtés de la rue des Sept-Étoiles.

À gauche, il y avait une échoppe où on mangeait des nouilles de riz – nouilles de riz dans la soupe de légumes, nouilles de riz sautées avec de la viande de porc ou des crevettes d'eau douce, nouilles de riz à la sauce épicée. Oh ! comme c'était bon, cette sauce pimentée, avec de la ciboulette, de l'huile de sésame et des graines de soja frites ! Il faut y goûter pour le savoir… ça te pique fort la langue et le palais, ça te fait venir des larmes aux yeux et de la morve au nez, et ça te réchauffe le sang quand il fait froid ! Tante Liu, la patronne de l'échoppe, n'était d'ailleurs jamais avare ni de sauce ni de conseils de vieille femme. Son cœur était large, ruisselant de bonté. Elle était la seule personne à Tien-Ma à qui je pouvais me confier. Elle savait tellement bien me réchauffer le cœur avec ses nouilles de riz et ses sourires maternels… Ô tante Liu !

À droite, on voyait une épicerie tenue par le fils d'un pépé ratatiné, la chair fuyant l'os et ridé comme on ne pouvait pas. Il trônait toujours là, le pépé, au fond de la boutique, dévisageant chaque client avec ses prunelles ternies par le temps, blotti dans sa chaise de bambou basse, un éventail de jonc dans la main en été, un feu de charbon de bois aux pieds en hiver. C'était là que j'allais souvent chercher de la sauce de soja pour la cuisine et de l'alcool de riz pour mon beau-père.

Quand on entrait dans la pharmacie de mes beaux-parents, on était tout de suite saisi par une odeur très spéciale, un mélange insolite d'arômes différents, de feuilles, tiges, fleurs, racines, fruits et noyaux. Ces herbes et ces plantes, tu sais, on les avait cueillies à la campagne, au fond des vallées, au sommet ou au pied des montagnes, à l'ombre des arbres centenaires dans la forêt, au bord des ruisseaux qui jaillissent des entrailles de la terre, le long des rivières d'eau verte, jaune ou rouge… On les avait découpées en tronçons, tranches, lamelles, lanières ou petits dés puis séchées au grand soleil, au feu doux du charbon de bois, ou à l'ombre ; on les avait parfois concassées dans un mortier de pierre ou de bois dur ou encore de bronze, parfois moulues en fine poudre, passées au tamis et mélangées avec du miel pour fabriquer des boulettes noires enrobées de cire blanche, parfois macérées dans l'alcool avec des serpents venimeux ou avec des morceaux d'os de tigre ou bien encore avec de gros lézards des montagnes pour soigner toutes sortes de maladies courantes ou bizarres… C'était ça, tu imagines, qui avait été rangé là, dans d'innombrables petits tiroirs qui couvraient entièrement les murs de la boutique. Il n'y avait pas de fenêtre mais une très grande porte qui laissait entrer la lumière du jour et les clients. Lorsqu'il pleuvait et qu'on y voyait mal, on allumait une grosse lampe à huile. Sur le comptoir, il y avait toujours une petite balance romaine en bronze, un gros boulier en bois verni rouge sombre, une pile de feuilles de papier découpées en carré, une paire de ciseaux et une boule de ficelle de chanvre pour faire les paquets. Une porte étroite au fond de la salle donnait sur une petite cour dallée rectangulaire où l'on faisait sécher le linge sur deux longues cannes de bambou suspendues en parallèle, où en été, après le coucher du soleil, on prenait le dîner autour d'une table de pierre, à côté d'un grenadier planté dans un énorme pot de terre cuite. Près de la porte de la cuisine au fond de la cour se dressaient deux jarres immenses dans lesquelles on réservait de l'eau pour la cuisine et la toilette. N'ayant de puits ni dans la cour ni aux environs de la maison, on puisait de l'eau à cinq cents pas dans le Qing-Shui, Fleuve Limpide, dont l'eau gorgée de terre rouge n'était jamais claire.

Non, la maison n'est plus là, hélas. J'y suis retournée une fois il y a des années, mais la ville avait déjà complètement changé. On avait élargi la rue des Sept-Étoiles, les anciennes boutiques des deux côtés avaient été démolies, remplacées par des blocs de bureaux et d'appartements. Je ne pouvais même pas retrouver l'emplacement de la maison. Même le nom de la rue avait été changé. C'était devenu rue des Étoiles-Rouges je crois, ou quelque chose comme ça. Oui, c'est drôle, mais nous les Chinois on a toujours une préférence particulière pour la couleur rouge. Les costumes et le palanquin de mariage sont rouges ; la ficelle qui relie les nouveaux mariés est rouge ; le caractère « bonheur » ou « double bonheur » qu'on colle sur la porte et la fenêtre de la chambre nuptiale est découpé dans du papier rouge ; les œufs qu'on offre à l'occasion de l'anniversaire d'un enfant sont peints en rouge ; l'argent de « bonne chance » que les parents donnent à leurs enfants le jour du Nouvel An est enveloppé dans du papier rouge ; les lanternes dont on décore les lieux de fêtes sont de papier ou de tissu rouge ; les pétards qu'on fait éclater à l'arrivée du Nouvel An ou pour l'inauguration de n'importe quoi sont aussi recouverts de papier rouge... Et les écussons représentant le président Mao qu'on portait lors de la Révolution culturelle n'étaient-ils pas tous de couleur rouge ? Et les drapeaux rouges, et les petits livres rouges, et les adolescents qui se nommaient gardes rouges ?

Le rouge, l'éternel et mystérieux symbole du bonheur des Chinois...

Ma belle-mère était une petite femme de « cinq pouces ». Elle paraissait si chétive qu'un coup de vent léger aurait pu facilement l'emporter. Mais sous cet aspect fragile se cachait une tigresse. Autoritaire, méfiante et cruelle. On dit souvent que la société chinoise est une société masculine, mais ce n'est pas toujours vrai à l'intérieur de la famille. Du moins chez mes beaux-parents. Contrairement à ce que nous enseigne Confucius – une femme doit obéir à son père avant le mariage, à son époux après être mariée, à son fils aîné après la mort de son mari –, c'était ma belle-mère qui, dans la boutique comme à la maison, faisait la pluie et le beau temps. Étonnant, non ?

Quant à mon beau-père, on aurait dit un bœuf souriant. Doux, facile, conciliant et bon travailleur, il portait sur son dos un peu bossu des paniers pleins de patience. Si deux personnes en désaccord venaient lui demander son avis, il répondait à l'une « Tu as raison » et à l'autre « Tu n'as pas tort ». Quand sa femme piquait une colère – ça arrivait malheureusement assez souvent –, il faisait semblant de ne rien voir et continuait tranquillement sa besogne dans son coin. Il est arrivé qu'une fois, en l'absence de ma belle-mère, un client qui ne croyait pas à la légende du bon caractère de mon beau-père lui demande s'il avait peur de sa tigresse de femme. Quoi ? Peur de sa femme ? La question même était une insulte pour un mari chinois. Mais mon beau-père, souriant de son sourire légendaire pareil au soleil que le nuage n'arrive jamais à couvrir, a répondu : « Pourquoi peur ? Elle ne m'a jamais mordu. »

Ils ont eu quatre enfants mes beaux-parents, une fille et trois garçons dont le second est mort à l'âge de trois ans à la suite d'une diarrhée violente que mes beaux-parents n'ont pas réussi à arrêter avec les ressources de leur boutique. Meng-Yu, mon mari, était le fils aîné donc l'héritier par tradition de la maison et de la pharmacie. Il avait été un enfant très gai, disait-on, dont les joues énormes étaient toujours gonflées de santé et de bonheur de vivre. Bon élève à l'école, bon fils, grand frère qui veillait et qui protégeait. Il était aussi un gros travailleur comme son père et commençait déjà à aider à la boutique... Puis, un jour, il est tombé malade – la famille devait être poursuivie par la malédiction car l'un des fils était déjà mort. Mes beaux-parents se sont affolés. Ayant perdu confiance en la vertu des plantes qu'ils vendaient, ils sont allés user les genoux de leurs pantalons devant la statue de Bouddha dans le temple. Ils y ont déposé une fortune aussi, brûlé nombre de bâtonnets d'encens, et cette fois-ci, la statue de bois laqué semblait enfin les avoir entendus : la fièvre tombée, Meng-Yu put échapper d'un cheveu à la mort. Seulement, il ne pouvait plus marcher ni voir... Le diseur de bonne aventure avait prédit que Meng-Yu retrouverait la vue et l'usage de ses jambes s'il épousait une jeune fille née dans une année du dragon et de seize ans moins âgée que lui. Pourquoi une fille née dans l'année du dragon, tu te demandes ? Eh bien, parce que Meng-Yu est né dans l'année du rat. Selon le diseur de bonne aventure, le signe du dragon, est le plus compatible avec celui du rat ; le dragon est d'ailleurs le symbole de la puissance positive, il était capable d'éliminer les mauvais esprits qui torturaient Meng-Yu. Mais comme tu dois t'en douter, trouver une telle fille ce n'était pas une mince affaire. C'est après des années et des années de recherches sans relâche que mes beaux-parents ont fini par découvrir l'heureuse élue dans le Bourg-aux-Grues. Et me voilà mariée au fils aîné d'une bonne famille de Tien-Ma malgré mes pieds non bandés. Le miracle ne s'est pas produit pour autant, et Meng-Yu est resté aussi paralysé et aveugle qu'avant le mariage…

Jing-Ming, celui que j'avais d'abord cru être mon mari, était le dernier-né de la famille. Le plus intelligent des quatre et très beau garçon, il était la fierté de ses parents. Il avait déjà terminé ses études secondaires et était fiancé lorsque le palanquin rouge m'a portée à Tien-Ma. Son mariage devait être célébré à la fin de l'année après celui de son grand frère et celui de sa grande sœur. C'est vrai, la fiancée de Jing-Ming avait quatre ans de plus que lui ; c'est vrai, elle n'était pas jolie fille, et elle avait sur la joue gauche quelques marques très vilaines laissées par une éruption variolique ; mais elle était l'unique héritière de la plus puissante famille de Tien-Ma, la famille Deng qui possédait, sans parler d'une fumerie d'opium et d'une maison de thé, une boutique de riz, une boutique de tissu et quelques centaines de mous[1] de champs fertiles aux environs de la

1. 15 mous = 1 hectare.

ville. On disait que les parents de la jeune fille avaient même promis de financer les études de Jing-Ming à l'université après leur mariage… Le meilleur parti qu'un fils de petits pharmaciens pût jamais espérer. Pourtant un jour – c'était un mois après mon mariage avec Meng-Yu – Jing-Ming est parti sans prévenir, laissant derrière lui sa mère bleue de colère et d'amour-propre poignardé, son père avec des rides supplémentaires sur le front, sa fiancée aux petits pieds bandés inconsolable inondée par des torrents de larmes, et ses futurs beaux-parents furieux crachant toutes les saletés du monde comme un dragon le feu… Pourquoi était-il parti ? Où était-il allé ? Quand rentrerait-il ? Et reviendrait-il jamais ? Personne ne le savait…

生活

Mei-Li glissa du lit sans bruit, s'habilla dans le noir, lissa ses cheveux avec ses doigts, puis se pencha pour coller sa bouche contre l'oreille de Fan-Fan :

– Réveille-toi, Fan-Fan, c'est l'heure.

Fan-Fan se tourna vers le mur en poussant un petit gémissement.

Mei-Li hésita, se dirigea vers la porte de la chambre, mais juste avant d'en franchir le seuil elle se retourna brusquement et revint près du lit.

– Fan-Fan, appela-t-elle à voix basse en secouant doucement l'enfant par les épaules, Fan-Fan…

Fan-Fan ouvrit à demi les yeux.

– Debout, ma grande, il est temps de partir.

– Partir ? où ça ?… balbutia Fan-Fan en se frottant les yeux.

Mei-Li sourit dans l'ombre.

– Mais t'as oublié ? On va acheter de la viande…

Au mot « viande », Fan-Fan se dressa, complètement réveillée. Oh c'est vrai, comment pouvait-elle oublier ? Aujourd'hui, 31 août 1967, c'est son anniversaire, pour ses dix ans, on va manger des raviolis à la viande de porc et aux civettes chinoises. C'est son régal, tout le monde le sait. Ça fait combien de temps déjà qu'elle n'en a pas vu sur la table familiale ? Six mois ? un an ? Elle ne saurait dire. Mais sûrement depuis très longtemps. Ce n'est pas difficile à préparer des raviolis à la viande de porc et aux civettes chinoises, si on peut trouver en même temps de la farine de blé, des civettes et de la viande de porc bien entendu.

De la farine de blé ? Introuvable dans la boutique de céréales d'État, grand-mère sait bien où en dénicher ! Hier, elle est allée voir les Vieux Zhou qui, originaires du Nord, n'arrivent pas à s'habituer au riz, trop lourd pour leurs estomacs fragiles quoiqu'ils vivent depuis dix-huit ans dans cette ville du Sud où l'on ne mange que du riz. Ils ont toujours dans un coin de leur chambre à coucher, dit-on, de grosses jarres pleines de farine de blé dont seul le diable sait comment ils parviennent à s'en procurer. Dès les premiers mots de grand-mère, Vieille Zhou s'est précipitée dans la chambre à coucher, en est ressortie une minute plus tard pour mettre dans les mains de la visiteuse une grande cuvette de faïence remplie de farine à ras bord. « Non, ça non, disaient les Vieux Zhou en chœur, nous ne voulons pas ton argent. Voyons, grand-maman Mei-Li, notre farine ne se vend pas. D'ailleurs, n'est-on pas des voisins ? Un jour peut-être, qui sait ?… nous aurons quelque chose à te demander nous aussi. » Et voilà.

Des civettes ? Ça ne pose pas de problème non plus. En cette saison, on en trouve dans les paniers de bambou des quelques rares paysans des environs qui osent encore venir vendre les produits de leurs jardins sur les trottoirs de la ville, le matin, très tôt, avant la sortie de la première patrouille de gardes rouges. Une gerbe de civettes, achetée hier à un prix fort par la grand-mère, bien triée, bien lavée, s'égoutte en ce moment au fond du petit panier rond posé sur le seau de fer-blanc dans la cuisine.

Mais où trouver de la viande de porc ? Voilà la chose la moins évidente. Imaginez que dans tout le quartier il n'y a qu'une seule boucherie d'État qui ne soit pas encore fermée, et que chaque jour dans la boutique il n'y a qu'une moitié d'un porc étrangement maigre à partager ! Alors, afin que le plus d'habitants possible puissent en avoir une bouchée, on a décidé que chaque client n'avait droit qu'à une demi-livre de viande. Une demi-livre de viande, ce sera trop peu pour faire des raviolis pour quatre personnes ! C'est bien pour ça que grand-mère et elle doivent se lever très très tôt, à deux heures du matin, pour être parmi les premiers dans la queue qui s'allonge à vue d'œil devant la boutique, qui n'ouvre pourtant pas ses battants avant huit heures.

Dehors il faisait très clair. La pleine lune telle une lanterne d'argent était accrochée comme par une main invisible à un ciel bleu marine. On y voyait si bien que l'on se demandait si l'on pouvait lire au clair de lune. L'air était frais et pur. D'une pureté palpitante. Des maisons basses dont on apercevait les toits de tuile bleu-gris dépassant des murs de briques rouges qui bordaient la rue de la Pêche-Céleste maintenant nommée Mie-Zi, Extermination-du-Capitalisme, dormaient d'un sommeil incroyablement profond. Sans les slogans et les dazibaos à l'encre rouge et à l'encre noire qui couvraient de grands pans de mur, on eût douté que l'on marchât dans une ville enflammée par la fureur de la Révolution culturelle depuis l'automne dernier. Le bruit des pas de Mei-Li et de Fan-Fan sur le trottoir rendait plus silencieux encore le silence de la nuit. De temps en temps Fan-Fan tournait la tête pour voir si elles n'étaient pas suivies par des fantômes grimaçants. À l'école, la maîtresse avait déjà répété des centaines de fois que ni les âmes ni les fantômes n'existaient, que tout ça n'était que stupide superstition, mais Fan-Fan se sentait toujours observée et dévisagée par des yeux invisibles dès qu'elle se trouvait dans la nuit silencieuse.

– Qu'est-ce qu'il y a, Fan-Fan ? demanda Mei-Li.

– Rien, répondit l'enfant en serrant plus fort la main de sa grand-mère.

Après être passées devant le bureau de poste et le magasin de tissu fermés, elles descendirent la rue Fan-Xiu, Antirévisionnisme, qui portait auparavant un nom bien plus poétique, « Phénix », à cause des flamboyants plantés au long de la rue qui se couronnaient de fleurs rouge vif chaque année au mois de mai, et que les gens du pays appelaient « arbres du phénix ». Et là, miracle ! quelques ampoules restaient allumées sur des lampadaires de bois bien que leur lumière jaunâtre fût trop faible pour rivaliser avec le clair de lune. À une trentaine de pas plus loin, Mei-Li et Fan-Fan voyaient la silhouette longue et maigre d'un homme légèrement voûté. Il marchait d'un pas rapide dans la même direction qu'elles, en tenant dans une main quelque chose qui ressemblait à un panier.

– Voilà un autre chasseur de viande, murmura Mei-Li en hâtant le pas.

– Grand-mère, dit Fan-Fan.

– Oui, dit Mei-Li.

– Notre professeur de musique a été enfermée dans la salle de classe de la sixième.

– Ah bon ! Pourquoi ?

– Les gardes rouges disaient qu'elle est espionne et antirévolutionnaire.

– Comment ça ? Espionne et antirévolutionnaire ?

– Sais pas, mais il paraît qu'elle a quelques relations aux États-Unis ou à Taiwan. Les gardes rouges ont fouillé sa maison et ont trouvé des lettres.

Mei-Li eut un frisson comme si elle eût touché la peau froide d'un serpent. Elle avait pensé à la vieille photo cachée dans la pochette de sa petite valise.

– Les gardes rouges lui ont rasé la moitié du crâne, continua Fan-Fan. Oh, qu'est-ce que c'est horrible !... Sa fille est dans notre classe. Personne ne lui parle plus. Certains l'appellent « bâtard de l'espionne » et lui crachent au visage...

– Ne va plus à l'école, Fan-Fan, dit Mei-Li.

– Mais on n'a plus d'école ! dit Fan-Fan.

– Plus d'école ?

– Non, l'école sera fermée dès lundi, notre maîtresse nous l'a dit. C'est pour qu'on puisse poursuivre plus à l'aise la Grande Révolution culturelle.

Il y eut un moment de silence.

– Grand-mère ? dit Fan-Fan.

– Oui.

– Tu vas me raconter beaucoup beaucoup d'histoires, n'est-ce pas, grand-mère ?... Tu racontes mieux que notre maîtresse !

Mei-Li passa la main sur la tête de Fan-Fan. Un petit sourire s'esquissa aux coins de ses lèvres.

– Bien sûr, dit-elle, on aura plein de temps pour ça...

– Tu m'apprendras aussi à jouer aux échecs, grand-mère ?

– Oui, je t'apprendrai, c'est promis...

Elles aperçurent l'ombre massive du banian multiséculaire. Avec son feuillage énorme dont le diamètre mesurait plus de trente mètres, d'un vert vernissé aussi éclatant en hiver qu'en été, avec son tronc que trois adultes se tenant par la main ne pouvaient embrasser, avec son écorce sur laquelle le temps avait creusé des ravins profonds comme le ciseau du destin des dessins mystérieux, avec ses racines aériennes qui retombaient en abondance de ses branches telle la longue barbe du génie de la longévité, la silhouette trapue de l'arbre assis devant la place du marché ressemblait, pensait Mei-Li, à celle d'un vieux paysan serein qui, après toute une vie passée à labourer, se repose maintenant sur le pas de sa maison, sous son immense chapeau en feuilles de bambou.

La longue et maigre silhouette de l'homme légèrement voûté disparut près du gros banian. Mei-Li pressa le pas, Fan-Fan courut presque à côté d'elle.

La place du marché derrière le vieux banian n'était en réalité qu'une impasse entre une boutique de légumes d'État, une boucherie d'État, une épicerie d'État, une échoppe de boulettes de riz, des bazars et quelques maisons d'habitation. Avant, c'était un lieu animé, grouillant du matin au soir de marchands de quatre-saisons et de paysans de la banlieue, debout, accroupis, ou assis sur un escabeau, une brique ou une simple toile de sac étalée à même le sol dans la poussière jaune, derrière leurs cages de bambou dans lesquelles s'entassaient des poulets, des canards ou des oies, leurs seaux de bois lourds de pousses de bambou marinées, leurs grands paniers ronds remplis selon les saisons. On y trouvait, outre une grande variété de choux verts, des racines de lotus beige rosé, des gerbes de fleurs de citrouille dorées qu'on mangeait farcies ou cuites dans l'eau, des courges duveteuses qui pesaient plus de cinq kilos, des tubercules de colocases couvertes de poils marron, des haricots verts fins et longs de plus de deux pieds, des pastèques ovales sans graines, des prunes rouge sombre acides à faire frémir, des pamplemousses en forme de poire, des jaques à la peau épaisse hérissée de grosses dents, des litchis pourpres, des mangues jaunes, des longans brun clair, des goyaves vert pâle… Quand Mei-Li y venait faire ses courses, Fan-Fan aimait bien l'accompagner, heureuse de se balader entre les cages et les paniers, en écoutant les gens s'interpeller, discuter ou se quereller, respirant la fraîcheur des légumes qu'on avait cueillis le matin même et le parfum des fruits qui avaient mûri au grand soleil. Mais son plus grand plaisir, c'était de regarder sa grand-mère marchander : le plus souvent, celle-ci s'approchait sans hâte d'un étal, examinait des marchandises avec l'air d'un connaisseur raffiné, regrettait que la qualité ne fût pas satisfaisante, demandait quand même le prix, puis déclarait que c'était vraiment trop cher, faisait semblant de partir, se retournait pourtant lorsque le marchand offrait une réduction intéressante, choisissait longuement, se moquait gentiment quand le marchand tentait de tricher sur le poids, payait seulement après avoir glissé ses achats sous l'anse de son panier, s'éloignait en promettant de revenir la prochaine fois… Mais maintenant, ces marchands et ces paysans avaient disparu. Et avec eux ce bourdonnement de la vie. Seules les boutiques d'État restaient ouvertes, misérables, offrant moins de marchandises que des citations de Mao écrites en gros caractères rouges sur leurs murs blanchis à la chaux et destinées à remplir les cerveaux mais non les ventres.

Lorsque Mei-Li et Fan-Fan arrivèrent sur la place du marché, une dizaine de personnes patientaient déjà devant la boucherie. Devant la porte close sur laquelle on lisait une citation de Mao : « La corruption et le gaspillage sont deux crimes abominables », un corps enroulé dans un drap blanc rayé était étendu sur une natte en jonc. Un crâne aux longs cheveux gris clairsemés et une paire de socques de bois maintenue aux pieds par une large lanière de caoutchouc noir dépassaient du drap. Afin d'occuper la première place, le dormeur devait s'être couché là hier soir. Près de lui, un vieil homme accroupi, une pipe à long tuyau de bambou entre les dents, enveloppé dans un nuage de fumée blanche que venait crever de temps en temps une toux bruyante. Ensuite, une femme avec un gros chignon noir assise sur un morceau de journal étalé par terre, le visage caché dans ses bras pliés posés sur les genoux. Puis trois vieilles femmes assises sur leurs talons occupées à croquer des graines de pastèque grillées et salées tout en jacassant. Près du trio, un homme sans âge, les mains dans les poches de son pantalon, laissant porter le poids de son corps tantôt sur une jambe, tantôt sur l'autre, d'un air ennuyé, regardait à gauche et à droite comme s'il attendait quelqu'un. Venaient encore deux femmes assises sur des tabourets ronds qui devisaient à voix basse, puis l'homme légèrement voûté que Mei-Li et Fan-Fan avaient vu disparaître près du vieux banian fermait la queue. C'était un homme long : le visage long, le nez long, le cou long, les bras longs, les jambes longues. Eh bien non, ce n'était pas lui qui fermait la queue, mais une moitié de brique grise que quelqu'un avait posée là, exprès. Sans un mot, Fan-Fan prit place derrière l'homme long tandis que Mei-Li ramassait la brique et la plaçait derrière elle. La petite-fille et la grand-mère échangèrent un regard complice. L'homme long n'avait rien dit. Mei-Li sortit de son panier d'osier une feuille de journal qu'elle étala par terre, fit signe à Fan-Fan de s'asseoir, et s'installa elle-même à côté de l'enfant.

La nuit était calme. Incroyablement calme. Pas de grondement de tambours. Pas de fracas de gongs et de cymbales. Pas de cris de jeunes gens aux brassards rouges. Pas de slogans hurlés par les défilés interminables. Pas de chansons de marche diffusées par les haut-parleurs accrochés partout dans la ville. Seuls les voix aiguës des trois vieilles femmes toujours en train de bavarder et de croquer une à une leurs graines de pastèque et le chuchotis continu des deux femmes assises. Seule la lune silencieuse déversant sa lumière aussi limpide et fraîche que l'eau d'une source des montagnes.

– Grand-mère ? fit Fan-Fan. Qu'est-ce que c'est que cette ombre sur la lune ?

– C'est le palais Guang-Han, un palais très vaste et très froid.

– Qui habite là-dedans ?

– La plus belle femme du monde, Chang-Er, et son lapin de jade.

– Chang-Er et son lapin de jade ?

– Oui, c'est ça.

– Comment a-t-elle pu aller vivre là-bas ?

– Ah ça, c'est très long à raconter…

Mei-Li sortit de la poche de sa veste un petit bout de papier blanc qu'elle plaça sur ses genoux, puis un mouchoir à petites fleurs bleues qu'elle déplia.

– Grand-mère ? dit Fan-Fan.

– Oui, fit Mei-Li.

– Je crois t'avoir entendu promettre à maman de ne plus…

– De ne plus fumer, n'est-ce pas ? dit Mei-Li en prenant une pincée de tabac dans son mouchoir. Elle la déposa sur le bout de papier, et roula entre ses doigts une cigarette en forme de trompette. Mais tu vois, chérie, on ne se défait pas d'une habitude vieille de plus de trente ans comme d'une paire de chaussures usées. Elle est liée à trop de souvenirs que je chéris… Tu ne vas pas le dire à ta maman, hein ?

– Non, grand-mère, dit l'enfant avec un petit sourire complice. Raconte-moi l'histoire de Chang-Er.

Mei-Li plaça ses mains devant sa bouche en paravent, alluma la cigarette, tira un bon coup, poussa délicieusement une rondelle de fumée blanche, et commença :

– Eh bien, voilà, il y avait autrefois un jeune homme appelé Hou-Yi. Il était grand, beau et fort. Un jour, en traversant une petite rivière, il vit un ours poursuivre une jeune fille. Il prit une flèche, l'ajusta à son arc qu'il banda de toutes ses forces. La flèche lâchée fit le bruit du tonnerre et tua l'ours sur le coup. La jeune fille ainsi sauvée était Chang-Er. Puis, tombés amoureux l'un de l'autre, ils se marièrent et menèrent une vie de bonheur tranquille. Mais un matin, dans la forêt, en se regardant dans le miroir de la source, Hou-Yi aperçut avec surprise que ses cheveux devenaient gris, et il réalisa que l'homme était mortel. Il décida alors de partir dans les montagnes Kun-Lun à la recherche du remède d'immortalité pour lui et pour sa femme bien-aimée. Il traversa on ne sait combien de forêts immenses et de déserts infinis ; il franchit on ne sait combien de fleuves rapides et de montagnes aux sommets enneigés de l'été à l'hiver ; il tua on ne sait combien d'animaux féroces et de serpents venimeux ; et il arriva enfin aux montagnes Kun-Lun. La déesse Xi-Wang-Mu qui y habitait l'accueillit chaleureusement. Elle ordonna à son oiseau géant à trois pattes, gardien des remèdes merveilleux, d'apporter une calebasse qu'elle mit dans les mains de son visiteur. « Il y a là-dedans une boulette d'immortalité, lui dit la déesse. Si vous en prenez une moitié, vous serez immortel. Si vous la prenez tout entière, vous deviendrez un dieu et monterez vivre dans les cieux. » De retour à la maison, Hou-Yi donna la boulette merveilleuse à sa femme Chang-Er et lui dit de la mettre en lieu sûr. Ils allaient choisir un jour faste pour la partager et ils vivraient heureux à jamais. Cependant, lorsque Hou-Yi partit chasser dans la forêt, un voisin vint voir Chang-Er. « J'ai entendu dire que votre mari était revenu, lui dit-il, a-t-il trouvé ce qu'il recherchait ? – Oui, en effet, il l'a trouvé », répondit Chang-Er qui ne savait pas mentir. « Je suis bien curieux de savoir ce qu'est une boulette d'immortalité, dit l'autre, pourriez-vous me la montrer ? – Non, je suis désolée, lui répondit Chang-Er, mon mari m'a dit de ne la montrer à personne. » Alors le voisin changea de visage et de ton. « Donnez-moi la boulette merveilleuse, dit-il en sortant un couteau bien aiguisé, sinon vous êtes morte. » Chang-Er entra dans la chambre, prit la calebasse qu'elle porta à ses lèvres et avala la boulette. Aussitôt, elle devint si légère qu'elle s'éleva vers le ciel comme un morceau de nuage. Elle s'élevait, s'élevait, s'élevait… jusque sur la lune. Des milliers et des milliers d'années s'écoulèrent, et la belle femme vit toujours sur la lune, dans le palais Guang-Han, en compagnie d'un lapin de jade. Le palais est vaste et froid, Chang-Er est seule et triste. La terre lui manque, sa maison lui manque, son mari lui manque. Chaque mois, quand la lune devient pleine comme ce soir, Chang-Er sort de son palais avec son lapin de jade dans les bras, et regarde la terre. La rosée qu'on voit le lendemain sur l'herbe et les feuilles des arbres, dit-on, ce sont ses larmes…

Mei-Li écrasa le troisième mégot contre le morceau de brique grise, le dépiauta et remit le reste de tabac dans le mouchoir qu'elle replia avec soin.

– Et son mari, qu'est-il devenu ?

– Il est mort il y a très longtemps… le chagrin d'avoir perdu sa femme et son rêve le tua.

Fan-Fan appuya sa tête contre l'épaule de Mei-Li qui l'enlaça.

– Dors, mon enfant, dit doucement la grand-mère, dors un peu.

Fan-Fan sursauta. Une voix rauque l'avait réveillée.

Ouvrant les yeux, l'enfant vit la lumière et à contre-jour une petite femme maigrichonne debout devant elle.

– C'est ici ma place ! disait la petite femme. Oui, c'est bien ici ma place !

Mei-Li se leva vivement, la main droite posée sur les cheveux de Fan-Fan, les yeux dans les yeux de la petite femme maigrichonne.

– Comment ça ? Nous sommes ici depuis des heures.

– Mais je suis arrivée avant vous, j'ai mis une brique grise après ce monsieur, répliqua la petite femme maigrichonne en pointant le monsieur long légèrement voûté. Demandez-lui, demandez-lui si vous ne me croyez pas.

Le monsieur long regarda la petite femme maigrichonne, puis le visage de Fan-Fan encore bouffi de sommeil, tourna la tête du côté de la boutique sans rien dire. Alors Mei-Li, désignant du bout du pied la moitié de brique grise, dit d'une voix ironique :

– Voilà VOTRE brique, là. Appelez-la, madame, appelez-la. Nous vous céderons la place si elle vous répond.

– Mais… mais…, balbutia la petite femme d'un air désespéré.

Un petit sourire de triomphe aux lèvres, Mei-Li se rassit à côté de sa petite-fille qui la regardait avec admiration.

Les gens de la file d'attente se rapprochèrent, l'air à la fois curieux et amusé. Voilà enfin une distraction gratuite pour les récompenser de la patience dont ils ont fait preuve si héroïquement.

– Nous aurions dû faire comme elle, n'est-ce pas ? railla l'une des femmes. N'est-ce pas plus agréable de revenir le matin réclamer sa place après avoir passé la nuit dans son lit confortable, sous prétexte d'avoir mis là une brique avant votre arrivée, hein ?

La petite femme maigrichonne serra ses lèvres blanchâtres et prit place derrière Mei-Li, l'air résigné.

Le dormeur en tête de la file – un homme d'une cinquantaine d'années, haut et sec, au faciès anguleux – se leva avec le soleil. Lentement il défroissa sa veste noire de quelques balayages de main, lissa ses rares cheveux gris avec les doigts, plia son drap blanc à rayures violettes, roula sa natte de jonc tressé, attacha le tout avec une corde de paille qu'il sortit de la poche de son pantalon noir, alors que la queue devant la boucherie toujours fermée s'allongeait au rythme de la chanson *L'Orient rouge* diffusée par le haut-parleur attaché au tronc du vieux banian :

L'orient devient rouge
Le soleil se lève
Mao Tsé-Tong est né en Chine
Il travaille au bonheur du peuple
Hu-er-hé-yo
Il est le grand sauveur du peuple
…

Il y avait maintenant au moins une cinquantaine de personnes, et de nouveaux clients arrivaient encore.

Soudain un frémissement courut le long de la file. Ceux qui étaient assis se levèrent aussitôt. Tout le monde allongea le cou dans la même direction comme une bande d'oies affamées vers la main qui apporte le maïs, tout en se serrant les uns contre les autres de crainte que quelqu'un d'autre ne profitât du trouble pour se faufiler dans le rang devant eux.

La boutique était ouverte.

Lorsque vint le tour de Fan-Fan, il ne restait plus qu'une petite tranche épaisse de deux doigts et aux trois quarts grasse, lamentable, au milieu de l'étal de bois graisseux, démesurément large, et couvert d'une nuée de cicatrices laissées par mille coups de couteau. « C'est moche ça », murmura Mei-Li entre les dents derrière Fan-Fan.

– Il n'y a pas d'autres morceaux meilleurs que celui-là ? demanda-t-elle à la vendeuse par-dessus l'épaule de l'enfant.

– Non, c'est à prendre ou à laisser, répondit la vendeuse d'un ton sec en posant son énorme couteau à découper.

Incrédule, Mei-Li se dressa sur la pointe des pieds et regarda le gros panier de bambou posé aux pieds de la vendeuse. D'un geste brutal, celle-ci ramassa le panier et le flanqua sur l'étal :

– Voilà !

– Mais… c'est étrange… normalement…

– Vous la voulez ou non ? s'impatienta la vendeuse en posant sa main sur le manche du couteau.

Alors Mei-Li sut qu'elle n'avait pas le choix.

– Nous la prenons, fit-elle. Puis se penchant vers sa petite-fille : Ça vaut mieux que rien, hein ?

– Cet enfant est avec vous ? demanda la vendeuse.

– Oui, oui.

– Alors vous avez de la chance, ce morceau de viande pèse un peu plus d'une livre.

Un bruit singulier derrière Mei-Li la fit pivoter sur ses talons. C'était la petite femme maigrichonne. Elle avait réprimé un sanglot en quittant la file d'attente. Mei-Li fit un pas rapide et l'empoigna par le bras. Fan-Fan les regardait avec étonnement.

– Voyons, ça ne vaut pas la peine pour un tel morceau de…

– Mon… mon fils… m'attend… à la maison…, bégaya la petite femme en ravalant un sanglot.

– Votre fils ?…

– Oui. Lui… il est malade, il veut manger du bouillon de riz et de viande.

– Mais pourquoi ne l'avez-vous pas dit plus tôt ? Venez, dit Mei-Li en poussant la petite femme devant l'étal.

– Nous ne voulons plus ce morceau de viande, dit-elle à la vendeuse, vous pouvez le vendre à cette dame.

– Je ne peux pas, répondit la vendeuse sèchement.

– Mais pourquoi ?

– Elle n'a droit qu'à une demi-livre.

– Alors donnez-m'en une moitié.

La vendeuse fendit d'un coup de couteau la misérable tranche de viande en deux, et en jeta une part devant Mei-Li et l'autre devant la petite femme maigrichonne. Mei-Li paya, prit la viande, et quitta la boutique avec Fan-Fan.

– Attendons ici une minute, dit Mei-Li à Fan-Fan quand elles se trouvèrent sous la voûte immense du vieux banian.

Quelques instants plus tard, la petite femme maigrichonne arriva d'un pas pressé. Mei-Li l'arrêta et glissa dans son panier le morceau de viande qu'elle venait d'acheter.

– Vaut mieux ne donner que le maigre à votre fils, c'est plus facile à digérer pour un malade.

Puis elle entraîna rapidement Fan-Fan pour que la petite femme maigrichonne n'eût pas le temps de dire quoi que ce soit.

– Grand-mère ? fit l'enfant alors qu'elles remontaient la rue Fan-Xiu. On n'aura pas de raviolis aujourd'hui.

– Mais demain on pourra revenir plus tôt, dit Mei-Li tendrement, et on fêtera ton anniversaire de dix ans et un jour !

La petite-fille sourit en serrant plus fort la main de sa grand-mère.

Bai-Lan était déjà partie lorsque Mei-Li et Fan-Fan rentrèrent à la maison. Elle avait dit la veille qu'elle profiterait de ce dimanche pour rendre visite à une collègue qui venait de sortir de l'hôpital.

Ming-Ming dormait encore, un bras pendant hors du lit. Mei-Li prit ce bras maigre couvert de petits points rouges laissés par des moustiques affamés, le rentra avec douceur sous la moustiquaire. Puis elle alla remplir deux bols de soupe de riz aux pois rouges et y planta deux cuillères de porcelaine. Mais Fan-Fan s'était déjà endormie à sa place, la tête posée sur ses bras croisés. Sans la réveiller, Mei-Li posa doucement les bols sur la table, et se dirigea vers le lit, pour tirer de sous le sommier une petite valise.

C'était une petite valise de cuir verni rouge sombre, aux coins renforcés de plaques de bronze, avec une serrure également en bronze. Le temps l'avait couverte d'innombrables craquelures. On eût dit la peau des mains d'un vieux paysan ciselées par les lames des vents froids.

Avec sa manche, Mei-Li balaya la poussière accumulée sur le couvercle. Elle sortit un trousseau de clefs de la poche de son pantalon et ouvrit la valise avec une minuscule clef de bronze. Une pochette était cousue à la doublure de coton du couvercle. Mei-Li en tira un carré de soie rouge décoloré. Avec mille précautions, elle déplia le carré de soie. Une petite photo jaunie y était couchée. C'était le portrait d'un jeune homme en costume de l'armée nationaliste. Mei-Li effleura de son index le visage du jeune homme, et son regard se voila de tendresse, émouvant, comme celui d'une jeune fille de quinze ans amoureuse pour la première fois. Mais cela ne dura qu'un instant, car Mei-Li replia rapidement le morceau de soie sur la photo puis décrocha du mur le grand portrait du président Mao, le retourna, détacha les ficelles du cadre, souleva un coin du carton qui supportait le portrait, glissa la photo entre le carton et le portrait, rattacha les ficelles et réaccrocha le cadre sur le mur. Puis elle recula d'un pas pour admirer son travail. « Comme ça, se dit-elle, tu es en sécurité. »

美丽

C'était un jour de la neuvième lune, en 1932, je me souviens très bien. Le soleil avait déjà disparu. J'ai versé plusieurs seaux d'eau sur les dalles de la cour pour chasser la chaleur qui s'attardait au ras du sol. Puis j'ai sorti un fauteuil de bambou pour Meng-Yu et cinq tabourets de bois que j'ai placés autour de la table de pierre. Ce jour-là ma belle-sœur Jing-Hua était venue. Elle attendait alors son cinquième bébé. Le père de son beau-père était mort la veille, elle avait dû ficher le camp car, croyait-on, les funérailles auraient eu un effet néfaste pour l'enfant dans son ventre.

Je suis retournée ensuite dans la chambre pour chercher Meng-Yu.

– Viens, lui ai-je dit en m'asseyant sur le bord du lit.

Il a jeté les bras autour de mon cou, et d'un coup de reins je l'ai mis sur mon dos. Il était si maigre qu'il pesait à peine. Je l'ai installé comme d'habitude dans le fauteuil de bambou, à côté de la table de pierre, en face de la porte de la cuisine. Comme je plaçais un escabeau sous ses pieds, il a ouvert la bouche :

– Ça fait combien d'années que tu es dans la maison ?

On eût dit qu'il se parlait à lui-même tellement sa voix était basse.

– Plus de douze ans. Pourquoi ?

– Rien, rien…

Je mis le couvert sur la table.

– Il me semble que le temps passe beaucoup plus vite depuis que tu es là, a-t-il dit. C'est bien d'avoir à qui parler quand on ne peut ni marcher ni voir…

J'ai souri. D'un petit sourire triste.

– Tu ne peux pas savoir comme je m'ennuyais avant ton arrivée. Surtout… Ah, sais-tu pourquoi je m'appelle Meng-Yu ? Maman ne t'as jamais raconté ?

– Non. Pourquoi ?

– Parce qu'elle a fait un rêve étrange la veille de ma naissance. Elle disait qu'elle avait vu un petit garçon nu assis sur une colonne de nuage, elle lui avait fait de grands gestes pour qu'il en descendît mais il ne lui avait pas répondu. Et il s'était élevé avec le nuage de plus en plus haut dans le ciel…

– C'est parfois drôle, les rêves…

J'ai posé sur la table un cruchon de huang-jiu, l'alcool de riz brun que j'achetais chez l'épicier voisin. Mon beau-père ne pouvait pas passer une soirée sans son demi-verre…

– Après ma naissance, mes parents sont allés consulter le meilleur voyant de la ville pour qu'il interprétât le songe. D'après lui, l'enfant que ma mère avait vu dans son rêve n'était que moi ; la colonne de nuage qui s'était élevée dans le ciel n'était que le symbole d'un brillant avenir ; mais pour me protéger contre les mauvais esprits, il leur fallait aller au temple, conjurer le bonze de leur donner un bébé de terre qu'ils me noueraient autour du cou avec un bout de ficelle rouge : ainsi attaché je serais sous la puissante et généreuse protection de Bouddha. Puis au temple, comme mes parents avaient prié le bonze de me donner un nom, il a dit : « Meng-Yu, Meng – rêver, Yu – l'espace. »

– C'est un joli nom.

J'ai disposé sur la table de pierre une assiette de haricots verts sautés, une assiette de toufu aux poireaux, un petit bol rempli de petits poissons salés, un bol immense où un poulet nageait parmi des champignons noirs et de gros cubes de bénincase, une assiette minuscule d'ail et de piment rouge hachés arrosés de sauce de soja. « Le piment à l'ail, ça donne de l'appétit », disait souvent ma belle-mère d'un ton sentencieux.

– Rêver l'espace…, a poursuivi mon mari, avec des jambes sans vie et des yeux sans regard… Dis, Mei-Li, un oiseau qui ne peut plus voler est-il encore un oiseau ?

Je n'ai rien répondu. Je ne savais pas quoi dire. Le destin… tout est prédestiné… ma misère à moi aussi…

J'ai posé à côté de la table de pierre une grosse marmite de fonte pleine de riz.

– Mei-Li, donne ça à Meng-Yu, disait ma belle-mère en m'indiquant du bout de ses baguettes un beau morceau de poulet, c'est le plus tendre.

– Mange ça, vous en avez bien besoin ton bébé et toi, disait-elle à sa fille, lui mettant le foie de poulet dans son bol.

– Oh maman, j'ai déjà trop mangé ! a fait Jing-Hua d'une voix câline.

– Mei-Li, a repris ma belle-mère tout en mâchant lentement la tête d'un petit poisson salé, demain il y aura la foire, tu n'iras pas laver le linge au fleuve.

– Oui, maman, ai-je répondu, les yeux baissés.

– Tu nous aideras dans la boutique. On aura beaucoup de clients.

C'était comme ça, quand il y avait la foire, j'allais aider à la pharmacie. Non non, ça ne me déplaisait pas, bien au contraire. Ça changeait un peu de la routine mortelle, ça me permettait de voir du monde… C'était toujours intéressant d'entendre les clients bavarder, échanger des nouvelles sur leur santé et leur vie, ou sur celles des autres… De plus, j'aimais bien me baigner dans ce parfum qui me rappelait l'odeur de la campagne et de la liberté…

– Tu rempliras les deux jarres d'eau après le dîner, a continué ma belle-mère.

– Oui, maman.

– Mais…

Mon beau-père avait ravalé la suite de sa phrase, foudroyé par le terrible regard que sa femme lui avait lancé.

– Demain on n'aura pas le temps, a-t-elle presque aboyé.

Mon beau-père ne disait plus rien, le nez plongé dans son bol de riz. Ma belle-mère a tourné la tête vers moi.

– Tu pourras faire la lessive demain soir après le dîner, n'est-ce pas, Mei-Li ? m'a-t-elle demandé sur un ton d'acier.

– Oui, maman.

– Mais maman !… a appelé Meng-Yu d'une voix suppliante, j'aurai besoin de Mei-Li tu sais…

– Bon bon, dit ma belle-mère en jetant un regard de pitié sur le visage pâle et creux de son fils aîné, je sais que tu n'aimes pas la quitter d'un pas le soir. Bon, elle lavera du linge après-demain matin, quand la foire sera terminée. Ça te va comme ça, mon grand ?

– Dis, Mei-Li, a lancé Jing-Hua tout à coup, t'as pas changé du tout, hein ? Ça fait presque deux ans que je ne t'ai pas vue. Qu'est-ce que t'as fait pour rester aussi jeune, aussi fraîche ? Comme je t'envie moi !

Peste ! Elle me jetait les mêmes fleurs empoisonnées chaque fois qu'elle revenait. Pour me ridiculiser, pour me faire de la peine par la réponse cruelle que sa mère ne tardait pas à donner. En effet :

– Mais forcément, elle n'a pas changé ma pauvre Mei-Li, a dit ma belle-mère d'un ton acide, elle qui n'a jamais eu d'enfant…

Très satisfaite, Jing-Hua a joint son rire à celui de sa mère. Un petit rire frémissant de fierté et de mépris.

Mon beau-père a baissé les yeux.

Meng-Yu a bougé dans son fauteuil.

J'ai senti une douleur foudroyante au cœur comme si on y avait appliqué un fer rouge. C'est vrai, je n'ai pas d'enfant après plus de douze ans de mariage, mais à qui la faute ! à qui la faute !…

Le dîner une fois terminé, j'ai débarrassé la table. Puis j'ai porté un seau d'eau chaude dans notre chambre où, comme d'habitude, je lavai Meng-Yu dans un grand bassin de bois. Après le bain, je l'ai installé à nouveau dans la cour sur sa chaise, lui mettant un escabeau sous les pieds et un éventail dans la main.

– Pour chasser des moustiques…, lui ai-je dit.

Quand je suis revenue dans la cour après avoir lavé la vaisselle et rangé la cuisine, Jing-Hua et mes beaux-parents avaient déjà rejoint Meng-Yu pour prendre l'air. Ma belle-mère était en train de compter sur ses doigts les faits divers de la ville comme un bonze glisse les grains de son chapelet. Ils n'avaient pas allumé la lampe à l'huile parce que la lumière attirait les moustiques, et que l'huile coûtait les yeux de la tête. « On peut d'ailleurs mieux s'entendre dans le noir, pas vrai ? » disait souvent ma belle-mère.

Sans participer à leur conversation, j'ai attrapé les seaux de bois et le bâton de bambou fixés au crochet de boucher dans la cuisine, et je suis sortie par la porte arrière du salon.

À l'époque, le transport de l'eau se faisait avec une paire de seaux suspendus aux deux extrémités d'un long bambou. Comme chacune des deux jarres pouvait contenir six seaux d'eau, il fallait faire six aller et retour pour les remplir. Ce n'était pas une mince affaire, tu imagines, remonter six fois les cent deux marches dallées de l'escalier menant dans le fleuve avec presque cent livres sur l'épaule. En été, des gouttes de sueur tombaient de ton visage comme une averse ; en hiver, tu soufflais aussi fort qu'une locomotive en marche. Quand les jarres étaient enfin pleines, il fallait y verser une poignée d'alun en poudre et remuer l'eau avec un bâton. Au bout d'une heure ou deux, l'eau rougeâtre devenait claire, enfin presque. Il fallait nettoyer les jarres tous les deux jours car la terre rouge s'y déposait, formant rapidement une couche épaisse. Normalement je n'allais puiser l'eau que le matin, après le petit déjcuner, mais cette fois…

Je descends la petite rue où ne circulent que quelques passants pressés.

Oui, ça fait bientôt douze ans que je suis là, me dis-je, dans cette maison, mariée… Et je n'ai pas encore commencé la vie d'une femme ! Plus de quatre mille nuits passées près d'un mari à moitié dévoré par la maladie… Sans amour. Sans enfant. Sans rien. Tristement, la vie se répète chaque jour et le temps passe… Me lever tous les matins dès l'aube pour préparer le petit déjeuner pour toute la famille ; réveiller mon mari, faire sa toilette et lui donner à manger ; nettoyer les jarres puis les remplir d'eau ; aller laver le linge de toute la famille dans le fleuve ; masser le corps inerte de mon mari, puis lui lire des livres ; trier des légumes que ma belle-mère rapporte du marché et cuire le déjeuner ; donner à manger à mon mari ; faire la vaisselle ; dépoussiérer les meubles ; balayer la cour ; préparer le dîner ; donner à manger à mon mari, puis faire sa toilette de nuit ; faire la vaisselle et ranger la cuisine ; de nouveau faire un massage et la lecture à mon mari ; puis… dormir ou rester les yeux grands ouverts jusqu'à l'aube… Sans vie de femme. Sans vie de mère. Qui suis-je ? Pas moi-même, non. Pas cette jeune fille que je regarde souvent dans mon petit miroir ovale, non. Tout au plus une femme de ménage, une porteuse d'eau, une masseuse, une lectrice, une ravaudeuse, une blanchisseuse, une cuisinière sans salaire… Le temps passe et les jours se répètent, désespérément, comme ce long fleuve sans grands remous qui gonfle son dos rougeâtre juste un petit peu au mois de juillet après de fortes averses… Je ne me suis pas suicidée – j'ai seulement failli le faire une ou deux fois je crois, mais je n'ai pas eu le courage d'aller jusqu'au bout comme la fragile Xiu-Lan. Je n'avais pas été assez courageuse pour m'enfoncer les pointes des ciseaux dans la poitrine, non. Alors, je survis au jour le jour, et quelque chose en moi attend encore… Attendre quoi ? Je ne savais pas…

Chaque année, je passais pour ainsi dire trois cent cinquante-neuf jours pour l'arrivée d'un seul : le Nouvel An chinois, le seul jour de l'année où je redevenais un peu moi-même. On préparait tellement de plats la veille de la fête qu'ensuite on pouvait se passer de faire la cuisine pendant deux ou trois jours au moins. Il était d'ailleurs formellement interdit, pour mon plus grand bonheur, de faire la lessive ou le ménage en ce premier jour de l'année parce que, croyait-on, la bonne chance quitterait la maison avec l'eau sale et les ordures. Ainsi, en ce premier matin de l'année où la grasse matinée n'était plus un péché, je pouvais me recroqueviller dans les draps tièdes une demi-heure de plus. Ensuite, après que mes beaux-parents étaient sortis pour voir des amis et pendant que mon mari faisait sa sieste, j'étais libre. Vraiment libre pour deux heures, tu te rends compte ! Je sortais alors dans la rue, me baladais parmi une foule de gens en habits de fête, le nez en l'air pour mieux accueillir l'air froid charriant les fumées des pétards éclatés depuis la première seconde de l'année. Ma poche alourdie des deux pièces en argent de « bonne chance » données par mes beaux-parents le matin même et de la petite fortune que j'avais accumulée sou par sou pendant les douze mois passés (quand mon beau-père m'envoyait chercher de l'eau-de-vie, il me donnait toujours un peu plus d'argent que nécessaire et refusait la monnaie que je voulais lui rendre. « Ça c'est pour toi », disait-il), je me sentais presque riche et contente. Pan ! « Bonne année ! » Pan-pan ! « Prospérité à vous ! » Panpanpanpan ! « Puissiez-vous vivre aussi longtemps que le mont du Sud ! » Panpan ! « Bonne chance ! » Pan !... pan !... pan !... « Puisse votre bonheur être sans limites comme la mer de l'Est ! » Panpan !... Panpanpanpanpanpan !... Partout les détonations des pétards, les vœux de bonheur échangés, les interpellations chaleureuses, partout des sourires radieux.

J'allais ensuite rendre visite à ma bonne voisine, la patronne du petit restaurant de nouilles de riz que ma belle-mère n'aimait pas du tout me voir fréquenter. « Bonne année et de bonnes affaires, tante Liu ! » criais-je sur le seuil. « Bonne année, Mei-Li, bonne année ! Entre, entre vite. » Tante Liu prenait mes mains dans les siennes et me tirait à l'intérieur, dans son salon étroit mais bien chauffé. Toujours aussi grosse et toujours aussi gaie, tante Liu posait sous mon nez un bol énorme rempli de nouilles, fumant comme un étang de lotus aux jours de grand froid : « Mange, mon enfant, mange quand c'est chaud », répétait-elle. Et pendant que je dégustais lentement ce délice, elle était là, tante Liu, assise en face de moi, me regardant de ses yeux tendres, me souriant de son sourire maternel. Et quand elle commençait à me raconter sa vie, sa pipe à long tuyau de bambou entre les dents, son triple menton tremblotait comme une feuille au souffle de l'aurore… Elle aussi elle avait vécu des cauchemars, tante Liu. Elle n'était pas de Tien-Ma, mais de Shan-Dong, pays lointain où les jeunes filles fument des pipes à long tuyau. Elle avait fait un heureux mariage et eu trois enfants, un garçon et deux filles. Cependant, à l'âge de vingt-trois ans, elle avait perdu et son mari et ses enfants et son bonheur dans un terrible tremblement de terre. En fuyant son village maudit par le destin, elle était arrivée jusqu'à Tien-Ma où un vieux couple sans enfant l'avait recueillie. Plus tard, à la mort de ses parents adoptifs, elle avait hérité de leur échoppe de nouilles de riz. « Tu sais, Mei-Li, me disait-elle souvent, il n'y a pas de frontière entre les hommes et les bêtes. C'est le destin et ta propre conduite dans le passé qui décident si tu es un homme ou une bête dans la vie présente. Si tu te conduis mal dans cette vie, tu deviendras dans ta vie prochaine un chat ou un chien, un porc ou un poulet qu'on tue pour fêter le Nouvel An. Si tu te conduis bien et accumules assez de bienfaits dans cette vie, crois ta vieille tante, mon enfant, tu vivras mieux dans ta vie future… Tu pourras même devenir une princesse ou une impératrice !… Enfin, pourquoi pas ?

La bonté porte bonheur, la méchanceté porte malheur. C'est comme ça… »

Comment tante Liu pouvait-elle survivre et garder intacte sa belle foi après tout ce qu'elle avait subi, c'est ça que je ne comprenais pas. Aujourd'hui je comprends mieux, enfin je crois. L'espoir fait vivre.

Quand j'avais fini toutes mes nouilles, tante Liu me versait une tasse de thé vert parfumé au jasmin. Ensuite elle allait prendre derrière la statuette de Bouddha, posée sur une table au fond du salon, un coffret laqué de rouge qu'elle ouvrait. Elle en sortait selon l'année une bague de jade ou un bracelet en argent massif ou un porte-bonheur d'agate ou une minuscule épingle en or ou une paire de boucles d'oreilles en perle ou une chaîne plaquée d'or ou encore un collier de grosses perles de jade : « Voilà ce que j'ai pu trouver pour toi cette fois. » Je vidais alors ma poche contre un de ces petits trésors qui allait rejoindre les autres soigneusement cachés sous des piles de vêtements dans mon armoire. Après avoir rangé avec soin l'argent dans son coffret qu'elle remisait tout de suite derrière la statuette, elle se rasseyait et me posait à voix basse l'immuable question en tapant légèrement deux fois sur son ventre : « Toujours pas ? » Je faisais « non » de la tête. Elle soupirait : « T'as bien essayé la méthode que je t'avais dite la dernière fois ? Oui, bien sûr que oui… mais ça n'a pas marché non plus… Oh ma pauvre Mei-Li ! Il nous faut alors trouver un autre moyen… Tiens, j'ai une idée. Voilà, cette fois-ci tu vas aller au temple et conjurer le vieux bonze de te donner quelque chose. Grande-sœur Zhang m'a dit qu'il avait donné une feuille de papier à la femme du vendeur de toufu qui n'avait pas eu d'enfant après trois ans de mariage. Il y avait sur cette feuille bien des signes qu'on ne comprenait pas. La femme du vendeur de toufu a brûlé la feuille dans sa maison et avalé la cendre avec de l'eau de pluie. Après, elle a été enceinte. Je l'ai vue au marché avec son ventre arrondi. Tu ne pourrais pas faire de même, toi ? Essaie, il est si gentil, le vieux bonze, il ne peut te faire aucun mal… Ces pratiques sont très efficaces, enfin quelquefois… Faut pas baisser les bras, mon enfant, on ne sait jamais… » Tous les ans tante Liu me donnait un de ces conseils plus surprenants les uns que les autres. L'année précédente, c'était de manger une tortue d'eau douce vieille de plus de cinq ans cuite à petit feu dans de l'eau de source puisée le dixième jour du mois d'octobre, à dix heures pile du matin ; l'année d'avant, c'était de boire du sang frais de serpent mélangé à un petit verre d'alcool de riz une fois par mois après les règles ; l'année… Enfin, je ne me rappelle plus… Mais la dernière fois, lorsque tante Liu m'a raconté la merveille qui avait fécondé la femme du vendeur de toufu, je n'ai pas pu retenir mes larmes et je lui ai tout avoué. Que je n'avais jamais essayé aucune des méthodes qu'elle m'avait indiquées. Qu'après toutes ces longues années de mariage je restais toujours vierge. Que mon mari lui n'était pas… capable… Que n'importe qui ou quoi ne pourrait me sauver… Tante Liu est restée silencieuse un long moment, puis elle a rechargé sa pipe, l'a allumée, me l'a tendue : « T'as pas envie d'une bouffée ? » Silencieuse moi aussi, j'ai pris la pipe et je l'ai portée à mes lèvres… C'est à partir de ce jour-là que j'ai commencé de fumer.

Je suis la rue jusqu'au bout : le grand escalier dallé descend devant moi. Un souffle léger monte du fleuve, chatouillant mon visage. La lune telle la moitié d'une assiette brisée se lève sur le ciel bleu foncé. L'air est transparent comme dans un rêve. Très loin un sampan passe sans bruit. Une lampe tempête scintille à sa proue.

Je descends une à une les cent deux marches qui plongent vers l'eau rougeâtre du fleuve.

J'arrive à la dernière marche. Je lance un seau dans l'eau. Le reflet de la lune se brise. Et je pleure.

« Mariée à un coq on suit un coq, mariée à un chien on suit un chien… »

Soudain, je sens la présence de quelqu'un derrière moi. D'un revers de main j'essuie mes yeux et je me tourne vivement.

– Mei-Li, me dit une voix douce, c'est moi Jing-Ming.

生活

Le 7 janvier 1958

Deux heures de l'après-midi.

Vent froid. Soleil pâle. Ciel bleu clair.

Un homme d'une cinquantaine d'années, grand, le front haut et lisse, les cheveux noirs coiffés en arrière, debout à la proue d'un petit bateau à vapeur sur le fleuve Yang, regarde les rives qui défilent d'un air méditatif.

Le bateau s'arrête au milieu du fleuve. Un sampan vient accoster le bateau. L'homme monte à bord du sampan, suivi de son médecin. Il enlève ses vêtements, ne gardant que son caleçon. Il prend la serviette blanche que lui tend le médecin, la plonge dans l'eau glacée, l'y laisse flotter quelques instants, puis s'en frotte la poitrine et le dos. Il contemple un moment l'eau jaunâtre avec un sourire mystérieux, se jette d'un coup dans le courant. Tantôt nageant la brasse, tantôt crawlant contre le courant, ou se laissant dériver en faisant la planche, l'homme reste environ une demi-heure dans l'eau glacée avant de remonter sur le sampan pour fumer une cigarette. « Avez-vous froid, Président ? » demande le médecin en lui jetant une serviette de bain sèche sur les épaules. « Non, répond l'homme souriant. On ne sent pas le froid quand on est bien déterminé. »

Dix ans plus tard.

Le même jour.

Le même vent froid. Le même soleil pâle. Le même ciel bleu clair.

Au bord du même fleuve.

D'innombrables drapeaux rouges grands et petits, avec ou sans franges de couleur vieil or, claquaient dans le vent glacé du matin. Sur la plupart, des slogans politiques en gros caractères jaune vif se mêlaient aux noms d'écoles, d'usines, d'hôpitaux, d'unités de travail ou de gardes rouges.

À l'ombre des étendards et des banderoles oscillant comme des mâts de navire, ondoyait une mer humaine noircie d'une centaine de milliers de têtes. Hommes, femmes, vieillards, enfants, tous en costume mao bleu, gris, noir ou vert armée, chacun arborant un médaillon rouge du Président sur une poitrine orgueilleusement bombée, affluaient de la ville et des environs vers l'unique pont bétonné reliant par-dessus le courant rapide et terreux du fleuve Yang la partie industrielle de la ville, située dans le Sud, et la partie administrative, commerciale et culturelle du Nord.

Sur la rive septentrionale, quelques dizaines d'adolescents portant des brassards rouges qui, depuis une heure, criaient, poussaient, menaçaient, parvinrent à faire reculer les foules enthousiastes afin de laisser approcher de l'eau le défilé des nageurs qui s'enlisait dans l'avenue Quai-du-Fleuve, entre une double haie de spectateurs curieux et surexcités qui se bousculaient pour voir en chair et en os ces héros qui allaient traverser le fleuve à la nage au plein cœur de l'hiver. Douze barques où s'amoncelaient des bouées de sauvetage en caoutchouc noir, des faisceaux de perches de bambou de six mètres de long, des piles de serviettes de bain blanches et des bouteilles d'alcool de riz à 50°, avaient déjà pris position en s'alignant en travers du fleuve à espace régulier sur plus de huit cents mètres, prêtes à porter secours à tout nageur en difficulté durant sa traversée épique.

Sous les acclamations assourdissantes de la foule, au rythme de la musique entonnée par d'innombrables haut-parleurs accrochés aux lampadaires de bois, aux arbres et au sommet des immeubles :

La navigation dans la mer dépend de celui qui est au gouvernail
La vie et le développement de la nature dépendent de la lumière du soleil
La croissance des plants de riz dépend de l'alimentation des pluies
La poursuite de la révolution dépend de la pensée de Mao Tsé-Tong
...

La tête du défilé finit par apparaître au bord de l'eau : on vit une sorte de reposoir bâti sur quatre pneus de poids lourd reliés par des fils de fer sur un support de cannes de bambou, où souriait sur trois mètres de haut le président Mao en uniforme militaire, le bras droit levé comme pour montrer la direction à suivre. Douze hommes robustes le portaient, marchant avec une lenteur solennelle, les jambes lancées d'un coup, toutes en même temps. Suivait une pancarte horizontale de deux mètres de haut sur dix mètres de long, soutenue de la même manière par huit pneus de poids lourd et élevée sur les épaules de vingt porteurs : *La Commémoration du Dixième Anniversaire de la Natation du Président Mao dans le Fleuve Yang* en énormes caractères rouge vif.

Les premiers rangs de la procession, uniquement composés de soldats de l'armée de l'air de la base aérienne située à une trentaine de kilomètres à l'ouest de la ville, commencèrent alors à se déshabiller. Une tempête d'applaudissements éclata lorsque ces garçons de dix-huit à vingt-cinq ans, portant pour tout vêtement un maillot de bain bleu marine, firent leurs premiers pas héroïques dans l'eau glacée. « Regarde, mon petit, dit un homme à son fils d'environ six ans hissé sur ses épaules, que ces gens-là sont courageux ! – Mais papa, répondit le gamin d'un air anxieux, ils vont tous être enrhumés. »

Dans le cortège une dizaine de jeunes filles en kaki rassemblèrent les vêtements des nageurs abandonnés sur le sol, les entassèrent pêle-mêle dans de gros sacs de toile qu'elles hissèrent ensuite à bord d'un bateau à vapeur qui faisait la navette entre les deux rives.

Le second segment du défilé était formé des miliciens, cheveux en brosse, vareuses bleues, brassards rouges. Derrière eux se pressaient les groupes des ouvriers de différentes usines, les paysans des banlieues, les médecins, infirmiers et employés des hôpitaux, les travailleurs des transports ; les cadres dits « révolutionnaires » ; les employés de toutes sortes ; les étudiants, lycéens et professeurs ; les diverses fractions des gardes rouges : « Les Pionniers Rouges », « La Tempête Rouge », « La Nouvelle Longue Marche », « L'Orage de la Révolution », « Le Front des Rebelles Révolutionnaires »…

Ming-Ming marchait au milieu du septième rang du groupe des lycéens. Il bombait la poitrine mais ça ne le grandissait pas : à treize ans et sept mois, il donnait l'impression d'en avoir à peine dix. En dépit de l'air grave qu'il se donnait volontiers, il avait vu les portes de toutes les fractions de gardes rouges se fermer les unes après les autres pour la même raison : « On ne prend pas d'enfants », disaient-ils avec une ironie presque aimable. Alors, par défi, il allait traverser le fleuve en plein hiver, bien que son record ne dépassât pas un aller-retour dans une piscine de cinquante mètres au plus chaud de l'été. Lorsqu'il avait fait savoir sa décision de participer à la traversée commémorative de cette année, tout le monde l'avait cru fou. Mais comment l'en dissuader ? Sa décision une fois prise, neuf buffles ne pourraient le retenir. « Faut qu'il prenne une leçon », avait dit grand-mère.

Aussi Fan-Fan avait-elle été envoyée par sa mère et sa grand-mère comme porteuse des vêtements de son frère. Elle marchait parmi les autres porteurs de vêtements qui fermaient la marche du groupe des lycéens. Que c'est drôle, pensait-elle en avançant lentement, tant de monde dans la rue en même temps comme venu de nulle part ! On dirait des fourmis éperdues dont les fourmilières viennent d'être écrasées par des coups de pied enfantins. Elle aurait aimé voir un visage familier parmi ces spectateurs exaltés, mais comment serait-ce possible ? Maman travaille depuis hier soir dans la boulangerie-pâtisserie d'État pour qu'il n'y ait pas pénurie de petits pains en ce jour exceptionnel où les ménagères n'ont pas le temps de faire la cuisine. Et grand-mère ? Elle doit se trouver en ce moment de l'autre côté du fleuve, surveillant la tisane de gingembre sur l'un des feux parmi les dizaines qu'on a allumés pour accueillir et réchauffer les nageurs gelés.

Le cortège avançait, puis s'arrêtait et attendait, avançait à nouveau, puis s'arrêtait et attendait encore, puis... Que c'est lent ! songeait Ming-Ming, en bombant un peu plus le rien de sa poitrine. Ah, le voilà enfin ! Ming-Ming venait d'atteindre le grand escalier de dalles qui descendait au fleuve. Il aperçut alors de l'autre côté du courant des nageurs aussi petits que des grains de riz sortir de l'eau et il brûla d'être parmi ces heureux vainqueurs du froid et de la vague.

Ciel, comme c'est large ! Fan-Fan avait eu un frisson en arrivant au sommet du grand escalier dallé. « Combien de temps faut-il pour atteindre l'autre rive à la nage ? » demanda-t-elle au garçon qui marchait à son côté. « Trois quarts d'heure, peut-être plus. » Trois quarts d'heure ! Rester dans l'eau glacée pendant trois quarts d'heure ! Le cœur de Fan-Fan se serra. Il est vraiment fou ce Ming-Ming ! Il n'y arrivera jamais. Oui, d'accord, il nage mieux que moi, mais il est loin d'être assez costaud pour traverser le fleuve. En plus en hiver ! Alors qu'il ne passe pas un mois sans voir le médecin : la grippe, la diarrhée, le yo-yo dans les oreilles, la rougeole, les oreillons... Qu'est-ce qu'il va attraper encore ?...

Ming-Ming enleva ses chaussures de toile à semelle caoutchouc, ses chaussettes de coton, sa veste ouatinée, son pull de laine, sa chemise, son pantalon et jeta le tout dans les bras de Fan-Fan. Un souffle froid lui fit dresser les poils sur tout le corps. Il étouffa de justesse un éternuement et fit deux pas en avant pour ne plus croiser le regard inquiet de sa sœur. Après avoir effectué quelques mouvements pour détendre ses muscles, il se dirigea vers le fleuve. À l'instant où il trempa son pied dans l'eau, il faillit pousser un cri d'animal blessé. Il n'imaginait pas que la lame du froid puisse être aussi perçante. Une fraction de seconde il regretta sa folie. Pourtant, il continua d'avancer, avancer… comme un vrai héros aux pieds nus qui marche sur un tapis de braises sans même froncer les sourcils. Quand l'eau atteignit la ceinture, par défi, il se jeta dans le courant de tout son corps comme s'il eût embrassé son destin.

En silence, Fan-Fan fourra les vêtements de son frère dans son sac d'écolier en grosse toile verte, elle n'avait rien trouvé à lui dire. Toute parole aurait été inutile. Elle l'avait compris au moment où le regard étincelant de Ming-Ming avait croisé le sien. Son frère n'était pas de ceux qui renoncent. Il irait jusqu'au bout. Elle le savait. Mince ! la veste et le pull n'entraient pas dans le sac. Elle les attacha à la lanière. Puis, l'estomac noué, elle suivit du regard son frère marchant d'un pas ferme dans le courant jaunâtre, et le vit s'éloigner lentement de la rive jusqu'à devenir un petit point noir. Tout à coup, elle sursauta. Elle venait de se souvenir de sa tâche ultra-importante : porter les vêtements de Ming-Ming sur l'autre rive pour qu'il eût de quoi se couvrir une fois arrivé. S'il pouvait arriver ! Mais ce fut trop tard, le bateau à vapeur venait de rentrer sa passerelle et de quitter la berge. Comment faire ? Oh, comment faire, Dieu du ciel !

Ming-Ming éprouvait des picotements désagréables dans la paume des mains et la plante des pieds comme si des milliers de fourmis avaient parcouru sa chair en tous sens. De crainte d'être saisi de crampes, il se laissa flotter un moment sur le dos du fleuve en se frictionnant les mains puis les pieds. Enfin, la sensation désagréable disparut, il se remit à nager. L'eau lui semblait moins froide et son corps plus léger. Ça commence à devenir très profond, se dit-il.

Fan-Fan n'attendit pas le retour du bateau à vapeur. Ce sera plus rapide en empruntant le pont, se dit-elle. Elle courut vers l'escalier, son sac en bandoulière, grimpant les marches deux par deux, bousculant de toutes ses forces les gens sur sa trajectoire, ignorant les remarques et les cris de colère que sa course contre la montre provoquait. Mais lorsqu'elle arriva devant le pont, elle compris tout de suite qu'elle était perdue : le pont à six voies (deux pour les voitures, deux pour les bicyclettes, deux pour les piétons) était hermétiquement bouché par une foule compacte. Des gens étaient perchés sur les garde-fous ou accrochés aux lampadaires de fonte comme des singes. Le passage derrière elle s'était refermé. Fan-Fan sut qu'elle n'avait pas d'autre choix que de tenter l'impossible. Elle s'enfonça alors dans la foule, avec une opiniâtreté de Chinoise et une force de désespérée. Les mâchoires serrées, la main gauche appuyant fortement son sac d'écolier contre sa hanche, elle passa d'abord sa main droite entre deux personnes, ensuite son avant-bras, puis son épaule, et d'un coup de reins, sa tête et son corps. La fente ainsi forcée se referma tout de suite sur elle. Pas à pas elle gagnait du terrain. Des perles de sueur se formaient sur son front. Sa chemise mouillée collait à son dos. Où en est Ming-Ming maintenant ? Au milieu du fleuve ? Déjà arrivé ? S'il pouvait arriver !... Peut-être supportait-il mieux le froid qu'elle ne le croyait ?...

Ming-Ming leva la tête le plus possible au-dessus de l'eau pour mesurer la distance désespérante qui lui restait à franchir. Puis il regarda derrière lui, merde ! il n'avait même pas fait un quart du chemin. Les griffes du froid devenaient de plus en plus aiguës. Elles perçaient sa peau, pénétraient dans sa chair, la mordaient et la déchiraient morceau par morceau. Il se mit à trembler de tous ses membres. Il eut beau essayer de se réchauffer en battant le courant de ses bras à un rythme plus rapide, il se fatiguait en vain. D'autres nageurs le dépassèrent. Il jeta un regard sur le canot de sauvetage le plus proche mais renonça à appeler au secours.

Plus Fan-Fan avançait, plus la foule devenait dense. Soudain, Fan-Fan crut entendre un léger bruit de métal. Elle regarda sa poitrine. Sa peur fut confirmée : son écusson de Mao n'était plus là. Fan-Fan baissa tout de suite les yeux et l'aperçut là, à côté d'une chaussure en caoutchouc aussi grande qu'une barque. Fan-Fan voulut se pencher pour le ramasser mais c'était impossible tant les gens étaient serrés autour d'elle. Elle fléchit comme elle put les genoux, tendant sa petite main le plus possible mais, mince ! son bras était trop court. Fan-Fan essaya alors d'allonger le pied pour l'atteindre. La pointe de son soulier l'effleura quand l'énorme chaussure de caoutchouc se leva et retomba pile dessus… Oh non ! cria Fan-Fan en essayant de repousser l'horrible jambe. Peine perdue. Fan-Fan était au bord des larmes. Collectionner les écussons de Mao était très à la mode. Fan-Fan en possédait plus de dix déjà : le Président en costume militaire entouré de trente cœurs dont les sept plus gros portaient chacun le caractère « zhong » – loyauté ; le Président en civil au milieu du soleil rouge dardant ses rayons au-dessus de sept capitules jaunes de tournesol – le peuple chinois le suivait ainsi que les fleurs de tournesol s'orientent vers le soleil ; un modèle réalisé en bambou sur lequel le Président souriait au-dessus d'une mer d'oriflammes rouges dont la plus grande portait « Gardes Rouges » en caractères dorés ; une série de trois modèles en porcelaine fine qui représentaient trois périodes de la carrière révolutionnaire du Président : jeune militant du mouvement ouvrier, en longue blouse traditionnelle, chef de l'Armée rouge avec casquette militaire, président de la nouvelle République de Chine… Mais celui qui venait d'être écrasé était sa dernière acquisition. Pour l'avoir, elle a troqué son nouveau taille-crayon et son dictionnaire à une camarade de classe dont le père travaille à l'usine de bicyclettes où la production a été arrêtée pour ne plus frapper que des écussons de Mao. De plus c'était un modèle spécialement conçu à l'occasion de cette traversée commémorative, et unique par l'originalité de sa forme : sur fond de trois drapeaux rouges superposés, l'image de Mao couleur or dans une auréole sacrée ; soulignée de deux vers extraits d'un poème de Mao et stylisés dans son écriture manuscrite : « Contre le vent et la vague je fendais le fleuve, plus à l'aise que dans ma cour je me promène tranquille » ; au-dessous, la miniature du pont dominant les vagues du fleuve Yang, toujours de couleur jaune ; plus bas encore, neuf caractères : « la commémoration de la natation du président Mao en hiver dans le fleuve Yang », suivis des chiffres « 1958-1968 », cette fois sur fond blanc…

Le froid âpre commençait maintenant à s'attaquer aux os de Ming-Ming. Comme des tenailles qui serraient, puis broyaient. Ses bras et ses jambes devenaient gourds. Son corps s'alourdissait comme rempli de plomb. L'eau devenait aussi dure qu'un bloc d'acier. Il lui semblait que son sang ne coulait plus, qu'il était glacé jusqu'à la moelle, que tout était gelé en lui. Même sa pensée. Même sa conscience. Ainsi qu'un automate, il continuait à faire des gestes pour maintenir sa tête hors de l'eau mais à un rythme de plus en plus lent, de plus en plus lent…

Soudain, des coups de klaxon furieux éclatèrent derrière le dos de Fan-Fan. Elle tourna la tête : une jeep verte. Le véhicule était surmonté d'une petite bannière rouge triangulaire sur laquelle on lisait trois caractères tracés à la peinture jaune : « Équipe de Contrôle. » Les gens se bousculaient pour le laisser passer. La houle humaine souleva Fan-Fan, l'éloignant malgré elle de son précieux écusson. Une idée traversa l'esprit de la fillette en un éclair. Elle s'essuya les yeux d'un revers de main, se faufila de toutes ses forces à contre-courant vers la jeep. Le véhicule passa à moins de cinq centimètres de son pied droit. Un seul bond, et ça y est, elle se cramponne à l'arrière de la voiture, la main droite accrochée au pare-chocs, la gauche serrant son sac d'écolier contre sa hanche. Le véhicule avançait lentement, solennel comme un dieu, klaxonnant tel un diable. La grande muraille de spectateurs s'ébranlait, se fendait devant lui. Sauvée ! se disait Fan-Fan, oubliant déjà son malheur. Tant pis pour l'image du président Mao !…

Sur la rive sud, quelques dizaines de feux pétillaient joyeusement, entourés de nageurs assis par terre ou sur des banquettes de bois, les cheveux encore mouillés, les jambes tendues vers les flammes, les mains légèrement tremblantes, croquant des petits pains à belles dents, buvant à grandes lampées la tisane de gingembre sucrée, riant bêtement à des plaisanteries stupides.

Fan-Fan se glissait entre des groupes de nageurs au regard fier et de spectateurs éblouis qui se dressaient autour d'eux, en cherchant des yeux son frère et sa grand-mère. Ouf, la voilà enfin !

Près d'un feu, Mei-Li était à genoux devant une civière de fortune, en train de frotter avec force le corps raidi d'un jeune garçon avec une serviette blanche. Agenouillée de l'autre côté du brancard, une autre femme massait ses jambes et ses pieds. Les cheveux noirs du garçon dégouttaient, son visage était livide et ses paupières closes, ses lèvres étaient d'une terrifiante couleur bleu violacé, ses dents s'entrechoquaient avec une violence comique. Fan-Fan s'approcha, se mit à genoux à côté de Mei-Li qui, sans interrompre son travail, se contenta de lui dire : « Ah, te voilà. » Quand la couleur reflua enfin sur le corps du garçon, Mei-Li l'enveloppa dans une couverture, puis, passant un bras sous sa nuque, elle le souleva doucement. « Donne-moi le bol », dit-elle à sa petite-fille. Fan-Fan prit des mains d'une femme un grand bol de tisane de gingembre fumante qu'elle tendit à sa grand-mère. « Essaie de boire un peu, mon enfant, ça te réchauffera », dit tendrement Mei-Li au nageur qui soulevait à peine ses paupières. À l'aide d'une cuillère de porcelaine, elle força les mâchoires serrées du garçon et versa goutte à goutte le liquide brûlant dans sa bouche. Lorsque le bol fut vide, un peu de couleur était revenue sur le visage de l'adolescent. « Repose-toi maintenant, tu vas manger un petit pain et tu te sentiras mieux après », lui dit Mei-Li avec un sourire attendri. Le garçon lui rendit un sourire de petit enfant.

– Alors, où est ton frère ? demanda Mei-Li en se tournant vers Fan-Fan.

– Je ne l'ai pas vu parmi les nageurs autour des feux.

– Va l'attendre au bord de l'eau. Amène-le ici quand tu le verras. Va.

Les derniers nageurs émergèrent de l'eau les uns après les autres, grelottant, des mèches de cheveux collées sur le front et le visage d'une aussi vilaine couleur que le fleuve. Pourtant Fan-Fan n'avait toujours pas aperçu la silhouette chétive de son frère. Peut-être est-il arrivé sans que je l'aie vu, pensa Fan-Fan pour se calmer. Elle fit un rapide tour des braseros dans l'espoir de… Mais nulle part l'ombre de Ming-Ming. Où diable peut-il être ? Saisie d'une sorte de panique, Fan-Fan retourna près du feu où Mei-Li distribuait de la tisane aux nageurs devant une immense marmite fumante.

– Alors ? demanda-t-elle.

– Il n'est pas là, répondit Fan-Fan d'une voix angoissée, j'ai cherché partout.

La louche de Mei-Li s'arrêta en l'air.

– Va vite à la maison. Reste avec ta maman quand elle rentrera du travail. Moi je vais tout de suite me renseigner auprès du comité de contrôle.

La nuit était tombée depuis longtemps. Bai-Lan et Fan-Fan étaient assises comme deux statues de pierre dans le cercle de lumière jaunâtre que diffusait l'unique ampoule au bout d'un fil descendu du plafond. Sur la table pliante, le dîner réchauffé plusieurs fois refroidissait. Aucune d'elles ne parlait. Un silence mortel pesait de plus en plus lourd, entaillé par le tic-tac impitoyable du réveil posé sur le buffet bas. Du haut de son cadre de bois verni rouge accroché sur le mur du fond, le président Mao regardait la mère et la fille avec un vague sourire de bienveillance.

Un bruit. Bai-Lan et Fan-Fan se levèrent en même temps. La porte s'ouvrit. Mei-Li apparut, le visage décomposé.

– Alors ? demanda Bai-Lan.

– Ils ont dit qu'il y avait trois disparus, dit Mei-Li d'une voix méconnaissable.

Fan-Fan marche les pieds nus sur un pont très large, très long, étrangement désert. Pas de piéton. Pas de vélo. Pas de voiture. Elle jette un regard par-dessus le garde-fou en faux marbre veiné. Pas de bateau non plus. En bas, un courant jaune agité de remous. En haut, un ciel bleu immaculé. Le soleil brûle. La chaleur oppresse. Fan-Fan a chaud. Le béton du pont commence à lui griller la plante des pieds. Elle a soif. Sa gorge lui fait mal. Elle se sent épuisée. Mais elle continue de marcher comme poussée par une force extérieure. Soudain, le pont s'ébranle sous ses pieds, une fissure apparaît à quelques mètres devant elle. Puis, dans une lenteur terrifiante et dans un silence épouvantable, la fissure s'ouvre, s'élargit, se creuse, grandit, comme un morceau de lard se fendant sous une lame invisible. Une bouffée d'air glacial venue de la crevasse fait tressaillir Fan-Fan. Elle a soudain très froid comme si elle sortait d'un brasier pour tomber dans une grotte de glace. Mais le plus effrayant c'est qu'elle ne peut pas s'arrêter, ses jambes ne sont plus les siennes, elles avancent d'elles-mêmes. Petit à petit, elle s'approche de la crevasse devenue gouffre béant. Terrifiée, elle appelle au secours mais aucun son ne sort de sa gorge. « Vole ! » lui ordonne une voix près de son oreille au moment où elle bascule dans le vide. Elle ouvre ses bras, et miracle ! elle s'envole vers le ciel. Quelqu'un vient de la dépasser. Il fend l'air à une vitesse vertigineuse. C'est Ming-Ming ! Il n'a sur lui que sa culotte bleu marine. Elle l'appelle mais cette fois encore aucun son ne franchit sa gorge. Il vole si vite qu'il devient rapidement un petit point noir dans le ciel bleu immaculé. « Attends-moi, attends-moi… » pleure Fan-Fan avec désespoir.

– Fan-Fan, Fan-Fan, une voix douce l'appela.

Elle ouvrit ses paupières et vit Mei-Li et Ming-Ming debout à son chevet. Elle se frotta les yeux en murmurant :

– Je rêve ?

– Tu as eu de la fièvre, mon enfant, dit Mei-Li en lui tendant un verre d'eau. Bois un peu, ça te fera du bien.

Fan-Fan ouvrit la bouche mais ses yeux cherchaient son frère pardessus le verre.

– Je n'ai rien, tu vois, la rassura Ming-Ming d'une voix faible.

Il avait la tête d'un squelette qui vient de ressusciter.

– Va dormir encore un peu, mon grand, lui dit Mei-Li, t'as pas bonne mine.

Ming-Ming se força d'un petit sourire, puis se retira.

– Sais-tu pourquoi nous ne l'avons pas trouvé hier ? dit Mei-Li à sa petite-fille en posant une assiette de porcelaine sur l'escabeau à côté d'elle. Eh bien, il a été repêché plus mort que vif par un des canots de sauvetage. Pour le réchauffer, ces imbéciles de sauveteurs lui ont fait avaler la moitié d'une bouteille d'alcool de riz, et il a été plongé tout de suite dans un sommeil pareil à la mort. Les sauveteurs ont eu très peur et l'ont transporté en toute hâte à l'hôpital du peuple sans informer le comité de contrôle. Ton frère ne s'est réveillé que ce matin mais le docteur a préféré le garder en observation pendant huit heures.

Tout en parlant, Mei-Li tira de sa poche un mouchoir qu'elle étala sur ses genoux, prit un œuf dur qui se trouvait dans l'assiette, l'écala, l'ouvrit et donna le jaune à Fan-Fan.

– Mange, ça te donnera des forces.

– Maman est au courant ? demanda la fillette.

– Ne t'en fais pas, chérie, elle va le savoir dans une demi-heure quand elle reviendra du travail.

– Quelle heure est-il maintenant ?

– Presque six heures de l'après-midi.

– J'ai dormi toute la journée ?

– Eh bien oui, ma petite, on aurait dit que tu ne te réveillerais plus jamais, dit Mei-Li en mettant le blanc au milieu de son mouchoir. Tu as eu une température folle cette nuit. J'ai dû te donner un bain de gingembre et t'envelopper après dans une grosse couverture pour te faire transpirer. Tu as mouillé trois chemises de nuit, et ta fièvre a chuté ce matin.

Mei-Li prit sur l'assiette une poignée de ciboulettes, les coupa en deux, reposa les longues lanières vertes dans l'assiette, mélangea les tronçons blancs avec le blanc de l'œuf. Un arôme piquant et suave pénétra dans les narines de Fan-Fan. Elle éternua.

– C'est après midi que l'idée m'est venue de faire le tour de tous les hôpitaux, poursuivit Mei-Li, car si ton frère avait eu la chance d'être repêché, il devait être dans l'un d'eux. J'ai commencé par l'hôpital municipal, puis l'hôpital des ouvriers, et c'est à l'hôpital du peuple que je suis tombée sur lui, merci ciel, mais pas à la morgue !

Mei-Li poussa un long soupir de soulagement comme lorsqu'elle avait aperçu son petit-fils bien vivant couché sur le lit d'hôpital.

– Pourvu qu'il ait appris sa leçon, ajouta Mei-Li en retirant de son doigt une bague d'argent massif qu'elle plaça au milieu des tronçons blancs des ciboulettes.

Puis elle enroula le mouchoir.

– Pourquoi la bague ? interrogea Fan-Fan.

– C'est pour savoir s'il y a du feu ou du vent et du froid dans ton corps, répondit Mei-Li avec un sourire tendre.

– Comment ça… ?

– Tu vas voir. Maintenant ferme les yeux.

Fan-Fan ferma les yeux docilement. Mei-Li se mit à lui frictionner le front entre les sourcils avec le mouchoir en comptant jusqu'à trente-six. Puis les tempes jusqu'à trente-six aussi.

– Maintenant couche-toi sur le ventre, je vais te masser la nuque.

Après la nuque, le dos. Ensuite les bras, le milieu des paumes, les jambes. Lorsque Mei-Li s'attaqua à la plante des pieds de Fan-Fan avec la même énergie, un rire irrépressible s'empara de la fillette.

– Oh non, ne bouge pas comme un diable, dit Mei-Li saisissant fortement les pieds de sa petite-fille. Un, deux, trois, quatre…, trente-deux, trente-quatre, trente-cinq, trente-six, ça y est, c'est fini.

Fan-Fan s'étira délicieusement. Son corps entier était détendu. Les maux de tête et l'affreuse douleur aux jointures avaient disparu comme par miracle. Fan-Fan regarda sa grand-mère dérouler le mouchoir sur ses genoux, remuer avec un doigt un petit tas de choses blanchâtres sans forme. Tout à coup,

– La voilà ! cria Mei-Li triomphalement.

Elle brandit sous le nez de sa petite-fille la bague d'argent qu'elle tenait entre le pouce et l'index :

– Te souviens-tu quelle était sa couleur avant le massage ? demanda Mei-Li avec emphase. Regarde comment elle est maintenant !

Elle mit l'anneau dans la paume de Fan-Fan.

– Mais… c'est devenu bleu !

– Oui, la bague est devenue bleue, ma petite, c'est à cause du vent et du froid que j'ai fait sortir de ton corps par le massage.

– Du vent et du froid dans mon corps ?

– Oui, c'est ça, je l'ai bien deviné…

Fan-Fan fixa la bague. C'est étrange, c'est étrange, mais la bague d'argent est vraiment devenue bleue. Un bleu brillant. Le vent et le froid visibles.

– Ça t'étonne, hein ? dit Mei-Li avec un petit sourire amusé. Elle pourrait aussi virer au rouge…

– Quoi ? dit Fan-Fan de plus en plus étonnée.

– Oui, la bague deviendrait rouge si tu avais du feu à l'intérieur.

Mei-Li reprit la bague d'argent, la frotta soigneusement avec un pan de sa veste et la remit à son doigt.

– Il faudra la frotter avec la cendre d'encens pour qu'elle retrouve sa couleur normale. Veux-tu manger quelque chose maintenant ? Un bol de soupe de riz ?

– Oui, grand-mère, dit Fan-Fan, j'ai faim.

美丽

Jing-Ming est resté trois jours seulement. Et ces trois jours ont été les jours les plus heureux de ma vie.

生活

Depuis le début du mois d'avril 1968, les conflits entre les diverses factions de gardes rouges devenaient de plus en plus fréquents et violents, les « combattants révolutionnaires » ayant abandonné leurs armes primitives tels que poings, pieds et bâtons, pour des armes à feu à l'efficacité bien plus redoutable. Avant-hier, Vieux Zhou eut la moitié d'une oreille arrachée par une balle venue de nulle part en allant chercher une bouteille de sauce de soja à l'épicerie d'État. Hier, une bombe de mortier a traversé le toit du deux-pièces de Petite Ma et éclaté dans le grand lit qu'elle partage avec son mari et leur bébé de deux mois et demi, mais par chance la famille venait de sortir. Ce matin, Fan-Fan a ramassé sur le pas de la porte un journal édité par l'organisation « La Tempête Rouge », quatorze photos noir et blanc, accompagnées de descriptions et de commentaires détaillés, montrent quatorze cadavres mutilés baignant dans une mare de sang. Le comble de l'horreur était atteint. Mei-Li brûla le journal. Le soir même, sa fille et elle décidèrent de fuir la ville avec les enfants.

Le lendemain matin, très tôt, Bai-Lan partit à bicyclette. Elle ne rentra qu'à la tombée de la nuit, deux hommes l'accompagnaient.

– Voilà oncle Wei et oncle Zhong, présenta Bai-Lan en franchissant le seuil.

Oncle Wei était un cousin lointain de Hong. Âgé de vingt-huit ans, large d'épaules et de grande taille, deux petits yeux triangulaires très vifs sous deux brosses de sourcils jais, il enseignait les mathématiques à l'école préparatoire de Guang-Ning depuis plus de trois ans après quatre années d'études à l'université.

Son collègue et meilleur ami, oncle Zhong, était professeur de langue chinoise, ancien élève de l'université de Pékin. De dix ans plus âgé que Wei, il avait travaillé pendant six ans dans une maison d'édition à Pékin avant de s'installer à Guang-Ning. Maigre et petit, le sommet du crâne dégarni, il avait un visage pâle aux traits fins, de longs yeux toujours souriants derrière une paire de lunettes aux verres épais.

C'était la première fois qu'ils revenaient à la maison depuis le départ de Hong pour le camp de travaux forcés. Mei-Li avait préparé des nouilles de riz et des pousses de soja sautées dans de l'huile de graines de camélia, assaisonnées d'une sauce relevée.

– Demain nous partirons avec oncle Wei et oncle Zhong pour l'école préparatoire de Guang-Ning, annonça Bai-Lan lorsque tout le monde fut assis à table.

– On va y rester longtemps ? demanda Ming-Ming.

– Ne parle pas la bouche pleine, Ming-Ming, gronda Bai-Lan.

– On ne sait pas encore, mon grand, dit Mei-Li, peut-être un mois ou deux, peut-être plus. On rentrera quand ce sera un peu plus calme ici.

– Il n'y a pas de gardes rouges dans votre école ? demanda encore Ming-Ming.

– Heureusement non, répondit oncle Wei. Tous nos élèves sont des enfants envoyés de l'étranger par leurs parents « chinois d'outre-mer » pour préparer leur entrée dans une université chinoise. Depuis le déclenchement de la Révolution culturelle, leurs enfants ont tous quitté le pays les uns après les autres…

– Et l'école est devenu un îlot de verdure oublié au milieu d'un océan rouge, continua oncle Zhong en insistant sur le contraste entre « îlot de verdure » et « océan rouge » et en hochant lentement la tête comme s'il avait récité un vers célèbre d'un poème Tang.

Oncle Wei sourit.

– Oui, c'est très calme là-bas.

– Elle est loin, votre école ? s'enquit Fan-Fan d'une petite voix.

– Non, à une douzaine de kilomètres de la ville, répondit oncle Wei.

– Mais c'est déjà en pleine campagne, ajouta oncle Zhong. Connaissez-vous la campagne ? Non ? Alors vous n'allez pas vous ennuyer là-bas.

– On n'en est pas si sûr, fit Ming-Ming.

Bai-Lan lui lança un regard désapprobateur que Ming-Ming fit semblant de ne pas remarquer.

– Vous allez voir, dit le professeur de chinois avec un sourire conciliant.

– Y a-t-il des cars pour y aller ? interrogea encore Ming-Ming.

– Avant oui, deux fois par jour, mais plus maintenant.

– Alors, comment…

– On ira à vélo, coupa Bai-Lan à bout de nerfs.

Le surlendemain, le 14 mai 1968, aux premières lueurs de l'aube, la petite bande se mit en route. En tête, oncle Zhong roulait sur sa bécane noire, marque « Éternel » mais déjà toute rouillée, avec un gros bidon rempli d'eau bouillie pendu au guidon, et Mei-Li perchée sur le porte-bagages arrière, un petit sac en bandoulière contenant les casse-croûte. Les bicyclettes de la marque « Éternel », fabriquées à Shanghai, jouissaient d'une réputation nationale pour leur extraordinaire résistance. Au milieu, Bai-Lan pédalait sur son vieux vélo élégant, marque « Pigeon-Volant », style féminin, c'est-à-dire sans la barre horizontale entre la tige de selle et le tube de direction, de couleur également noire, fabriqué aussi à Shanghai, avec sur le porte-bagages deux énormes sacs de voyage de grosse toile pleins à craquer, surmontés d'une petite valise en cuir rouge sombre couverte de fines rides. Oncle Wei roulait derrière, sur la bicyclette achetée d'occasion quinze jours auparavant, presque neuve, marque « Cinq-Moutons », fabrication cantonaise, style « poids lourd », dont le cadre était renforcé par une double barre horizontale. Fan-Fan était très inconfortablement installée devant, sur la barre horizontale supérieure de la potence, les mains cramponnées au guidon, tandis que Ming-Ming était assis à cheval sur le porte-bagages arrière, s'agrippant à la ceinture du professeur de mathématiques.

Lcs rues étaient désertes. L'impression de sommeil profond semblait d'autant plus irréelle que, dès le lever du soleil, la ville se réveillerait dans son cauchemar quotidien, le typhon de la haine ressusciterait et déchaînerait les flammes de la guerre civile chaque jour plus meurtrières.

À la sortie de la ville, les trois bicyclettes s'engagèrent sur une route goudronnée de cinq mètres de large, bordée d'une double rangée de jeunes manguiers. Derrière leurs feuilles luisantes de rosée s'étendaient jusqu'à l'horizon des rizières où les plants verts ondoyaient sous le vent léger du matin. Dans ce paysage paisible on avait l'impression d'être à mille lieues du sang et de la mort.

Les réfugiés s'arrêtèrent à mi-chemin, près de l'entrée de l'université de Guang-Ning, afin de se dégourdir les jambes et de reprendre souffle. Le soleil commençait à taper. Ils s'assirent à l'ombre d'un arbre trapu dont les fleurs dorées riaient parmi de petites feuilles ovales d'un vert frais. Ils buvaient tour à tour à même le bidon, mordaient à belles dents dans des gâteaux ronds préparés par Mei-Li avec de la pâte de riz et du sucre de canne brun, délicatement parfumés par la feuille de bananier qui les enveloppait.

– Quel est cet arbre à fleurs jaunes ? demanda Fan-Fan à oncle Wei assis à côté d'elle.

– Je ne sais pas, je n'y connais rien en botanique, répondit oncle Wei. Hé, Vieux Zhong, sais-tu quel est le nom de cet arbre ?

– On l'appelle « arbre du mal d'amour ».

– Joli nom ! s'exclama oncle Wei.

– Savez-vous pourquoi on l'appelle ainsi ? interrogea le professeur de chinois.

Mei-Li et Bai-Lan échangèrent un sourire. Oncle Wei et les enfants secouèrent la tête.

– Connaissez-vous l'*Histoire de la poésie des temps anciens aux temps modernes* ? Non ? Alors, selon ce livre, il y a très très longtemps un soldat mourut à la guerre loin de son pays natal. Sa jeune femme le pleura tous les jours au pied d'un arbre à petits pois rouges jusqu'à ce qu'elle mourût de chagrin et d'épuisement. En souvenir de l'amour de la jeune femme pour son mari, on surnomma l'arbre « arbre du mal d'amour ». Et les petits pois rouges que donne cet arbre reçurent eux aussi le nom de « pois du mal d'amour ». Plus tard, sous la dynastie des Tang, un poète appelé Wang-Wei écrivit un poème, « Le Mal d'Amour »...

– Ah, je connais ce poème, le coupa Ming-Ming.

– Je le connais aussi, dit rapidement Fan-Fan, grand-mère nous l'a appris.

– Je m'en doute bien, Fan-Fan, reprit oncle Zhong en faisant un clin d'œil à Mei-Li. C'est grâce à ce poème que l'arbre aux petits pois rouges est devenu le symbole du mal d'amour dans notre littérature et...

À cet instant, trois explosions de forte puissance firent tressaillir le sol sous leurs pieds. Une fumée noire s'échappa d'une fenêtre du bâtiment de la chimie qu'on apercevait derrière une haie de ketmies.

La petite bande se précipita sur les vélos et se sauva à toutes pédales.

Ils arrivèrent à l'école préparatoire vers onze heures du matin. Quand, le visage ruisselant de sueur, les jambes engourdies, ils s'arrêtèrent devant le perron d'un long bâtiment d'un étage en briques rouges, perdu dans les hautes herbes et les arbrisseaux, une fillette d'une dizaine d'années courut à leur rencontre, ses deux tresses sautant joyeusement sur ses épaules. Elle portait une chemisette blanche et une jupe à fleurs multicolores.

Porter une jupe, et à fleurs multicolores ! Les yeux de Fan-Fan et de Ming-Ming s'écarquillèrent. C'était faire montre d'audace, presque d'insolence que de porter une jupe pareille alors que tout le monde, hommes et femmes, s'habillait de bleu, de gris ou de noir, la tunique militaire étant de mode pour la jeunesse... Décidément on avait débarqué sur une autre planète...

– Papa, papa, cria la fillette à la jupe fleurie.

– Voici ma fille Bi-Zhu, ma perle émeraude, présenta oncle Zhong avec un grand sourire. Voici grand-maman Mei-Li, tante Bai-Lan que tu as vue hier, Ming-Ming et Fan-Fan.

– Bonjour, grand-maman Mei-Li, bonjour, tante Bai-Lan, salua-t-elle avec politesse.

Puis elle alla prendre les mains de Ming-Ming et de Fan-Fan.

– Venez avec moi, leur dit-elle comme s'ils étaient des amis de toujours.

Les enfants pénétrèrent dans un long couloir sombre et nu, éclairé par les portes ouvertes des pièces latérales.

– Il y a dix pièces de chaque côté, expliqua Bi-Zhu, toutes habitées par des professeurs de l'école, mais la plupart sont maintenant vides, car beaucoup de professeurs sont partis avec leur famille depuis le début de la Révolution culturelle.

Elle s'arrêta devant une porte grande ouverte.

– Voilà notre logement. Papa et moi habitons ici depuis que nous sommes arrivés à Guang-Ning il y a quatre ans.

Une pièce rectangulaire d'environ quatre mètres sur cinq, sobrement meublée, faisait office à la fois de chambre, de salle à manger, de salle d'étude et de salon ; au fond, entre deux lits simples sous des moustiquaires blanches – l'un et l'autre accotés au mur –, un bureau à deux tiroirs et un fauteuil d'osier devant la fenêtre ; à gauche de la porte, une bibliothèque s'élevait jusqu'au plafond, donnant l'impression qu'elle allait s'écrouler d'une seconde à l'autre au simple frôlement d'une souris ou d'une jupe ; à droite, un petit buffet bas flanqué d'un porte-cuvette de bois avec un miroir rectangulaire accroché au-dessus de la cuvette de fer peint, et d'une petite table ronde pliante avec deux chaises de bambou basses.

Les seules décorations de la pièce : un vase d'argile sculpté posé sur le rebord de la fenêtre, une calligraphie à l'encre noire d'un poème Tang sur le mur près de la bibliothèque.

– Oh la la, tous ces livres ! s'émerveilla Fan-Fan en léchant ses lèvres sèches, comme quelqu'un privé d'eau depuis des jours et qui découvre une tasse de thé parfumé au jasmin.

– Ceux-ci, sur le rayon, en bas, sont à moi, lui dit Bi-Zhu avec une pointe de fierté, et le reste appartient à papa. Tu aimes lire ?

– Oui, beaucoup.

– Alors, tu peux emprunter les miens si tu veux, mais ceux de papa, il faut que tu lui demandes.

– Ta mère ne vit pas avec vous ? intervint Ming-Ming brusquement.

Les yeux clairs de Bi-Zhu s'assombrirent.

– Venez, dit-elle sans répondre à la question, je vais vous montrer votre chambre.

Avant d'emprunter l'escalier au milieu du bâtiment, elle pointa du doigt le fond du couloir :

– Là, c'est la cuisinc-salle d'eau commune.

Puis elle gravit les marches la première.

– Oncle Wei habite ici, dit-elle en s'arrêtant devant la deuxième porte à gauche en haut de l'escalier.

– Et voilà votre logement, dit-elle en poussant la porte d'en face dont la serrure avait été démontée.

La pièce était de la même dimension que celle dont disposaient Bi-Zhu et son père : une lumière éblouissante coulait dans la salle par la fenêtre sans rideau percée dans le mur du fond ; un grand lit et un lit simple dressés contre le mur de droite ; et contre le mur de gauche, une grande table rectangulaire, une chaise de bois, un porte-cuvette, deux tabourets ronds à trois pieds.

– C'était le logement du professeur de peinture chinoise, Petit Zhang. Il est vide depuis son départ l'année dernière. Hier quand on a appris que vous alliez vivre quelque temps à l'école, oncle Wei et papa ont forcé la serrure pour y passer un coup de balai et mettre ces meubles.

– Il n'y a pas de cabinets ? demanda Ming-Ming.

– Ah, j'ai oublié, répondit Bi-Zhu sans le regarder. Ce n'est pas dans l'immeuble. Venez, je vais vous montrer.

Les enfants croisèrent dans l'escalier Mei-Li, Bai-Lan et les deux professeurs qui montaient les bagages.

– Où allez-vous, mes enfants ? demanda Mei-Li.

– Je vais leur montrer où sont les toilettes, grand-maman Mei-Li, répondit Bi-Zhu sans s'arrêter.

– Ne vous inquiétez pas, grand-maman, dit oncle Zhong en souriant, Bi-Zhu connaît tous les coins de l'école comme sa poche.

– Votre fille est très jolie, dit Mei-Li. Quel âge a-t-elle ?

– Onze ans.

– À table ! annonça Mei-Li en plaçant un grand bol au milieu de la table rectangulaire.

– Que mange-t-on aujourd'hui ? demanda oncle Wei en entrant avec deux chaises de bois, suivi d'oncle Zhong une banquette sur l'épaule.

– Riz sauté aux œufs et ciboulette, dragons verts traversant la mer, répondit Mei-Li qui commençait à distribuer du riz dans les sept petits bols pendant que Bai-Lan déposait devant chacun une paire de baguettes en bambou.

– Qu'est-ce que c'est que « dragons verts traversant la mer », grand-maman Mei-Li, demanda Bi-Zhu s'asseyant sur le bord du lit près de Fan-Fan.

– Ce n'est que de l'ipomée cuite à l'eau, dit Bai-Lan en souriant. On l'appelle aussi « légume à tige creuse ».

– Regarde ses longues tiges vertes qui flottent, ajouta Mei-Li en posant la marmite de riz sur une feuille de journal étalée sur le tabouret, ne ressemblent-elles pas un peu aux dragons verts baignés par la mer ?

– Moi, je trouve que ça ressemble plutôt aux serpents, ironisa Ming-Ming en prenant place sur la banquette en face de Bi-Zhu, entre les deux oncles.

– Mais les serpents sont de petits dragons, tu ne le savais pas ? dit oncle Zhong.

Il laissa à l'expression « petits dragons » le temps de faire son effet, puis ajouta :

– C'est là une tradition culinaire chinoise qui non seulement prête beaucoup d'attention à la couleur, à la forme, à l'odeur et au goût d'un plat, mais aussi aime à lui donner un nom poétique. On peut nommer par exemple « perles » des œufs d'oiseau, « pieds de phénix » des pattes de poulet, « fleur d'argent » de la cervelle de porc…

– Mais l'ennui c'est que quelquefois quand on mange dans un restaurant, répliqua oncle Wei en avalant une bouchée de riz, on peut être attiré par un nom extraordinairement joli, puis tomber sur un plat tout à fait banal.

– Ce n'est quand même pas désagréable de trouver un peu de poésie dans la réalité quotidienne, non ? se défendit le professeur de langue chinoise.

– Moi, je préfère appeler un chat un chat, reprit le professeur de mathématiques avec une lenteur exagérée en portant un dragon vert à la bouche.

Tout le monde rit.

– Écoutez, messieurs les professeurs, fit Mei-Li en bout de table, j'ai une proposition à vous faire. Voilà, à partir d'aujourd'hui, si vous voulez, on mangera ensemble. Préparer un repas pour sept ne donne guère plus de travail que d'en préparer un pour quatre.

– Et ça fera faire des économies à tout le monde, ajouta Bai-Lan, assise en face de Mei-Li.

– Moi, je suis le premier à applaudir à la nouvelle, déclara oncle Zhong avec un large sourire.

– Je ne dis pas le contraire, dit oncle Wei. Je déteste faire la cuisine.

– Mais il y a aussi une autre chose… ça m'ennuie un peu de vous demander…, reprit Mei-Li en se levant pour faire le tour de la table avec la marmite de riz. Eh bien, pourriez-vous vous occuper des études des enfants ? Ça fait déjà presque un an que l'école est fermée…, dit Mei-Li d'une voix hésitante.

– Sans problème, répondit le professeur de mathématiques en remplissant son bol.

– Avec plaisir, grand-maman, ajouta le professeur de chinois. C'est une chance d'avoir encore des élèves en ce moment vous savez… Qu'en dites-vous, mes enfants ?

Ses yeux souriants interrogèrent tour à tour Fan-Fan, Bi-Zhu et Ming-Ming derrière les verres épais de ses lunettes.

Les fillettes lui donnèrent un petit sourire d'acquiescement. Le garçon fronça les sourcils.

– À quoi ça sert de faire des études maintenant ? Plus on a de connaissances, plus on risque d'être qualifié de réactionnaire…

– Ming-Ming ! dit Bai-Lan d'une voix grondante.

– Mais faut ouvrir les yeux sur la réalité, maman, répliqua Ming-Ming.

– Je ne suis pas de ton avis, Ming-Ming, dit lentement oncle Zhong. Demande à ta grand-mère, elle a entendu, vu et vécu bien plus de choses que nous. Demande-lui si la Révolution culturelle pourra durer indéfiniment.

Tous les regards se tournèrent vers Mei-Li.

– Est-ce que les gens ont besoin de manger ? demanda Mei-Li en posant son bol vide sur la table et les baguettes sur le bol. Oui ? Alors, pour avoir de quoi se remplir l'estomac, qu'est-ce qu'il faut faire ? La Révolution culturelle ? Je ne crois pas. Même les gens les plus « révolutionnaires » ne pourront pas faire la révolution l'estomac vide. Quand un jour on s'apercevra qu'il n'y a plus de riz dans les bols, les choses changeront…

– Et toi, tu as quel âge ? demanda Bi-Zhu pardessus le mur à mi-hauteur qui séparait les deux cabinets des W.-C.

– Presque onze ans, dit Fan-Fan.

– Et ton frère ?

– Quatorze.

– Ah bon ! J'ai cru que tu étais l'aînée…

– Beaucoup de gens le croient aussi. Ça le tracasse énormément. Il n'aime pas que je l'appelle grand frère devant des étrangers parce qu'il supporte mal le regard curieux qu'on jette sur lui. Alors, je l'appelle par son prénom quand grand-mère et maman ne sont pas là.

– Qu'est-ce qu'il fait ton père ?

– Pourquoi ?

– Eh bien, je suppose qu'il doit être très occupé parce qu'il n'est pas venu avec vous.

Il y eut un silence. Puis :

– Euh… Bi-Zhu, dit Fan-Fan d'une voix hésitante, si je te le dis, tu promets de ne rien répéter à personne ?

– Mais je n'ai jamais rien caché à papa… enfin… oui, d'accord, je ne lui dirai rien.

– Mon père est un « droitier »…

– Un « droitier » ? Qu'est-ce que c'est que ça ?

– C'est quelqu'un qui a eu le courage de dire la vérité en 57, durant le mouvement « Que cent fleurs différentes s'épanouissent, que cent écoles rivalisent », enfin, selon ce que nous a dit grand-mère. Il a été condamné l'année de ma naissance aux travaux forcés dans un camp très loin…

– Comment ça ? Condamné pour avoir dit la vérité ? Je ne comprends rien…

– Moi non plus. C'est un homme très bon, grand-mère nous le dit souvent. Elle ne ment jamais, grand-mère.

Il y eut de nouveau un moment de silence.

– Moi aussi, j'ai un secret…, fit Bi-Zhu d'une voix éteinte. Si tu ne dis…

– Je ne dirai rien à personne, lui promit Fan-Fan, je te le jure.

– Eh bien, c'était il y a quatre ans, en 1964, lors du mouvement des Quatre Purifications. Papa a été critiqué en public puis expulsé du parti pour je ne sais quoi. Maman a divorcé d'avec lui. Ensuite, nous sommes venus à Guang-Ning, papa et moi.

– Pourquoi ne vis-tu pas avec ta mère ?

– Elle s'est remariée peu de temps après, et son nouveau mari ne m'aimait pas.

Les fillettes se turent, soudain plus proches.

Tout en marchant vers le bâtiment d'habitation, dans le crépuscule qui s'épaississait, Fan-Fan ne cessait de regarder derrière elle.

– Qu'est-ce qu'il y a ? demanda Bi-Zhu.

– Je sens les fantômes…, murmura Fan-Fan en accélérant le pas.

Arrivée près du porche, Fan-Fan respira à pleins poumons.

– L'herbe sent bon, dit-elle.

– Demain je te montrerai le jardin de papa.

– Jardin ? Il y a un jardin ? C'est tellement sauvage ici.

– Tu vas voir. Depuis que tous les élèves ont quitté l'école, papa n'a plus de cours à donner, plus de cahiers à corriger. Alors il a défriché un lopin de terre au milieu de l'herbe folle. Oncle Wei l'a aidé. Ils ont planté toutes sortes de légumes, des fleurs aussi, c'est très joli. Les ciboulettes dans le riz sauté qu'on a mangé au dîner, tu te souviens ? elles venaient du jardin.

– Quel jardin ? demanda une silhouette surgissant de l'ombre verdâtre près du perron.

– Mais qu'est-ce que tu fiches là, Ming-Ming ? dit Fan-Fan. Tu nous as fait peur !

– Chut ! J'écoute le silence de la campagne, répondit-il.

– Écouter le silence ?

– Oui, c'est ça. Le silence d'ici est vivant. Il n'y a pas de haut-parleur bien entendu, mais plein de petits bruits mystérieux…

Qu'est-ce que c'est que ça là-bas, Bi-Zhu ? Je veux dire ces petits points lumineux qui voltigent là…

– Ce sont des lucioles. Il y en a pas mal ici.

– On peut les attraper facilement ? demanda Fan-Fan.

– Oui, assez, dit Bi-Zhu, mais il ne faut pas y aller sans une canne de bambou.

– Pourquoi ?

– Parce qu'il y a beaucoup de serpents dans l'herbe. Il y a celui qu'on appelle « cinq-pas » par exemple. Si tu es mordu par un « cinq-pas », tu tombes mort avant de faire le cinquième pas. Il y a aussi des « anneaux-d'or » et des « anneaux-d'argent » parce qu'ils portent des cercles jaunes ou des cercles blancs sur leur corps. Il y a encore des « feuilles-de-bambou-vert » car ils sont fins et verts comme une feuille de bambou…

– Je crois que j'en ai vu un à l'épicerie, dit Ming-Ming, macéré dans une énorme bouteille d'alcool de riz blanc. La vendeuse a dit que c'était très fortifiant, que si on en buvait un petit verre tous les jours, on vivrait plus de cent ans…

– Même en plein jour, reprit Bi-Zhu, il vaut mieux battre l'herbe avec une canne de bambou avant d'y entrer. « Effrayer les serpents en battant l'herbe », comme dit le proverbe…

– J'ai horreur des serpents, murmura Fan-Fan en serrant plus fort la main de Bi-Zhu. Je rentre.

– Je rentre avec toi, dit Bi-Zhu, je vais chercher une canne de bambou.

Cinq minutes plus tard, Bi-Zhu réapparut avec une lampe de poche, une canne de bambou, un filet et une petite bouteille en verre.

– Prends ça, c'est pour mettre des lucioles, dit-elle en tendant la bouteille au garçon.

Il refusa.

– Donne-moi la lampe et la canne, dit-il, je n'ai pas peur des serpents, moi.

Il en avait, en fait, très peur, mais montrer qu'il pût avoir peur de quoi que ce soit devant une fillette, était pour lui inimaginable. Encore plus devant Bi-Zhu qui avait l'air fragile. N'était-ce pas lui qui devait jouer le rôle de protecteur ? Aussi, battant avec fureur l'herbe qui atteignait son estomac comme s'il voulait balayer de son cœur sa peur honteuse, et tenant haut la lampe de poche dont la faible lumière arrivait à peine à trouer l'épaisseur de la nuit, il marchait rapidement en avant, trébuchant de temps en temps contre une racine saillante, un morceau de pierre ou un relief de terrain. Bi-Zhu le suivait, répétant à voix basse : « Doucement,

Ming-Ming, doucement, tu vas réveiller tous ces petits animaux qui dorment là… »

La voûte du ciel se couvrait d'étoiles. Le silence de la nuit semblait attentif à chaque battement de la canne et à chaque crissement sous leurs pas. Plus ils s'éloignaient de l'allée caillouteuse pour s'enfoncer dans l'herbe haute, plus les lucioles voltigeant autour d'eux comme de minuscules météores fendaient l'air en tous sens.

– Je l'ai eue ! cria Bi-Zhu, brandissant son butin sous le nez de Ming-Ming.

Le prisonnier, pas plus gros qu'une mouche, se déplaçait avec difficulté au fond du filet, traînant une minuscule lanterne clignotante au bas de son ventre. Avec mille précautions, Bi-Zhu le prit entre deux doigts et le glissa dans la bouteille.

En peu de temps, la bouteille fut remplie d'étincelles. Tout à coup Ming-Ming s'arrêta.

– Qu'est-ce que c'est que ça ? demanda-t-il d'une voix inquiète.

– Quoi ? demanda Bi-Zhu.

– Ces cris bizarres…

– Tu ne connais pas ? C'est le chœur champêtre qu'on entend souvent en cette saison…

– Le chœur champêtre ?

– Oui. Écoute, ces voix plutôt aiguës sont celles des grenouilles. Les graves qui traînent un peu sont celles des crapauds. Et ces cris sourds et espacés qui se répètent comme des échos sont ceux des crapauds-buffles.

– Quoi ? Des crapauds-buffles ?

– Bah, on les appelle ainsi parce qu'ils sont énormes. Les femelles sont plus grosses que le poing d'oncle Wei.

– Il y a un étang près d'ici ?

– Non, mais pas loin, en contrebas, il y a un endroit quand il pleut beaucoup au printemps et en été, qui se transforme en une sorte de marécage où les grenouilles et les crapauds trouvent facilement de quoi manger. On l'appelle le paradis des grenouilles. Et un peu plus bas, il y a aussi le palais des grenouilles…

– Ah bon !…

– C'était une piscine. Une vraie avec un plongeoir de trois mètres. Mais comme tu peux imaginer depuis le début de la Révolution culturelle, personne ne s'en occupe plus.

– On peut encore y faire quelques brasses ?

– Non, l'eau est trop sale. C'est d'une couleur vert gras et c'est rempli de toutes sortes de petites bêtes. J'y ai vu même une fois la tête d'une couleuvre à collier.

Les enfants découvrirent un croissant de lune posé sur la cime d'un bouquet d'arbres. Ils le contemplèrent en silence, bouleversés par sa beauté palpitante et mystérieuse. Les grenouilles et les crapauds avaient interrompu leur chant comme si eux aussi étaient ensorcelés par cette apparition prodigieuse…

– On rentre ? proposa enfin Bi-Zhu à voix basse.

– Attends, on va attraper celle-là.

Ming-Ming donna la lampe et la canne à Bi-Zhu, fit deux pas en avant, mais au moment où il fermait ses mains autour du point lumineux qui dansait devant ses yeux, il s'écroula dans l'herbe en se tenant la jambe. Il sentit un éclair de douleur monter dans son mollet, et son talon se durcir. Bi-Zhu s'approcha et braqua la lampe sur le pied de Ming-Ming. Elle vit deux petites marques comme des trous laissés par des piqûres de grosses aiguilles en bas de la cheville qui instantanément rougit et enfla. Bi-Zhu blêmit. Un frisson la parcourut des pieds à la tête. Le filet, la bouteille et la canne de bambou tombèrent de ses mains.

– Ohlà, ohlà…, gémissait le garçon.

Les mains tremblantes de la fillette cherchèrent dans ses poches. Le voilà ! Elle mit son mouchoir dans sa bouche et d'un coup de dents le déchira en deux morceaux qu'elle noua. Ensuite elle attacha la jambe de Ming-Ming sous le genou et tira les deux bouts du mouchoir de toutes ses forces pour ralentir la montée du poison. Puis elle ramassa la canne de bambou et passa un bras sous l'aisselle de Ming-Ming.

– Ohlà, qu'est-ce que c'est ? demanda celui-ci.

– Viens, allons-y, on doit rentrer vite, dit-elle d'une voix blanche. Dès qu'ils furent en vue du bâtiment n° 10, Bi-Zhu hurla :

– Papa ! papa !

Oncle Zhong dégringola en trombe, suivi de Bai-Lan, Mei-Li et oncle Wei qui tenait encore plusieurs cartes dans sa main.

– Qu'est-ce qu'il y a ? Qu'est-ce qu'il y a ?…

Tout le monde se pencha sur le pied de Ming-Ming.

– Serpent ! murmura oncle Wei entre les dents.

– Oh non ! lança Mei-Li en se mettant à genoux devant le garçon.

Elle prit le pied gonflé de Ming-Ming, colla sa bouche sur la morsure, se mit à aspirer de toutes ses forces. Puis elle tourna la tête, cracha du sang noir dans la poussière, recolla sa bouche sur le pied de Ming-Ming, aspira encore, cracha à nouveau… jusqu'à ce que le sang de la blessure devînt rouge frais.

Elle se redressa et, prenant la lampe des mains de Bi-Zhu :

– Vite, dit-elle, transportez-le dans la chambre, préparez une cuvette d'eau, je reviens tout de suite !

Sans leur laisser le temps de poser des questions, elle se lança dans la nuit, courant aussi vite que ses vieilles jambes le lui permettaient, contournant le bâtiment, descendant le sentier étroit le long des W.-C., traversant le jardin enchanteur que oncle Zhong lui avait fait visiter l'après-midi, elle s'arrêta le souffle court au bord d'un fossé plein d'eau de pluie et se mit à fouiller nerveusement dans l'herbe et la broussaille. Mais ciel ! où sont-elles ? Ça doit être ici. Oh, où sont-elles ? Ciel ! je les ai pourtant vues cet après-midi… Ah ! ça y est, elle les trouvait, ces petites plantes rampant sur le sol humide, leurs feuilles vert tendre en forme de grains de riz longs et leurs minuscules fleurs violet pâle aux six pétales disposés en demi-cercle. Elle se jeta sur les plantes, en arracha une bonne poignée et parcourut à toute vitesse le chemin en sens inverse, le souffle court, jusqu'à la chambre d'oncle Zhong. Ming-Ming était allongé, poussant sans arrêt de petits gémissements. Bai-Lan avait enlevé ses sandales en plastique. Fan-Fan était descendue, alertée par les cris de Bi-Zhu. Les deux professeurs se tenaient debout à son chevet. Bi-Zhu était assise sur le bord de son lit. Tous les visages étaient tendus. L'angoisse flottait dans la pièce comme un parfum lugubre.

Mei-Li rinça les plantes dans la cuvette, puis en donna la moitié à sa fille.

– Fais bouillir ça dans un bol d'eau pendant dix minutes.

Elle mit l'autre moitié dans sa bouche, mâcha un instant, cracha dans sa paume une espèce de purée verte qu'elle appliqua soigneusement sur le pied de Ming-Ming autour de la morsure.

– Donnez-moi un couteau qui coupe bien, ordonna-t-elle d'une voix qu'elle voulait calme.

Oncle Zhong alla chercher dans le tiroir de son bureau un canif qu'il passa à Mei-Li sans poser de question.

– C'est pour faire sortir le reste du poison, chéri, dit-elle doucement, ça va te faire un tout petit peu mal.

Ming-Ming détourna les yeux de la lame brillante. Mei-Li s'agenouilla, saisit d'une main le pied du garçon et, de l'autre, traça avec la pointe de la lame une croix profonde sur la blessure.

– Aïe ! Holà ! Aïe !… beugla Ming-Ming en se raidissant.

Oncle Zhong, tirant de sa poche un mouchoir à carreaux, épongea le front du garçon tandis qu'oncle Wei aidait Mei-Li à maintenir immobile le pied du blessé. Mei-Li pressa de toutes ses forces autour de la croix. Du sang coulait, qui tombait goutte à goutte dans l'eau de la cuvette posée en dessous, se diluait lentement. Bi-Zhu ne pouvait détacher les yeux de ces taches sombres qui s'agrandissaient sans bruit comme des fleurs de nénuphars à la surface d'un étang.

Mei-Li continuait de presser, malgré les plaintes de Ming-Ming.

Comme Bai-Lan entrait avec un bol de tisane verdâtre, Mei-Li le lui prit et s'inclina sur le visage livide de Ming-Ming.

– Vas-y, mon grand, dit-elle tendrement, c'est un peu amer mais ça neutralise le poison qui reste dans ton sang et ça protège ton cœur.

Ming-Ming fronça les sourcils, hésita un moment, prit le bol des deux mains, but une gorgée, réprima un juron en grimaçant. Son regard croisa alors celui de Bi-Zhu. Il y lut beaucoup de choses : peur, regret, anxiété, encouragement, supplication, tendresse aussi… Il jeta la tête en arrière et, d'un seul trait, vida le bol.

Grâce au miracle des plantes de grand-maman Mei-Li, Ming-Ming put remettre les pieds sur le sol trois jours après l'accident. Oncle Zhong qui n'avait jamais levé un seul doigt sur sa fille lui donna deux fessées bien solides.

美丽

Pan ! pan ! panpanpanpan ! panpan ! panpanpan !…

J'avais attendu avec beaucoup d'impatience le jour du Nouvel An 1933. Il était là enfin !

À peine suis-je entrée dans le petit salon bien chauffé de tante Liu qu'elle m'a interrogée :

– Alors ?

– Alors, j'attends un bébé !

J'avais imité son geste en tapant légèrement deux fois sur mon ventre.

Il y eut de la lumière dans ses yeux.

– Tu es certaine ?

– Oh oui, tante Liu.

– Ô Mei-Li ! Tu ne sais pas comme je suis contente !…

Son triple menton tremblait.

J'ai souri. D'un sourire de bonheur.

Tante Liu s'est rendue dans la cuisine et est revenue quelques minutes plus tard avec un immense bol plein de nouilles de riz généreusement arrosées de ma sauce favorite.

– Mange quand c'est chaud…, m'a-t-elle dit en posant le bol sur la table. Tu vois, mon enfant, j'avais bien raison. Il ne faut jamais désespérer…

J'ai souri à nouveau. Du même sourire de bonheur.

Tu as toujours raison, ô ma très bonne tante Liu ! Aussi bonne que ta sauce…

Elle a tiré sa chaise vers moi et s'est versé une tasse de thé parfumé au jasmin.

– Plus le gingembre est vieux plus il est fort, a-t-elle repris en me regardant manger. Plus une personne est âgée plus elle est sage. Haaa !… Depuis quand, Mei-Li ?

– Depuis la neuvième lune, je crois, lui ai-je répondu. J'ai fait des calculs… J'ai saigné seulement un tout petit peu au début de la dixième lune et ça n'est plus revenu depuis. Mais je n'ai eu mal au cœur que pendant deux semaines…

– Tu as vraiment de la veine, Mei-Li. Moi, quand j'étais enceinte, je me rappelle encore, je n'ai rien pu avaler pendant au moins trois bonnes lunes, et les trois fois ça a été exactement la même chose…

Elle avait l'air de se perdre dans ses souvenirs. Puis, comme soudain réveillée, elle a demandé :

– C'est depuis la neuvième lune, tu m'as dit ? Alors, alors…, c'est bien depuis le retour de Jing-Ming ?

J'ai fait « oui » de la tête, la bouche pleine.

– Mais il n'est pas resté longtemps à la maison ? a-t-elle demandé, un petit sourire de malice au coin des lèvres.

– Non, trois jours seulement, ai-je dit en regardant une fleur de jasmin qui flottait dans sa tasse.

Trois jours seulement. C'est bien ça. Mais ça a été la fête que je n'avais jamais eue. Le premier port entrevu après douze ans de navigation sur la mer tourmentée du désespoir. La première lueur au bout de plus de trois mille jours et nuits de tâtonnements dans l'obscurité totale d'un tunnel infini. Je n'aurais pas hésité un millième de seconde à sa première caresse même en sachant que je devrais la payer tout le reste de ma vie, tu comprends ? Après ces trois jours, chaque nuit lorsque je fermais les yeux à côté de mon mari, c'est à Jing-Ming que je pensais, c'est sa voix que j'entendais, c'est son souffle et son odeur que je respirais, c'est sa tête que je voyais appuyée sur ma poitrine, ce sont ses lèvres brûlantes que je sentais sur mon corps, c'est contre ses hanches et ses jambes mouillées de sueur que j'appuyais les miennes… ô ciel, comme c'est brûlant, comme c'est fort, comme c'est enivrant, son amour ! Notre amour !

– Vous n'avez donc pas perdu votre temps ! Ha, ha, ha…

Tante Liu avait rejeté la tête en arrière pour rire plus à l'aise, et je ne voyais plus que son gros menton qui tremblait.

– Oh tante Liu ! Mais tu sais bien que nous avons déjà perdu douze années.

– Mais voyons, mon enfant, a-t-elle dit en essuyant ses yeux avec sa manche, chaque chose en son temps. Le destin, ça ne se force pas. Ce qui doit arriver arrivera.

L'extrémité de l'écharpe de soie rouge feu que la main de Jing-Ming avait saisie douze ans plus tôt est repassée devant mes yeux comme le destin lui-même.

– Ce n'est pas encore trop tard pour commencer, Mei-Li, a poursuivi tante Liu, posant tendrement sa main sur mes genoux, vous êtes si jeunes encore… Quel âge avez-vous déjà ?

– Lui trente-trois, moi vingt-neuf.

– Le meilleur pour aimer, a-t-elle dit d'une voix rêveuse, et pour être aimé…

Elle a enlevé mon bol déjà vide et m'a versé une tasse de thé. Puis elle a pris sa pipe à long tuyau de bambou et commencé de la bourrer d'un tabac jaune d'or.

– Dommage qu'il n'ait pas pu rester plus longtemps !

– Hélas, ai-je soupiré, mais il devait rejoindre son bataillon. Il n'avait que cinq jours de permission, et il lui fallait deux jours pour faire l'aller et retour. Mais il a promis de m'écrire, et qu'il reviendrait pour m'emmener avec lui, que nous ne nous séparerions plus jamais…

Tante Liu a allumé sa pipe et tiré une longue bouffée.

– Ah, c'est bien. Dis, Mei-Li, l'as-tu trouvé changé ?

J'ai bu une petite gorgée.

– Oui, beaucoup. Il a fait un peu de tout pendant plusieurs années avant de rencontrer un camarade de classe qui l'a fait entrer dans l'armée. Ç'a été très dur au début, mais il a appris beaucoup de choses sur la vie, il n'est plus ce garçon de vingt ans qui a fui le pays, il se sent devenu un homme, un vrai, pour revenir me chercher…

Tante Liu tirait délicieusement sur sa pipe sans rien dire. J'ai bu une autre gorgée et j'ai repris :

– Pourtant, il y a une chose en lui qui reste la même. C'est son regard…

Oui, ce regard qui avait pénétré au plus profond de mon âme comme un appel…

– Alors, son cœur n'a pas changé…, a tranché tante Liu d'un ton sentencieux. Sais-tu que le regard qu'un homme porte sur une femme ne peut pas rester le même si son cœur a changé ? C'est qu'il t'a aimée il y a douze ans et qu'il t'aime encore…

– C'est ce qu'il m'a dit la nuit de son retour. Il m'a dit qu'il m'a aimée dès l'instant où il m'a vue en ôtant le tissu rouge, qu'il n'aimait que moi, qu'il n'avait jamais aimé avant moi, qu'il n'avait jamais aimé comme il m'aimait, et qu'il m'aimerait ainsi jusqu'à la fin de ses jours…

– Alors, je comprends… oui, je comprends…, répéta tante Liu en rechargeant sa pipe.

– Comprendre quoi, tante Liu ?

Elle a tiré un bon coup sur sa pipe et poussé une grosse bouffée de fumée blanche qui a formé un cercle au-dessus de sa tête. Puis elle a dit lentement :

– Eh bien, je comprends pourquoi il a quitté le pays… ça a surpris tout le monde si je me souviens… Tu ne savais pas pourquoi toi non plus ?

– Non. Mais maintenant si. Il m'a dit qu'il n'avait pas voulu prendre pour femme la demoiselle Deng, mais que s'il refusait le mariage arrangé publiquement…

– … tes beaux-parents auraient été obligés de fermer la pharmacie, évidemment. La famille Deng était trop puissante.

– Et aussi à cause de son amour pour moi…

– Oui, surtout parce qu'il t'aimait lui, mais comme tu étais mariée à son frère, il devait penser que son amour pour toi était sans espoir, et il n'a pu le supporter.

– Oui, c'est ce qu'il m'a expliqué. Il n'avait pas d'autre choix.

– N'empêche qu'il n'a rien dit à personne…

– Non, ça rendait les choses plus simples selon lui, ainsi la famille Deng ne pouvait s'en prendre à personne. En plus il croyait que si sa mère était au courant, elle se serait cambrée sur le seuil de la porte en criant, un couperet sur le cou : « Tu devras me passer sur le corps pour franchir le seuil de cette maison ! » Sa mère était tellement convaincue que la demoiselle Deng était le meilleur parti pour son fils.

– Ça ne m'étonne pas. Mais plus tard il n'a pas écrit non plus pour expliquer…

– Non, il m'a dit qu'il avait lutté comme un fou pour m'oublier…

– Mais qu'est-ce que tes beaux-parents ont eu comme peine !… a soupiré tante Liu en rajoutant de l'eau bouillante dans ma tasse. J'ai entendu dire qu'ils ont dû payer une grosse somme aux parents de la demoiselle Deng ?

– Oui, cinq cents pièces en argent.

– Ciel ! s'est-elle écriée. Je ne peux même pas en gagner autant en cinq ans avec mon restaurant.

– C'est vrai, ils se sont saignés aux quatre veines, mes beaux-parents.

– Alors, qu'est-ce qu'ils ont dit en revoyant leur fils ?

– Ma belle-mère ? Plac ! Plac ! Deux gifles éclatantes. Une pour son départ, l'autre pour son retour.

Tante Liu a secoué la tête lentement.

– Quant à mon beau-père, lui, ai-je continué, il a rappelé simplement que le fils prodigue qui revient vaut plus que de l'or.

– Ha, ha… ça ne m'étonne pas, celui-là ! ha, ha, ha…

Le menton de tante Liu tremblait très fort. Tout d'un coup, elle a cessé de rire. Ses sourcils se sont froncés comme si elle se rappelait soudain quelque chose d'important.

– Et ta belle-mère, a-t-elle demandé, elle ne s'est pas aperçue de ce qui se passait entre vous ?

– Ça je ne sais pas… Parfois j'ai l'impression qu'elle me regarde d'une façon étrange, mais je ne suis pas sûre. Elle ne m'a rien demandé…

– Fais attention à celle-là, Mei-Li.

Sur cet avertissement, tante Liu a déposé sa pipe sur la table et est allée au fond du salon pour retirer, derrière la statuette de Bouddha, son coffret laqué rouge. Elle l'a ouvert et a sorti un porte-bonheur en jade sculpté qui portait sur une face le caractère « longue-vie » et sur l'autre le caractère « bonheur ».

– Voilà, Mei-Li, ça c'est pour ton bébé, m'a dit tante Liu.

Plus tard, comme je rentrais de chez tante Liu, j'ai entendu des voix dans notre chambre. Cela m'a intriguée d'autant que mes beaux-parents avaient profité de la fermeture de la boutique pour aller voir leurs amis. Et je les avais vus sortir les bras chargés de paquets. Qui ça pouvait-il être alors ? À moins qu'ils ne soient rentrés plus tôt que d'habitude… Je me suis approchée doucement de la chambre et j'ai écrasé mon oreille contre le papier de la fenêtre.

– Qu'est-ce que tu dis, maman ? demandait la voix étonnée de Meng-Yu.

– Ce que je dis ? Ta femme est enceinte ! reprit la voix redoutable de ma belle-mère.

Silence. Je me sentais suffoquée derrière la fenêtre comme si j'avais des tonnes de plomb dans la gorge.

– Et alors, voilà un beau cadeau pour le Nouvel An, n'est-ce pas ?

Mon mari avait enfin lâché ces quelques mots sur un ton faussement gai. Je ne savais s'il ricanait ou non.

– Oui, un très beau ca…, a répété la voix timide de mon beau-père.

Mais ma belle-mère l'a coupé brutalement.

– Sais-tu qui est le père du gosse ?

Sa voix était sépulcrale. Mon cœur se serrait de plus en plus.

– Moi je sais, dit Meng-Yu d'une voix calme.

– Qui alors ?

Ma belle-mère avait grincé. J'étais sur le point de m'évanouir.

– Moi, dit Meng-Yu de sa voix toujours aussi calme.

Je n'en croyais pas mes oreilles.

– Mon enfant, a dit ma belle-mère d'une voix sévère, je n'aime pas ce genre de plaisanterie.

– Mais je ne plaisante pas, maman, a-t-il protesté, Mei-Li porte notre bébé.

– Puisqu'il le dit..., a murmuré la voix timide de mon beau-père.

– Bon bon, la voix de ma belle-mère s'était légèrement adoucie, ça me paraît un peu étrange quand même...

– Oh maman, a gémi Meng-Yu, comment peux-tu penser que moi je ne sois pas capable...

– Non non, l'a-t-elle interrompu avec impatience, ce n'est pas ce que je veux dire. Voyons... enfin... bien, n'en parlons plus.

Le soir même, après la séance habituelle de massage, comme je calais un gros oreiller sous le dos de Meng-Yu, et que j'allais prendre dans la petite bibliothèque de bambou le livre qu'on n'avait pas terminé la veille, il me dit :

– Pas de lecture ce soir, Mei-Li, je veux te parler.

Il me fit signe de m'asseoir sur le bord du lit à côté de lui. Je m'assis. Il prit mes mains dans les siennes. Ses mains tremblaient légèrement.

– Maman m'a dit que tu attends un bébé, dit-il.

– Oui, dis-je avec le courage de celui qui se décide à risquer le tout pour le tout.

– Il t'aime le père du bébé ?

Ses mains tremblèrent plus fort. J'hésitai un moment. Pourquoi n'a-t-il pas dit le nom du père ? Il ne le sait pas ou il ne veut pas le dire ? Dois-je lui expliquer ? Mais je lui répondis enfin simplement :

– Oui.

– Il a bien l'intention de t'épouser je suppose ?

– Oui. C'est ce qu'il m'a dit.

– Tu l'aimes toi aussi ?

Ses mains se mirent à trembler avec violence. Ses traits se contractèrent douloureusement. Ses prunelles ternes semblaient me fixer à lui sortir des orbites. Le « Oui, je l'aime » qui était arrivé sur la pointe de ma langue devint soudain si lourd, si difficile à sortir…

– Mais…, balbutiais-je.

– Dis-moi la vérité, Mei-Li, je ne veux que la vérité.

Alors je la lui dis :

– Oui, je l'aime. Mais…

– Non, Mei-Li, s'il te plaît, pas d'explication, pas d'excuse, dit-il en lâchant mes mains. Veux-tu sortir mes quatre trésors de travail ?

Je ne savais pas pourquoi il les demandait à cet instant. Voulait-il écrire une lettre de répudiation ? Après tout ce qu'il avait déclaré à ses parents ? Et que ferais-je s'il me répudiait ? M'en aller ! Mais où ? Comment ? Jing-Ming n'a pas donné de ses nouvelles depuis qu'il est reparti, je ne sais même pas où est cantonné son bataillon. Me réfugier chez mon père ? J'ai juré après mon mariage de ne jamais le revoir. Je n'ai plus de père. Je l'ai renié. Chez mon oncle ? Mais qu'est-il devenu après toutes ces années ? Voudra-t-il me recevoir répudiée au risque de déshonorer le nom de sa propre famille ? Et s'il voulait me recevoir malgré tout, comment pourrais-je le faire savoir à Jing-Ming ?…

Je me dirige d'un pas machinal vers l'armoire, ouvre le tiroir du bas, en tire un pinceau de poils de loup, un bâtonnet d'encre solide fait de fumée de branches de pin, un rouleau de papier blanc, un encrier taillé dans un morceau de pierre vert-noir au bord duquel s'enroule un dragon en relief sculpté à même la pierre. Je pose le tout sur la table. Je vais ensuite dans la cuisine chercher une petite tasse, la remplis d'eau, reviens dans la chambre, la pose également sur la table. Puis je m'assieds le buste bien droit devant la table, verse quelques gouttes d'eau dans le creux rond de l'encrier, et d'un geste régulier je frotte en tournant le bout du bâtonnet d'encre contre le fond de l'encrier. Je frotte, frotte… toujours dans le même sens, jusqu'à ce que le liquide devienne noir et épais. J'étale une grande feuille de papier Xun devant moi, et je trempe le pinceau en poil de loup dans l'encre.

– Je suis prête, dis-je à Meng-Yu qui semble toujours me fixer de ses yeux vides.

– Écoute bien, Mei-Li, dit-il, tu vas écrire chaque mot que je vais te dire. C'est très important.

Il y a dans sa voix quelque chose de fatal.

– Mei-Li ma femme bien-aimée. À la ligne. Depuis presque treize ans que tu es entrée dans la maison, tu as tout fait pour rendre ma vie plus facile et moins triste. Je ne pourrai jamais te remercier… non, non, ne dis rien, Mei-Li, je t'en prie… je ne pourrai jamais te remercier d'avoir été ma compagne durant ces longues années. Comme je suis incapable de… non, Mei-Li, laisse-moi finir… comme je suis incapable de te donner la vie familiale normale que tu mérites, je te rends ta liberté… mais ne dis rien, Mei-Li, laisse-moi terminer Dieu du ciel !… je te rends ta liberté. Dès aujourd'hui tu n'as plus aucun devoir envers moi, tu pourras me quitter quand tu voudras et quand tu pourras pour commencer une nouvelle vie avec celui que tu aimes. Mais en attendant, tu pourras rester ici tant que tu le souhaiteras, ton enfant. Peux-tu me passer le pinceau et la feuille de papier, s'il te plaît, Mei-Li ?… Tu pleures…

Oh, je t'en supplie, Mei-Li, ne pleure pas, ne pleure pas comme ça… Tu sais bien que ton bonheur est pour moi plus important que tout ce qui me reste au monde, Mei-Li… C'est ici que je dois signer ?…

Il tâtonne et écrit son nom sur la lettre qu'il me tend ensuite avec un petit sourire mélancolique.

– Range bien ça, Mei-Li, dit-il avec douceur, c'est très important. Même ma mère ne pourra rien contre toi si tu détiens ce papier.

Puis il se laisse tomber épuisé sur l'oreiller, murmurant très bas comme s'il se parlait à lui-même :

– Voilà chose faite, le mal est réparé.

Lui déjà petit, il me semble rapetisser plus encore. Ô Meng-Yu ! Ô Meng-Yu !

J'ai compris ce jour-là qu'il m'aimait lui aussi.

Ta mère est née le huitième jour de la sixième lune de cette année. Nous l'avons appelée Bai-Lan, Fleur d'orchidée blanche.

生活

Plus de deux mois s'étaient écoulés depuis la mésaventure nocturne de Ming-Ming.

Alors qu'en cet été de 1968 l'enfer de la Révolution culturelle battait son plein, Ming-Ming, Bi-Zhu et Fan-Fan poursuivaient leurs jours heureux sur leur îlot paisible. Comme leur avait dit le professeur de chinois, ils n'avaient pas le temps de s'ennuyer entre les séances de jardinage, les leçons moins amusantes de mathématiques et de chinois, les parties de cartes qui parfois duraient toute la soirée, les jeux d'échecs plus excitants où les fillettes devaient unir leur intelligence pour se battre d'égal à égal contre le garçon plus doué qu'elles, les bavardages sans fin sur la banquette de pierre à l'ombre des arbres autour d'un petit tas de mûres pourpres ou de tomates sauvages jaunes et transparentes comme de grosses billes de succin, les disputes quelquefois très violentes qui, au lieu d'abîmer, resserraient plus encore leurs liens, les galopades folles à travers la campagne, les chasses aux nids, aux papillons, aux sauterelles, aux libellules, aux mantes religieuses… C'étaient les grandes vacances. Pourvu qu'elles ne finissent jamais ! se disaient les enfants. Affiches à gros caractères noirs ? Têtes à moitié rasées que les gardes rouges forçaient à baisser jusqu'au sol ? Vociférations vomies par les haut-parleurs ? Détonations des fusils et des canons ? Cris et gémissements des torturés étendus sur les briques froides des salles sombres ? Défilés au rythme des tambours et des gongs ?... Ils ne voyaient rien, ils n'entendaient rien, ils ignoraient tout ou ils s'en moquaient complètement. Ça paraissait déjà si loin, comme des souvenirs de varicelle qu'on s'est hâté de balayer de la mémoire dès qu'on en est guéri. Un soir, ils étaient montés au sommet du bâtiment d'administration de cinq étages et ils avaient vu un paquebot en flammes, qui venait d'être attaqué dans le port de Guang-Ning. Ils avaient eu peur bien sûr, mais de celle qu'on a quand on regarde un film catastrophe : après, on se dit « ce n'était pas pour de vrai » et on va au lit tranquillement. Les horreurs, c'est pour les autres. Eux, ils vivaient sur une autre planète. Hors d'atteinte.

Le 21 juillet 1968.

Une journée qui s'annonçait comme les autres, tranquille, gorgée de soleil blanc et bercée par le chant monotone des cigales qui donne envie de somnoler au fond d'un fauteuil d'osier comme celui d'oncle Zhong, ou de s'étendre par terre sur une natte de jonc, un roman et un verre d'eau glacée à portée de la main.

La veille au matin, Bai-Lan était partie en ville pour essayer de récupérer son salaire et savoir ce qui s'y passait réellement. Récemment, le président Mao avait lancé un appel afin que cessent les violences entre les organisations « révolutionnaires », et que le travail dans les usines et dans les écoles reprenne. Les radios locales ne parlaient que de cela depuis presque trois semaines. Apparemment, selon de nombreux témoignages diffusés par les médias, l'appel de Mao était bien suivi. Plus optimiste que les autres, oncle Wei déclara que cela signait la fin du mouvement.

Mais l'après-midi qui suivit le départ de Bai-Lan, le comité révolutionnaire municipal de Guang-Ning sembla se souvenir soudain de l'existence de l'école préparatoire. Il y envoya un camion afin de réquisitionner les hommes restants pour qu'ils travaillent au renforcement des digues enserrant le fleuve Yang. En effet, à la suite des pluies diluviennes qui s'étaient abattues sur les régions situées en amont, le niveau du fleuve qui traversait la ville avait dépassé la cote d'alerte.

Ne restait plus dans l'école que des femmes et des enfants.

Une heure après le déjeuner, Ming-Ming passa la tête dans la chambre où, en guise de rideau, un drap à carreaux protégeait contre la lumière impitoyable du soleil.

– Tu ne dors pas, Fan-Fan ?

– Non, je t'attends.

Elle sauta du lit et enfila ses sandales.

– Où est Bi-Zhu ? demanda-t-elle.

– Nous attend en bas.

Il décrocha deux chapeaux de paille suspendus aux clous derrière la porte, en posa un sur sa tête et donna l'autre à sa sœur.

Lorsqu'ils sortirent du bâtiment, Bi-Zhu était déjà là, devant le perron, une canne de bambou à la main. Un chapeau de paille trop grand lui retombait sur le front.

L'air frémissait de chaleur, même à l'ombre des arbres. On sentait à travers la mince semelle des sandales en plastique les petits cailloux brûlants comme des braises. La route étroite rongée des deux côtés par les herbes folles descendait d'abord en pente douce du bâtiment n° 10, puis remontait jusqu'au virage où l'on apercevait le plongeoir en béton de la piscine ; ensuite elle tournait à droite, frôlait un petit bois d'eucalyptus, s'en éloignait, sinuant entre des champs, des bosquets de bambous, des pieds de bananiers, des étangs de lotus fleuris où pataugeaient des canards.

Bi-Zhu la connaissait par cœur, cette route qui menait au verger des litchis. Chemin faisant, elle racontait. Chaque année, au milieu de la même chaleur ardente de l'été, le professeur de chinois et sa fille foulaient les mêmes cailloux brûlants, retrouvaient aux mêmes détours du sentier les mêmes parfums un peu âcres des chrysanthèmes sauvages aux efflorescences blanches, entendaient autour des mêmes arbres les mêmes bourdonnements d'invisibles insectes, revoyaient le même visage hâlé et ridé du vieux gardien avec sur l'épaule le même sac de toile bleu marine lustré par des années d'usage et à ses pieds le même chien maigre aux pattes longues et aux poils courts qu'il appelait fièrement Tigre-Noir. En payant deux maos par tête, vous pouviez vous promener entre les arbres aussi longtemps que vous le vouliez, respirant à pleins poumons l'odeur suave des fruits mûris au soleil, choisissant les plus gros et les plus rouges, en mangeant jusqu'à ce que vous n'en puissiez plus… Mais attention ! il était formellement interdit d'emporter un seul fruit en partant. Bah ! si vous étiez assez malin, si vous aviez dans votre poche un grand mouchoir, si vous saviez en nouer les coins sur quelques fruits et placer prestement le butin sur votre crâne, sous votre chapeau de paille, vous pouviez vous offrir un merveilleux dessert après le dîner…

– Tiens, le voilà, dit Bi-Zhu, désignant d'un mouvement de menton un grand carré de verdure qui s'étendait en contrebas à une centaine de mètres d'une mare couverte de lentilles d'eau.

En poussant des cris de joie, les enfants s'élancèrent à travers champs, comme des coureurs de cent mètres déterminés à battre le record mondial, vers les flammes cramoisies qui les appelaient en dansant dans les feuillages que la lumière crue de l'été argentait. En contournant la mare, Bi-Zhu heurta une pierre, faillit perdre l'équilibre. Ming-Ming tendit le bras pour la soutenir. Elle lui rendit un petit sourire. Fan-Fan qui courait moins vite qu'eux les rejoignit.

Déjà ils atteignaient le pied du premier arbre. Ils s'arrêtèrent à bout de souffle. Calme étrange. Pas d'aboiements de Tigre-Noir. Pas d'appel rauque du vieux gardien. Pas de jacassements des habitués des lieux qui venaient tous les ans s'y rassasier. Les enfants se regardèrent un instant, intrigués par le silence total qui régnait dans le verger.

– Qu'attendons-nous alors ? dit enfin Ming-Ming en balayant l'air du bras comme s'il avait chassé une mouche importune, on ne va quand même pas rentrer le ventre vide, non ?

Il tira vers lui une branche chargée de fruits, cueillit un litchi, l'éplucha, le jeta en l'air pour le rattraper la bouche grande ouverte comme un acrobate.

D'un coup les enfants retrouvèrent leur insouciance. Pas de gardien et son chien, tant mieux ! Pas d'autres visiteurs, tant mieux ! Le paradis souriait à eux seuls.

Excités par l'idée d'une expédition de chapardage, les enfants s'attaquèrent aux fruits avec l'impatience et l'avidité d'un tigre affamé. Des morceaux de peau dentelée tombaient en une averse pourpre, montrant à l'intérieur de gros bijoux blancs, humides, à peine translucides, qui palpitaient dans la paume comme de la chair vivante. Ces litchis-là, seulement ceux-là, lorsque les dents les attaquent, croquent et fondent en même temps, et livrent dès la première bouchée la quintessence de leur goût. Fraîches, fluides, subtilement parfumées, délicatement sucrées, voluptueusement tendres, ô perles immenses des arbres du paradis !

– Mmmm..., fit le garçon.

– Mmmm..., firent les fillettes.

Ce n'est qu'après avoir éparpillé des dizaines de petits noyaux marron autour d'eux que les trois amis s'arrêtèrent une seconde pour s'essuyer le menton du revers de la main.

– Je n'en ai jamais mangé de si bons ! déclara Fan-Fan en tirant une branche basse pour cueillir un gros litchi caché sous des feuilles d'un vert gras.

– Moi non plus, dit Ming-Ming en crachant un noyau dans l'herbe.

– Nous avons plus de chance que Yang Gui-Fei, dit Bi-Zhu qui finissait d'éplucher un litchi rouge sombre.

– Ah bon ? dit Ming-Ming s'emparant d'un coup du litchi de Bi-Zhu et le mettant dans la bouche.

– Oh toi ! cria Bi-Zhu en lui donnant un terrible coup de poing en pleine poitrine.

Surpris par la réaction vive de la fillette, le garçon fit un bond en arrière pour éviter le coup, heurta du pied une racine saillante, perdit l'équilibre, tomba avec fracas sur le dos.

Fan-Fan se tordit de rire, et son rire dégénéra aussitôt en une tumultueuse quinte de toux.

Avec un petit sourire de satisfaction, Bi-Zhu ôta son chapeau de paille, le laissa tomber par terre à l'ombre d'un arbre, s'assit sur le chapeau.

Fan-Fan vint prendre place auprès d'elle.

– Alors, qui c'est, Yang Gui-Fei ? s'enquit-elle en s'éventant le visage avec son chapeau.

– Eh bien, c'était la concubine préférée de l'empereur Tang Xun-Zhong, raconta Bi-Zhu du ton sur lequel son père parlait de l'histoire de la littérature devant une centaine d'élèves dans un amphithéâtre. À tous les fruits Yang Gui-Fei préférait les litchis, mais ce n'était pas facile d'en trouver à Pékin, tu imagines. Pour lui faire plaisir, l'empereur faisait parvenir chaque été des litchis de la côte de la mer du Sud jusqu'à la capitale. Or les litchis sont des fruits qu'il faut manger tout frais. Vieux d'un jour, ils perdent leur arôme. Vieux de deux jours, ils perdent leur saveur. Vieux de trois jours, ils ne sont plus bons à manger. Alors, tu te demandes comment transporter des litchis frais de Canton à Pékin en trois jours dans la grande chaleur de l'été du temps où on ne savait même pas ce qu'était une automobile, un train, un avion ?... Oui, t'as raison, c'était à cheval. Mais les chevaux se fatiguaient vite au galop. Il fallait qu'ils s'arrêtent pour manger aussi. Donc, afin de maintenir la vitesse maximum et de gagner du temps, les messagers chargés de transporter des fruits pour la concubine impériale devaient changer de chevaux tous les cinq kilomètres... Voilà comment les litchis pouvaient parvenir aux mains de Yang Gui-Fei avant que le soleil ne se couche pour la troisième fois après la cueillette. Mais nous...

– Mais nous, l'interrompit Fan-Fan, nous pouvons en manger dans le jardin à même les arbres...

– T'as tout compris, sourit Bi-Zhu.

– Tiens tiens, le prof n'a pas encore terminé sa leçon ? demanda Ming-Ming réapparu de derrière les branches basses, tenant son chapeau de paille surmonté d'une petite pyramide rouge.

Il plaça son butin devant Bi-Zhu, et ajouta d'un ton narquois :

– Je t'en ai pris un seul par la main droite, je t'en rends cinquante par la main gauche. T'es contente, ma princesse ?

Bi-Zhu réprima un petit sourire, prit un litchi, l'éplucha, le mit dans sa bouche sans répondre.

Fan-Fan et Ming-Ming n'attendirent pas que Bi-Zhu finît pour s'attaquer aux fruits. La pyramide rouge disparut en un clin d'œil.

– Oh la la, je n'en peux plus, se plaignit Ming-Ming en se caressant le ventre.

– Si on en rapportait un peu pour grand-mère ? proposa Fan-Fan.

– Pourquoi pas, répondit Bi-Zhu, puisque le gardien n'est pas là.

Le garçon se leva le premier, et sous les yeux ronds des fillettes, il enleva son pantalon.

– Mais qu'est-ce que tu fabriques encore ?... balbutia Fan-Fan.

Sans lui répondre, Ming-Ming détacha la cordelette de son chapeau avec laquelle il attacha les jambes du pantalon.

– Voilà, dit-il, ça peut contenir au moins dix livres de litchis, et grand-mère pourra très bien se passer de son dîner ce soir, et nous de notre petit déjeuner demain matin.

Les enfants éclatèrent de rire. Ils remirent leurs chapeaux de paille, s'enfoncèrent un peu plus dans le verger. Des grappes pourpres tombèrent dans leur besace de fortune, la remplirent bientôt. Fan-Fan détacha la cordelette de son chapeau, serra l'ouverture de la besace, l'attacha.

Bi-Zhu aida Fan-Fan à hisser la cueillette sur l'épaule de Ming-Ming.

Mei-Li était assise dans la chambre, près de la table. Ses cheveux collaient à sa nuque. La sueur ruisselait sur sa gorge. Mei-Li avait retiré le drap accroché à la fenêtre dans l'espoir d'un peu de vent. Il n'y en avait pas. C'était le moment de la journée où la lumière et la chaleur pèsent avec le plus de poids. Installée sur un tabouret, le corps penché en avant, Mei-Li contrepointait une paire de semelles de toile. Elle venait de les découper dans une grande feuille épaisse faite de multiples couches de tissu superposées et collées, qu'elle avait fabriquée et laissée sécher doucement à l'ombre depuis quinze jours. Elle voulait confectionner une paire de chaussures d'hiver pour Bai-Lan.

En surprenant quelques regards échangés entre celle-ci et le professeur de chinois, Mei-Li avait compris qu'entre eux quelque chose de plus que de l'amitié était en train de naître. Cela serait une bonne chose si un jour…, songeait Mei-Li attendrie. C'était trop dur pour sa fille encore jeune et belle, ces longues années privées de l'amour d'un mari ! C'était trop triste pour ses petits-enfants, cette enfance déformée par l'absence d'un père ! Mei-Li ne le savait que trop bien, femme et mère.

Devant Mei-Li, une vieille boîte de biscuits était posée, couvercle ouvert, où étaient rangés outre un nécessaire à couture, des pincettes de cordonnier et un poinçon à manche de bois ciré par l'usage. De sa main gauche, elle tenait fermement la semelle de toile entre ses genoux légèrement écartés ; de l'autre elle perçait la semelle de part en part avec le poinçon puis y poussait l'aiguille avec le dé de bronze, tirait le fil, et recommençait la manœuvre avec le poinçon.

De temps en temps, Mei-Li jetait un coup d'œil inquiet par la fenêtre. Les oiseaux et les cigales se taisaient. Les branches des arbres restaient immobiles dans une chaleur lourde et moite. Des colonnes de nuages gris ardoise se formaient, se gonflaient, s'étageaient dans le ciel les unes sur les autres. Le soleil avait disparu. L'orage va éclater, se dit-elle, mais où sont-ils allés ces trois petits fous ?

Soudain, des bruits. Pas précipités. Brindilles sèches cassées. Ming-Ming cacha en hâte son pantalon plein à craquer dans les broussailles. Il se redressa. Une bande de gamins affolés surgit de derrière les arbres, courut vers eux, mais les dépassa sans s'arrêter. Ming-Ming empoigna le bras du plus petit qui fermait la course.

– Qu'est-ce qu'il y a ? demanda-t-il.

– Un mort, là-bas, là, au bord de l'eau…

Le gosse essoufflé se dégagea d'un geste brusque et s'éloigna en courant pour rejoindre les autres.

Ming-Ming fit volte-face vers les deux fillettes au regard terrifié.

– Faut qu'on rentre, dit Fan-Fan à voix basse comme si elle avait eu peur d'être entendue par le mort.

Ming-Ming demanda à Bi-Zhu :

– T'as jamais vu un mort avant ?

– Non, mais…

– Moi non plus. Si on allait jeter un coup d'œil ?

Bi-Zhu baissa les yeux. Ming-Ming se retourna vers Fan-Fan.

– Toi tu nous attends ici.

– Non, non, j'y vais avec vous, protesta Fan-Fan pour qui le pire était encore de se retrouver seule au milieu des arbres qui pourraient se transformer d'un moment à l'autre en monstres hideux aux bras tordus…

– Alors, on y va, dit Ming-Ming en se dirigeant du côté où avaient surgi les gamins.

Un souffle entra par la fenêtre ouverte, soulevant les cheveux de Mei-Li. Un grondement lointain roula à l'horizon devenu presque noir. Mei-Li ne tenait plus en place. Elle se leva, jeta sur la table la semelle inachevée, alla fermer la fenêtre, enjamba la vieille boîte de biscuits ouverte, et s'élança dans l'escalier, appelant les enfants de toutes ses forces. Personne ne répondit. Elle avança sur l'allée caillouteuse, appela encore. Personne ne répondit. Un éclair creva la grisaille du ciel, suivi un long moment après d'un grondement sourd.

Mei-Li remonta alors rapidement dans la pièce que partageaient oncle Zhong et sa fille. La fenêtre était grande ouverte. Les doigts invisibles du vent feuilletaient fiévreusement un dictionnaire posé sur le bureau. Le vase d'argile sculpté était déjà en mille morceaux sur le sol de briques rouges au milieu de la salle. Mei-Li enjamba les débris de la catastrophe, ferma la fenêtre, alla décrocher l'imperméable et le parapluie suspendus aux clous derrière la porte, referma soigneusement derrière elle et se précipita de nouveau au-dehors. Dirigée par son instinct de grand-mère, elle s'élança en direction de la piscine. Une grosse goutte de pluie tomba sur son front. Mais ciel, où peuvent-ils être maintenant ? se répétait-elle en accélérant le pas.

En sortant du verger, les trois enfants découvrirent le fleuve Yang qui coulait à pleins bords, avec des remous furieux et des grondements sourds, charriant des écorces, des branches brisées, des pans d'herbe arrachés, des débris de meubles cassés… et là-bas, à une douzaine de mètres, coincé entre un bloc de pierre rousse et un arbre à demi déraciné par le courant rapide, une masse sombre.

Ils s'approchèrent à pas lents, à la fois poussés par une curiosité irrésistible et enchaînés par une peur instinctive.

C'était un homme en habit noir déchiré, la face plongée dans la vase, le crâne ouvert où tourbillonnait un nuage de mouches bleues. À ses pieds nus sales aux gros orteils écartés, un petit sac bleu foncé couvert de boue et de sang caillé, le corps d'un chien noir, la tête écrasée comme celle de son maître.

Ming-Ming ramassa dans l'herbe une branche sèche aussi grosse que son avant-bras et essaya de tourner la tête du cadavre. En vain.

Bi-Zhu détourna la tête pour ne plus voir la scène. Elle se sentait mal. Elle voulait s'enfuir sous les arbres mais ne pouvait plus bouger, clouée de terreur. Chaque contraction de son estomac lui remplissait les yeux de larmes. Soudain… elle envoya un long jet brûlant sur ses pieds.

– Ça ne va pas ? lui demanda Fan-Fan.

Bi-Zhu secoua la tête, le corps agité de mouvements convulsifs. Fan-Fan lui tapait doucement dans le dos. Un grondement prolongé roula à l'horizon comme un énorme soupir monté des entrailles de la terre. Les enfants tressaillirent. Ils se rendirent compte alors que le visage du ciel avait complètement changé.

– Faut qu'on rentre vite, Ming-Ming, cria Fan-Fan d'une voix angoissée, l'orage va éclater !

Une grosse goutte de pluie se brisa sur le nez du garçon.

Le sol fumait, absorbant rapidement les premières trombes d'eau. Mei-Li s'arrêta au détour de la route d'où l'on pouvait voir le plongeoir bétonné de la piscine. Entre des coups de tonnerre qui semblaient de plus en plus proches, elle criait tour à tour les noms des enfants. Une fois, elle eut l'impression d'avoir entendu vaguement un appel au secours. Elle se tut, écouta un moment, appela, se tut à nouveau, écouta encore. Rien. Pas de réponse. La pluie continuait à crépiter sur son parapluie de papier huilé. Des flaques d'eau se formaient à ses pieds. Plantée telle une perche de bambou au milieu de l'allée, Mei-Li était rongée d'inquiétude. Tout à coup, elle crut apercevoir à travers le rideau opaque de la pluie quelque chose qui se mouvait sur le sentier près du petit bois d'eucalyptus. Elle avança en hâte, et ouf ! enfin les silhouettes chétives de ses trois trésors !

– Où diable…

Mei-Li refoula dans sa gorge la suite de sa phrase en voyant l'aspect dévasté des enfants. Le pantalon ruisselant d'éclaboussures de Fan-Fan avait une énorme déchirure au genou gauche. Elle soutenait Bi-Zhu qui avait perdu une de ses sandales, et toutes les deux boitillaient misérables dans des ruisseaux de boue. Haletant et grelottant sur ses jambes nues, Ming-Ming traînait péniblement une sorte de paquet derrière lui.

Mei-Li passa le parapluie à Fan-Fan, enveloppa Bi-Zhu dans l'imperméable, ôta sa veste qu'elle jeta sur la tête de Ming-Ming. Puis elle s'accroupit devant Bi-Zhu.

– Viens chérie, dit-elle d'une voix tendre.

Docilement, Bi-Zhu jeta ses bras autour du cou de Mei-Li et grimpa sur son dos. Tout de suite la fillette sentit à travers sa chemisette mouillée une grande chaleur sur son ventre glacé, et elle eut soudain envie de pleurer.

Une fois les enfants dans la chambre, Mei-Li déposa Bi-Zhu sur le sol et décrocha une serviette qu'elle tendit à Ming-Ming.

– Face à la porte, mon grand, sèche tes cheveux, enlève tes habits mouillés, mets-toi dans le lit sous la couverture.

Ce faisant, elle se mit à déshabiller les fillettes, leur frotta les cheveux, le corps, les membres avec un drap sec qu'elle avait tiré du sac de voyage. Puis elle les fit monter dans le grand lit et les enveloppa dans la couverture.

– Restez là, je reviens.

Mei-Li descendit rapidement dans la cuisine-salle d'eau commune, plaça des brindilles sèches dans le foyer de la cuisinière à bois, ajouta quelques feuilles de journal qu'elle enflamma. Quand les brindilles eurent bien pris, elle ajouta des bûchettes, éventa avec un éventail en feuille de massette. Craquements, fumée, flammes orange qui montaient. Elle alla alors remplir au robinet une petite casserole d'eau qu'elle plaça sur le feu. Puis elle sortit d'une vieille boîte en fer un morceau de gingembre qu'elle conservait enseveli dans du sable, le lava au robinet, le hacha et le mit dans la petite casserole qui commençait à chanter. Elle prit une plaquette de sucre brun dans une bouteille de verre, la plongea dans l'eau qu'elle laissa bouillir quelques minutes. Lorsque la tisane fut prête, Mei-Li retira du feu la petite casserole, la posa sur le sol de briques rouges, ajouta des bûchettes dans le foyer, remplit une immense marmite d'eau qu'elle mit à chauffer. Ensuite elle monta la tisane avec trois bols.

Quand les enfants se recouchèrent après avoir bu tout le contenu de la petite casserole, Mei-Li redescendit dans la cuisine, ajouta encore des bûchettes dans le foyer, ressortit pour frapper à la porte d'à côté.

Une femme corpulente d'une trentaine d'années apparut sur le seuil. On l'appelait grande-sœur Mo. Son mari était professeur de sport à l'école préparatoire. La veille, il avait été aussi réquisitionné pour sauvegarder les digues sur le fleuve Yang. Le couple occupait avec leurs quatre garçons – deux jumeaux d'un an, deux jumeaux de trois ans – les deux-pièces jouxtant la cuisine-salle d'eau commune.

– Ah, c'est grand-maman Mei-Li, dit la femme en souriant, entrez vite.

– Non, merci, je suis pressée, répondit Mei-Li. Avez-vous des boulettes de levure pour le riz ?

– Oui, vous voulez faire du riz fermenté ?

– Non, c'est pour préparer un bain chaud pour les gosses. Ils se sont fait tremper jusqu'aux os dans l'orage.

– Combien en voulez-vous ?

– Deux, s'il vous plaît.

La femme alla chercher un petit pot de terre cuite. Ses quatre enfants entassés sur un grand lit au fond de la pièce se bousculaient pour regarder la visiteuse.

– Voilà, dit la femme en tendant à Mei-Li deux boulettes sèches de couleur crème passée, si jamais vous avez besoin d'autre chose, vous savez où me trouver.

Mei-Li la remercia avant de filer vers la cuisine. Elle broya les boulettes avec le manche en bois du couteau puis versa la poudre dans la grande marmite. La salle s'emplit tout de suite d'une bonne odeur d'alcool de riz sucré. Quand l'eau se mit à bouillir, Mei-Li empoigna les deux anses de la marmite avec un torchon, versa l'eau dans le seau qu'elle monta dans la chambre.

Bi-Zhu, puis Fan-Fan, enfin Ming-Ming, passèrent dans le bain brûlant et en sortirent le front luisant de vapeur et de sueur, la peau écarlate comme des langoustes.

– Ça va chasser le froid et l'humidité de votre corps, leur expliquait Mei-Li patiemment, sinon vous risquez d'attraper un rhume ou même des rhumatismes.

La nuit était déjà très avancée. Il pleuvait à verse. Dans l'appartement n° 11, rue des Bambous-Nouveaux, il faisait très sombre. Le feu de la bougie sautillait dans le noir comme une graine de soja.

Bai-Lan était allongée dans son lit, les mains croisées sous la tête. Elle avait fait deux heures de vélo pour aller de l'école préparatoire à la boulangerie-pâtisserie de Guang-Ning. Cinq ou six employés, les plus vieux de la maison, y restaient encore, par habitude, comme des chiens fidèles qui ont passé leur vie chez un seul maître et ne peuvent plus vivre ailleurs. Le comptable n'était pas là. Bai-Lan n'avait pas pu toucher son salaire. « Quand le comptable rentrera-t-il ? » avait-elle demandé. « Sais pas, lui avait répondu quelqu'un dans le bureau. Revenez demain. Avec de la chance… Peut-être… Si… On ne sait jamais… » Sur cette promesse incertaine, Bai-Lan avait quitté la boulangerie-pâtisserie. Elle reviendrait demain. Elle ne pouvait pas rentrer comme ça, les mains vides, à l'école préparatoire. Sa mère attendait cet argent pour acheter de la nourriture. Le stock était presque épuisé. Bain-Lan était donc allée faire un tour en ville. Les nouveaux slogans – arrêt des violences et reprise du travail – étaient majoritaires maintenant sur les murs, mais des coups de fusil claquaient encore de temps en temps, les barricades n'avaient pas disparu. Bain-Lan était retournée rue des Bambous-Nouveaux vers la fin de l'après-midi, juste avant l'orage. Elle avait parlé avec des voisins, tous lui avaient conseillé de demeurer encore quelque temps à la campagne avec les enfants. « Vaut mieux attendre que ce soit un peu plus calme », lui avaient-ils dit.

Bai-Lan était allongée dans son lit, les mains croisées sous la tête. Elle était épuisée, mais ne parvenait pas à dormir. L'appartement sentait le moisi bien qu'elle eût ouvert toutes les fenêtres. Elle écoutait la pluie qui frappait le toit et le carreau. Elle regardait le plafond où tremblotait un vague cercle jaune pâle. Peu à peu, deux yeux pensifs apparurent dans le cercle jaunâtre, la regardèrent à travers les verres épais des lunettes.

Ce matin, comme elle sortait sa bicyclette du bâtiment n° 10, le professeur de chinois avait surgi de nulle part. Il s'était proposé de l'accompagner jusqu'à la grand-route. « C'est pour la sécurité », avait-il expliqué. Elle n'avait pas dit oui, mais n'avait pas dit non, non plus. Tout le long du chemin, ils n'avaient pas parlé. Comme s'ils eussent craint de troubler le silence de l'aube que leurs pas rendaient plus sensible encore. Elle pouvait entendre la respiration haletante de son compagnon, et la sienne non moins rapide. Elle regardait droit devant elle. Aux lueurs pâles de l'aurore, la bande étroite et sinueuse du sentier se déroulait, blanchâtre, entre les silhouettes grises des bosquets. Quand ils avaient atteint la grand-route, elle s'était étonnée que le chemin fût si court et que déjà ils fussent arrivés. Ils s'étaient arrêtés, soudain face à face. Elle avait remarqué que les lèvres de Zhong bougeaient. Elle avait cru qu'il allait lui dire quelque chose, et elle avait attendu. Mais non, il n'avait rien dit. Il la regardait. Fixement. De ses yeux pensifs derrière les verres épais de ses lunettes. Elle avait cru apercevoir deux petites flammes au fond de ses yeux. Son cœur avait tressauté. Elle les avait contemplées, et elle s'était sentie grise. Il la regardait. Elle contemplait les petites flammes sautillant au fond de ses yeux. Combien de temps étaient-ils restés ainsi, les yeux dans les yeux ? Elle n'aurait su le dire. Très longtemps sans doute. Puis ils s'étaient brusquement réveillés comme d'un rêve doux à l'apparition d'un buffle sur lequel était assis un enfant de paysan coiffé d'un énorme chapeau de bambou. Et, sans dire au revoir, elle était montée sur son vélo et était partie. Au premier virage, elle avait tourné la tête. Elle avait vu la silhouette de Zhong qui restait encore là, immobile, à la même place…

L'ombre d'un visage aux traits flous vint se superposer aux yeux pensifs de Zhong. Bai-Lan ferma les yeux pour chasser cette ombre. Elle poursuivit sa pensée.

Rien ne s'était passé entre eux, mais c'était comme si beaucoup s'était déjà passé. De même qu'il y a des gens qui vivent sous le même toit depuis de longues années et qui restent à jamais étrangers les uns aux autres, il existe des êtres entre lesquels un regard suffit pour se comprendre…

Bai-Lan rouvrit les yeux. L'ombre du visage aux traits flous réapparut dans le cercle tracé par la lumière de la bougie. Bai-Lan serra les paupières pour en repousser l'image.

Est-elle tombée amoureuse à nouveau ? Impossible ! Son amour pour Hong est trop fort, les chagrins causés par leur divorce forcé sont trop vifs, trop profonds, pour qu'elle puisse être sensible au charme d'un autre. Depuis des années, elle ne voit plus les hommes. Elle ne voit que ses enfants. Leurs enfants. Et elle ne vit que pour eux. Amoureuse à nouveau ? « Non, pas possible ! Pas possible ! » Bai-Lan se le répétait à voix haute comme pour se convaincre. Mais si elle n'est pas amoureuse, pourquoi cette palpitation du cœur ce matin devant Zhong ? Pourquoi cette sensation d'ivresse devant les petites flammes au fond de ses yeux pensifs ? Pourquoi ?

Bai-Lan rouvrit les paupières, le visage de Hong revint à nouveau devant ses yeux, très clair cette fois. Lui et elle ont eu quatre ans de vie commune, quatre ans de bonheur et de soucis partagés… Tout cela a été interrompu si brutalement, si douloureusement… Ça fait combien d'années déjà qu'elle attend Hong ? Presque onze ans. Parce que Fan-Fan va avoir onze ans. Elle savait – elle en est plus certaine encore aujourd'hui – qu'il était innocent. Elle l'attend. Si désespérément. L'oublier ! Elle a bien essayé. Pour ne plus souffrir. Mais elle n'y est pas arrivée. Ne pas pouvoir l'oublier, voilà sa tragédie. Le soleil se lève puis se couche, la lune vient puis repart… Elle n'a reçu qu'une lettre de lui peu après son départ. Deux lignes seulement pour leur souhaiter une bonne année, à elle et aux enfants. Puis, plus rien. Elle lui a écrit au moins une dizaine de lettres. Pour lui dire qu'elle l'aime encore et malgré tout. Mais elle n'a reçu aucune réponse. Elle lui a envoyé des paquets de vêtements et du lait en poudre – la vie au camp de travaux forcés doit être si dure –, mais tous ont été renvoyés. Combien d'années lui reste-t-il encore pour arriver au terme de son emprisonnement ? Quatre ans et cinq mois. C'est-à-dire mille six cent treize jours et nuits ! Si encore il sortait à la date prévue… Et s'il pouvait revenir une fois sorti…

Les traits de Hong redevinrent flous, son visage s'éloignant, diminuant, disparaissant lentement derrière les yeux pensifs de Zhong qui s'agrandissaient, s'agrandissaient… pour occuper tout le plafond de la chambre…

Est-elle amoureuse à nouveau ? C'est probable. Zhong est un homme formidable. Plein de vie. Tendre aussi. Les vicissitudes de la vie ne l'ont pas rendu misérable – il est de ceux qui savent trouver et donner de la joie et du bonheur dans les circonstances les plus difficiles. Comment lui rester indifférent ? Fan-Fan et Ming-Ming l'aiment bien. Les enfants, eux, sont les meilleurs juges d'un caractère. Il pourrait être un bon père pour eux… Mais, mais est-ce qu'il l'aime lui ? Comment peut-elle être si sûre qu'elle n'a pas mal interprété son regard ce matin ?…

Tout à coup, elle sursauta. Les haut-parleurs ! Elle regarda sa montre. 5 h 10 du matin. « Urgent ! Urgent !… » répétaient les haut-parleurs. Bai-Lan se dressa sur son séant, écouta. « Urgent ! Urgent ! La digue sur le fleuve Yang s'est brisée à plusieurs endroits. Que tout le monde aille immédiatement au premier front du sauvetage. Urgent ! Urgent ! La digue sur le fleuve Yang s'est brisée à plusieurs endroits. Que tout le monde aille au premier front du sauvetage… »

– Oh ciel ! fit Bai-Lan en sautant du lit.

美丽

J'ai eu très peur d'avoir donné naissance à une fille. Un garçon aurait changé beaucoup de choses… Ma belle-mère avait cru que ce serait un garçon et acheté, plusieurs mois avant la naissance du bébé, un petit chapeau rouge à tête de tigre. Bien qu'elle fût très déçue, elle se montrait gentille avec Bai-Lan. Étonnant non ? Elle qui ne croyait pas une seconde que Meng-Yu pût être le père de la fillette… Voilà ce que je ne comprenais pas…

Ce matin-là, il y avait encore des flaques d'eau sur les dalles de la petite cour rectangulaire, mais le ciel semblait balayé lorsque je suis sortie de la chambre. La pluie qui tombait depuis une semaine s'était arrêtée pendant la nuit. J'avais donc une montagne de linge et de draps à laver dans la matinée.

J'ai d'abord vidé le foyer et mis la cendre dans une bassine de cuivre. J'ai allumé le feu et, pour le petit déjeuner, j'ai fait une soupe de riz aux anguilles d'eau douce. Puis j'ai mis deux œufs à durcir. Cela fait, j'ai rajouté quelques bûchettes dans le fourneau et posé la bouilloire dessus. Les bûchettes ont poussé tout de suite de petits gémissements d'humidité. En attendant que l'eau fût chaude, j'ai lavé soigneusement une dizaine de feuilles de henné que j'avais cueillies sous la pluie le jour précédent. Je les ai écrasées dans un petit bol à l'aide d'une cuillère de porcelaine. Après ça, j'ai roulé les œufs durs dans la purée pourpre jusqu'à ce que la coque devînt toute rouge.

Pourquoi la soupe de riz aux anguilles et les œufs rouges ? Eh bien, parce que ce jour-là, c'était le huitième jour de la sixième lune 1940, l'anniversaire de ma petite Bai-Lan. Elle avait sept ans, ta mère. Que le temps passait vite !

Qu'est-ce que tu dis ? Nouvelles de Jing-Ming ton grand-père ? Non, toujours pas. Pas une lettre, pas un signe de vie. Silence total. Je l'attendais, du matin au soir, du soir au matin, de l'été à l'hiver, de l'hiver à l'été… La nuit, lorsque l'heure était avancée, lorsque tout le monde dormait à la maison, c'était le temps de la photo. Alors, je descendais du lit, j'allumais une bougie, j'allais ouvrir l'armoire, je retirais de sous des piles de linge ma petite boîte à trésors, et parmi ces trésors une minuscule enveloppe en papier rouge que j'avais confectionnée… Je sortais la photo et je contemplais longuement l'image chère à la faible lumière de la bougie. C'était la seule photo que j'avais de ton grand-père. Il me l'avait donnée la veille de son départ. La voilà. Regarde. Regarde-moi ces yeux. Regarde-moi ce regard. Ce regard qui m'avait pénétrée au plus profond des entrailles la première fois que je l'avais rencontré. C'est aussi pour ça que je n'ai pas craqué dans la période la plus noire de ma vie… Pourquoi ne t'es-tu jamais aperçue que je regardais cette photo ? Eh bien, comment dire… je n'ai plus besoin d'elle maintenant pour me souvenir de ses traits, je les vois mieux les yeux fermés… Le temps était bien long et l'attente, bien dure.

Notre fille avait déjà sept ans et son père ne savait même pas qu'il avait une fille ! Je me demandais tous les jours ce qui avait pu lui arriver pour qu'il ne m'écrivît même pas un mot durant toutes ces années… Était-il malade ? Était-il blessé ? Ou pire encore… était-il mort ?… Tout pouvait arriver en ces années de guerre, tu sais… Cependant, je ne sais trop pourquoi, pas une seconde je n'ai cru qu'il pût oublier sa Mei-Li. Et notre amour ! Je l'attendais, et je l'attendrais, avec cette patience de bouddha qui avait déjà fait une fois miracle, le temps que durerait le bon plaisir de Dieu du ciel. Fût-ce jusqu'à la fin de ma vie.

Alors, en ce jour du septième anniversaire de ta mère, j'ai fait deux œufs rouges que j'ai mis dans un petit panier de bambou à côté d'une pièce d'argent, d'une paire de chaussures rouges brodées de fleurs et d'un paquet d'olives vertes macérées dans la réglisse. La pièce d'argent avait été placée là par ma belle-mère. Les chaussures, c'était moi qui les avais confectionnées, en me couchant une heure plus tard chaque nuit pendant deux mois. Quant au paquet d'olives, mon beau-père l'avait acheté la veille au marché. Bai-Lan devrait avoir les joues toutes gonflées de gourmandise et de joie en les voyant. Elle adorait les olives vertes macérées dans la réglisse.

Quand enfin l'eau a commencé de chanter dans la bouilloire, je l'ai versée dans la cendre que j'avais rassemblée dans la bassine de cuivre. J'ai remué l'eau avec une branche morte d'eucalyptus, puis couvrant la moitié de la bassine avec une serviette en coton comme filtre, j'ai versé l'eau cendrée sur le linge et les draps sales. Tu ne savais pas qu'on pouvait laver le linge avec de la cendre de bois ? Eh bien, voilà une invention de nos ancêtres parmi d'autres que les écoles ont oublié de t'enseigner. L'eau à la cendre de bois, ça contient de la soude et ça lave bien. Nous l'utilisions beaucoup, surtout depuis l'invasion japonaise, car le savon était devenu la perle rare et coûtait les yeux de la tête.

Après le petit déjeuner, mes beaux-parents se sont empressés d'aller à la boutique. L'affaire marchait moins bien depuis quelque temps. La famille Deng avait ouvert dans la même rue une nouvelle pharmacie où on pouvait trouver non seulement des remèdes chinois traditionnels, mais aussi des médicaments occidentaux importés de l'étranger. Comment arrivaient-ils à se procurer ces médicaments occidentaux en cette époque de guerre ? Je ne sais pas. Mais avec l'argent et le pouvoir, rien n'est impossible, tu sais. Deux pharmacies dans une même rue, tu imagines !... Et plus redoutable encore, attirés par quelques prix plus bas, de plus en plus d'anciens clients de mes beaux-parents se rendaient à la boutique des Deng ainsi que l'eau coule vers le bas...

Comme d'habitude, j'ai nettoyé les deux grandes jarres, puis fait les six aller-retour quotidiens pour les remplir de l'eau rougeâtre du fleuve. Puis, en traversant la petite cour pour aller au Quing-Shui, les bras chargés de deux gros paniers pleins de linge et de draps à rincer, je me suis aperçue que les boutons du grenadier s'étaient tous épanouis dans la nuit. Les fleurs rouge vif tremblaient comme des braises dans le feuillage vert. Décidément l'été était revenu ! Lorsque je suis sortie de la maison la voix douce de ma petite Bai-Lan m'est parvenue, comme la première lueur de l'aurore :

– Encore, papa, encore une histoire...

Non, comme tu t'en doutais bien, celui qu'elle appelait papa n'était pas Jing-Ming son père, mais Meng-Yu mon mari. Il n'était que trop heureux de me voir rester et d'entendre l'enfant l'appeler papa. Cela me faisait de la peine en pensant à Jing-Ming, mais que voulais-tu que j'y fasse ? Je ne savais même pas où il se trouvait ni s'il était encore en vie… Il valait mieux que l'enfant eût un père pour l'aimer et l'adorer, même si ce n'était pas le vrai, que de n'avoir rien du tout. Orpheline d'amour paternel, ça je l'avais trop bien connu ! Mais un jour, un jour quand elle serait assez grande pour comprendre, je lui dirais la vérité bien entendu. Je la lui devais, n'est-ce pas ?

Quand je suis arrivée au fleuve, quelques voisines étaient déjà là, battant leur linge, les jambes à demi nues dans le courant rougeâtre.

– Tenez, en voilà une de plus ! a annoncé la jolie femme du vendeur de toufu en me voyant.

– Ça t'étonne, ma petite ? a ricané la vieille mère décharnée du gros patron de la boucherie en redressant son dos. Tu trouveras toutes les femmes de Tien-Ma au bord de l'eau par un temps comme celui-ci !

– Pourvu qu'il n'y ait pas de sirène, a braillé la patronne de la bonneterie au nez écrasé. Oh, qu'est-ce que j'ai mal au dos !

Son ventre était énorme, elle devait attendre des jumeaux ou, pour son plus grand malheur, des jumelles.

– La sirène, la sirène, a grincé la vieille mère décharnée du gros patron de la boucherie, tu ne pourrais pas parler d'autre chose !

En effet, la lune dernière, il y avait eu à plusieurs reprises la sirène d'alerte. Ça avait semé la panique dans la ville sans qu'on aperçût pourtant l'ombre du moindre avion japonais. Un pépé avait eu une jambe cassée en descendant trop vite l'escalier de sa cave ; une mémé dont le cœur était moins solide avait succombé à une crise cardiaque. En cas d'alerte, toutes consignes distribuées, la population devait s'éparpiller sous les quatre portes de la muraille qui entourait la vieille ville de Tien-Ma. C'étaient là les endroits les plus sûrs, paraît-il, s'il y avait des bombardements très lourds.

– Grande-sœur Mei-Li, viens ici, m'a appelée la belle-fille du marchand d'antiquités.

Elle battait son linge à l'écart des autres avec un bâton de bois aussi gros que son bras nu. J'ai déposé mes paniers sur une grande pierre plate à côté d'elle. J'avais été invitée à son mariage avec mes beaux-parents deux ans plus tôt parce que son beau-père le marchand d'antiquités était un habitué de la pharmacie. Elle venait souvent elle-même chercher des plantes susceptibles de rendre les femmes fécondes, mais son ventre demeurait aussi creux qu'avant le mariage.

– Grande-sœur Mei-Li, a-t-elle chuchoté sur le ton de la confidence. On m'a dit que tu as eu ta fille après douze ans de mariage…

– Oui, pourquoi ?

– Bah, ça fait plus de deux ans que je suis mariée, et je n'ai pas encore eu d'enfant tu sais. J'ai essayé toutes sortes de plantes mais…

Ah, c'était ça, elle voulait savoir ce que j'avais fait moi pour avoir le miracle ! Que pourrais-je lui raconter, Dieu du ciel ? Que j'ai mangé une tortue vieille de cinq ans ? Que j'ai bu du sang de serpent ? Ou… que j'ai eu un amant ? Elle tomberait évanouie dans l'eau si je lui disais la vérité. Tout à coup, à la vue de la jolie femme du vendeur de toufu qui gravissait péniblement l'interminable escalier avec son lourd panier, j'ai eu une idée. Et je lui racontai que j'étais allée au temple pour solliciter du vieux bonze une feuille de papier noircie de signes mystérieux, qu'une fois rentrée à la maison j'avais brûlé la feuille et avalé la cendre avec un verre d'alcool de riz sucré. La nuit même j'avais fait un drôle de rêve, lui contai-je, où le bouddha au sourire éternel me mettait un bébé dans les bras, plus tard je m'étais trouvée enceinte, et la suite, elle la connaissait !

J'ai dû faire des efforts incroyables pour retenir le fou rire qui roulait dans ma gorge en voyant les yeux écarquillés de la belle-fille du marchand d'antiquités. Ha, ha, ha... je ne peux pas m'empêcher de rire encore aujourd'hui...

« Au revoir ! » « Au revoir ! », tout le monde était parti. Il ne me restait plus qu'un drap à rincer. Il commençait à faire très chaud. Il devait être presque midi. La surface du fleuve était éclaboussée de soleil. J'agitais avec effort le dernier drap dans le courant, lorsque soudain la sirène a déchiré la paix sur la ville et en moi-même.

Non, c'est pas vrai ! Je jette le drap dégouttant d'eau sur le tas de linge, attrape les paniers, remonte l'escalier en courant. Cent deux marches ! Jamais je ne l'ai trouvé si long, si raide cet escalier ! Je souffle comme une locomotive... Vite, vite, il n'y a plus qu'une dizaine de marches. Aïe ! je tombe en me cognant le genou droit sur l'arête d'une marche, et un de mes paniers dégringole vers le fleuve à une vitesse désespérante. Tant pis ! Je me relève et cours vers la maison en saisissant le panier restant.

Je franchis le seuil de l'entrée quand la sirène se remet à miauler. Alors c'est sérieux cette fois ! Je laisse tomber le panier qui roule sur les dalles de la petite cour et je file comme une flèche dans notre chambre. Ils sont encore là, ciel ! Bai-Lan appuie sa tête contre la poitrine de Meng-Yu. Celui-ci fourrage dans les cheveux de l'enfant. « N'aie pas peur, chérie, n'aie pas peur... », répète-t-il doucement. En me voyant, Bai-Lan se jette dans mes bras.

– Maman ! maman ! s'écrie-t-elle.

– Où sont papa et maman ? j'ai crié à Meng-Yu.

– Je ne sais pas, répond-il d'une voix calme.

– Vite, on va à la muraille.

Tenant Bai-Lan par la main et Meng-Yu sur mon dos, je sors de la maison en laissant la porte ouverte, monte la rue des Sept-Étoiles désertée, tourne à gauche, traverse la place du Marché, m'engage dans la rue du Temple, tourne à droite, et une cinquantaine de pas plus loin, c'est la porte de l'Est de la muraille.

Une grosse femme court à ma rencontre. Tante Liu ! Elle me prend Bai-Lan des bras.

Ouf ! On arrive.

La muraille est épaisse de dix mètres et haute de douze environ, et sous sa porte on avait au moins cinq mètres de terre et de pierre au-dessus de la tête. La plus grosse bombe du monde ne pourrait les traverser, disait-on.

Quand j'eus repris mon souffle, le dos appuyé à la pierre d'où sourdait une agréable fraîcheur, j'ai distingué des visages aux regards anxieux. Il y avait la famille de l'épicier, celle du vendeur de toufu, du boucher, de la patronne de la bonneterie, celle du marchand d'antiquités… mais il n'y avait pas mes beaux-parents ! En sortant de la maison, j'avais remarqué que la boutique était fermée. Où pouvaient-ils être en ce moment ?

Tout le monde était assis par terre. Personne n'osait parler, comme si le moindre souffle de voix eût pu attirer la catastrophe. D'une main je caressais doucement le dos de Bai-Lan blottie sur mes genoux, de l'autre je serrais celle de Meng-Yu assis contre moi. Une main rassurante tomba sur mon épaule. Tante Liu. C'était bien d'avoir tante Liu près de moi dans un moment pareil.

Elle qui ne perdait jamais son sang-froid, fût-ce le ciel écroulé sur son toit…

Combien de temps était-on demeurés cachés là-bas, j'avais perdu la notion du temps. On avait entendu des vrombissements de moteurs, on avait cru voir l'ombre des avions sur le sol, on avait attendu la fin du monde les yeux fermés, les mains sur les oreilles… et lorsque au bruit de la sirène annonçant la fin de l'alerte on était sortis de sous la muraille comme des souris craintives, on s'était étonnés de voir encore le soleil briller dans le ciel, les maisons debout, d'entendre les cigales striduler dans les arbres luisant de lumière blanche…

Nous avons dit au revoir à tante Liu devant la porte toujours close de la pharmacie de mes beaux-parents. Nous sommes entrés dans la maison. Et… devine ce que nous avons vu en entrant. Ma belle-mère pleurant seule dans la petite cour ! La tigresse pleurait. Qui aurait pu le croire ? Bai-Lan a murmuré un « Mamie » sans oser s'approcher. J'ai porté Meng-Yu dans notre chambre en traînant Bai-Lan avec moi. Après avoir installé Meng-Yu dans son lit et dit à Bai-Lan de rester auprès de lui, je suis ressortie dans la cour. Ma belle-mère était toujours là, l'air abattu.

– Qu'est-ce qu'il y a, maman ? ai-je demandé doucement.

– C'est ton père, lui…

Elle s'est essuyé le visage avec la manche de sa veste.

– Papa ? Qu'est-ce qui lui est arrivé ?

– Ce matin, sur la place du Marché…

Je me suis assise près d'elle et j'ai pris ses mains dans les miennes.

– Ce matin, a-t-elle repris d'une voix fatiguée. Ce matin…

… après le petit déjeuner, mes beaux-parents avaient ouvert la boutique comme d'habitude. Il y avait eu peu de clients. Alors, mon beau-père était sorti faire un tour en ville. Une demi-heure plus tard, le fils du marchand d'antiquités s'était précipité dans la pharmacie pour prévenir ma belle-mère de ce qu'il avait vu son mari arrêté par la police sur la place du Marché. Pourquoi ? Il ne le savait pas. Ma belle-mère avait tout de suite fermé la boutique et s'était rendue à la sous-préfecture. Le gardien ne l'avait pas laissée entrer malgré ses supplications, ses larmes et sa colère, mais il avait paru content de lui dire que son mari avait été dénoncé comme communiste, qu'il était à l'interrogatoire pour le moment, et qu'il pourrait être fusillé s'il ne disait pas qui se trouvait derrière lui. Ma belle-mère n'avait pu que rentrer. Elle avait entendu la sirène d'alerte sur le chemin du retour mais elle avait retrouvé la maison vide. Elle nous avait alors attendus dans la petite cour sous le grenadier en fleur rouge vif.

Mon beau-père communiste ! Mon beau-père fusillé !

J'ai regardé ma belle-mère un bon moment, incapable de comprendre ce qu'elle m'avait dit. Puis l'esprit m'est revenu peu à peu. Je me suis alors rappelé… « Sais-tu qui est le nouveau patron de la police ? m'avait dit une fois tante Liu. Le mari de la demoiselle Deng ! Celle que Jing-Ming n'a pas voulu épouser. Il a acheté son poste avec l'argent de sa femme. Faut faire attention à celui-là, Mei-Li. Il est capable de tout. C'est une face-de-bouddha-cœur-de-scorpion… » Ouvrir une nouvelle pharmacie dans la même rue que celle de mes beaux-parents, baisser les prix pour en détourner les clients, maintenant accuser mon beau-père d'être communiste, l'arrêter et menacer de le tuer… Tout ça coïncide trop bien pour qu'il n'y ait pas une raison sous-jacente… Quoi alors ?… Oui, c'est bien ça, j'en suis presque sûre, c'est la rancune d'une femme humiliée, rancune ruminée pendant vingt ans, et qui a pris aujourd'hui le visage effrayant de la vengeance…

Ma belle-mère était immobile sur son tabouret, le dos voûté par la fatigue et le malheur. Déjà très affectée par le mauvais chiffre d'affaires de la boutique, elle semblait complètement dévastée par ce dernier coup du sort. J'ai découvert soudain que la tigresse avait vieilli. La vieillesse l'avait rendue moins terrible et plus humaine.

– Communiste ou non, lui dis-je, il faut le sortir de là. Et le plus vite possible.

Mais comment ? Je n'en savais rien.

生活

La pluie qui avait tambouriné avec fureur sur les vitres toute la nuit cessa au petit matin.

Vers six heures, Mei-Li fut brusquement réveillée par des coups précipités à la porte.

Sur le seuil apparut grande-sœur Mo pieds nus, cheveux en désordre, regard effrayé, un bébé endormi dans chaque bras, les deux plus grands accrochés à ses jambes.

– Qu'est-ce qui vous arrive ? demanda Mei-Li.

– L'eau, l'eau…, bégaya-t-elle.

– Quoi l'eau ? Mei-Li ne comprenait pas.

– Oui, l'eau, de l'eau partout… dans la chambre, dans le couloir…

– Oh ciel, c'est arrivé ! Mei-Li porta les mains à sa poitrine, comme si son cœur était incapable de supporter seul le poids de la nouvelle.

Les moustiquaires des deux lits se fendirent en même temps, laissant passer les têtes ébouriffées de Fan-Fan, Bi-Zhu et Ming-Ming.

– Qu'est-ce que c'est, grand-mère ? interrogea le garçon.

– Le fleuve est sorti de son lit, répondit Mei-Li.

L'inondation ! Les trois enfants se précipitèrent tout excités à la fenêtre.

Dehors, c'était un paysage complètement différent de celui qu'ils connaissaient. L'herbe haute, les arbrisseaux, les sentiers, tout avait disparu sous une mer jaune brouillé. Les bouquets d'arbres étaient devenus des îlots sombres. Ici et là, un poteau télégraphique se penchait en frissonnant vers l'eau terreuse, ainsi qu'un vieux paysan se penche sur sa récolte perdue.

Mei-Li, lançant un regard rapide sur les bébés dans les bras de grande-sœur Mo, retrouva soudain son sang-froid. Elle prit les mains des deux gamins qui se cachaient derrière leur mère et les tira dans la pièce.

– Entrez, entrez vite, grande-sœur Mo, dit-elle à la femme du professeur de gymnastique.

Puis elle écarta la moustiquaire du grand lit.

– Vous pouvez coucher les bébés ici, dit-elle en retapant les oreillers.

Tout en aidant la jeune femme à mettre au lit les jumeaux d'un an, Mei-Li dit aux fillettes de s'occuper des jumeaux de trois ans.

– Et moi, grand-mère ? demanda Ming-Ming, l'air de celui qui a conscience d'être désormais le seul homme de la tribu.

– Toi tu viens avec moi, on va jeter un coup d'œil en bas.

Le couloir était obscur, l'électricité avait été coupée.

À la faible lumière de la lampe de poche, ils s'aperçurent que les premières marches avaient déjà disparu sous l'eau jaunâtre. L'eau semblait continuer de monter.

– Donne-moi la lampe de poche, dit Mei-Li, je vais essayer d'aller jusqu'à la cuisine.

– Non, je viens avec toi, protesta Ming-Ming.

– Non, tu m'attends ici.

Laissant derrière elle le garçon frustré dans sa vanité d'homme, Mei-Li enleva ses chaussures de toile, retroussa les jambes larges de son pantalon noir jusqu'à mi-cuisses et descendit les marches noyées en tâtonnant.

L'eau arrivait presque à sa taille.

– Tu peux venir, Ming-Ming, dit Mei-Li en avançant prudemment dans le déluge, la main gauche brandissant la lampe, la main droite s'appuyant contre le mur.

Le jour entrait par la large fenêtre sans rideau de la cuisine-salle d'eau commune. Mei-Li éteignit la lampe de poche. Un large van en bambou flottait majestueusement comme un porte-avion parmi ses vaisseaux, des paniers en bambou et des escabeaux en bois, entourés des sampans de brindilles et de bûchettes. Mei-Li se dirigea tout de suite vers la jarre posée sur un support de ciment, au fond de la pièce. Ouf, Mei-Li poussa un gros soupir de soulagement : l'eau n'y était pas entrée. Il restait cinq livres de riz environ, et avec les deux énormes citrouilles en forme de « jambe de bœuf » rapportées du jardin avant-hier, on pourrait tenir le coup pendant quelques jours.

– Viens m'aider, Ming-Ming, dit Mei-Li au garçon qui tâtonnait à la recherche des casseroles et des marmites. Viens, on monte le riz d'abord.

Après le riz, ils transportèrent à l'étage les citrouilles, puis des bûchettes, des ustensiles, le pot de sel, la bouteille d'huile, la bouteille de sucre, la bouteille de sauce de soja, et enfin des briques rouges pour construire un foyer de fortune – comment faire la cuisine sans cela ?

Quant tout ce qui pouvait être sauvé fut déménagé, Mei-Li envoya Ming-Ming se changer. Elle descendit ensuite dans le logement d'oncle Zhong. Déjà l'eau atteignait sa poitrine. Elle poussa la porte péniblement. Les livres de la partie inférieure de la bibliothèque se trouvaient déjà dans l'eau. Ceux-là, se dit Mei-Li, sont perdus. Elle prit alors les bouquins rangés juste au-dessus du niveau de l'eau, les entassa tant bien que mal sur les livres des rayons supérieurs. Pourvu que l'eau cesse de monter, songea Mei-Li. Ça y est. Mei-Li jeta un dernier coup d'œil satisfait sur les livres sauvés, mais comme elle quittait la chambre, la bibliothèque déséquilibrée s'effondra dans un bruit infernal, entraînant dans l'eau sale le reste du trésor du professeur de chinois. Mei-Li ne put retenir un cri à déchirer le cœur.

L'eau montait toujours, mais plus lentement. Et lentement, elle noyait les fenêtres et les portes du rez-de-chaussée. Puis vers midi, enfin, elle s'arrêta là. Les nuages se déchirèrent, découvrant un soleil radieux au milieu d'un ciel lavé bleu clair.

Voilà le moment de préparer le déjeuner. C'est à cet instant que la petite tribu se rendit compte avec terreur qu'elle n'avait plus d'eau potable.

En sortant de l'appartement n° 11, Bai-Lan rencontra les Vieux Zhou.

– Mais qu'est-ce qu'on va faire ? Mais qu'est-ce qu'on va faire ?… bredouillaient-ils d'un air terrifié.

Bai-Lan enfourcha sa bicyclette.

– Faut pas paniquer, Vieux Zhou, leur dit-elle. Vous rentrez prendre le nécessaire, puis vous vous rendez au bloc de bureaux là-bas. Montez au deuxième étage, vous serez en sécurité. Vous avez au moins dix minutes avant que l'eau n'arrive jusqu'ici.

– Où vas-tu ? demanda Vieille Zhou.

– À la boulangerie-pâtisserie, répondit Bai-Lan en s'éloignant à toute vitesse.

Plus une goutte d'eau potable !

Comment avait-on pu oublier ça !

Dans le bâtiment n° 10, il n'y avait qu'une seule cuisine-salle d'eau commune, celle du rez-de-chaussée, et qui était inondée.

Les bébés de grande-sœur Mo commencèrent à pleurer. Leur mère leur mit leurs petits doigts dans la bouche. Ils se turent, sucèrent un instant, puis lâchèrent leurs doigts, pleurèrent à nouveau. Par sympathie, les jumeaux de trois ans se joignirent au chœur de leurs jeunes frères.

– Ils ont faim, dit la mère.

Tous les yeux se portèrent sur Mei-Li.

Mei-Li regarda tour à tour Ming-Ming, Bi-Zhu, Fan-Fan, grande-sœur Mo et son quatuor.

– Faut faire quelque chose, murmura Mei-Li.

Il fallait faire quelque chose. Tout le monde était d'accord. Mais quoi ? Personne ne le savait.

Les petits continuaient de pleurer. Leur mère essayait de les calmer.

Soudain, Bi-Zhu s'exclama :

– Je crois qu'il y a deux thermos dans la chambre d'oncle Wei !

Tous se levèrent en même temps. Un éclair d'espoir passa dans leur regard. Mei-Li prit la clef que le professeur de mathématiques lui avait confiée et sortit suivie de la petite troupe.

En effet, il y avait deux thermos sur la table de chevet. Un bleu, un vert.

Mei-Li prit le bleu.

Le cou allongé, la bouche ouverte, les autres suivaient d'un regard anxieux le moindre mouvement de ses mains, comme si elle eût tenu la ficelle à laquelle était suspendue leur vie.

Mei-Li retira le bouchon en bois, y jeta un coup d'œil, reposa le thermos sans rien dire.

Tout le monde avait compris.

Mei-Li prit le vert, le secoua.

Tout le monde entendit un petit bruit d'eau.

Mei-Li tira le bouchon.

– Ça ne remplit même pas un verre.

Mei-Li avait parlé d'une toute petite voix, mais sa parole sonna aux oreilles de chacun comme un coup de tonnerre. Les têtes se baissèrent comme les feuilles des arbres sous l'ardeur du soleil.

Ils retournèrent en silence dans la pièce où le quatuor avait cessé de pleurer, endormi d'épuisement sur le grand lit.

En entrant, Ming-Ming faillit perdre l'équilibre en se cognant contre l'énorme citrouille posée près de la porte. Furieux, il lui donna un coup de pied en jurant à voix basse.

Les yeux de Mei-Li s'éclairèrent. Les citrouilles, on peut les cuire sans eau !

– Un peu de patience, mes enfants, dit Mei-Li en tapant sur la plus grosse des citrouilles, on va manger dans une heure.

Manger ? Quoi ? Citrouille crue ?

Mei-Li répondit à toutes ces questions par un sourire mystérieux.

– Viens avec moi, dit-elle à Ming-Ming.

En moins de cinq minutes, ils construisirent dans le couloir une cuisinière de fortune avec des briques.

Tandis que Ming-Ming allumait le feu, Mei-Li transperçait la citrouille avec une barre de fer et la plaçait au-dessus de la flamme.

– Tourne ça constamment, Ming-Ming, dit Mei-Li à son petit-fils. Il ne faut pas que le feu soit trop fort, sinon tu vas tout brûler, et on n'aura plus que du charbon à avaler.

Un quart d'heure plus tard, une odeur appétissante, pareille à celle des patates douces grillées, commença de se répandre dans le couloir. Les enfants vinrent s'accroupir autour du feu.

– Allez, allez jouer dans la chambre, leur dit Mei-Li, ne restez pas ici. C'est trop chaud.

Quand enfin la citrouille fut cuite, Mei-Li l'empoigna avec un torchon et la porta sur la planche à découper.

– Mettez le couvert, les filles, dit Mei-Li à Fan-Fan et Bi-Zhu.

La barre de fer retirée, la citrouille coupée en tranches, les pépins enlevés, deux pincées de sel, une cuillerée de sucre brun, un peu de sauce de soja, trois cuillerées d'huile de sésame, et le repas fut prêt !

Pour les bébés, grande-sœur Mo choisit des tranches bien tendres, les broya avec le dos d'une cuillère et y ajouta deux pincées de sucre.

Ils mangèrent tout, puis réclamèrent plus.

Dans la cour de la boulangerie-pâtisserie d'État de Guang-Ning, Bai-Lan roula jusqu'à l'entrepôt. Une vingtaine d'employés étaient arrivés après avoir entendu l'appel des haut-parleurs, laissant derrière eux leurs effets personnels ; ils formaient une file qui s'allongeait jusqu'en haut de l'escalier. En tête se trouvait le comptable que Bai-Lan n'avait pas trouvé la veille, un petit homme maigre au seuil de la retraite. Il soulevait péniblement des deux mains un sac de vingt-cinq kilos, le tendait avec effort au gardien de l'entrepôt qui le passait ensuite au pâtissier en chef… Ainsi, un à un, les sacs de farine et de sucre étaient hissés de main en main, jusqu'au dernier étage. Bai-Lan laissa son vélo près de l'entrée, se plaça dans le rang, à côté du comptable. Ils échangèrent un petit sourire, soulevèrent d'un seul élan un gros sac, le passèrent au gardien.

Vers la fin de l'après-midi, dans le bâtiment n° 10, à l'école préparatoire, chacun se réveilla de la sieste avec du feu dans la gorge. La soif ! C'était pire que la faim.

L'eau du thermos vert avait été donnée aux bébés.

Dehors, toujours la même chaleur ardente, toujours la même mer jaunâtre sous le même soleil blanc qui ne se hâtait pas de disparaître.

Bi-Zhu se rappela qu'il y avait une citerne près des salles de douche.

– Il pourrait y avoir de l'eau non polluée là-dedans, dit-elle.

En effet, face aux W.-C., il y avait une rangée de dix cabines de douche – cinq pour les hommes, cinq pour les femmes. La citerne dont parlait Bi-Zhu se trouvait à côté, construite de plain-pied avec des briques rouges et du ciment, haute de trois mètres environ, avec deux gros robinets de bronze de chaque côté, on y conservait de l'eau pour la toilette, la lessive et la cuisine au cas où l'eau courante serait coupée – ça arrivait assez souvent, surtout en été.

– Je ne sais pas nager, soupira grande-sœur Mo en éventant avec un morceau de carton ses quatre petits qui dormaient encore.

– Moi je peux y aller, proposa Ming-Ming en jetant un coup d'œil par la fenêtre.

Mei-Li et Fan-Fan échangèrent un regard. Les mauvais souvenirs de la traversée commémorative du début de l'année étaient encore frais. D'accord, ici, ce n'était pas le fleuve Yang. C'était bien moins profond – seulement deux mètres cinquante environ –, et il n'y avait pas de courant. Mais tous les arbrisseaux, tous les fils de fer qu'on avait tendus entre des troncs d'arbres pour faire sécher du linge, toutes ces choses-là maintenant invisibles, ça pouvait être dangereux, s'accrocher à vous, peut-être vous faire noyer.

– Je peux aller avec lui, je sais nager moi aussi, dit Bi-Zhu léchant ses lèvres sèches.

Mei-Li hésitait.

– Ce serait plus prudent si vous y alliez avec des bouées de sauvetage, suggéra grande-sœur Mo.

– Mais maintenant où sont-elles ? répliqua Ming-Ming.

– Que dites-vous d'une grande cuvette en bois ? plaisanta Fan-Fan.

Personne ne rit.

Mei-Li se leva, saisie d'une inspiration. Elle pointa la porte et les lits en disant :

– Que dites-vous d'un radeau ? On pourrait en faire un avec tout ça, non !

Rapidement, la porte de bois fut dégondée. Les petits dormeurs réinstallés sur la natte de jonc étalée dans la chambre d'oncle Wei, les planches des lits furent enlevées et solidement ligotées.

– N'oublions pas les seaux, dit grande-sœur Mo.

Aussitôt, deux seaux d'aluminium furent attachés avec une corde de chanvre au milieu du petit radeau de fortune.

– Voilà. Ça ira comme ça, dit Mei-Li.

Bi-Zhu ôta sa jupe, gardant sa chemisette et sa culotte, et Ming-Ming son caleçon.

Grande-sœur Mo et Mei-Li soulevèrent le radeau, le sortirent lentement par la fenêtre, le laissèrent dégringoler lourdement sur l'eau.

Ming-Ming d'abord, Bi-Zhu ensuite, descendirent.

– Soyez prudents, mes enfants, leur dit Mei-Li penchée à la fenêtre.

– On sait, répondit Ming-Ming.

– Ne t'en fais pas, grand-maman, je veillerai sur lui, plaisanta Bi-Zhu.

Puis, poussant devant eux le radeau, ils nagèrent lentement du côté de la citerne.

Une minute, deux minutes, trois minutes… L'attente devenait pour Mei-Li et Fan-Fan une torture insoutenable. Chaque seconde prenait la dimension d'une année. Le soleil commençait à glisser vers le bas. Mais la chaleur comme le silence pesaient de plus en plus lourd. Dans la chambre d'oncle Wei, les jumeaux de grande-sœur Mo se mirent à pleurer. Fan-Fan ne quittait pas des yeux l'endroit où avaient disparu Ming-Ming et Bi-Zhu. Une main sur l'épaule de sa petite-fille, Mei-Li regardait, immobile, une brindille flottant à la surface de l'eau sale, près de la fenêtre. Elles attendaient, attendaient, attendaient…

– Regarde, grand-mère, ils sont là ! s'écria Fan-Fan.

Les nerfs de Mei-Li se détendirent brusquement. Elle faillit se laisser tomber sur le parquet. « Merci ciel », murmura-t-elle, en se cramponnant à l'appui de fenêtre.

Ming-Ming et Bi-Zhu approchèrent lentement, poussant le radeau devant eux. Il ne restait qu'un seul seau, vide.

– Il n'y a plus d'eau dans la citerne ? interrogea anxieusement grande-sœur Mo accourue aux cris de Fan-Fan.

– C'est pollué ? ajouta Mei-Li.

– Si, il y en a encore, répondit Ming-Ming, et ça n'est pas pollué, mais on n'arrive pas à l'atteindre.

– On a descendu le seau attaché à la corde, on a réussi à le remplir à moitié, mais le chanvre n'a pas tenu le coup, et on a perdu le seau. On revient chercher une corde plus solide.

– Mais on n'en a plus, dit Mei-Li.

– Je crois en avoir vu une chez oncle Wei, dit Bi-Zhu.

– Ne restez pas dans l'eau, mes enfants, dit Mei-Li. Montez, montez vous reposer un peu. Je vais chercher la corde.

– Non, grand-mère, ça va, répondit le garçon, on t'attend.

Mei-Li courut dans la chambre du professeur de mathématiques, fouilla un moment, finit par trouver une grosse corde de paille tressée sous le lit.

Mei-Li revint à toute vitesse avec la corde qu'elle passa par la fenêtre à Ming-Ming. Fan-Fan lança derrière le dos de sa grand-mère :

– Ne te laisse pas tomber dans la citerne, grand-frère. Bi-Zhu n'arriverait jamais à te remonter avec ça !

Trois jours plus tard, le dragon jaune du fleuve Yang décida enfin de retourner se coucher dans son lit, fatigué lui aussi.

Les arbustes, l'herbe, les sentiers, les portes et les fenêtres du rez-de-chaussée réapparurent, portant la trace jaunâtre laissée par le déluge et son odeur nauséabonde.

Les robinets recommencèrent à couler, une eau d'abord boueuse, puis de plus en plus claire. Mais il lui faudrait deux jours encore pour retrouver sa couleur et son goût habituels.

Bai-Lan fut la première à revenir à l'école préparatoire.

Avec tous ceux qui avaient réussi à sauver une grande partie du stock de la boulangerie-pâtisserie, elle avait été bloquée là pendant trois jours. Puis, l'eau retirée, elle était rentrée rue des Bambous-Nouveaux. Quelle surprise de retrouver la maison telle qu'elle l'avait laissée ! La rue des Bambous-Nouveaux tracée dans la partie la plus élevée de Guang-Ning avait été épargnée de justesse par cette catastrophe comme on n'en avait pas vu depuis 1917.

À la sortie de la ville, Bai-Lan acheta une botte de choux verts à longue tige, un gros canard et trois citrons verts. Elle les mit dans son panier de bambou qu'elle attacha sur le porte-bagages de sa bicyclette. Le canard au citron, pensait-elle, ça fera le régal de tous. Revoir ses enfants, sa mère et le regard pensif de Zhong, la comblait de joie. Cela ne faisait que trois jours qu'elle ne les avait pas vus, mais ils lui manquaient tellement !

Plus Bai-Lan approchait de l'école préparatoire, plus les routes devenaient impraticables. Elle devait souvent porter son vélo sur l'épaule pour franchir les pans de route éboulés. La boue avait pénétré dans ses sandales en plastique. Ses pieds glissaient. Le bas de son pantalon mouillé de boue collait à ses mollets à chaque pas. C'était très désagréable. Et le paysage était pitoyable : maisons et murs écroulés, arbres et poteaux télégraphiques arrachés, voitures renversées, rizières détruites… Au dernier virage avant qu'elle ne s'engageât dans le sentier menant à l'école, Bai-Lan aperçut le corps d'un gros cochon noyé parmi les branches d'un arbre abattu. Un léger souffle d'air apporta une odeur écœurante. Bai-Lan tourna la tête et se hâta. L'inondation avait fait beaucoup de dégâts par ici, mais elle ne s'inquiétait pas trop pour la sécurité de sa famille. Avec Wei et Zhong, deux hommes si débrouillards… Elle savait qu'ils se seraient bien occupés de tout et de tous.

Grande-sœur Mo s'affairait avec son quatuor au premier étage. Ming-Ming aidait Bi-Zhu à sortir des livres qu'ils étalaient avec précaution au soleil, sur les bancs de pierre de l'allée, dans l'espoir d'en sauver quelques-uns. La cuisine-salle d'eau lavée et rangée, Mei-Li et Fan-Fan nettoyaient le couloir du rez-de-chaussée. Mei-Li remplissait le seau d'eau au robinet, le vidait d'un coup sec dans le couloir, tandis que Fan-Fan avec un balai de sorgho poussait l'eau boueuse vers la sortie.

Bi-Zhu descendait le perron, une pile de livres dans les bras. Au premier coup de sonnette du vélo de Bai-Lan, elle tressaillit et ses yeux brillèrent de joie.

– Tante Bai-Lan est rentrée ! cria Bi-Zhu en pressant le pas à sa rencontre.

– Maman ! maman !…

Fan-Fan émergea derrière Bi-Zhu en brandissant son balai.

Bousculée par Fan-Fan, Bi-Zhu fit un faux pas, et les livres qu'elle portait tombèrent aux pieds de Bai-Lan, dans une flaque d'eau. Ming-Ming, qui accourait derrière Fan-Fan, se baissa pour ramasser les livres avec Bi-Zhu.

– Tu ne peux pas faire attention ! cria-t-il avec colère à sa sœur.

– Regardez ce que j'ai acheté ! leur dit Bai-Lan avec un sourire en montrant le panier de bambou sur le porte-bagages.

– Oh, on va se régaler ce soir ! dit Ming-Ming en sortant le canard du panier.

– Non, il ne faut pas le tuer avant le retour de papa et d'oncle Wei, répliqua Bi-Zhu, prenant l'animal des mains du garçon.

Surprise, Bai-Lan demanda :

– Où sont-ils allés ?

– Ils ont été envoyés pour sauvegarder la digue l'après-midi de ton départ, répondit Mei-Li qui était arrivée depuis un moment.

– Oh non ! s'écria Bai-Lan d'une voix morte, en lâchant le vélo.

Mei-Li rattrapa le guidon de justesse.

– Qu'est-ce qu'il y a ? demanda-t-elle, effrayée par la pâleur soudaine de sa fille.

Bain-Lan ne répondit pas, comme si elle n'avait rien entendu.

Mei-Li dit alors aux enfants :

– Allez ranger tout ça dans la cuisine, mes petits. Allez.

– Maman est malade ? demanda Fan-Fan d'une voix inquiète.

– Non, c'est la fatigue, répondit Mei-Li. T'inquiète pas, chérie, ça va passer… Va avec ton frère et Bi-Zhu.

Quand les enfants furent entrés dans le bâtiment, Mei-Li réitéra sa question.

Bai-Lan ne répondit pas non plus mais se mit à sangloter.

Mei-Li coucha la bicyclette dans l'herbe, prit Bai-Lan par le bras et l'entraîna vers le banc de pierre.

– T'as entendu quelque chose sur Zhong et Wei ? demanda Mei-Li en la faisant asseoir.

– Pas exactement, répondit Bai-Lan en reniflant, mais ils ont dit qu'il y avait pas mal de gens sur la digue et que beaucoup ont été emportés par les eaux quand elle s'est brisée…

Mei-Li prit Bai-Lan dans ses bras.

– Ô ma fille ! Ô ma fille !…

Huit jours après, une jeep ramena oncle Wei.

« … Je m'accrochais fortement à un poteau télégraphique, raconta-t-il. Des tonnes d'eau ont coulé sur moi. Je ne pouvais plus respirer. Je ne pouvais plus rien voir. Le poteau s'est brisé et a été emporté par le courant comme un fétu. Mais je ne le lâchais pas. En m'y cramponnant comme un clou enfoncé, je roulais, courais, sautais, bondissais, tournoyais, montais, tombais, remontais, retombais avec lui et comme lui. Toujours avec lui et comme lui, je me cognais sans arrêt contre mille choses… Ma tête, mes épaules, mon dos, mes bras, mes jambes, enfin mon corps entier me faisait très mal. D'un mal qui coupe la respiration. Regardez-moi ça, tous ces bleus et égratignures sur la poitrine et le dos. Et cet œil au beurre noir – heureusement que je ne l'ai pas perdu ! Et cette jambe cassée – le docteur m'a promis que je pourrai marcher à nouveau dans six mois. Pourtant, pourtant je ne lâchais toujours pas mon poteau. Je m'y accrochais de toutes mes forces. Je l'étreignais comme ma première amante. Les gens qui m'ont sauvé m'ont dit qu'ils avaient eu beaucoup de mal à arracher le poteau à mon étreinte. Qu'est-ce qui m'a donné une telle force ? Je ne sais pas… la peur de la mort… ou l'instinct de la vie… »

Mais le mari de grande-sœur Mo et oncle Zhong étaient portés disparus.

美丽

Déterminée à sauver mon beau-père mais sans savoir comment m'y prendre, je me suis rendue à la sous-préfecture de police. Porte grande ouverte. Gardien en uniforme de toile grise. Fusil à baïonnette brillant au soleil. J'ai avancé en regardant droit devant moi. « Stop ! » la pointe de la baïonnette sur mon cœur.

– Je viens voir votre chef, lui ai-je dit en écartant la baïonnette d'un geste.

Je crois que mon calme l'a déconcerté, il m'a demandé en retirant son fusil :

– Vous connaissez le patron ?

– Demandez-lui si je le connais ! ai-je répondu sans réfléchir.

– Avez-vous un rendez-vous ? a-t-il insisté.

– Mais il ne vous a pas prévenu ? C'est quand même incroyable ! ai-je répliqué, feignant un étonnement exagéré. Et je vais lui dire quel accueil on m'a réservé.

Le gardien semblait désappointé.

– Excusez-moi, madame, a-t-il dit poliment en montrant le pavillon blanc dans la cour. Le patron est dans son bureau avec le général Wu, au premier étage.

– Je le sais, ai-je dit froidement.

Sans doute m'avait-il prise pour une des concubines de son patron, connu comme « amateur » de jolies femmes. Le général Wu ? Tant mieux pour moi s'il y avait comme témoin un haut officier de l'armée du Parti nationaliste !

Une jeep verte était garée devant le pavillon, à l'ombre d'un vieux longanier. Le chauffeur en tunique militaire sommeillait au volant, sa casquette posée sur le siège du passager.

Après avoir contourné la jeep, j'entrai dans le pavillon. J'aperçus à l'étage une porte fermée par une natte de bambou. Des voix à l'intérieur. Des rires. Je m'arrêtai un instant pour reprendre ma respiration. Puis, d'un coup, j'ai soulevé la natte.

Deux hommes enfoncés dans leur fauteuil d'osier. Entre eux, une table basse, deux tasses de thé, une assiette d'amuse-gueules, deux pipes à opium à long tuyau de bronze. Au plafond, un ventilateur – j'en voyais un pour la première fois de ma vie.

L'un des deux hommes paraissait une quarantaine d'années, en blouse longue de soie brune, la tête toute ronde déjà chauve au sommet, la lèvre souriante sous l'éclat d'une énorme dent en or. C'était le mari de la demoiselle Deng.

L'autre paraissait plus jeune, trente-cinq ans environ, en uniforme kaki gris, un visage aux pommettes saillantes animé par deux petits yeux brillants. Le général Wu sans doute.

En me voyant entrer, celui-ci a dit à son interlocuteur :

– Vous ne m'avez pas informé que vous attendiez une visiteuse.

– Je n'attendais personne d'autre que vous, mon général, lui a dit le mari de la demoiselle Deng avec un sourire flatteur.

Puis, se tournant vers moi, il a demandé :

– Qui êtes-vous ? Comment avez-vous pu entrer ?

– Je viens vous voir à propos d'une personne que vos hommes ont arrêtée par erreur ce matin, lui ai-je dit sans répondre à ses questions.

– Ah bon. Qui alors ? a-t-il fait en buvant une gorgée de thé.

– Le patron de la pharmacie « Éternité ».

Son sourire a disparu. Son visage s'est allongé.

– Vous venez donc pour un communiste ! s'est-il exclamé en posant lourdement sa tasse sur la table.

J'ai jeté un coup d'œil du côté du général Wu. Il semblait nous écouter avec beaucoup d'attention.

– Il n'est pas communiste, ai-je répliqué. Il ne sait que vendre ses plantes médicinales dans sa boutique. Tout habitant du quartier vous dirait la même chose.

– Comment le savez-vous ?

– Je suis sa belle-fille.

– Ah, vous êtes sa belle-fille, je vois. Qui peut savoir si vous ne mentez pas pour sauver sa peau, et si vous n'êtes pas vous-même sa complice ?

Sa lèvre grimaçait affreusement sous sa dent en or.

– Son second fils Jing-Ming pourra vous le dire, lui ai-je répondu. Il est officier dans l'armée du Parti nationaliste.

J'avais martelé chaque mot de ma dernière phrase.

Le général Wu a froncé les sourcils. Le mari de la demoiselle Deng a eu l'air gêné.

– Ah, ça je ne savais pas. Ça pourrait être une erreur, en effet, dit-il en jetant un regard furtif sur le général. Je vérifie tout de suite. Si ce que vous avez dit est vrai, votre beau-père sera libéré immédiatement.

Sa voix presque basse laissait deviner une rage mal contenue.

Tout au long de la conversation, le général Wu n'avait pas prononcé un mot. Je l'ai salué d'un regard, ai tourné les talons et je suis sortie.

Le soir même, mon beau-père a été relâché. Mais nous avons dû le faire porter à la maison sur une porte dégondée. Il avait été torturé lors de l'interrogatoire. Il avait une jambe cassée et il vomissait du sang. Beaucoup de sang. Il est mort quinze jours plus tard, en répétant : « Je ne suis pas communiste… »

Ma belle-sœur Jing-Hua n'a pas pu venir aux funérailles de son père, elle attendait alors son septième bébé.

生活

Début juillet 1970.
Minuit.

Une ampoule de 25 watts ballottait au bout d'un fil au-dessus de la table. Devant la fenêtre, un rideau vaguement bleu, râpé sur les dents de la planche à laver durant seize années et jauni par la lumière crue du Sud.

Mei-Li mordillait le bout du crayon, les prunelles fixées sur les taches d'usure de l'étoffe. Devant elle, une liste de provisions était inscrite sur un cahier d'écolier. Cinq personnes vivant du maigre salaire de Bai-Lan, c'est à peine si chaque mois elle pouvait joindre les deux bouts, alors où pourrait-elle trouver l'argent pour faire les achats nécessaires à ce dîner spécial ?

Mei-Li déplaça ses yeux du rideau au cahier de comptes familial. Les sourcils froncés, elle regarda les fourmis des mots sans les voir. Puis elle soupira en frottant ses paupières, baissa un peu plus la tête, regarda à nouveau la liste. Riz, huile, sel, vinaigre, sucre… Mei-Li arrêta son regard sur le mot « sucre », oui, on en a encore deux ou trois cuillerées au fond de la bouteille, ça devrait suffire pour après-demain, tant pis pour le mois suivant, on s'en privera… D'un coup sec, Mei-Li biffa « sucre ». Sauce de soja, légumes et viande… Le regard de Mei-Li se posa une seconde sur « viande ». Déjà on ne mange de la viande que deux fois par semaine, et ce ne sont que quelques tranches bien minces perdues dans une grande assiette de légumes. Eh bien voilà, pour ce dîner d'après-demain, on s'en passera complètement le mois prochain. D'un coup de crayon, Mei-Li raya cruellement le mot « viande ». Charbon, loyer, eau, électricité… Pas question de faire des économies là-dessus… Les yeux de Mei-Li rencontrèrent le mot « vêtements ». Son crayon demeura suspendu en l'air. Mei-Li hésita. Il lui sembla entendre de nouveau la voix timide de Fan-Fan : « Bi-Zhu a eu une chemisette neuve pour son anniversaire… » Oui, en effet, Bi-Zhu a eu une belle chemisette à pois verts le mois dernier. C'est Mei-Li qui l'a achetée. Bi-Zhu fait partie de la famille depuis que son père a disparu sur la digue deux ans plus tôt lors de l'inondation de Guang-Ning. Sa mère est venue la chercher, mais Bi-Zhu a préféré rester. Bai-Lan a fait les démarches nécessaires pour l'adopter officiellement. Le mois prochain, Fan-Fan aura treize ans elle aussi. Mais on dirait une jeune fille de quinze ans. Elle ira comme Bi-Zhu à l'école secondaire après les vacances. Sa vieille chemisette déjà rapiécée à plusieurs endroits est devenue si étriquée que l'étoffe semble sur le point de craquer au moindre geste. Mei-Li veut acheter un morceau de tissu et confectionner elle-même une chemisette pour Fan-Fan – ça revient moins cher. Mei-Li a remarqué un bien joli coupon l'autre jour dans la boutique à côté du bureau de poste, mais maintenant… Non, non, elle ne peut pas… mais elle doit… Non, non, elle ne peut pas… Fan-Fan a trop besoin de cette nouvelle chemisette. Ah, ce n'est pas tout. Mei-Li revoit alors Ming-Ming dans son pantalon trop court. Le garçon a brusquement grandi d'une tête cette année comme une pousse de bambou après une pluie de printemps. Il ne se sent plus gêné d'être appelé « grand-frère » par Fan-Fan devant les autres. C'est un vrai jeune homme. Il faut absolument lui acheter un nouveau pantalon. Alors, comment faire pour ce dîner ? Mei-Li poussa un soupir d'impuissance, secouant la tête. Comme c'est difficile ! Le crayon toujours en l'air, le regard de Mei-Li tomba machinalement sur le mot « chaussures ». Elle fixa le mot un bon moment comme si elle ne l'avait pas reconnu. Elle-même a besoin d'une nouvelle paire de sandales. Combien de fois déjà depuis le début de cet été les lanières de ses vieilles sandales en plastique se sont-elles coupées et recoupées ? Elle en a vraiment assez de les réparer tous les deux ou trois jours avec une pointe en fer chauffée dans le feu de charbon. Mais... Tant pis ! Je m'achèterai de nouvelles sandales l'été prochain, soupira Mei-Li en rayant le mot « chaussures ». Avant-hier, Bai-Lan est rentrée à la maison en portant son vélo sur l'épaule – le pneu arrière avait crevé, à nouveau. C'est à pied qu'elle se rend à son travail depuis deux jours, sous le soleil ardent. Ma pauvre fille !... soupira Mei-Li de nouveau en hochant la tête. Un nouveau pneu pour sa bicyclette est indispensable... Mais ça coûte très cher... Où pourra-t-elle trouver l'argent nécessaire ? Et pour ce dîner ? Il faut de l'argent aussi pour acheter des provisions. Le regard de Mei-Li buta sur le mot « savon ». Sans hésitation cette fois, elle le biffa d'un trait. On utilisera pour la lessive de la cendre de charbon de bois comme dans le temps... Mei-Li fit rapidement le calcul. Les économies ne suffiront que pour payer un poulet. Mais un poulet ce n'est pas assez pour un repas d'une telle importance…

Mei-Li posa le crayon sur le cahier, se massa les tempes, repoussa la chaise, se leva pour aller se verser un verre d'eau froide. Elle but à grandes gorgées, remplit le verre à nouveau et le posa sur la table.

Du lit qu'elle partageait avec Bi-Zhu, Fan-Fan appela doucement.

– T'as pas dormi, chérie ? La lumière te gêne ? demanda Mei-Li en fermant le cahier.

– Si, j'ai dormi, répondit Fan-Fan. Mais j'ai fait un rêve étrange, j'ai eu peur, et je me suis réveillée. Qu'est-ce que tu fais là, grand-mère ?

– Des calculs. Faut trouver de l'argent pour le dîner d'après-demain.

– Quel dîner ? Tu veux dire qu'on va se régaler ?

– On devra inviter quelqu'un de très important.

– Ah bon ! Qui c'est ?

– Le chef de l'équipe de contrôle ouvrier de ton école.

– Mais pourquoi ?

– Eh bien, tu sais que ton frère termine le premier cycle d'études secondaires[1] cette année. Ta mère et moi voulons qu'il puisse entrer en second cycle. Sinon il sera obligé d'aller à la division de production. Nous pensons que ton frère est encore trop jeune…

– Qu'est-ce que c'est que la division de production ?

– Au dire des gens, c'est une sorte de ferme d'État récemment créée à Dong-Xing, tout près du Vietnam. Il paraît qu'ils vont recruter des milliers de jeunes pour y

1. En Chine, les études secondaire = 6 ans ; le premier cycle ou le cycle élémentaire = 3 ans ; le second cycle ou le cycle supérieur = 3 ans.

planter des hévéas. J'ai entendu dire que tous les diplômés du premier cycle qui n'ont pas seize ans avant le 31 juillet iront automatiquement en second cycle. Mais ton frère a déjà dépassé son seizième anniversaire depuis plus d'un mois. Alors, tu vois, la situation est un peu délicate... C'est-à-dire qu'ils peuvent lui permettre de poursuivre ses études si nous avons de la chance, ou bien l'envoyer à la division de production si... J'en ai parlé l'autre jour avec Vieux Zhou. C'est lui qui m'a suggéré d'inviter le chef de l'équipe de contrôle ouvrier pour un bon dîner. « Tout pourra se discuter et s'arranger à table, avec un bon repas bien arrosé, a-t-il dit. Ce ne sont pas les professeurs mais l'équipe de contrôle ouvrier qui décide qui pourra continuer ses études, et qui devra aller à la division de production. » Je n'aime pas trop cette idée, mais qu'est-ce qu'on peut faire d'autre ? Vieux Zhou connaît d'ailleurs vaguement le chef de l'équipe de contrôle ouvrier, car celui-ci travaillait dans la même usine que sa femme. Vieux Zhou s'est proposé pour lui passer notre invitation. Hier, enfin, Vieux Zhou m'a dit que ça y était, le chef de l'équipe a accepté notre invitation. Il viendra dîner à la maison après-demain soir...

– C'est pour ça que t'as fait des calculs toute la nuit ?

– Oui, c'est ça. Ce n'est pas facile, tu vois. Ta mère ne gagne pas beaucoup, et...

Le silence s'abattit. Mei-Li rangea le cahier dans le tiroir et se dirigea vers son lit.

– Vaut mieux que je me couche aussi, le sommeil me portera conseil..., dit-elle, chassant les moustiques de l'intérieur de sa moustiquaire à grands coups d'éventail en bambou.

– Grand-mère, dit Fan-Fan.

– T'en fais pas, chérie, on trouvera un moyen..., dit Mei-Li doucement en montant dans le lit.

Elle laissa retomber les rideaux de la moustiquaire, tira le fil attaché au bois de son lit pour éteindre la lumière, puis s'allongea sur le dos.

– Peut-être qu'on pourra vendre... Mmm... Je veux dire..., bredouilla Fan-Fan d'une voix hésitante.

– Vendre ? Ming-Ming ? Bi-Zhu ? Toi ? plaisanta Mei-Li se tournant sur le côté. Je ne donnerai aucun de vous trois à personne, même contre une statue d'or aussi grande que toi...

– Oh grand-mère, arrête ça, dit Fan-Fan sur un ton grave. Je suis sérieuse. Je pense qu'on pourrait vendre les lapins.

– Quoi ! s'écria Mei-Li. Non non, n'y pense plus... Dors, ma grande, dors...

Non non, ce serait la dernière chose à vendre, ces deux lapins angoras aux yeux de rubis, aux longs poils blancs et soyeux. L'ancien comptable de la boulangerie-pâtisserie les a donnés tout bébés à Bai-Lan en décembre dernier comme cadeau de Nouvel An. Ça a fait l'objet de longues discussions à la maison. Fan-Fan a voulu les échanger contre une paire de canetons avec une camarade de classe, Ming-Ming a voulu les donner à son meilleur copain pour son anniversaire, mais Bi-Zhu a voulu les garder et a proposé de s'en occuper. Finalement, Bi-Zhu a gagné, et les lapereaux restent à la maison. Cela a pris à Ming-Ming un week-end pour leur fabriquer une cage en bois. Mais c'est Bi-Zhu qui les nourrit chaque jour avec des herbes tendres qu'elle coupe sur des terrains vagues ou au bord des étangs après l'école. Au dîner, elle laisse souvent un peu de riz au fond de son bol puis cherche un prétexte pour sortir et en mettre dans l'écuelle des lapins. Tous les soirs, avant d'aller se coucher, elle passe au moins une heure avec eux, nettoyant la cage, les regardant jouer, les peignant… Elle leur raconte aussi ses journées, leur confie ses soucis ou ses joies…

– Grand-mère, insista encore Fan-Fan, moi aussi j'aime bien ces lapins, mais…

– Non, non, n'en parlons plus, Fan-Fan, dit Mei-Li en se tournant sur l'autre côté, dors…

Le lendemain matin, après le petit déjeuner, Bi-Zhu demanda à Fan-Fan de l'attendre un instant, puis vint chercher Mei-Li dans la cuisine. Mei-Li était en train de faire la vaisselle.

– Grand-mère, lui dit Bi-Zhu d'une voix calme. Tu pourras vendre les lapins, je leur ai expliqué pourquoi ils doivent quitter la maison, et je leur ai dit adieu.

Mei-Li posa le bol qu'elle était en train de laver, se sécha les mains à son tablier, serra les épaules de Bi-Zhu.

– Mais qu'est-ce que tu racontes, ma belle ? Qui t'a dit qu'on les vendrait ?

– J'ai tout entendu, cette nuit, dit Bi-Zhu, fixant Mei-Li de ses grands yeux clairs. C'est plus important que Ming-Ming puisse rester avec nous, non ?

La voix impatiente de Fan-Fan se fit entendre :

– Mais qu'est-ce que tu fiches, Bi-Zhu ? Vite ! On va être en retard !

Mei-Li poussa Bi-Zhu vers la porte.

– T'inquiète pas, chérie, on va essayer de garder Ming-Ming et les lapins, c'est promis. Va à l'école, va.

Oui, on va essayer de garder Ming-Ming et les lapins. Mei-Li avait beaucoup réfléchi cette nuit. Pas question de vendre les lapins de Bi-Zhu – la vie lui est déjà suffisamment cruelle. Pas question de vendre la bague d'argent non plus – on en aura besoin pour le massage quand les enfants seront malades. Alors, comment faire pour trouver de l'argent pour le repas spécial ? Aller en emprunter ! À qui ? Mei-Li avait pensé à la mère de Shiao-Wa. Son mari le marin a un très bon salaire, se vante-t-elle souvent, meilleur qu'un professeur d'université. De plus, comme le marin reste dix mois sur douze sur le bateau et que les repas y sont gratuits, la famille peut faire des économies considérables. Mei-Li ira donc demander à la mère de Shiao-Wa de lui prêter dix kuais – la mère de Shiao-Wa les lui donnera sûrement parce qu'on ne peut pas faire perdre la face à une vieille voisine comme elle. Après, il faudra penser à rembourser, bien entendu. Mei-Li avait beaucoup réfléchi à ça aussi. Dans deux mois, ce serait la fête de mi-automne, et on commençait déjà à préparer les gâteaux de lune. Selon la coutume, les employés de la boulangerie-pâtisserie peuvent rapporter à la maison des graines de pastèques à écaler. On enlève l'écorce des graines une à une, à la main, et c'est payé deux kuais cinq maos pour cinq kilos. Cette année, si elle et les enfants arrivent à écaler vingt kilos de graines de pastèques, se disait Mei-Li, elle pourra rembourser l'argent emprunté dans moins de deux mois. Et ils y arriveront, bien sûr.

La mère de Shiao-Wa était en train de découper un grand morceau de côtelettes de porc, les manches retroussées sur ses gros bras luisants d'eau et de sueur, lorsque Mei-Li s'arrêta devant la porte de sa cuisine, un panier de bambou à la main.

– Dis donc, t'es jolie aujourd'hui ! fit Mei-Li avec un sourire.

– Ah, tu parles de ma chemise neuve, grand-maman Mei-Li ? dit la mère de Shiao-Wa avec fierté.

Elle posa tout de suite son hachoir sur la planche à découper, prit un coin du tablier noué à sa taille, nettoya ses mains et tendit un escabeau à la visiteuse.

– Assieds-toi, grand-maman Mei-Li, dit-elle avec empressement.

Mei-Li prit l'escabeau et s'installa près de la porte.

La mère de Shiao-Wa se plaça devant elle afin de lui faire admirer de près sa chemise couleur de ciel.

– Regarde-moi ça, as-tu déjà vu un tissu aussi fin ! C'est… Oh, comment on l'appelle déjà ? Le père de Shiao-Wa me l'a dit plusieurs fois, un nom bizarre… Ah, poly… poly quoi ?… Non, je ne me rappelle plus… Enfin, ce n'est pas important. C'est un nouveau produit que tu trouves uniquement dans le plus grand magasin de Guang-Ning. C'est plus fin, plus léger que le coton de la meilleure qualité, mais c'est bien plus solide, et tu n'as pas besoin de repasser, ça ne prend pas de faux plis. Ça coûte combien le pied ? Devine. Huit maos ? Un kuai ? Non, plus que ça. Un kuai six maos huit fens ! Trois fois plus cher qu'un coton de très bonne qualité… J'ai payé huit kuais quatre maos pour le tissu, un kuai huit maos pour le tailleur… Que dis-tu de la couleur ? Elle me va bien, n'est-ce pas ?…

La mère de Shiao-Wa se tourna à droite, puis à gauche afin de permettre à Mei-Li de mieux admirer la chemise.

– Elle est magnifique…, dit Mei-Li pour lui faire plaisir.

La mère de Shiao-Wa sourit fièrement, retourna satisfaite devant la planche à découper.

Mei-Li sentit le moment venu d'exposer à son interlocutrice la raison de sa visite, mais avant même qu'elle eût le temps d'ouvrir la bouche, la mère de Shiao-Wa poussa un « Ah ! » en posant à nouveau son couteau.

– Tiens, j'ai oublié de te montrer une merveille, dit la mère de Shiao-Wa en tendant son poignet gauche sous le nez de Mei-Li.

Mei-Li vit une petite montre ovale, plaquée or, avec un bracelet de cuir noir.

– C'est très joli…, bredouilla-t-elle d'un air distrait.

Déçue par le peu d'enthousiasme de Mei-Li, la mère de Shiao-Wa retira la montre de son poignet, la remonta, la plaça contre son oreille pour l'écouter.

– C'est une vraie suisse, je t'assure.

– Certainement, dit Mei-Li en se levant.

– Comment ? Tu pars déjà ? demanda la mère de Shiao-Wa qui remettait la montre à son poignet.

– Oui, j'ai beaucoup à faire aujourd'hui, répondit Mei-Li d'une voix un peu gênée. Est-ce que je peux te demander un service ?

– Tout ce que je peux faire pour toi, grand-maman Mei-Li, dit la mère de Shiao-Wa dans un large sourire.

– Eh bien, c'est que j'ai besoin de dix kuais, je me suis dit que peut-être tu pourrais me les prêter…

Le sourire avait soudain disparu des lèvres de la mère de Shiao-Wa.

– J'aurais aimé te les prêter, grand-maman Mei-Li, dit-elle d'un air désolé. Nous habitons dans le même immeuble depuis plus de dix ans. Tu es toujours si gentille avec les voisins, et tu es toujours là quand on a besoin d'aide. Tout le monde t'aime bien. On peut te faire confiance, je le sais. Seulement… Tu vois… Seulement, nous sommes bien moins riches qu'on ne croit. Mon mari gagne plus que beaucoup d'autres, c'est vrai, mais nous dépensons plus que les autres aussi. En nourriture, par exemple. À quinze ans, mon Lai-Fu mange plus que deux adultes. Trois grands bols de riz à chaque repas, tu ne pourrais pas le croire. Et il m'a fait une scène terrible l'autre jour simplement parce que je n'ai pas fait de plat de viande. Oh la la, je ne te dis pas… Et tout cela sans parler des vêtements et des chaussures pour les enfants – ils grandissent si vite, il faut leur en acheter de nouveaux tous les quatre mois… Nous devons aussi envoyer de l'argent à mes beaux-parents chaque mois, ils sont très vieux et ils ne peuvent plus travailler… À chaque famille son livre difficile comme le dit le proverbe. J'aurais bien voulu t'aider tu sais, mais malheureusement…

À sa voix, Mei-Li avait compris dès le premier mot qu'elle avait frappé à la mauvaise porte. Elle aurait préféré partir tout de suite, mais elle était restée jusqu'à la fin du long discours que la mère de Shiao-Wa lui imposait avec tant de tact et de gentillesse. Ça, c'était par politesse. Une habitude enracinée dans les traditions. Une habitude que Mei-Li détestait. Pourtant, elle s'y pliait toujours, comme un opiomane à sa drogue. C'était plus fort qu'elle.

– Ce n'est pas grave, ne t'en fais pas, dit Mei-Li en sortant. Je trouverai un autre moyen…

– Je suis vraiment désolée, grand-maman Mei-Li, répéta la mère de Shiao-Wa en raccompagnant poliment sa visiteuse jusqu'à la porte.

Quand elle vit Mei-Li disparaître au détour de la route, la mère de Shiao-Wa fit une moue de mépris et retourna devant sa planche à découper. « Il n'y a que des idiots pour lui prêter des sous, se disait-elle tout en continuant à trancher les côtelettes de porc en petits cubes. Qui sait si elle sera capable de les rembourser, hein ? »

Son panier de bambou à la main, Mei-Li se dirigeait lentement vers le marché. C'est étrange, songeait-elle en regardant la lanière à moitié déchirée de sa sandale, comme on peut être prisonnier de ses habitudes. C'est tout à fait irrationnel. On a beau regretter amèrement après chaque mauvaise expérience et se jurer de ne plus faire selon son habitude, et on la répète toujours, désespérément, comme le train ne peut rouler que sur ses rails.

En passant devant le bureau de poste, Mei-Li entendit quelqu'un l'appeler. Elle s'arrêta, vit Vieux Zhou qui en sortait à grands pas, avec une joie évidente.

– Tiens, où vas-tu, grand-maman Mei-Li ? demanda-t-il en mettant soigneusement une enveloppe froissée dans la poche de sa chemisette.

– Je vais au marché, répondit Mei-Li avec un petit sourire.

– Pourquoi marches-tu la tête baissée comme ça ? plaisanta Vieux Zhou. On dirait que tu cherches de l'or sur le pavé.

– Si je pouvais en trouver ! fit Mei-Li toujours souriante.

– Comment ? demanda Vieux Zhou. Tu as besoin d'argent ?

– Oui. Et je ne sais pas encore comment je vais faire pour le dîner de demain.

– Pourquoi ne me l'as-tu pas dit plus tôt ? Tiens, ma fille qui est à Tian-Jing m'a envoyé vingt kuais pour mon anniversaire. Je t'en prête dix. Voilà. Ça te suffira comme ça ?

Vieux Zhou ressortit de la poche de sa chemisette l'enveloppe froissée, l'ouvrit, en tira deux billets de dix kuais, en tendit un à Mei-Li.

– Non, Vieux Zhou, non, je ne peux pas…, dit Mei-Li en repoussant la main du vieillard.

– Mais si ! dit Vieux Zhou en fourrant le billet dans la main de Mei-Li. Prends-le. On est de vieux voisins, non ? Tu me le rendras quand tu pourras.

Il remit l'autre billet dans l'enveloppe et ajouta d'un air mystérieux à l'oreille de Mei-Li :

– Je vais dire à ma femme que j'ai perdu dix kuais en route. Elle va croire que je les ai cachés pour m'acheter de l'alcool blanc. Ha, ha, ha…

À six heures pile de l'après-midi, Vieux Zhou accompagna un homme à l'appartement n° 11.

– Permettez-moi de vous présenter Petit Wang, dit Vieux Zhou avec un geste cérémonieux, notre jeune chef de l'équipe de contrôle ouvrier de l'école secondaire n° 4 de Guang-Ning. Voici la mère de Ming-Ming. Voici sa grand-mère.

Petit Wang avait vingt-huit ans environ. De taille moyenne. Avec son visage carré, ses grands yeux un peu ronds, ses sourcils très épais dont l'extrémité s'étirait légèrement vers la tempe, son nez droit aux trous larges et sa mâchoire lourde, il semblait descendu de l'affiche de propagande si souvent apposée sur les murs de Guang-Ning. Il portait une chemise blanche au col empesé, les manches relevées jusqu'aux coudes, un pantalon bleu marine au pli rigide, et une paire de sandales en plastique brunes.

Après quelques poignées de main et un échange de politesses, Vieux Zhou s'en alla.

– Si vous voulez bien prendre place ici, dit Mei-Li à Petit Wang en indiquant la chaise face à la porte d'entrée.

Wang hocha la tête, s'assit.

Bai-Lan s'installa à sa gauche. Mei-Li à sa droite. Fan-Fan et Bi-Zhu en face.

– Où est Ming-Ming ? demanda Bai-Lan à Fan-Fan.

– Je ne sais pas, répondit-elle d'une petite voix.

– Ce n'est pas grave, intervint Mei-Li en versant abondamment de l'alcool de riz marque Trois-Fleurs dans le verre de Wang. On commence sans lui, il va revenir d'une minute à l'autre.

– Servez-vous, Petit Wang, dit Bai-Lan en déposant un gros morceau de poulet dans le bol de l'invité.

– Attendez, dit celui-ci en tirant de la poche de sa chemise un petit livre rouge.

Embarrassé, Bai-Lan reposa ses baguettes sur la table. Tandis que Bi-Zhu gardait sagement son bol dans la main, Mei-Li se leva promptement, alla chercher sur l'étagère quatre petits livres rouges, les distribua. Mais Fan-Fan, qui était plus rapide que les autres, avait déjà mis une grosse tranche de poisson dans sa bouche. N'osant cracher l'arête qui se trouvait dans le poisson, n'osant avaler non plus, Fan-Fan ne put que passer la bouchée d'une joue à l'autre, tout en poussant des « zut » silencieux.

– Ouvrez à la page 35, dit Wang sur un ton grave. Le président Mao nous dit : « La dictature démocratique du peuple a besoin d'être dirigée par la classe des ouvriers. Car celle-ci est la plus prévoyante, la plus désintéressée, la plus révolutionnaire. Toute l'histoire de la révolution prouve ceci : la révolution n'aboutit pas sans la direction de la classe ouvrière ; la révolution triomphe sous la direction de la classe ouvrière. »

Tout le monde sauf Fan-Fan avait lu avec Wang. Il darda sur elle un regard sévère, remit son petit livre dans sa poche et prit des baguettes. Mei-Li ramassa rapidement les petits livres rouges qu'elle alla replacer sur l'étagère.

Wang en pointant de ses baguettes les divers plats sur la table demanda à Bai-Lan :

– Vous mangez ça tous les jours ?

– Oh non, répondit Bai-Lan, c'est spécialement préparé pour vous.

– Ah bon, dit Wang avec un étonnement feint, pourquoi spécialement pour moi ? Vous voulez me corrompre, hein ? Mais je suis incorruptible, je vous préviens.

Bai-Lan et Mei-Li échangèrent un regard inquiet.

Wang leva son verre, avala une petite gorgée, se lécha les lèvres, dit :

– Bon alcool !

Puis il reposa son verre, plongea ses baguettes dans la soupière placée au milieu de la table, remua, prit une patte de canard, la fourra dans sa bouche, mastiqua bruyamment.

Fan-Fan détourna les yeux pour ne pas le regarder, essayant de retenir un fou rire qui lui gonflait la gorge. Mais, par malheur, son regard croisa le regard amusé de Bi-Zhu, et son rire partit si violemment qu'elle lui rejeta toute une bouchée de riz en pleine figure.

– Mal élevée ! gronda Bai-Lan d'un air gêné.

– Qu'est-ce que c'est ? interrogea Wang en fronçant les sourcils après avoir avalé avec effort une énorme bouchée de porc grillé.

– N'y prêtez pas attention, servez-vous, répondit Mei-Li en mettant une tranche de bœuf sauté dans le bol de Wang. Elle est toujours un peu folle ma petite-fille.

Fan-Fan se sauva dans la pièce voisine pour rire plus à l'aise. Bi-Zhu se cacha le visage dans son bol.

– Rira bien qui rira le dernier, murmura Wang entre les dents.

Soudain, la porte d'entrée s'ouvrit brusquement. Ming-Ming entra à bout de souffle.

– Où étais-tu, Ming-Ming ? demanda Bai-Lan d'un ton réprobateur. Tu ne savais pas qu'on a un invité aujourd'hui ?

– Allons, assieds-toi, Ming-Ming, dit Mei-Li avec un sourire conciliant. Il s'expliquera plus tard. Voici le chef de l'équipe de contrôle ouvrier de ton école. Tu le connais ?

– Le numéro un de l'école, qui ne le connaît pas ? répondit Ming-Ming en s'asseyant près de Bi-Zhu.

Wang hocha légèrement la tête, esquissa un sourire d'orgueil.

Mei-Li lui remplit son verre.

Wang but une petite gorgée, se racla la gorge, demanda en regardant Ming-Ming dans les yeux :

– Tu es en quelle année ?

– En terminale du premier cycle, répondit Ming-Ming.

– Qu'est-ce que tu feras après ?

Avant même que Ming-Ming n'eût eu le temps de répondre, Mei-Li dit :

– Il aimerait bien continuer en second cycle. N'est-ce pas, Ming-Ming ?

– Bah, je ne sais pas, dit Ming-Ming d'une voix indifférente.

Bi-Zhu lui donna un coup de pied sous la table.

– Aïe ! dit Ming-Ming en jetant un regard rapide sur Bi-Zhu. Oui, grand-mère, j'aimerais bien…

– Tu as déjà seize ans ? interrogea Wang en mâchant lentement une tranche de pousse de bambou.

– Depuis six semaines, répondit Ming-Ming.

– C'est encore un peu trop jeune pour aller à la campagne, n'est-ce pas, Bai-Lan ? ajouta Mei-Li en hâte.

Bai-Lan fit « oui » de la tête.

– C'est encore un enfant.

– Moi, j'ai commencé à travailler à l'âge de treize ans, dit Wang en tournant lentement entre ses doigts son verre levé au niveau de ses yeux comme s'il avait admiré le jeu de la lumière à travers l'alcool.

Puis il lança un regard significatif à Ming-Ming.

– Tu n'as pas pensé aller à la division de production ?

Mais plus rapide que Ming-Ming, Mei-Li répondit :

– Bien sûr, il y a pensé. Mais ce sera pour plus tard. Il a encore beaucoup à apprendre à l'école…

– Il apprendra plus au travail manuel qu'à l'école, répliqua Wang froidement.

Bai-Lan posa son bol et ses baguettes sur la table.

– Vous voulez dire que…, balbutia-t-elle.

Fan-Fan revint prendre place à côté de son frère.

Wang rejeta la tête en arrière, vida son verre d'un seul trait. Puis, regardant tour à tour les convives, il affirma :

– Oui, c'est décidé. Ming-Ming a été choisi pour prononcer une harangue à l'assemblée des jeunes-instruits qui iront à la division de production.

Mei-Li et Bai-Lan pâlirent.

Fan-Fan saisit la main de Bi-Zhu sous la table.

– Moi ? Faire un discours devant une assemblée ? bégaya Ming-Ming stupéfait.

– Oui, toi, dit Wang toujours aussi froidement. C'est un grand honneur d'avoir été choisi.

– Mais pourquoi moi ? demanda encore Ming-Ming.

Wang jeta un coup d'œil sur le visage pâle de Bai-Lan, un petit sourire cruel glissa sur ses lèvres luisantes d'huile.

– Parce que ton cas est très particulier, répondit-il en scandant ses mots. Le père s'est fait ennemi du peuple il y a treize ans, mais le fils révolutionnaire partira volontairement à la campagne à l'appel du président Mao. Qu'est-ce qui pourrait être plus significatif ?

Bai-Lan se leva, quitta la table, s'enfuit dans la cuisine.

Fan-Fan se leva aussi, courut après sa mère.

Mei-Li resta clouée sur son tabouret, sans parole.

Bi-Zhu se tordait les mains sous la table, les larmes aux yeux.

– Mais je n'ai rien à dire, fit Ming-Ming d'une voix terrifiée.

– Comment rien à dire ? dit Wang en le regardant fixement. Tu diras ta loyauté à l'égard du président Mao, ta volonté inflexible d'aller travailler à la division de production, ta résolution inébranlable de te consacrer entièrement à l'édification du socialisme…

Wang s'arrêta là, puis se remit à dévorer un morceau de poulet. Il fuma encore une cigarette, avant de se lever.

– Merci de m'avoir invité, les plats étaient délicieux, dit-il avec une ironie sinistre.

Et il sortit.

« Une ordure ! » cracha Mei-Li.

« Salaud ! » cria Bi-Zhu.

Le sac des vingt kilos de graines de pastèque à écaler que Bai-Lan avait rapporté cet après-midi attendait là, dans un coin de la pièce, derrière la porte.

美丽

Après la mort tragique de mon beau-père, ma belle-mère a complètement changé. On aurait dit une autre personne. Elle ne sortait plus de la maison comme si elle avait peur de voir du monde. Chaque matin, à l'heure de la tournée du facteur, elle s'installait sur un tabouret derrière le rideau de la porte d'entrée et restait ainsi des heures, le dos voûté, les mains jointes sur les genoux, l'air d'un oiseau qui guette à la pointe d'une branche par jour de grand froid. Le reste de la journée, elle s'enfermait dans sa chambre, blottie dans son lit, une lampe à huile à son chevet. Autrefois incapable de tenir sa bouche fermée plus de cinq minutes, elle passait souvent plusieurs jours de suite sans prononcer un seul mot. Son visage réduit à la peau et aux os dardait un nez long, effilé comme une lame de couteau. Elle me faisait penser à une tête de mort perdue dans une poignée de paille grise. Toute sa vie se concentrait dans le regard bizarre avec lequel elle me suivait en silence. Essayait-elle de lire mes pensées ?

Alors, comme tu dois t'en douter, c'était à moi seule de faire vivre toute la famille. Me lever encore plus tôt et me coucher encore plus tard afin de m'occuper de la maison, de l'officine, de ma belle-mère, de ma petite Bai-Lan, de mon mari plus malade que jamais. Ta pauvre mère n'avait alors que neuf ans, et elle me remplaçait déjà pour les repas et la toilette de Meng-Yu. J'ai essayé de tenir le coup comme ça pendant environ deux ans. C'était très dur. Puis, comme on n'avait pratiquement plus de clients, et plus d'argent pour renouveler le stock de la boutique, on a été obligé de la vendre. Ça nous a fait mal mais… Tu me demandes qui en a profité ? La famille Deng, évidemment.

Ce jour-là, c'était un jour de l'automne 1942. J'aidais tante Liu à préparer des nouilles de riz dans son échoppe – ça me faisait un peu d'argent pour tenir le ménage. La belle-fille du marchand d'antiquités est arrivée avec une nouvelle épouvantable : l'armée japonaise approchait. Il fallait quitter la ville pour se réfugier à la campagne, disait-elle, car ces démons japonais écrasaient tout ce qu'ils rencontraient sur leur chemin. Ils brûlaient les maisons, fusillaient les hommes, enterraient vivants les vieillards, égorgeaient les enfants, violaient les jeunes filles puis les étranglaient, éventraient les femmes enceintes à la pointe de leurs baïonnettes… Elle avait un cousin, la belle-fille du marchand d'antiquités, qui était un riche propriétaire terrien. Sa famille allait habiter chez lui pour quelque temps. Et si nous le voulions, proposait-elle, nous pourrions les accompagner.

Le lendemain, notre petit convoi partit dès l'aube. En tête venait le chariot du marchand d'antiquités tiré par un cheval. Toute sa famille s'y entassait. Leur domestique marchait derrière, l'épaule courbée sous un bâton de bambou aux bouts duquel pendaient de lourdes charges. Je traînais péniblement une charrette louée où ta mère était assise sur un ballot de vêtements et de couvertures, entre mon mari et ma belle-mère allongés. J'avais échangé tous mes trésors contre quinze pièces d'argent. Je les avais cousues dans une bande de toile qui ceignait la taille de ta mère sous sa veste. Un enfant pourrait passer inaperçu plus facilement. Tante Liu trottinait à mon côté, un paquet rond enveloppé dans un fichu bleu au bout de son bras.

Nous sommes arrivés au coucher du soleil, et nous avons été installés dans une grange immense. Plusieurs familles s'y trouvaient déjà. Des parents du riche propriétaire sans doute.

Pendant quatre ou cinq jours, on a couché sur la paille et on s'est nourris de soupe de riz et de patates douces généreusement offertes par notre hôte, et on ne sortait que pour se soulager dans le petit bois d'à côté.

Puis ta mère est tombée malade. Une diarrhée l'a vidée littéralement en deux jours. C'était affreux. Les plantes qu'on utilisait normalement pour arrêter la diarrhée n'avaient aucun effet sur elle. Il me fallait la changer je ne sais combien de fois par jour, et chaque fois je devais repousser à l'intérieur son rectum prolapsé rouge de sang. Plus tard comme je ne pouvais laver et faire sécher assez vite tout notre stock de vêtements, j'ai été obligée de la coucher nue à même la paille et je la couvrais d'une veste de tante Liu. Oh ma pauvre Bai-Lan ! Elle n'avait plus que la peau sur les os. Notre hôte a fait venir le vieux médecin du village, mais celui-ci a secoué la tête après l'examen. J'ai compris alors qu'il n'y avait plus d'espoir. C'était affreux. Pour une mère, il n'y a rien au monde de plus déchirant que de voir, impuissante, son enfant mourir sous ses yeux. Oh ma pauvre fille ! Comment pourrais-je survivre sans toi ?...

Puis, l'après-midi même après la visite du médecin, un homme sans âge a paru sur le seuil de la grange. Ses habits en loques étaient couverts de boue. Il tenait à peine sur ses jambes, ses pieds nus étaient enveloppés dans des lambeaux de tissu tenus tant bien que mal par un cordon de paille tressée. Il a demandé d'une voix faible :

– Pouvez-vous me donner quelque chose à manger ? Ça fait plusieurs jours que je n'ai rien avalé.

– Entrez et asseyez-vous, lui a dit tante Liu. Voici du bouillon de riz qu'on a laissé pour la petite, mais elle ne peut plus manger. Pauvre petite !

L'homme s'est laissé tomber près de tante Liu, a pris des deux mains le bol qu'elle lui tendait, l'a vidé d'un seul trait avec des glou-glou bruyants.

– D'où venez-vous ? a demandé tante Liu.

– Là-bas, a-t-il répondu avec un geste vague, le village Zheng.

– C'est loin ? a demandé encore tante Liu.

– Je marche depuis huit jours. Tous tués là-bas. Hommes, femmes, vieillards, enfants. Tous.

– Comment ça ? a demandé le marchand d'antiquités qui s'est assis près de lui.

– Ils étaient cachés dans une grotte, dit-il d'un ton sinistre. Les soldats japonais ont découvert la cachette et y ont mis du gaz. J'étais sorti pour chercher quelques plantes médicinales car mon fils aîné s'était tordu la cheville. Quand j'y suis retourné, ils étaient tous morts. Comme des rats. Toute ma famille. Tout le village. J'ai bouché la sortie de la grotte pour que les corps ne soient pas mangés par des bêtes… et j'ai fui le lieu. Je ne pouvais pas y rester. Je serais devenu fou.

L'homme a ouvert ses mains, regardé ses doigts couverts de poussière et de sang caillé. Autour de lui, on a poussé de gros soupirs. Soudain, comme un somnambule réveillé, il a demandé :

– Quelle petite ? Vous m'avez parlé d'une petite fille malade ? Où est-elle ?

Tante Liu lui a montré le petit corps inerte de ta mère recroquevillé sur une botte de paille.

Meng-Yu et moi étions assis à côté de notre fille, tenant ses petites mains glacées et décharnées.

L'homme s'est approché, s'est penché pour prendre le bras droit de ta mère, a tâté longuement le pouls, pris l'autre bras, tâté à nouveau. Ensuite, il a fait desserrer les mâchoires de ta mère en pressant ses joues avec ses doigts, regardé sa langue. Puis il a levé un coin de la couverture pour examiner ses excréments. C'était une sorte de chose sans forme, couleur rouge clair, visqueuse, et puante à faire vomir. Après, il s'est levé.

Je me suis jetée à ses pieds et je l'ai supplié en cognant mon front contre le sol.

– Sauvez ma fille ! Sauvez ma fille, s'il vous plaît...

Il m'a relevée et il a soupiré :

– Bon, je vais essayer, mais je ne peux rien promettre...

Après avoir dévoré trois patates douces pour reprendre un peu de force, et enfilé les chaussures que lui avait passées le fils du marchand d'antiquités, l'homme est sorti en boitillant avec une petite houe empruntée.

Il n'est rentré qu'à la tombée de la nuit, avec une bonne poignée de ces plantes magiques qu'on appelle « poche-du-fiel-de-la-terre » : feuilles vertes poilues, boulettes minuscules de fleurs violet pâle, racines touffues et courtes couleur terre. Il en a fait un thé brunâtre, additionné d'une bonne cuillerée de miel, et forcé Bai-Lan à en boire d'abord quatre fois par jour, et plus tard, quand la diarrhée a été enrayée, deux fois par jour, avant un petit bol de bouillon de riz. Pendant une dizaine de jours, l'homme sortait chaque nuit à la chasse aux grenouilles dans les rizières des environs et, chaque matin, Bai-Lan en trouvait au moins une grappe dans son bol…

C'est ainsi que ta mère s'est rétablie petit à petit. Je ne savais comment remercier son sauveur. « Ne me remerciez pas, me disait-il. C'est grâce à elle que je ne me suis pas suicidé. En la sauvant, je me suis sauvé moi-même. »

Deux mois plus tard, nous sommes retournés à Tien-Ma. L'homme – nous l'appelions désormais oncle Zheng – est resté avec nous. Il s'est marié ensuite avec tante Liu.

生活

L'été ronflait comme une forge en ce premier jour de septembre 1974.

Une trentaine d'officiels sanglés dans leurs costumes Mao étaient assis sur l'estrade qui dominait la place de l'Orient-Rouge. Dans son cadre orné de soie écarlate, le président de la République souriait sur trois mètres de hauteur. Les drapeaux rouges claquaient. Les haut-parleurs entonnaient les accents lancinants d'une marche. Quelques milliers d'adolescents de seize, dix-sept ans, tous « jeunes-instruits » comme on les appelait, s'étalaient en rangs verticaux, tête nue sous le soleil, attendant sans broncher le moment du départ. Ils allaient quitter Guang-Ning et leurs parents, aussitôt après l'assemblée, dispersés aux quatre coins de l'immense campagne chinoise. Bourdonnant sous leurs chapeaux de paille à large bord, les masses venues leur dire adieu remplissaient les rues à l'entour.

Fan-Fan se tenait debout dans les rangs des jeunes-instruits, à cinq mètres environ du pied de l'estrade, près de Da-Lin et de Yu-Feng, ses camarades de classe.

L'avant-veille, l'air avait été aussi chaud, tremblant de chaleur et de colère. Sur la même place, la même foule avait assisté au jugement et à la condamnation en public de sept hommes. Deux voleurs, deux antirévolutionnaires, trois violeurs dont deux violeurs d'enfants. Tous à genoux. Les bras ligotés dans le dos et la pancarte au cou : leurs noms en gros caractères noirs barrés d'une énorme croix rouge en X. Saisissant leurs cheveux à pleine poignée, les soldats les avaient forcés à courber la tête jusqu'au sol. L'accusatrice publique, une jeune fille de vingt ans, avait prononcé le verdict que les haut-parleurs diffusaient en direct dans toute la ville. Trois condamnés à respectivement deux ans, sept ans et quinze ans de prison ; un à l'emprisonnement à vie ; trois à la peine capitale. Décidé à ne rien perdre de la cérémonie macabre, un grand nombre de spectateurs avait suivi jusqu'au terrain d'exécution le camion qui emportait les trois condamnés à mort.

– Un condamné a essayé de crier quelque chose, une protestation peut-être, raconta Yu-Feng qui était là avec son père, mais on l'a bourré de chaux vive. Le camion s'est arrêté au pied du Mont-Vert. On a fait descendre les condamnés. Le plus vieux ne pouvait plus marcher, on l'a traîné et assis contre un gros rocher. Les deux autres, on les a placés debout à côté. À une dizaine de mètres, des soldats pointaient leurs fusils sur eux. « Feu ! » a crié une voix. Les trois hommes sont tombés…

– Comment c'est les morts ? demanda Da-Lin.

Un frisson parcourut l'échine de Fan-Fan. Le crâne fracassé du gardien du verger de litchis apparut soudain sous ses yeux. Elle eut la chair de poule.

– Je n'ai pas osé regarder leurs visages, répondit Yu-Feng, ça ne devait pas être joli à voir. Je n'ai vu que les boulettes de coton avec lesquelles on a bouché les trous des balles. Toutes rouges comme des fleurs vues de loin.

– Eeeuh…, grimaça Da-Lin avec dégoût.

Fan-Fan serra les dents sur une envie de vomir qui gonflait sa gorge et ses joues.

– Puis, poursuivit Yu-Feng, une ambulance est arrivée…

– Ambulance ? ricana Da-Lin. Pour quoi faire ? Pour soigner les morts ?

– Je ne te savais pas si ignorant, dit Yu-Feng en jetant un regard de mépris du côté de Da-Lin. Il y a des familles qui n'osent pas venir ramasser les corps, alors on les porte à l'institut de médecine pour l'usage des cours d'anatomie…

Waaa !… Fan-Fan envoya tout son petit déjeuner sur les grosses fesses d'un garçon qui se trouvait devant elle.

« Salope ! » le pauvre garçon se tourna et leva son poing. Da-Lin lui saisit promptement le poignet :

– Tu n'as pas vu qu'elle est malade ?

Le garçon regarda un moment Da-Lin, d'une demi-tête plus grand que lui, baissa le bras. Une main toujours sur la bouche comme pour s'empêcher de vomir à nouveau, de l'autre Fan-Fan retira de sa poche un mouchoir qu'elle tendit au garçon. Tout en maugréant celui-ci le prit et s'essuya longuement.

– Ça va mieux ? demanda Da-Lin à Fan-Fan.

« Chut ! » fit quelqu'un derrière.

Le président du comité révolutionnaire de Guang-Ning se leva et parla. Sa voix rauque, exagérément amplifiée par le micro et les haut-parleurs, résonnait et tournait au-dessus des visages tendus comme un rapace qui cherche sa prochaine victime. Mais Fan-Fan ne l'écoutait pas. Son regard passa par-dessus l'estrade pour s'arrêter sur les feuillages épais des arbres. Elle avait oublié le crâne hideux du gardien, elle avait oublié les boulettes de coton ensanglantées. Elle avait même oublié où elle se trouvait…

Elle venait de terminer ses études secondaires et de célébrer, la veille, son dix-septième anniversaire. Depuis quatre ans, elle rêvait de faire des études de médecine et de travailler plus tard dans un hôpital comme pédiatre, ou peut-être comme chirurgien. Enfin, pourquoi pas ? Elle avait été si brillante à l'école : première en chinois, première en mathématiques, première en chimie, première en physique aussi – la matière que la plupart des filles redoutent le plus. Un seul point faible : elle avait désespéré sans exception tous les professeurs de gymnastique. Ha, ha… Fan-Fan rit intérieurement en revoyant leurs traits déformés par l'exaspération. Ça, c'était purement et simplement de leur faute. Ils avaient tous voulu faire d'elle la meilleure basketteuse de l'équipe de l'école. « Une lycéenne d'un mètre soixante-dix, avaient-ils dit, c'est rare dans le sud du pays. » Mais Fan-Fan ne s'intéressait pas du tout au basket et, dégoûtée par leur entêtement, elle avait décidé de détester tous les sports. Ça ne valait vraiment pas la peine de faire des efforts afin de plaire à ses professeurs de sport et avoir de bonnes notes alors qu'elle se sentait en pleine forme pour faire ce qu'elle voulait…

– Regarde, chuchota Da-Lin à l'oreille de Fan-Fan.

Fan-Fan leva les yeux, vit une jeune fille monter sur l'estrade d'un pas hésitant. La fille allait prononcer une harangue au nom de trois mille quatre cents jeunes-instruits rassemblés sur cette place au cœur de la ville, pour exprimer à haute voix leur désir ardent d'aller travailler aux champs à l'appel du président Mao, pour dire adieu à leurs professeurs, amis, voisins, parents, grands-parents, et aussi pour appeler leurs frères et sœurs cadets à suivre leur exemple quand ils auraient leur âge.

Cette année, on avait adopté une nouvelle politique, plus humaine, tout le monde le disait, concernant l'envoi des jeunes citadins à la campagne. À savoir que si par chance l'on était enfant unique, on n'était plus obligé d'aller travailler aux champs, à moins que, bien entendu, on ne veuille y aller de soi-même ; et s'il y avait plusieurs frères et sœurs, les parents pouvaient garder un enfant de leur choix à la maison, c'est-à-dire dans la ville. Très vite, Fan-Fan avait su que sa mère et sa grand-mère garderaient Bi-Zhu à la maison, et elle les avait comprises parfaitement. Voilà pourquoi l'autre soir lorsque Mei-Li et Bai-Lan avaient voulu lui expliquer, Fan-Fan leur avait dit que ce n'était pas la peine, qu'elle savait et qu'elle aimerait connaître ce qu'était la vie à la campagne, et qu'elle était assez grande pour prendre soin d'elle-même…

La fille sur l'estrade commença à parler dans le micro. Elle devait être intimidée par la présence de tant de monde. Sa voix était si faible qu'on dut monter le son des haut-parleurs. C'était une fille de petite taille, aux joues rondes de poupée, avec deux longues tresses qui lui tombaient jusqu'à la ceinture. Fan-Fan croyait l'avoir déjà vue quelque part.

– Figure-toi qu'elle n'a que quinze ans ! dit Da-Lin à voix basse.

– Ah bon ! Comment le sais-tu ? s'étonna Fan-Fan.

– Bah, elle habite à trois portes de chez moi, répondit le garçon.

– Mais pourquoi ne continue-t-elle pas ses études, si elle a moins de seize ans ? demanda encore Fan-Fan de plus en plus curieuse.

– C'est qu'elle a un frère de dix-huit ans, expliqua Da-Lin avec une grimace. Ce frère vient de terminer le second cycle. Les parents préfèrent garder le fils en ville. Et ils ont demandé à leur fille qui terminait son premier cycle de faire un sacrifice. Comme elle ne sait faire que ce que lui disent ses parents depuis sa naissance, elle a présenté une demande au chef de l'équipe de contrôle ouvrière de l'école. Celui-là, le plus con de tous les cons, tu le connais, l'a fait choisir comme représentante des jeunes-instruits cette année. Quinze ans seulement ! Où aurait-il pu trouver un exemple plus émouvant ! La pauvre ! Je suis sûr que sa demande a été dictée par ses parents. Qu'est-ce qu'ils sont cons ses parents ! Et son frère aussi. Moi je ne laisserais pas ma petite sœur faire un truc pareil…

– Combien de sœurs as-tu ? l'interrogea Fan-Fan avec un petit sourire narquois.

Da-Lin se gratta la tête, puis balbutia :

– Bah… je n'ai que des frères. Cinq en tout.

Fan-Fan ne put s'empêcher de rire. Elle avait deviné que Da-Lin n'avait pas de sœur.

La fille au visage de poupée termina son discours par des slogans qu'elle cria, le poing levé. La foule les répéta.

Quatre ans plus tôt, Fan-Fan s'était déjà trouvée sur cette place. Le soleil était aussi écrasant, l'air aussi étouffant. La foule qui entourait sur trois côtés le carré de deux mille huit cents jeunes-instruits était aussi dense et forcenée. Seule différence : ce jour-là, Fan-Fan était dans les rangs des spectateurs. Elle avait vu Ming-Ming monter sur l'estrade d'un pas lent, et se planter devant le micro. Il avait seize ans, son frère, un an de plus que la pauvre fille au visage de poupée. Il portait sa meilleure chemise bleu clair serrée à la taille par une ceinture de toile bleu foncé, et son pantalon neuf bleu marine que sa grand-mère lui avait confectionné. Il avait l'air un peu plus sûr que l'oratrice d'aujourd'hui, et parlait d'une voix un peu plus forte. Ming-Ming s'était donné beaucoup de mal pour préparer son discours : il avait dû le modifier sept ou huit fois, raturant, ajoutant, supprimant, changeant… avant que le comité révolutionnaire municipal ne l'accepte à l'unanimité. Ming-Ming avait dû aussi apprendre son discours par cœur, afin de donner l'impression que tout ça venait du plus profond de lui-même.

Le président du comité révolutionnaire se dirigeait maintenant vers la jeune oratrice, une gigantesque fleur en papier rouge à la main. Il lui accrocha la fleur sur le cœur. L'assistance applaudit. Les joues de la jeune fille devinrent aussi rouges que les pétales qui couvraient sa poitrine plate. À cause de la chaleur ou de l'émotion ? Ou n'était-ce qu'un simple reflet de la fleur ?

On avait également offert à Ming-Ming, quatre ans auparavant, sur la même estrade, une immense fleur rouge en papier. Fleur d'honneur comme on l'appelait. Ming-Ming l'avait portée sur sa poitrine tout au long de la même exhibition pathétique. Cette année, on avait distribué à l'école à chacun des jeunes-instruits une fleur d'honneur qu'ils devaient accrocher sur leur poitrine le jour de l'assemblée. Fan-Fan baissa les yeux pour regarder la sienne. Elle était moins grande que celle de Ming-Ming, mais aussi rouge, aussi éclatante sous le soleil. Fan-Fan savait que les cars attendaient déjà dans les rues près de la place. Tout à l'heure, elle y monterait avec ses camarades. Destination ? On lui avait dit qu'elle serait conduite à la commune populaire « Aurore », qu'elle n'avait pu trouver sur la carte. Quel village ? On ne le leur dirait qu'à leur arrivée au siège de la commune.

Une femme de quarante-cinq ans environ monta alors sur l'estrade d'un pas vif. Ses pommettes saillantes étaient comme enflammées par une fièvre intérieure. Représentante des parents des jeunes-instruits, elle se plaça devant le micro, se racla bruyamment la gorge puis se mit à lire un feuillet avec une excitation évidente.

Fan-Fan n'aimait pas sa voix. Trop aiguë. Comme la pointe d'une lame froide qui gratte le fond de la marmite. « Sale gueule ! » répétait Da-Lin d'un air dégoûté.

Est-elle sincère, se demanda Fan-Fan, quand elle se pose en mère héroïque criant sa plus grande joie de voir ses quatre enfants envoyés l'un après l'autre à la campagne ? Fan-Fan secoua la tête.

La chaleur augmentait. Le soleil s'écrasait en une poussière éblouissante qui tourbillonnait partout, aveuglant et suffocant. Fan-Fan avait soif. Elle avait mal à la tête. Elle ferma les yeux et, sous ses paupières closes, elle vit trois visages familiers autour de la table : Bi-Zhu, maman, grand-mère. Un repas d'anniversaire, copieux et silencieux. Personne n'avait eu envie de parler. Après le départ de Ming-Ming, maman était tombée malade et s'était enfermée dans sa chambre pour pleurer pendant trois jours. Quant à grand-mère, elle s'était imposé toutes sortes de gros travaux pour tuer les nerfs et s'empêcher de penser… Qu'est-ce qui se passera cette fois-ci, après son départ ?… Fan-Fan préférait ne pas y penser. « Tu nous écriras ? » lui avait demandé maman avant d'aller au travail. Oui, elle leur écrira, ce soir, aussitôt arrivée… Cela fait quatre ans déjà que Ming-Ming travaille à la division de production. Il n'écrit pas souvent. Et il écrit seulement à Bi-Zhu. Durant ces quatre longues années, il n'est revenu à Guang-Ning que trois fois.

La première fois, c'était quatre mois après son départ. D'après ce qu'il avait raconté, Fan-Fan comprit que c'était grâce à une intoxication alimentaire qui avait failli l'envoyer aux « Sources Jaunes », séjour des morts. Figure-toi, disait-il, plus de deux mille bouffeurs de riz débarqués soudain dans une région montagneuse où les paysans eux-mêmes n'ont pas assez pour se remplir l'estomac ! L'hiver pluvieux dans les montagnes a rendu les routes impraticables et le ravitaillement de la division extrêmement difficile. Il y a eu des jours où l'on s'est couchés le ventre vide. Un matin, j'ai été envoyé avec une trentaine de camarades pour creuser des trous afin de planter des hévéas sur la pente d'une colline. Vers midi, lors de la pause, je suis descendu dans la vallée pour chercher de l'eau. J'ai découvert près du ruisseau, imagine ! un champ de manioc sauvage. J'ai saisi le plus gros, l'ai arraché de toutes mes forces. Qu'est-ce que j'ai vu ? Ma foi ! des morceaux de racine gros comme des jambes de bébé ! La joie qu'éprouva Colomb au moment où il aperçut la ligne grise du Nouveau Continent, j'en suis sûr, n'était pas plus grande que la mienne. J'ai hurlé comme un fou, mes camarades ont accouru. Le soir même, nous avons rapporté au campement plusieurs paniers de racines de manioc. On nous a acclamés comme des héros. Ne pouvant attendre jusqu'au lendemain, nous avons allumé le feu tout de suite, versé le butin dans une dizaine de cocottes remplies d'eau de la source. Et avant même que ça soit cuit, tout le monde s'est jeté dessus comme des loups affamés. Mais, peu après, les premiers signes d'empoisonnement sont apparus, et le malaise s'est généralisé rapidement. L'alarme a été donnée par Shiao-Niu, le conducteur de tracteur, revenu du Bourg-du-Coq-d'Or trop tard pour participer au festin. Un groupe de trois médecins et cinq infirmières a été envoyé d'urgence au campement par l'hôpital de la commune. Tous ceux qui avaient mangé du manioc ont été forcés d'avaler un plein gobelet de tisane horrible faite de l'écorce de cryptomérie, tisane qui a provoqué de violents vomissements mais qui nous a sauvé la vie. À la suite de l'incident, les intoxiqués les plus touchés se sont vu offrir généreusement par les autorités un mois de vacances chez leurs parents pour « récupérer ». Et j'ai eu la chance d'être parmi les heureux élus.

– Zut ! fit Da-Lin à voix basse.

Fan-Fan rouvrit les yeux, le regarda, puis regarda l'estrade. La représentante des parents avait cédé le micro à un petit garçon. Un enfant de onze ou douze ans. Un officiel quitta sa place pour abaisser le micro. Le jeune orateur, la casquette de l'armée relevée sur son front sérieux, le brassard rouge au bras gauche : « Petit Garde Rouge » en gros caractères jaunes, se planta là, droit comme une perche de bois.

– Zut ! fit Da-Lin à nouveau.

– Qu'est-ce qu'il y a, Da-Lin ? demanda Fan-Fan.

– C'est mon troisième petit frère, répondit Da-Lin entre ses dents.

La poitrine orgueilleusement bombée, le jeune orateur se mit à évoquer, d'une voix enfantine, son admiration pour « l'ardeur révolutionnaire » avec laquelle ses « grands frères et sœurs » répondaient à l'appel du président Mao, et la bonne volonté de tous leurs « petits frères et sœurs » à suivre leur exemple plus tard…

– S'il savait ce qu'il dit ! murmura Da-Lin d'un air abattu.

Fan-Fan poussa un soupir. Surtout s'il savait ce qui l'attend là-bas…, songea-t-elle.

La seconde fois, c'était il y a deux ans, fut aussi inattendue, que la première. Ming-Ming est arrivé à la maison un soir du mois de mars, le bras gauche en écharpe. Il avait l'air si sombre que personne n'osa lui demander ce qui s'était passé. Mei-Li est allée voir le lendemain matin le vieux patron de la boutique aux herbes médicinales. Elle est rentrée avec trois gros paquets de plantes sèches hachées. Trois fois par jour, pendant une heure, Ming-Ming devait tremper son avant-bras cassé dans un liquide noir et chaud. Tout le monde avait remarqué que Ming-Ming avait énormément changé. Physiquement et surtout mentalement. Il lui arrivait de rester allongé des heures dans son lit, le regard fixe. Puis, le 5 avril, jour de Qing-Ming-Jie, Ming-Ming a accompagné Bi-Zhu au bord du fleuve Yang où elle se rend chaque année pour la fête des morts depuis la disparition de son père. Ils ont brûlé des bâtons d'encens et de la monnaie de papier. Bi-Zhu a lu un poème de Li-Po, poète préféré de son père. Ils ont passé des heures, assis sur un rocher qui surplombe le fleuve, à regarder l'écoulement tranquille de l'eau jaunâtre. C'est à ce moment-là que Ming-Ming a raconté ce qui lui était arrivé. Là-bas, à la division de production, on donnait un salaire dérisoire de quinze kuais par mois, sur lequel on prélevait neuf kuais pour payer une nourriture toujours aussi pauvre tant en qualité qu'en quantité. Alors chaque premier dimanche après la paie, tous les jeunes gens se précipitaient dans le seul restaurant du Bourg-du-Coq-d'Or situé à une dizaine de kilomètres du camp, pour apaiser les cris persistants de leur estomac. Ce jour-là, Ming-Ming était sorti du campement, son maigre trésor serré au fond de sa poche. Il avait rencontré Shiao-Niu, son meilleur ami, qui s'apprêtait à partir pour le Bourg-du-Coq-d'Or afin d'acheter des provisions. À la vue de Ming-Ming, il l'avait invité à monter dans la remorque du tracteur, surnommé « jeep des jeunes-instruits ». Il y avait déjà cinq garçons et trois filles, tous très contents d'éviter de traîner les pieds dans la boue d'une route zigzaguant dans les montagnes. Mais, dans un virage, un pan de route amollie par les pluies s'est effondré sous les roues du tracteur. Le véhicule a basculé dans la vallée. Deux morts, huit blessés graves. Shiao-Niu, la poitrine transpercée par le tronc d'un arbre brisé, a succombé sur le coup. Ming-Ming, le plus chanceux de tous les rescapés, s'en était sorti avec quelques égratignures au visage et un bras cassé…

Une tempête d'applaudissements fit sursauter Fan-Fan. Elle leva les yeux sur l'estrade. C'était le jeune frère de Da-Lin qui terminait sa harangue. Il descendit de l'estrade avec un sourire fier. Un jeune homme d'une vingtaine d'années y monta à son tour. Il rajusta le micro à sa hauteur.

– Nous apportons, hurla-t-il d'une voix enrouée, nous les ouvriers de Guang-Ning, notre soutien sans réserve à l'action révolutionnaire des jeunes-instuits. Nous espérons sincèrement qu'ils surmonteront toutes les difficultés qu'ils rencontreront inévitablement sur leur chemin, et qu'ils s'enracineront à la campagne…

La voix de l'orateur était si forte que Fan-Fan porta instinctivement ses mains à ses oreilles. Puis, réalisant que son geste pouvait être interprété comme un dangereux signe de refus, elle baissa ses mains rapidement.

Sur l'estrade, le représentant des ouvriers poursuivait son discours, une langue de bois d'un ennui mortel que lcs orateurs répétaient chaque année.

Fan-Fan avait très soif. Des gouttes de sueur rampaient dans son cou comme des chenilles. Elle baissa la tête, regarda la pointe de ses sandales à lanières…

La troisième fois, c'est grand-mère qui a réussi à faire revenir Ming-Ming. Ce n'était pas facile du tout, évidemment, car à la division de production il était presque impossible d'obtenir, sans « raison valable », une permission de retour, ne fût-ce que pour un seul jour. Cette année, fin juin, alors que le départ de Fan-Fan pour la campagne était déjà décidé, maman a écrit à Ming-Ming pour lui demander de rentrer quelques jours. « Sinon, on ne sait quand ta sœur et toi pourrez vous revoir… », disait-elle dans sa lettre. Deux semaines plus tard, la réponse de Ming-Ming était parvenue : les autorités de la division avaient refusé de le laisser partir, la raison ne leur paraissant pas « valable ». Alors, après une nuit blanche, grand-mère s'est rendue à la poste pour envoyer deux dépêches : « Accident de la route. Grand-mère grièvement blessée. Retour immédiat. » Deux jours après, Ming-Ming est apparu sur le seuil de la maison. Il avait, grâce à la ruse de grand-mère, obtenu cinq jours de congé : deux jours pour l'aller et retour, trois jours pour rester auprès de la blessée. Au bout de trois jours, maman et grand-mère ont prié Ming-Ming de ne plus retourner dans l'enfer de la division de production. « Tu peux aller te cacher chez oncle Wei, disaient-elles, personne ne s'en doutera. Après, on verra… » Mais Ming-Ming ne voulait pas mettre en danger l'avenir de Bi-Zhu. « Si je ne retourne pas à la division maintenant, disait-il, Bi-Zhu risque de perdre sa chance de rester en ville. De toute façon, je quitterai la division, c'est promis, mais plus tard. » Seulement, Ming-Ming n'a pas dit comment il la quitterait…

– Regarde, Fan-Fan, dit Da-Lin en lui donnant un petit coup de coude.

Fan-Fan releva les yeux, vit devant le micro un vieillard habillé exactement comme les paysans dans les films. Da-Lin poussa un long soupir.

– Enfin, voilà le représentant des paysans pour nous souhaiter la bienvenue. L'assemblée va se terminer.

美丽

L'été 1945, les Japonais ont capitulé. Les écoliers et les collégiens de Tien-Ma sont descendus dans la rue en frappant les tambours et les gongs pour célébrer la reddition. Toute la ville est venue applaudir le défilé. Larmes et rires mêlés, on a passé des heures à crier et brûler des pétards.

Cette année-là, ta mère a eu douze ans. La vie devenait de plus en plus difficile. Nous avons été obligés de vendre la moitié de la maison pour rembourser nos dettes et payer la rentrée à l'école. La petite cour rectangulaire était désormais coupée en deux par un mur de pierre grise. Mais le grenadier était toujours là, annonçant de ses fleurs plus rouges que jamais chaque retour de la grande chaleur.

Près de l'école, il y avait une petite salle de théâtre – la seule qui se trouvât à Tien-Ma. Ta mère s'y rendait souvent après l'école pour assister aux répétitions. Je ne le savais pas jusqu'au jour où une femme est venue me voir dans le restaurant de tante Liu. Une femme élégante d'une quarantaine d'années, légèrement maquillée, encore belle, s'est présentée comme l'épouse du maître du petit théâtre, et m'a demandé la permission de laisser Bai-Lan apprendre à chanter. « Votre fille a une belle voix, m'a-t-elle expliqué, et ses grands yeux sont très expressifs. Avec du travail, elle sera un jour une nouvelle étoile de l'opéra Gui. » Mais je ne voulais pas que ma fille unique devienne une actrice. Oui, d'accord, chanter l'opéra est aujourd'hui une profession respectable, et on appelle artiste une actrice à succès. Mais, à l'époque, ce n'était pas un métier pour une fille de famille honnête. Même avec de brillants succès, le destin d'une actrice d'opéra était, dans la plupart des cas, celui de concubine ou de l'une des nombreuses concubines d'un homme riche ou puissant. Non non, je ne laisserais pas ma Bai-Lan tomber dans le piège, elle méritait d'avoir unc vie meilleure que ça. Elle ferait des études, je la soutiendrais tant que je pourrais, dussé-je faire des travaux d'esclave. Elle serait institutrice ou infirmière ou je ne sais quoi, mais pas comédienne, non ! « Réfléchissez un peu quand même, madame, m'a dit la patronne du théâtre. Votre fille est passionnée par l'opéra. Elle sera très déçue si elle sait que sa mère est contre… » Non non, je n'ai pas besoin de réfléchir. J'avais dit non, et je ne changerais pas d'avis… La femme est repartie. Elle avait l'air frustré.

Après son départ, tante Liu s'est approchée.

– Cette fois, Mei-Li, m'a-t-elle dit en ajoutant de l'eau bouillante dans ma tasse de thé, c'est toi qui as eu tort. Non, t'as pas besoin de m'expliquer, mon enfant, j'ai entendu votre conversation, et je comprends très bien tes soucis de mère. Mais que peux-tu faire pour étouffer une passion, hein ? Rien je te dis. La passion, c'est comme une rivière en crue qui cherche une sortie. Elle se gonfle plus vite devant toute barrière, et finira par en déborder ou même la briser. Les dégâts seront alors irréparables. Mais si, au contraire, tu creuses toi-même un canal pour conduire l'eau, ce sera très différent, tu verras… D'ailleurs, toutes les actrices n'ont pas le même destin.

Réflexion faite, j'ai admis qu'elle avait raison, ma tante Liu.

Le soir, j'étais en train de trier des légumes dans la cuisine lorsque Bai-Lan est entrée boire un verre d'eau. J'ai remarqué que ses yeux étaient rouges et bouffis. La patronne avait dû lui parler de notre conversation, et ma pauvre fille avait pleuré. Faut avoir un cœur de pierre pour ne pas céder aux larmes de son enfant, tu sais… J'ai pris alors ta mère dans mes bras et je lui ai dit doucement :

– La patronne du théâtre m'a parlé ce matin…

Ta mère ne me regardait pas. Elle regardait le bout de ses chaussures. Elle ne disait rien non plus.

– Après avoir longuement réfléchi, ai-je continué, j'ai décidé.

Ta mère restait toujours immobile et silencieuse, les yeux baissés. J'ai repris après un petit soupir :

– Je suis d'accord…

Ta mère a posé ses yeux étonnés sur les miens, m'a regardée comme si elle n'en avait pas cru ses oreilles.

– Tu veux dire que je pourrai apprendre à chanter, maman ?… a-t-elle demandé d'une petite voix hésitante.

– Oui, chérie, à condition que tu travailles bien à l'école et que tu récites un poème Tang tous les cinq jours…

– Ô maman !…

À ces mots, elle s'est élancée vers la porte.

– Où vas-tu ? ai-je crié derrière son dos.

– Je vais le dire à papa !

En la voyant si heureuse, j'ai souri. Mais moins d'une seconde après, je l'ai entendue crier la catastrophe dans la cour :

– Le feu ! Maman, le feu !…

Je me précipite hors de la cuisine. Ciel ! Je vois des flammes rouges et de la fumée noire sortir de la fenêtre de la chambre de ma belle-mère. Je retourne dans la cuisine, saisis une cuvette, la plonge dans la jarre, la sors remplie d'eau et cours à la porte de la chambre de ma belle-mère. Mais c'est fermé de l'intérieur. Furieuse, j'essaie de forcer la porte par des coups de pied mais ça résiste. À l'appel de Bai-Lan, tante Liu et oncle Zheng viennent en courant. Oncle Zheng prend un petit banc et fonce sur la porte. Pan ! la porte s'ouvre brusquement. Oncle Zheng recule, repoussé par la chaleur et la fumée. Je jette la cuvette d'eau à l'intérieur. Tante Liu verse un seau d'eau sur la fenêtre d'où sortent de longues flammes. Hei !… Oncle Zheng soulève une jarre et la vide au seuil de la chambre. Le feu semble céder. Oncle Zheng soulève alors une autre jarre et entre dans la chambre. Il en ressort, un corps dans les bras. C'est ma belle-mère. Il la couche sur les dalles de la cour. Tante Liu verse un seau d'eau sur leurs habits qui fument encore. Ma belle-mère gémit faiblement. « Vite, l'huile de cacahouète ! » crie tante Liu. Je cours dans la cuisine attraper la bouteille. Tante Liu me prend l'huile des mains, la verse abondamment sur le visage, les bras et les jambes rouge et noir de ma belle-mère.

Près de nous, Bai-Lan appuyée contre le grenadier tremblait de tous ses membres. Je l'ai prise dans mes bras et je l'ai portée dans notre chambre où Meng-Yu se trouvait dans un grand état d'angoisse.

J'ai appelé le meilleur médecin de la ville, mais quand il est reparti il a refusé que je le paie : « Vaut mieux préparer les funérailles », a-t-il dit.

Ma belle-mère a râlé toute la nuit. Elle est morte le lendemain matin, avant l'aube. Elle n'avait pas pu nous dire ce qui s'était passé.

Il fallait l'enterrer vite à cause de la chaleur. Nous avons dû emprunter de l'argent pour lui faire faire un cercueil le jour même. J'ai pris le drap le moins usé de notre lit pour l'envelopper. Elle a été inhumée le soir même, à côté de mon beau-père. Ma belle-sœur Jing-Hua n'a pas assisté à la cérémonie funèbre, car elle était de nouveau enceinte.

Après l'enterrement, je suis entrée dans la chambre de la défunte pour ranger le reste de ses affaires. Mais il n'y avait plus rien à ranger. Tout avait brûlé. Tout. La moustiquaire, la couverture, le drap, le matelas, le lit, la table de nuit, le porte-cuvette, le fauteuil d'osier, la grosse armoire, le linge, la fenêtre, le toit… Tout avait été réduit en cendres et en charbon lamentables entre des pans de murs noircis… Soudain, le soleil qui pénétrait par le trou noir du toit a fait briller quelque chose. Je me suis penchée sur les débris noirs laissés par la grande armoire et j'ai découvert… devine quoi… une boîte !

C'était une boîte en fer peint dont la décoration avait été mangée par les flammes. Je l'ai ramassée. Ça pesait lourd. Je l'ai nettoyée avec ma manche. Ça cliquetait à l'intérieur. J'ai voulu l'ouvrir mais c'était fermé à clef. La clef !… Où est la clef ?…

J'ai farfouillé dans la cendre pendant une bonne demi-heure sans rien trouver. Tout à coup, l'idée m'est venue que la clef devait être sur le corps de ma belle-mère et déjà à six pieds sous terre. Je suis donc allée dans la cuisine et, d'un coup de hache, j'ai fait sauter le cadenas.

Quand la boîte s'est ouverte, j'ai d'abord vu un rouleau de tissu rouge. Il est tombé en miettes au premier effleurement, laissant apparaître une pile de pièces d'argent qui brillaient de leur éclat intact. Les économies de ma belle-mère sans doute. J'ai compté deux fois. Il y en avait vingt-cinq. Une fortune inespérée qui nous permettrait de vivre pendant au moins un an après avoir remboursé les dettes. Sous les pièces d'argent, j'ai trouvé une paire de boucles d'oreilles en or et un anneau d'argent massif. Les boucles d'oreilles ont été vendues quelques années plus tard pour les funérailles de mon mari. Mais l'anneau d'argent, je le garde toujours… Voilà. C'est ça. Je l'ai utilisé quelquefois, tu te rappelles ? Pour vous faire des massages quand vous aviez de la fièvre ton frère et toi…

Et sous les pièces d'argent, il y avait aussi une boîte de bronze minuscule, très plate, cachée d'abord par le reste de tissu rouge. Je l'ai ouverte. C'était une photo brunie par la chaleur de l'incendie. Mais on pouvait encore distinguer un visage en casquette militaire… Et ciel ! ce n'était autre que celui de Jing-Ming ! Oui, c'était bien lui. Je l'aurais reconnu même si la photo avait été en cendres. Avec mille précautions, j'ai tourné la boîte et laissé tomber la photo sur ma paume. Au dos de la photo, quelques mots un peu flous tracés à l'encre noire : « À Mei-Li, ma bien-aimée. 6 juin 1938. »

Donc, c'était une photo envoyée à moi. C'était une photo signée du jour même du premier anniversaire de notre fille Bai-Lan. C'était une photo interceptée par ma belle-mère. Et avec cette photo, une lettre ou des lettres adressées à moi aussi. Les lettres ! Où sont ces lettres que

Jing-Ming m'avait écrites ! Que je n'avais jamais reçues ! Où sont ces lettres ! Oh où sont-elles !

Comme une folle, j'ai couru à travers la chambre brûlée. J'ai retourné tous les débris. J'ai fouillé tous les recoins les plus obscurs. J'ai même sondé les murs pour voir s'il y avait une cachette quelque part. J'ai aussi creusé avec mes doigts à la place du lit... dans l'espoir de découvrir un pot enterré. Ô si seulement je pouvais retrouver ses lettres ! Si seulement je pouvais savoir ce qu'il m'avait écrit !...

Ce n'est que longtemps après la tragédie que j'ai pu accepter cette réalité cruelle : les lettres de Jing-Ming étaient perdues à jamais. Elles avaient été bel et bien détruites par l'incendie si ce n'était par ma belle-mère bien avant. C'est à partir de ce moment que je me suis mise à souffrir encore plus douloureusement. Comme un blessé qui ne sent rien à l'instant même de l'accident mais qui plus tard souffrira mille morts.

Non non, je n'ai pas pensé une seule seconde que ma belle-mère eût pu se suicider. Imagine. Si elle avait lu les lettres que Jing-Ming m'avait écrites, elle devait deviner que Bai-Lan était la fille de Jing-Ming, donc sa petite-fille. Et si elle ne m'avait pas rendu ces lettres, c'était qu'elle voulait m'empêcher de quitter Meng-Yu pour rejoindre Jing-Ming. Et m'empêcher d'écrire à Jing-Ming pour lui apprendre la naissance de sa fille. Il aurait tout risqué pour revenir nous chercher s'il avait su qu'il avait déjà un enfant. Donc, elle devait survivre aussi longtemps qu'elle le pourrait, avait sans doute songé ma belle-mère, pour le salut de Meng-Yu. Même si elle n'avait pas vraiment envie de vivre après la disparition de mon beau-père et la vente de la boutique, elle devait rester là, près de son fils handicapé, ainsi qu'un dieu gardien, pour surveiller sa femme qui était encore dangereusement jeune et jolie. Tant qu'elle serait là, je ne pourrais pas recevoir la moindre nouvelle de Jing-Ming, ni concevoir la moindre idée de fuite avec Bai-Lan.

Oui, c'est ça, je pensais que c'était plutôt un terrible accident cet incendie. Souviens-toi de ce que je t'ai dit ? Ma belle-mère passait beaucoup de temps dans son lit avec une lampe à huile allumée à son chevet. Si par hasard elle s'endormait tout à coup, que pouvait-il se passer selon toi ? Un simple geste de la main dans son sommeil, la lampe à huile renversée, la flamme coulant avec l'huile, puis le feu, l'incendie… Enfin, c'est ainsi que je voyais les choses, moi. Mais la vérité, personne ne la saura jamais.

Et, je ne sais pourquoi, j'étais incapable de rancune contre ma belle-mère. C'était pour Meng-Yu, son fils malade, que ma belle-mère avait fait ça. J'avais seulement de la tristesse au cœur. Je ne pouvais que pleurer sur mon sort… Et pourtant non, pas même ce remède misérable. Pas même le droit de perdre mon temps à me plaindre : j'avais trois bouches à nourrir…

生活

Très Chère Grand-Mère, très Chère Maman,

Voilà enfin un jour de repos depuis mai dernier ! Quand tout à l'heure j'ai allumé ma lampe à pétrole posée sur un tabouret à côté de ma natte de jonc étendue à même le sol, tout le village dormait déjà autour de moi, regroupé par famille sur la grande aire de terre battue entourée sur trois côtés par les granges, et sur l'autre par un mur bas en briques grises. Partout règne un silence immense que ne troublent que de temps en temps un râle de sommeil ou un aboiement de chien dans le lointain. On a brûlé de vieux chiffons pour chasser les moustiques et l'odeur piquante de fumée flotte encore dans l'air. Curieuse coutume que de s'entasser sur l'aire de battage en été pour passer la nuit ensemble à la belle étoile, dites-vous ? Bien sûr que non ! Et je vous expliquerai pourquoi. Au moment où je vous écris, le ciel est d'une profondeur infinie, d'un bleu-noir insondable où les étoiles clignotent d'un éclat froid et mouillé comme d'innombrables prunelles mélancoliques. Le croissant de lune devient une barque d'or aux bouts pointus d'où Chang-Er regarde la terre, à travers ses larmes éternelles… J'ai attendu ce moment de paix universelle pour vous raconter ce qui s'est passé ici durant ces quatre longs derniers mois, la période la plus lourde et la plus noire de ma vie.

Il n'a jamais fait si chaud, disaient les anciens du village, c'est bon pour le riz mais mauvais pour l'homme. La récolte n'a jamais été aussi abondante en effet, les rizières en terrasses étaient comme de gigantesques escaliers couverts d'un tapis d'or qui se déroulait vers le ciel. Tous les villageois, des enfants de six ans aux vieillards de soixante-dix, ont soigneusement aiguisé leurs faux sur la pierre bleu-gris au bord de l'étang. Même les familles les plus pauvres ont acheté deux ou trois gros morceaux de lard qu'elles ont accrochés fièrement au mur noirci de leur cuisine : aux gros travaux gros morceaux de viande. Tout le monde attendait le commencement de la moisson avec une joie et une impatience aussi grandes que la chaleur. Or, le 31 mai, le premier jour de la moisson qui a commencé cette année bien plus tôt que d'habitude, la femme du chef du village est morte en couches. Une crise cardiaque. Le couple a quatre enfants déjà, trois filles et un garçon. Le médecin de la clinique de la commune qui soignait la femme lui avait déconseillé d'être enceinte à nouveau à cause de son cœur malade. Mais le couple l'a ignoré dans son désir absolu d'avoir un fils de plus, à tout prix. C'est ça la tragédie. À la campagne, le nom de la famille et les vieux jours des parents ne sont assurés que par les descendants mâles. On fait donc tout pour avoir au moins un fils, ou mieux, deux, pour des raisons de sécurité : il en restera un si par malheur l'autre est emporté par le mauvais sort avant l'âge de la maturité. Le chef du village lui-même est le dernier-né de treize enfants dont les douze premiers sont des filles. Sa femme morte, leur bébé – une toute petite fille prématurée qui ressemblait plus à un oiseau déplumé qu'à un bébé humain – n'a pas eu plus de chance que sa maman. Oh, la pauvre petite ! On l'a enveloppée dans un bout de vieux drap et on l'a mise sur le sein glacé de sa mère avant de fermer le cercueil. Elle aura froid ainsi dans la tombe au flanc de la montagne quand les vents de l'hiver se lèveront à nouveau, n'est-ce pas ?

Depuis mon arrivée, j'avais été logée chez le chef du village mais après le drame, je n'ai plus pu supporter de rester dans cette maison où chaque nuit il me semblait entendre le frôlement du linceul contre les battants de bois de ma fenêtre. J'ai déménagé. Je partage maintenant la chambre de Lian-Hua, la fille de l'instituteur du village. Lian-Hua va sur ses dix-sept ans dans un mois. Elle est ouverte et gaie, un peu bavarde quelquefois. Aussi jolie que son nom, « fleur de lotus », elle attire les regards avides ou jaloux partout où elle va, et elle s'en réjouit ! Je m'entends très bien avec elle et avec le reste de la famille. Le père, doté d'une modestie adorable, est pourtant la personne la plus éduquée du village. Il est le seul qui sache parler le mandarin, enfin, plus ou moins, et avec un accent qui parfois me fait mourir de rire. La mère qui ne sait ni lire ni écrire a un respect quasi religieux pour les quelques dizaines de vieux bouquins de son mari, elle ne vit que pour lui et pour leurs enfants. Le frère cadet est en pension à l'école secondaire de la commune, et ne rentre à la maison que le dimanche, fier et gâté comme un petit empereur. Le frère aîné, un vrai moulin à paroles, a été dans l'armée pendant trois ans et n'est revenu au village que depuis trois mois. Enfin le grand-père, plus solide qu'un roc malgré ses soixante-dix-huit ans, s'occupe encore des buffles du village comme depuis plus de vingt ans, et a reçu par là le surnom de « Général des Buffles ».

Ce n'est qu'après les funérailles de la femme du chef du village que la moisson a réellement commencé. Il nous a fallu tout le mois de juin pour couper, battre, sécher et rentrer les trois cent soixante-deux mous de riz ; puis le mois de juillet entier pour repiquer les nouveaux plants dans les rizières immédiatement labourées et ratissées après la récolte. Chaque jour, nous sortions à la première lueur de l'aube, et ne rentrions qu'après la tombée de la nuit. Le midi, nous avalions à la hâte deux grands bols de soupe de riz, sous le soleil brûlant, ou à l'ombre d'un arbre si par chance il s'en trouvait un près de la rizière, histoire de gagner une vingtaine de minutes d'aller et retour.

Le 29 juillet, nous avons terminé plus tard encore, parce que nous ne voulions pas laisser le dernier lopin de rizière pour le lendemain. Donc, nous sommes rentrés très tard ce soir-là. Mais nous avions eu à peine le temps de vider le premier bol de soupe de riz que nous avons entendu des coups de gong bruyants suivis de la voix enrouée du chef du village : « Réunion d'urgence ! Réunion d'urgence ! Que tout le monde s'assemble sur l'aire immédiatement !... » Mais personne n'avait envie de bouger. Finalement, le père de Lian-Hua s'y est rendu seul comme représentant de la famille. Il est revenu en courant au bout de cinq minutes, s'est précipité sur son vieux poste de radio, l'a allumé tout de suite. D'habitude, l'instituteur l'écoutait tous les jours en prenant son petit déjeuner et après le dîner, mais cette routine était en ce moment perturbée par la grande fatigue de la moisson. Il n'avait pas touché son poste depuis des semaines.

D'abord l'appareil n'a émis que des bruits parasites. Puis une voix d'homme très faible qu'on distinguait à peine. Insuffisance des batteries sans doute. L'instituteur a collé son oreille au poste. Lian-Hua, sa mère, ses frères et moi, nous échangions des regards amusés tout en continuant à manger notre soupe avec insouciance. Soudain, l'instituteur s'est redressé, nous a dit sur un ton apocalyptique :

– Il y a eu avant-hier matin un terrible tremblement de terre à Tang-Shan[1]. Il paraît que la ville a été entièrement détruite.

– Où est Tang-Shan ? a demandé Lian-Hua.

– Très très loin, a répondu le grand frère.

– Presque deux mille kilomètres d'ici, dans le Nord, ai-je précisé.

– Il y a eu beaucoup de morts ? a interrogé la mère.

– Il paraît que oui, a répondu le père. Imaginez un peu, s'il n'y a plus maintenant un immeuble ni une maison debout dans cette grande ville de plus d'un million d'habitants, combien de morts et de blessés doivent s'y trouver ? Des centaines de milliers au moins !…

– C'est que les gens de là-bas ont dû offenser le dieu de la terre…, a murmuré le pépé qui allumait sa pipe.

Des centaines de milliers d'un seul coup !

C'est épouvantable ! Ça dépasse vraiment toute imagination. Figurez-vous que quelques dizaines de milliers de villages pareils au nôtre (seize foyers, cent douze têtes) soient rayés de la carte d'un coup de pinceau, comme ça, avec leurs habitants… Non, c'est impossible. C'est inimaginable. C'est inconcevable. Je n'en revenais pas. Or, dès le lendemain matin, des bruits ont

1. D'après les chiffres publiés dix ans après le désastre, il y eut plus de deux cent quarante mille morts dans le séisme.

couru que, ici aussi, on avait enregistré de nombreux signes précurseurs d'un séisme qui pourrait être comparable en tous points à celui de Tang-Shan : l'eau toujours limpide d'un puits multiséculaire était devenue trouble ; une source intarissable avait cessé de couler ; des bandes de rats étaient sorties dans la rue en plein jour ; des coqs avaient roucoulé comme des poules et des poules avaient coqueriqué comme des coqs ; des bœufs et des buffles avaient refusé de regagner l'étable ; un pin millénaire s'était desséché en un clin d'œil, etc. Panique générale. Personne ne se sentait plus en sécurité dans sa propre maison. Personne ne voulait et ne pouvait plus dormir sous un toit. Vous ne vous étonnerez pas que, depuis ce jour-là, hommes, femmes, vieillards, enfants, tous s'accumulent sur l'aire commune du village pour passer la nuit malgré les attaques acharnées des armées de moustiques impatientes d'accourir à ce festin inespéré.

Puis, le 23 août, le chef du village m'a apporté une autre mauvaise nouvelle. Cette fois-ci, c'est mon futur qui était en question. J'avais fait six mois plus tôt, vous rappelez-vous, une demande pour entrer à l'institut de médecine de Guang-Ning. J'étais tellement excitée par la perspective de… Mais ma candidature a été refusée. Raison ? Le problème « historique » de papa. Maman a divorcé d'avec lui depuis presque dix-neuf ans ? Je ne l'ai pas revu depuis mes trois mois ? Tout cela ne change pas ceci : papa est un droitier anti-révolutionnaire, et son sang coule toujours dans mes veines. Voilà. J'ai eu un petit vase de terre cuite qui était aussi rouge que du sang, aussi beau qu'un rêve ; un jour, je l'ai posé par imprudence sur un bout du rideau ; un courant d'air a soulevé le rideau, mon vase est tombé par terre, en éclatant en mille morceaux. Non, je n'avais pas pleuré pour autant. Je n'ai pas pleuré non plus cette fois. En me penchant sur mon vieux rêve brisé, j'ai été plus étonnée qu'attristée. Quelle absurdité la vie !

Ce n'est pas tout.

Un soir, Da-Lin est venu.

Oui, il est vrai que Da-Lin habite à Quatre-Étangs, un village à moins de trois kilomètres de chez nous, et qu'il vient assez souvent boire une tasse de thé avec moi ou me prendre pour une balade à la foire. Mais jamais il n'est venu après la tombée de la nuit : pour venir il lui faut passer par un bois de pins surnommé « Bois-des-Fantômes » par les paysans, et ce n'est guère sûr de le traverser la nuit, tout seul.

Donc, avant même que Da-Lin n'eût ouvert la bouche, je savais déjà qu'il s'était passé quelque chose de terrible. Mais je n'ai jamais pensé à… Oh ! comment aurais-je pu y penser !

– Lu-Lu est morte, m'a dit Da-Lin d'un ton si funèbre qu'il m'a fait trembler des pieds à la tête.

Lu-Lu, vous vous en souvenez sans doute, une fille timide au visage rond de poupée dont je vous ai parlé dans ma première lettre ? Oui, c'est bien elle, la jeune oratrice de quinze ans qui avait prononcé une harangue devant l'assemblée des jeunes-instruits il y a deux ans, sur la place de l'Orient-Rouge à Guang-Ning. Elle travaillait aussi à Quatre-Étangs.

– Tu viens avec moi ? m'a demandé Da-Lin.

Je l'ai suivi sans un mot.

La dernière fois que j'avais vu Lu-Lu, c'était avant la moisson, vers la fin avril. J'étais allée à la foire pour acheter deux livres de pétrole[1] pour ma lampe. Mais le vendeur ne m'a donné qu'une livre, « Une livre par tête »,

1. À la campagne, où il n'y a pas l'électricité, on utilise la lampe à pétrole. Le pétrole lampant se vend dans des boutiques à la livre.

disait-il. Tant pis, pensais-je en sortant. Je m'étais ensuite rendue à la poste pour acheter deux timbres de huit fens. « Vous n'avez pas la monnaie ? » me demanda l'unique employé. Non, je n'avais qu'un billet de deux maos. À ce moment-là, j'entendis une petite voix derrière moi : « Tiens, j'en ai moi. » Je me retourne, c'était Lu-Lu. Elle me tend un mao six fens. Comme j'hésite, elle me dit avec un sourire timide : « Tu peux me les rendre plus tard tu sais... » Puis nous sommes allées manger un bol de nouilles de riz dans le petit restaurant du coin, et nous nous sommes promis de nous revoir bientôt.

Voilà Lu-Lu, étendue sur son lit, couverte d'un drap blanc à rayures rouge clair. On avait enlevé la moustiquaire. Une lampe à pétrole posée sur une table de bois rustique éclairait à peine la chambre. Je me suis approchée. J'ai levé un coin du drap. J'ai reconnu ce visage rond de poupée, frappé d'une lividité épouvantable. J'ai laissé retomber le coin du drap. J'ai reculé. J'ai heurté un tabouret et je me suis écroulée. Da-Lin est venu s'asseoir à mon côté.

D'après ce qu'il racontait, j'ai compris que Lu-Lu avait commencé à se sentir malade quatre ou cinq jours plus tôt. Au début, ça avait été comme un banal rhume, et le « médecin aux pieds nus » lui a donné quelques médicaments. Mais les symptômes ont persisté, puis se sont aggravés. Lu-Lu a voulu retourner à Guang-Ning. « Je veux maman », répétait-elle. Or, pour retourner à Guang-Ning, il faut d'abord gagner le siège du comité révolutionnaire de la commune qui se trouve à plus de douze kilomètres – là il y a un car qui se rend à Guang-Ning les jours impairs. Alors, Da-Lin a emprunté une bicyclette et installé Lu-Lu sur le porte-bagages. Mais il n'avait pas roulé plus d'un kilomètre que Lu-Lu n'avait plus la force de se tenir assise. Après avoir caché le vélo dans l'herbe au bord de la route, Da-Lin a ramené Lu-Lu sur son dos jusqu'au village, l'a couchée dans son lit, puis a couru chercher le médecin aux pieds nus. Mais qu'est-ce qu'il a vu lorsqu'il est revenu avec le médecin ? Lu-Lu blottie par terre ! Le sang lui coulait du nez, de la bouche, des oreilles… C'était horrible. Elle est morte peu après. « Gastéropode », disait le médecin en secouant la tête d'un air impuissant. (Par « gastéropode », il désignait une maladie très dangereuse répandue dans les rizières par la famille des gastéropodes, qui ne s'attaque qu'aux étrangers. Les natifs n'en ont jamais été atteints.) La paysanne qui logeait Lu-Lu l'a lavée et changée. Da-Lin est allé au siège du comité révolutionnaire pour envoyer une dépêche à la famille de Lu-Lu. Puis il est venu me chercher.

Le lendemain, vers deux heures de l'après-midi, le père et le grand frère de Lu-Lu sont arrivés en ambulance, accompagnés d'un membre du comité révolutionnaire de la commune. Ils sont repartis aussitôt avec le corps de Lu-Lu attaché sur un brancard.

Après ce jour-là j'ai connu des insomnies incroyables. Chaque fois que je fermais les yeux, je revoyais le visage de Lu-Lu, son sourire timide. Elle avait dix-sept ans au moment où elle a disparu comme une perle de rosée s'évapore silencieusement au lever du soleil. Son nom dit son destin : Lu-Lu, la rosée. Sa mort m'a affectée, je ne sais pas pourquoi, mille fois plus que les centaines de milliers de gens tués dans le tremblement de terre de Tang-Shan. Est-ce parce que je la connaissais ? Que j'ai parlé et mangé avec elle ? Parce que nous venions de la même ville ? Ou tout simplement parce qu'elle et moi nous sommes ce qu'on appelle de « jeunes-instruits » toutes les deux ? Et qu'elle est morte le 31 août, le jour même de mon dix-neuvième anniversaire et la veille du deuxième anniversaire de notre arrivée ici ? Et que la fin tragique de sa courte vie pourrait très bien être celle de Da-Lin par exemple, ou la mienne ?

Le premier choc passé, j'ai longuement et douloureusement réfléchi au pourquoi de notre présence ici. Je n'ai trouvé aucune réponse satisfaisante. Aucune. Existe-t-elle quelque part, cette réponse ?…

Les étoiles gelées ont disparu en silence. Le ciel verdit en s'approchant de la terre. Le jour va se lever. Les villageois vont se réveiller. Une journée nouvelle va commencer.

Pour me consoler, voici quelques nouvelles moins tristes : j'ai réussi à soulager par acupuncture Li-Xian de ses maux de dos vieux de plus de dix ans ; et toujours par acupuncture et massage, j'essaie d'aider Wang-Ming, un enfant de huit ans, à retrouver partiellement l'usage de ses jambes mortes depuis trois ans après une attaque de polio, et il y a déjà eu quelques signes encourageants ; Gui-Hua, la nouvelle mariée de Chang-Fan, vient de lui donner un très beau bébé – c'est un garçon ! On a annoncé les fiançailles de Lian-Hua avec Zhong-Ge, le jeune collègue de son père ; Fu-Shen, le grand frère de Lian-Hua, va se marier dans quinze jours, et on m'a demandé de découper trois gros caractères « double bonheur » dans du papier rouge – l'un sera collé sur la porte de la cour, un autre sur la porte de la maison, un autre encore sur la porte de la chambre nuptiale.

Est-ce que tout le monde va bien là-bas, à la maison ? Avez-vous des nouvelles de grand frère Ming-Ming ? Il ne m'a jamais écrit un seul mot et pour ça je suis parfois très très jalouse de Bi-Zhu, vous savez. Enfin. Je vous aime tous. Je pense à vous énormément.

Fan-Fan

le 9 septembre 1976, au petit matin.

Fan-Fan posa son stylo, plia la lettre en quatre, la glissa dans une enveloppe de papier brun, écrivit rapidement quelques mots, rangea le tout sous son oreiller et souffla sa lampe.

Une heure plus tard, à plus de trois cents kilomètres vers l'est, numéro 123, rue des Bambous-Nouveaux, à Guang-Ning, Mei-Li était assise sur un tabouret dans la cuisine. Elle tenait un bol de soupe de riz de la main gauche, et une cuillère de porcelaine de la main droite. D'un geste lent, Mei-Li puisa une cuillerée de soupe, souffla deux fois dessus, la porta à ses lèvres puis sirota d'un air pensif. Cette nuit, Bi-Zhu était venue à son chevet pour lui révéler un terrible secret : Ming-Ming était en prison depuis huit mois !

– Quoi ? Qu'est-ce que tu dis ? demanda-t-elle en se dressant vivement sur son séant.

Bi-Zhu prit ses mains dans les siennes.

– J'ai dit que Ming-Ming est en prison, mais ne t'en fais pas, grand-mère, il va sortir bientôt.

– Mais comment ça, en prison ? Il a commis un crime ? demanda-t-elle encore, bouleversée.

– Non, il n'a pas commis de crime, dit Bi-Zhu en gardant ses mains dans les siennes. Te rappelles-tu qu'il nous a promis de quitter la division de production quand j'aurais mon statut de résident à Guang-Ning et un travail stable ? Eh bien, il l'a fait. Il n'était pas le seul à vouloir quitter la division de production, figure-toi. Ils étaient six, quatre garçons et deux filles. Pour réussir leur coup, ils ont choisi la veille du Nouvel An chinois. Là-bas aussi, il y a un banquet ce soir-là, suivi d'une soirée de danse et de chansons. C'est le moment idéal pour échapper à l'attention des autres. Donc, ils ont décidé de l'itinéraire et préparé chacun un petit bagage. Et, après le banquet, ils ont fait semblant de se rendre aux toilettes et ont quitté la salle l'un après l'autre. Puis ils ont pris leur bagage et se sont retrouvés sous un gros rocher au premier virage à la sortie du camp. Jusque-là, tout marchait comme sur les roulettes. Mais comme il faisait très noir cette nuit-là et qu'ils évitaient la grand-route pour plus de sécurité, ils se sont trompés de direction. Ils ont marché toute la nuit, et au petit matin ils sont arrivés au bord d'une petite rivière. Ils ont décidé de s'arrêter une demi-heure pour se reposer et manger. Mais aussitôt assis ils se sont vus entourés par une dizaine de soldats vietnamiens : sans le savoir ils étaient sur le territoire du Viêt-nam. Ils ont été arrêtés et transférés à l'armée de défense des frontières chinoises au bout de quelques jours, plus tard ils ont été condamnés à quatre ans fermes pour tentative de trahison de la patrie.

– Alors, c'est depuis le début de l'année ?

– Oui, c'est ça.

– Mais tu ne m'avais rien dit…

– Parce que Ming-Ming ne le voulait pas. Tu le connais mieux que moi. Il avait peur que tante Bai-Lan et toi ne vous fassiez du souci pour lui…

– Il va sortir très bientôt, c'est ce que t'as dit ?

– Oui, c'est ça. Tu le reverras dans une semaine si tout va pour le mieux.

– Comment en es-tu si sûre ?

– Parce que c'est moi qui ai arrangé sa libération. Je connais quelqu'un au travail qui connaît quelqu'un d'autre dont le père est le frère du président même du comité révolutionnaire du Guang-Ning…

Mei-Li se leva, posa son bol vide dans la cuvette où se trouvaient déjà deux bols et deux cuillères. Elle y versa un peu d'eau. Après avoir rincé, séché et rangé la vaisselle, Mei-Li alla décrocher du mur le panier de bambou, sortit en fermant doucement la porte derrière elle. Son dos lui faisait très mal, ça montait jusqu'aux épaules et ça descendait jusqu'aux genoux. Le mal avait commencé peu après le départ de Fan-Fan. Mei-Li avait essayé des dizaines de plantes médicinales différentes, mais ça ne faisait que s'aggraver. Certains jours, elle avait de la peine à se mettre debout le matin. C'est que je suis vieille maintenant, mon échine a été rongée par les dents des jours, pensait-elle en se tapant sur les genoux, le dos, les épaules. Sans tristesse. C'est normal parce que les enfants ont grandi. Mon Ming-Ming a vingt-deux ans cette année. Que Bi-Zhu et lui soient amoureux l'un de l'autre n'est plus un secret pour personne. Quel beau couple ils formeront dans deux ou trois ans ! Mei-Li rit en elle-même à l'idée d'être promue au rang d'arrière-grand-mère par la naissance de leurs enfants… Pourvu qu'elle puisse s'accrocher à la vie jusque-là. Elle essaiera bien entendu comme elle l'a toujours fait. Tout à coup, elle se rappela quelque chose : il lui semblait avoir perçu une pointe de tristesse dans les grands yeux clairs de Bi-Zhu cette nuit après leur conversation. Pourquoi cette tristesse puisque Ming-Ming va revenir très bientôt ? Non, se disait Mei-Li en secouant la tête, ça doit être moi qui me suis trompée, comment Bi-Zhu pourrait-elle être triste ?…

La porte voisine s'ouvrit à ce moment-là. La femme de Vieux Zhou sortit.

– Tu vas au marché, grand-maman Mei-Li ? demanda-t-elle avec un sourire.

– Oui, veux-tu que je te rapporte quelque chose ?

– Bah… oui, dit Vieille Zhou en descendant le perron. Ce serait très gentil si tu pouvais m'acheter un morceau de gingembre et une botte de poireaux.

Elle s'approcha de Mei-Li, lui dit à l'oreille :

– Mon mari ne va pas très bien depuis le tremblement de terre de Tang-Shan. Ses parents et son frère aîné habitent là-bas. Après qu'on a annoncé la catastrophe à la radio, il leur a envoyé plusieurs dépêches. Aucune réponse. Alors, tu peux imaginer…

Elle soupira, puis ajouta à voix basse :

– Les cadavres se comptaient par camions. Et on n'a pas encore ramassé tous les corps. Sous les décombres, ça ne doit pas être facile. Et avec une chaleur pareille, ça se décompose comme des blocs de lard…

À la fenêtre un coin du rideau vert se souleva, la tête de Vieux Zhou apparut.

– Il faut que je rentre, dit rapidement Vieille Zhou. Mon mari doit avoir besoin de quelque chose. À tout à l'heure, grand-maman Mei-Li.

– À tout à l'heure, répondit Mei-Li. Dis-lui de ne pas trop s'inquiéter. Sans nouvelle ne veut rien dire en ce moment, tout doit être paralysé là-bas…

Mais Mei-Li savait que la situation était extrêmement inquiétante. Depuis plus d'un mois, à la radio comme dans les journaux, dans les rues comme à la maison, on ne parlait que de cette catastrophe qui semblait la plus meurtrière de l'histoire humaine. Les gens racontaient que des centaines de milliers de soldats y avaient été envoyés pour chercher des survivants, ou des cadavres. Que des dizaines de milliers de médecins avaient été appelés dans les hôpitaux de la Chine entière pour porter secours aux blessés. Que des camions remplis de corps qu'on n'avait pas eu le temps d'identifier avaient convergé vers des bûchers où l'on avait entassé et brûlé les cadavres pour réduire les risques d'épidémie. Même à Guang-Ning, à presque deux mille kilomètres du lieu du désastre, la panique était à son comble. Une nuit, un homme s'était tué en sautant par sa fenêtre, au troisième étage. Les gens racontaient qu'il avait cru entendre l'alarme du séisme en entendant la sonnerie de son réveille-matin. Une autre nuit, les habitants de la rue Lac-du-Sud furent réveillés par des cris épouvantables « Tremblement de terre ! Tremblement de terre !... » et tous se jetèrent hors de la maison, hurlant de terreur et courant dans toutes les directions, tandis que des voyous profitaient du trouble général pour cambrioler les maisons en toute tranquillité. Le service de sécurité publique de Guang-Ning a réagi en arrêtant la bande de voyous en deux jours et en exécutant le chef sur-le-champ. « Tuer un coq pour faire peur aux singes » comme le dit le proverbe. La stratégie dissuasive de la police se montrait apparemment efficace, car ce genre de tentative ne s'est pas reproduit. Les morts sont déjà morts, songeait Mei-Li en marchant, ils ne souffrent plus. Mais pour ceux qui sont en vie, pour les familles si brutalement brisées, pour les êtres qui ont perdu leurs parents, leurs compagnons, les orphelins, l'enfer ne fait que commencer... Seule leur propre mort pourra leur faire oublier un tel drame.

Mei-Li s'engagea dans l'ancienne rue du Phénix. Une vingtaine d'ouvriers étaient en train de creuser les trottoirs à coups de pioche, afin d'enlever les grosses racines des flamboyants récemment abattus. Il y avait de la terre et des morceaux de briques partout. Quelle stupidité ! pensait Mei-Li en passant à côté de ces hommes qui travaillaient torse nu, et de ces trous de terre rouge comme des blessures fraîches. Ça y est, ils avaient déjà remplacé le nom de la rue, et maintenant ils lui enlèvent son identité. Ces fleurs écarlates qui s'enflamment au-dessus de la chaussée chaque mois de mai vont disparaître pour toujours…

– Qu'est-ce que vous allez planter là ? demanda Mei-Li à un vieil ouvrier qui fumait une cigarette assis sur le manche de sa pioche.

– Des oliviers albaniens, répondit-il avec indifférence.

Un jeune homme en costume vert passa à bicyclette.

– Bonjour, grand-maman Mei-Li ! dit-il.

Mei-Li reconnut le facteur du quartier.

– Ah, bonjour Xiao-Ning, dit-elle en souriant. Pas de lettre pour moi ?

Xiao-Ning descendit de son vélo, fouilla dans son gros sac de toile.

– Non, grand-maman Mei-Li, pas pour aujourd'hui, dit-il.

Puis, voyant l'air déçu de Mei-Li, il ajouta en enfourchant son vélo :

– Te fais pas de souci, grand-maman Mei-Li, la lettre que tu attends est peut-être déjà en route. Dès que j'aurai vu une enveloppe qui porte ton nom, je courrai chez toi tout de suite sans attendre l'heure de la tournée.

Mei-Li sourit à nouveau. Quel gentil garçon ! pensait-elle en regardant la silhouette familière qui disparaissait au coin de la rue. Le combien sommes-nous aujourd'hui ? Le 9 septembre déjà ? Que le temps passe vite ! Ça fait plus de quatre mois déjà que je n'ai pas reçu de lettre de Fan-Fan. Ça ne m'étonne pas si Ming-Ming n'écrit pas pendant quatre ou même six mois, mais Fan-Fan…

Le soleil était partout dans le ciel, dans les rues, dans les maisons. Comme de la poussière brûlante et éblouissante. On y voyait mal dans l'appartement tellement la lumière était forte. Mei-Li tira le rideau. Cela s'arrangeait un peu. Elle posa sur la table un grand bol de soupe de choux verts, une assiettée de toufu au porc, deux paires de baguettes de bambou, deux bols remplis de riz.

Bai-Lan qui venait de rentrer regarda le réveil sur le buffet bas.

– Presque midi vingt, dit-elle, Bi-Zhu est en retard.

– Elle ne mange pas à la maison ce midi, expliqua Mei-Li en s'asseyant. Elle a été invitée.

– Ah bon, fit Bai-Lan en prenant son bol. C'est déjà la troisième fois en moins de deux semaines.

– Elle se fait des amis, c'est de son âge, dit Mei-Li en mettant un morceau de porc dans le bol de sa fille. As-tu oublié comment tu étais à son âge ?

Bai-Lan eut un sourire rêveur. Comme si elle se souvenait d'un coup de ses jeunes années… Oui, bien sûr, elle avait été jeune elle aussi… Soudain, comme réveillée, elle demanda :

– Il n'y a pas de lettre des enfants ?

– Non, répondait Mei-Li en mâchant un morceau de toufu.

Mei-Li avait demandé à Bi-Zhu de ne pas parler à Bai-Lan du prochain retour de son fils. Si tout va pour le mieux, avait pensé Mei-Li, quelle surprise quand elle le verra ! Et si par malheur cela tourne mal, au moins elle ne sera pas plus malheureuse d'avoir été déçue…

– On a prévenu qu'il y aurait une déclaration très importante du Comité central du Parti à la radio à trois heures cet après-midi, dit Bai-Lan qui remplissait son bol de soupe de choux verts.

– Qu'est-ce que ça pourrait être ? demanda Mei-Li tout en continuant à manger.

– Certains disent que ça doit être…

Bai-Lan hésita.

– Ça doit être quoi ? demanda Mei-Li avec impatience. Ne me laisse pas dans le noir.

– Eh bien, voilà. Certains disent que ça doit être… le décès du président Mao, dit Bai-Lan en baissant la voix comme si elle prononçait un sacrilège. Il paraît qu'il est très malade depuis quelque temps…

Ciel ! Mei-Li s'était attendue à tout sauf à cela. Depuis tant d'années que Mei-Li criait avec les autres « Vive le président Mao ! » elle avait fini par oublier que lui aussi était un homme, qu'il pouvait vieillir, qu'il pouvait être malade, qu'il pouvait mourir un jour… comme n'importe qui. Mei-Li était bouleversée. C'est un dieu, le président Mao, pour tout le monde. Et un dieu est immortel. Ou éternel. Or, maintenant, le dieu est mort. Donc le dieu n'est pas un dieu… Mei-Li avait très peur aussi. Pas pour elle-même – elle a soixante-douze ans déjà, combien d'années encore lui reste-t-il à vivre ? Elle peut les compter sur ses doigts. Mais pour les enfants, pour Bai-Lan, pour Ming-Ming, pour Bi-Zhu, pour Fan-Fan. Quoi qu'il fît, le président Mao a dirigé le Parti et le pays pendant vingt-sept années. Sa disparition entraînera un séisme social qui secouera cette fois-ci la Chine entière. Changements inévitables. Pour le meilleur ? Pour le pire ? Personne ne saurait le dire. Et c'est ça qui est effrayant.

Mei-Li ne remarqua pas le départ de Bai-Lan pour le travail. Elle restait assise à table, devant les reliefs du repas, les yeux fixés sur les aiguilles du réveil. Une heure. Une heure et demie. Deux heures. Deux heures trente. Deux heures quarante. Deux heures cinquante. Deux heures cinquante-cinq. Deux heures cinquante-six. Deux heures cinquante-sept. Deux heures cinquante-huit. Deux heures cinquante-neuf. Trois heures ! Mei-Li alluma la petite radio : une musique solennelle. Funèbre.

Mao Tsé-Tong est mort à zéro heure dix, le 9 septembre 1976.

美丽

Au milieu d'une nuit glaciale de l'hiver 1948, mon mari Meng-Yu s'est éteint doucement, comme une lampe à huile qui s'est consumée jusqu'à la dernière goutte de son énergie.

Bai-Lan l'a beaucoup pleuré. Il avait été un bon père pour elle.

生活

Le 4 juillet 1979.

À 7 heures du matin, le soleil dorait déjà d'une lumière douce les toits et les vitres donnant sur l'est. Coups de klaxon impatients. Sonneries de vélos joyeuses. Couinements de portes et de fenêtres qui s'ouvrent. Voix familières des voisins qui s'interpellent à pleine gorge.

Ming-Ming rangea sa brosse à dents, accrocha sa serviette, laissa la place à Bai-Lan et vint s'asseoir à table. Mei-Li lui avait préparé un petit déjeuner copieux : un grand bol de lait de soja, une omelette à la ciboulette et trois « baozi », petits pains farcis cuits à la vapeur.

Ce jour-là, c'était le premier jour du concours national d'entrée aux écoles supérieures. Le concours avait été rétabli deux ans auparavant. Fan-Fan y avait participé en 1977, avec des résultats brillants qui lui avaient ouvert la porte de l'institut de médecine de Wuhan. Ming-Ming, malchanceux, était sorti de prison fin 76, trois semaines après le mariage de Bi-Zhu avec le neveu du président du comité révolutionnaire de Guang-Ning. Foudroyé par la douleur, la tête vide, l'œil sec, le poil hérissé, Ming-Ming avait couru chez Bi-Zhu pour demander des explications. « Au moins, laisse-moi savoir pourquoi ! » s'était-il écrié comme un fou. Mais Bi-Zhu n'avait pas desserré les dents. Plus tard, trop tard ! Mei-Li lui avait appris que c'était pour le faire sortir de prison que Bi-Zhu, désespérée, avait sacrifié leur amour. Leur premier amour. Perdre Bi-Zhu à vingt-trois ans après avoir perdu papa à trois ans ! C'est ça son sort ? Il y avait eu des nuits où il s'était cogné le front contre le mur jusqu'au sang. Puis la réussite de Fan-Fan lui avait en quelque sorte ouvert les yeux : lui aussi il pourrait quitter Guang-Ning par la même voie. Et tous ces gens et toutes ces choses auxquels il était attaché. Pour enterrer à jamais le passé dans la tombe du passé. Pour se trouver une nouvelle identité. Pour renaître. Ailleurs. Loin d'ici. Loin de tous ses souvenirs. Il avait alors ressorti ses vieux bouquins et ses vieux cahiers d'écolier et il s'était barricadé dans sa chambre pendant dix mois. Il s'était présenté au concours en juillet 78, mais il avait échoué à quelques points près. Il avait pleuré. Il lui fallait réussir. Il le voulait absolument. Il avait essuyé ses larmes et s'était de nouveau enfermé dans sa chambre pendant douze mois. Et, cette fois, il allait réussir. Il le savait. Les deux matières d'aujourd'hui – la politique et l'anglais – ce sont ses points faibles, mais il est sûr qu'il aura au moins la moyenne : il les a tellement travaillées depuis l'été dernier. Les matières de demain – les mathématiques et le chinois – ça ne va pas lui poser de gros problèmes non plus. Quant aux matières du dernier jour – la chimie et la physique –, il croit déjà les avoir dans la poche : c'est là qu'il est le plus fort. Après avoir avalé la dernière bouchée de baozi sous le regard attendri de Bai-Lan, il vérifia une fois encore si la gomme et les deux nouveaux stylos qu'il avait mis dans son sac de toile cette nuit étaient toujours là. L'année dernière, il n'était pas près de l'oublier, son unique stylo avait rendu l'âme vingt minutes avant la fin de la dernière épreuve et ça lui avait coûté très cher.

– T'as pas oublié la montre ? lui demanda Bai-Lan.

– Non, maman, dit le garçon en montrant son poignet.

Il avait emprunté la montre de Bai-Lan la veille, comme ça il pourrait savoir à tout moment où il en serait.

– Et du papier de brouillon ? demanda encore sa mère.

– C'est interdit d'apporter la moindre feuille de papier dans la salle d'examen, répondit Ming-Ming.

– Tiens, voilà ton déjeuner, dit Mei-Li en lui tendant une gamelle d'aluminium et une bouteille de thé d'azerole.

Ming-Ming les glissa dans son sac de toile, et s'en alla en sifflotant.

– Surtout ne bois pas l'eau du robinet ! ajouta encore Mei-Li derrière lui.

– Il a l'air confiant, fit Bai-Lan qui terminait de manger.

– Il va réussir, affirma Mei-Li en regardant par la fenêtre son petit-fils s'éloigner à grands pas.

– Je ne rentre pas déjeuner ce midi, maman, dit Bai-Lan en se levant. J'irai voir une collègue. Elle a eu un accouchement prématuré et le bébé est mort.

– Oh ciel, ça doit être terrible, dit Mei-Li avec compassion.

Elle sortit de sous le buffet un panier de bambou rond qu'elle tendit à Bai-Lan.

– Bi-Zhu m'a apporté une vingtaine d'œufs frais hier, porte-les à ta collègue.

Bai-Lan prit un vieux journal qu'elle déchira en petits morceaux, et enveloppa les œufs un à un avant de les mettre dans son sac.

– Comment va Bi-Zhu ? s'enquit-elle. Ça fait déjà un moment que je ne l'ai vue.

– Elle attend un enfant, annonça Mei-Li avec un sourire large. L'œil de Bai-Lan brilla de joie.

– Alors, je vais devenir bientôt grand-mère ! C'est pour quand ?

– Février.

– Oh ! je ne peux plus attendre.

– Moi non plus.

Elles rirent ensemble.

Bai-Lan tirait la fermeture Éclair de son sac. Mei-Li lui demanda :

– Sais-tu qu'on a déjà commencé à réhabiliter les « droitiers » de 57 ?

Bai-Lan pâlit.

– Et alors ? fit-elle sur un ton faussement indifférent.

– Le mari de grande-sœur Ma, tu te rappelles ? dit Mei-Li en guettant du coin de l'œil le moindre changement sur le visage de sa fille. Il avait été envoyé en camp de travaux forcés peu après Hong. Il a été réhabilité et il cst rentré à la maison hier…

Bai-Lan se mordait les lèvres à en saigner. Mei-Li reprit prudemment :

– Tu n'as pas pensé… par exemple… à écrire à Hong ? Peut-être… que lui aussi… il est sorti. Il était innocent, tout le monde le sait…

Bai-Lan demeurait silencieuse, les yeux baissés. Puis, brusquement, elle releva la tête, dit les larmes aux yeux :

– Non, maman, je ne lui écrirai pas.

– Mais pourquoi ? demanda Mei-Li d'une voix très douce, bouleversée par la réaction de sa fille.

– S'il se souvenait encore de moi, s'il se souvenait encore de ses enfants, il saurait où nous retrouver, non ?

Sur ce « non », Bai-Lan détourna la tête comme pour cacher ses larmes. Elle saisit son sac.

Mei-Li eut un geste impulsif pour prendre sa fille dans ses bras mais Bai-Lan lui échappa. Elle sortit presque en courant.

Mei-Li poussa un soupir, ramassa les couverts. Elle la comprenait. Presque vingt-deux années de séparation. Carrière de chanteuse ruinée. Difficultés du quotidien. Incompréhension et mépris des autres. Mort de Zhong. Désillusions amères. Solitude. Monstrueuse solitude… Mei-Li soupira à nouveau.

Elle laissa les couverts sales dans l'évier, soudain trop fatiguée. Elle retourna s'asseoir dans la salle à manger, posa les mains sur la table. C'étaient deux mains décharnées et ridées, enflées aux jointures, où de grosses veines bleues se tordaient comme des vers de terre sous une peau parsemée de taches sombres. Je suis vieille, se répétait Mei-Li en contemplant ses mains comme fascinée par leur laideur douloureuse. Je ne savais pas qu'on peut devenir si vilain quand on est vieux. Le temps a fait du beau travail…

Elle se sentit soudain seule, avec l'envie de parler à quelqu'un. Elle promena son regard dans la pièce et ses yeux rencontrèrent les yeux du président Mao qui lui souriait du haut du mur de son sourire bonhomme. Ce n'est quand même pas à vous que je peux parler de nos problèmes, hein ? se dit Mei-Li en détournant son regard. Fan-Fan, sa petite-fille chérie, était la seule personne au monde à qui elle pouvait vraiment parler, et elle se trouvait à mille kilomètres… Mei-Li sortit de sa poche une lettre. C'était la dernière lettre de Fan-Fan. Elle l'avait reçue depuis une vingtaine de jours. Elle n'avait pas besoin de la déplier : elle l'avait lue et relue elle ne savait combien de fois, si bien qu'elle la connaissait par cœur. Fan-Fan disait qu'elle rentrerait pour les vacances d'été, le 14 juillet. Dix jours encore, comme c'est long ! pensait Mei-Li en fourrant la lettre dans sa poche. Elle se leva et alla s'allonger sur son lit, face à la bibliothèque en bois. Les trois rayons supérieurs étaient occupés par les gros volumes couverts d'une épaisse couche de poussière. C'étaient les livres de Hong. Personne ne voulait y toucher sauf Mei-Li qui les dépoussiérait une fois par an à la veille du Nouvel An. Plus bas, il y avait une vingtaine de bouquins jaunis, froissés, qui portaient la marque du déluge. C'étaient là les livres de Zhong, les survivants de la grande inondation de 1968. Bi-Zhu ne les avaient pas emportés quand elle s'était mariée : « Il n'y pas de place pour eux dans ma nouvelle maison, dit-elle, c'est ici leur foyer. » Plus bas encore étaient rangés les manuels scolaires, de la première année d'école primaire à la dernière année d'école secondaire. Les deux rayons inférieurs étaient garnis d'œuvres littéraires, poèmes Tang, romans classiques, auteurs modernes, et pas mal de traductions de romans étrangers. Ceux-là appartenaient à Fan-Fan. Un jour, par curiosité, Mei-Li avait pris un volume intitulé *Guerre et Paix*. Au bout d'une heure, elle l'avait refermé et remis en place. Elle n'avait pu supporter les noms des personnages et certaines descriptions psychologiques. Comme ces noms étrangers sont longs ! se disait-elle. Nous les Chinois nous avons des noms à deux ou trois caractères, très souvent suggestifs et si faciles à retenir. Et on ne trouve jamais ces descriptions interminables chez nos auteurs classiques : un geste, une parole, un sourire ou un coup d'œil suffit à traduire les caractères comme si les personnages agissaient juste sous vos yeux. C'est bien plus vivant. Déçue par cette première expérience, Mei-Li ne s'aventurait plus sur le terrain de la littérature étrangère – russe, américaine, anglaise ou française –, préférant s'enfermer avec *Le Rêve du Pavillon Rouge, Les Trois Royaumes, Au bord de l'eau* et une tasse de thé vert… Tout à coup, Mei-Li se frappa la tête, saisie d'une soudaine inspiration : Écrire à Fan-Fan ! Lui dire ce qui s'est passé. Qui sait si elle ne voudra pas écrire à son père ?

Rapidement, Mei-Li se leva afin de prendre de quoi écrire. Elle dénicha un bout de crayon mais plus de papier à lettres. Mei-Li feuilleta le carnet de comptes familial : plus de page vierge. Elle ouvrit le tiroir du bureau de Ming-Ming. Une fiole rangée dans un coin attira son regard. Qu'est-ce que c'est que ça ? se dit-elle. Somnifères ! Mei-Li fronça les sourcils ; elle ne se doutait pas que Ming-Ming en prenait. Elle remit la fiole en place et détacha soigneusement la dernière page d'un cahier de notes, puis referma le tiroir. Elle commença sa lettre.

L'école secondaire n° 5 avait été transformée en centre d'examen temporaire : de hauts murs en briques rouges blanchis à la chaux, une lourde porte en fer peinte en vert, une petite cour rectangulaire avec deux tables de ping-pong en ciment à l'ombre de deux vieux manguiers, un bâtiment gris de quatre étages fermant un terrain de basket-ball sur trois côtés.

À huit heures moins le quart, Ming-Ming entra dans la salle d'examen du premier étage. Beaucoup de candidats étaient déjà arrivés. Une cinquantaine. Ming-Ming promena un regard nerveux sur ces visages inconnus, pour la plupart bien plus jeunes que le sien. Je vais devoir faire mieux qu'eux pour réussir, songeait-il. L'année dernière, seulement un sur vingt a eu la chance d'être admis dans une école supérieure. Cette année, à ce qu'on dit, la concurrence est plus terrible encore : un sur trente environ. Peu de soupe de riz pour beaucoup de bonzes…

Comme les autres, Ming-Ming déposa son sac sur une table au fond de sa classe, il trouva ensuite la place n° 9, la sienne, au premier rang près de la fenêtre donnant sur le couloir. Au moment où Ming-Ming s'installait, il s'aperçut qu'il avait oublié ses stylos. Il se précipita au fond de la salle pour les chercher. Une voix derrière lui l'appela :

– Ming-Ming !

C'était un garçon portant une cicatrice au coin de l'œil droit. Il lui semblait l'avoir vu quelque part mais où ? Il n'arrivait pas à s'en souvenir.

Le garçon à la cicatrice sourit.

– L'année dernière, tu étais assis derrière moi…

Ah, c'est bien ça ! Ming-Ming se le rappelait maintenant. Le garçon… comment s'appelle-t-il déjà ? Li-Ping ? Oui, c'est ça, il s'appelle Li-Ping. Il était candidat au concours aussi. Ils ont même échangé quelques mots de sympathie. Il est là de nouveau, ça veut dire qu'il n'a pas eu plus de chance que lui…

– Oui, oui, je m'en souviens, dit Ming-Ming comme s'il avait rencontré un vieil ami, quelle coïncidence !

– J'ai été collé en maths et en physique l'année dernière, dit Li-Ping sur le ton de la confidence. Mes parents n'étaient pas contents du tout. Et mes sœurs se moquent de moi… J'ai intérêt à réussir cette année…

– Ton papier, s'il te plaît, dit une voix rude près de Ming-Ming.

Ming-Ming se retourna d'un bloc, un homme d'une cinquantaine d'années se tenait à côté de son pupitre.

– Ton papier, s'il te plaît, répéta le surveillant.

– Ah, excusez-moi, dit Ming-Ming en fouillant la poche de sa chemise.

Ming-Ming tendit son certificat de candidature au surveillant.

Celui-ci jeta un coup d'œil méfiant sur la photo puis sur le visage de Ming-Ming, lui rendit le certificat, se pencha ensuite pour s'assurer qu'il n'y eût rien dans le tiroir, et s'en alla sans dire un mot.

Ming-Ming fit une grimace de dégoût derrière son dos.

Sonnerie. Silence. Tout le monde attendait nerveusement. L'autre surveillant, plus jeune, commença de distribuer les copies.

– Il ne vous reste plus qu'une heure maintenant, prévint le vieux surveillant, raide devant le tableau noir.

Ming-Ming posa son stylo, leva la main. Le vieux surveillant s'approcha.

– Qu'est-ce que c'est ? demanda-t-il.

– J'ai besoin d'aller aux toilettes, dit Ming-Ming.

Le vieux surveillant fronça les sourcils.

– Va, dit-il d'un ton sec.

Puis il fit signe à son jeune collègue de suivre Ming-Ming.

Ming-Ming descendit l'escalier quatre à quatre, traversa rapidement le terrain de basket et la petite cour, entra dans les toilettes. Le jeune surveillant l'attendit dehors.

En reboutonnant son pantalon, Ming-Ming remarqua par terre un bout de papier couvert d'une fine écriture. Il se pencha, le ramassa. Il entendit alors le jeune surveillant tousser dehors. Il jeta promptement le bout de papier comme s'il s'était brûlé les doigts. Il sortit des toilettes, courut vers la salle d'examen. Le jeune surveillant courut derrière lui.

Un quart d'heure plus tard, Li-Ping demanda à son tour la permission d'aller aux toilettes. Le vieux surveillant le suivit.

– Il ne vous reste plus qu'une demi-heure maintenant, avertit le jeune surveillant, cambré devant le tableau noir.

Ming-Ming n'avait plus qu'une seule question à traiter. Il la parcourut rapidement : « Pourquoi seul le socialisme peut-il sauver la Chine ? » Question facile. Ming-Ming poussa un petit soupir de soulagement : il suffisait de répéter ce qu'il avait appris par cœur. Mais à l'instant où il terminait d'écrire le mot « Réponse », il sentit une main se poser lourdement sur son épaule. Il leva la tête et vit la figure furieuse du vieux surveillant.

– Sors, grinça-t-il entre ses dents.

Ming-Ming le suivit. Li-Ping était debout dans le couloir, livide, la tête basse, les épaules tombantes.

– Qu'est-ce qu'il y a ? demanda Ming-Ming.

– Tu ne sais vraiment pas ? dit le vieux surveillant d'un ton ironique.

– Mais de quoi parlez-vous ? dit Ming-Ming avec impatience. Je n'ai pas encore termi…

– Tu reconnais bien ça, quand même ? l'interrompit le vieux surveillant en brandissant un bout de papier devant ses yeux.

C'était le morceau de papier que Ming-Ming avait remarqué dans les toilettes.

– Non, répondit-il.

– Te te moques de moi ou quoi ? dit le vieux surveillant, le visage bleu de rage.

Il pointa son doigt sur Li-Ping.

– Je l'ai surpris en train de lire ça dans les toilettes. Il a dit qu'il l'avait ramassé. C'est toi qui es allé aux toilettes avant lui, non ?

– Mais ça y était déjà quand j'y suis entré ! s'écria Ming-Ming rouge d'indignation. Laissez-moi terminer d'abord mon examen, vous pourrez m'interroger aussi longtemps que vous voudrez après !

La bouche du vieux surveillant se tordit.

– Retournez dans la salle ! Mais vous ne vous en sortirez pas aussi facilement, je vous le promets !

Ming-Ming alla se rasseoir et reprit son stylo, mais ses mains tremblaient encore de colère. Il n'arrivait plus à se concentrer. Il respira profondément, essayant de se calmer. Peine perdue. Il ne retrouva plus un mot de ce qu'il avait appris par cœur.

– Il ne vous reste plus que cinq minutes, avertit le jeune surveillant.

Mei-Li signa « Grand-mère » en bas de la feuille, mit la date sous sa signature, relut la lettre, ratura quelques mots, en rajouta d'autres, puis plia la lettre qu'elle glissa dans une petite enveloppe blanche. Elle prit dans la marmite quelques graines de riz cuit. Elle préférait ça à toute colle. Elle s'aperçut plus tard qu'elle n'avait plus de timbre. Il lui fallait se rendre à la poste. Comme la poste ne se trouvait pas tout près et qu'elle avait des difficultés à marcher, Mei-Li décida de prendre son déjeuner d'abord.

Ming-Ming et Li-Ping sortirent de la salle d'examen et se dirigèrent vers une table de ping-pong où ils s'installèrent. Quatre filles vinrent s'asseoir sur l'autre table de ping-pong pour leur pique-nique. Ming-Ming sortit la bouteille de thé d'azerole, but une grande gorgée, passa la bouteille à Li-Ping.

– Mais qu'est-ce qui s'est passé ? demanda Ming-Ming.

Li-Ping rejeta la tête en arrière, porta le goulot de la bouteille à ses lèvres, et l'inclina avec précaution.

– Tu ne peux pas savoir quel vieux con c'est, ce surveillant ! dit-il en rendant la bouteille à Ming-Ming. Il m'a dit qu'il m'attendait dehors, puis il est entré comme un voleur. Alors, tu sais…

– Tu l'as lu ? demanda encore Ming-Ming.

– Quelques lignes seulement, répondit Li-Ping en ouvrant sa gamelle.

– Qu'est-ce qu'il y avait dessus ?

– Des notes sur l'histoire du Parti.

– Alors, on est cuits, affirma Ming-Ming d'un ton sombre.

– Ne sois pas si pessimiste, Ming-Ming, le rassura Li-Ping qui se mettait à manger. Ils n'auront qu'à comparer notre écriture avec celle qui est sur le papier et tout sera clair. D'ailleurs, il n'y a pas que nous qui sommes allés aux toilettes ce matin.

– On n'a vraiment pas eu de chance, dit Ming-Ming en poussant un soupir. Ce vieux con ne va pas nous laisser tranquilles…

Ming-Ming ouvrit sa gamelle. Elle contenait deux tranches de poisson salé, un morceau de toufu frit, du riz sauté aux haricots verts. Tout était délicieux mais Ming-Ming n'avait pas faim. Il avala deux ou trois bouchées, puis referma la boîte.

Comme il faisait trop chaud pour rester dehors, les deux garçons rentrèrent dans la salle d'examen aussitôt après le déjeuner. À leur grande surprise, jusqu'à deux heures moins le quart, personne n'était encore venu les chercher. Les candidats commençaient à entrer les uns après les autres. Apparemment, pensait Ming-Ming un peu soulagé, Li-Ping a raison. Ils ont sans doute comparé les écritures, ils ont trouvé le tricheur, et ils nous laissent… Ming-Ming sortit dans le couloir, s'étira en faisant craquer les os de ses épaules et de ses bras. Un bien-être s'écoula dans tout son corps comme le flux provoqué par un coup d'acupuncture réussi. Il descendit à toute allure aux toilettes pour se passer la tête sous le robinet. L'eau froide lui fit du bien. Il se sentait de nouveau tout frais. Il regarda sa montre, encore cinq minutes, le temps de retrouver sa place avant la distribution des copies.

Des cohortes de nuages gris s'entassaient. Le soleil avait disparu. Le vent se levait. Il faisait déjà moins chaud. Une averse qui se prépare, tant mieux pour l'épreuve de cet après-midi ! songeait Ming-Ming en remontant l'escalier quatre à quatre.

Les deux surveillants étaient plantés là, devant l'entrée de la salle d'examen, comme les dieux de la porte dont on voyait encore l'icône trônant sur les battants des chaumières dans les campagnes perdues. À la vue de Ming-Ming, le vieux surveillant avança d'un pas, lui barrant la route :

– Tu es exclu du concours, dit-il froidement. Rentre chez toi.

– Mais ce bout de papier n'est pas à moi, protesta Ming-Ming sur le ton de la colère refoulée.

– D'accord, dit le vieux surveillant narquois, mais tu l'as lu.

– Non ! Ce n'est pas vrai ! répliqua Ming-Ming avec indignation.

– Ah bon ! Je ne savais pas que tu étais si propre que ça ! fit le vieux surveillant avec une ironie funèbre.

– Je peux jurer sur…, s'étrangla Ming-Ming.

– Pas la peine d'insister, l'interrompit le vieux surveillant avec un sourire cruel. Rentre chez toi maintenant. Tu pourras revenir l'année prochaine si le cœur t'en dit. Mais surtout ne va plus aux toilettes au cours des épreuves. Haaa !…

Il éclata de rire. Le jeune surveillant et les autres candidats qui se pressaient derrière les fenêtres se déchaînèrent.

Ming-Ming jeta un coup d'œil dans la salle : la place de Li-Ping était vide, il avait été chassé lui aussi.

Le vieux surveillant riait encore, en se frottant les mains. Dans son impuissance désespérée, Ming-Ming explosa. Il écrasa son poing sur le nez du vieux surveillant qui tomba d'un bloc. Alors, il pivota sur ses talons et sortit de l'école sans un regard en arrière.

Les nuages noir d'encre pesaient de tout leur poids sur la ville. Le ciel s'approchait tant de la terre qu'il semblait qu'on pût le toucher en levant le bras. À deux heures et demie de l'après-midi, on eût dit le crépuscule. Les vents pliaient sans pitié les jeunes oliviers albaniens aux bords de l'ancienne rue du Phénix. Quelques fenêtres mal fermées claquaient bruyamment. Des piétons se précipitaient dans les boutiques, d'où les clients hésitaient à sortir, scrutant le ciel sur le seuil d'un air inquiet. Plusieurs hommes et femmes passèrent à vélo, arc-boutés sur leur guidon, roulant à toutes pédales comme pour une compétition. Un autobus s'arrêta devant l'entrée du bureau de santé publique de Guang-Ning, puis repartit lentement, emportant une quinzaine de passagers qui regardaient au-dehors avec l'air réjoui du spectateur qui se sait à l'abri.

Mei-Li traversa la rue avec effort. S'aidant d'une canne de bambou, elle marchait à petits pas de tortue, en traînant les jambes. Elle avait le dos voûté mais la tête droite. Le vent soulevait ses cheveux blancs, gonflait sa veste et son pantalon de coton noirs. Elle plissait les yeux à cause des rafales et de la poussière qu'elles soulevaient. Sa main gauche se crispait sur la petite enveloppe blanche de peur que le vent ne l'emportât d'un coup.

Arrivée ! Mei-Li gravit péniblement le perron du bureau de poste. À l'intérieur trois ou quatre personnes se bousculaient devant le guichet. Elle se plaça derrière elles, attendant son tour avec une patience de vieux bouddha. Quand enfin les autres furent partis, Mei-Li posa deux billets de deux maos sur le guichet.

– Cinq timbres à huit fens, s'il vous plaît.

– Voilà, dit l'employée en déposant les timbres dans sa paume.

Mei-Li se dirigea lentement vers une tablette placée dans un coin de la salle, prit avec son index le peu de colle qui restait au fond d'une petite assiette de fer fixée sur la tablette, colla un timbre sur l'enveloppe blanche. Elle rangea les autres timbres dans la poche de sa veste, sortit de la poste et s'arrêta devant la boîte aux lettres. Avant d'y glisser sa lettre, elle vérifia encore une fois l'adresse écrite sur l'enveloppe : Province de Hubei, Wuhan, Institut de Médecine de Wuhan, Résidence des Étudiants, Bâtiment 8, Chambre 217, Fan-Fan. Tout était juste. Rien n'y manquait. Fan-Fan la recevrait dans quatre jours.

Un coup de tonnerre éclata. La pluie tomba à verse.

Ming-Ming était debout au bord du fleuve Yang. Immobile dans l'orage. Comme un poteau de bois. Les fouets du vent et de la pluie lui flagellaient la figure avec violence. Il était aveuglé. Il était suffoqué. Sa chemisette blanche et son pantalon bleu trempés étaient plaqués à son corps comme une seconde peau, ses pieds noyés dans des ruisseaux de boue qui dégringolaient de la berge pour venir gonfler les muscles du courant. Ciel et fleuve, informes, se décomposaient en une bouillie de brume. Aveuglé, Ming-Ming vit s'approcher un visage souriant. Il n'arriva pas à distinguer ses traits, mais il sut que c'était le visage de son père. Ce père qui lui manquait tant. Et qui ne venait jamais le visiter dans ses rêves. Ming-Ming leva les bras vers lui, à la fois si proche et si lointain, mais le visage disparut aussitôt. Ming-Ming éprouva alors les mêmes sensations que onze ans plus tôt, lors de la traversée commémorative du fleuve, au moment où il s'abandonnait au froid et aux caprices du courant, où il allait s'engloutir dans l'abîme sombre de l'eau…

Quelqu'un regardait Ming-Ming.

C'était un vieillard sans âge. Son crâne entièrement rasé parsemé de cicatrices rondes de brûlures. Il le regardait fixement, planté dans une flaque, sous un grand parapluie de papier ciré à la colle de poisson. La pluie dégouttait de son parapluie comme du toit de tuiles d'un temple, éclaboussant le bas de sa longue blouse de toile grise.

Saisissant un pan de sa blouse d'une main, agrippant son parapluie de l'autre, le vieillard se dirigea vers Ming-Ming. Il s'arrêta un pas derrière le garçon. Il le contempla un long moment, puis avança le parapluie au-dessus de sa tête. Ming-Ming se tourna lentement.

– Viens avec moi, jeune homme.

Les paroles du vieillard, bien que prononcées à voix basse, sonnèrent comme une cloche de bronze ancienne venue du fond de l'immensité. Son regard paternel était d'une profondeur infinie. Toute sa personne rayonnait d'une sérénité surnaturelle. Ming-Ming ne se demanda pas qui il était, ni où ils allaient. Il le suivit docilement comme dans un rêve.

美丽

Vers la fin septembre 1949, de très fortes pluies se sont abattues sur la région. On eût dit que le Fleuve du Ciel avait brisé ses digues et s'était déversé à Tien-Ma. Le Quing-Shui est sorti de son lit, a envahi les quartiers de la ville basse. Il ne s'est retiré que deux jours plus tard, laissant dans les rues une couche de boue rougeâtre épaisse de plus de cinq pouces, et sous les débris des maisons écroulées, quelques dizaines de corps affreusement gonflés…

Fort heureusement, l'échoppe de tante Liu a résisté au déluge, ainsi que le reste de notre maison. C'était vraiment une chance que nous n'ayons perdu ni notre bol de riz – mon travail chez tante Liu – ni le toit qui nous abritait.

Ce jour-là, une semaine après la catastrophe, tante Liu et oncle Zheng offraient du potage de riz aux sinistrés dans leur petit restaurant. Le couple s'était affairé toute la nuit dans la cuisine. Les gens qui avaient tout perdu venaient de la ville et de ses environs. Je leur distribuais à chacun une louche de soupe de riz. Cela faisait déjà une demi-journée que j'étais là, et les grosses marmites se vidaient rapidement l'une après l'autre, mais je ne pouvais toujours pas apercevoir la fin de la queue. C'était terrible, comme tu peux l'imaginer, de voir tant de femmes, de vieux et d'enfants souffrir de la faim. Même si on avait déjà les yeux habitués aux misères en ces années de guerre civile entre nationalistes et communistes.

Tout à coup, une tête familière a émergé des sinistrés : le facteur, que je n'avais pas vu depuis l'inondation.

D'habitude, il passait devant l'échoppe tous les matins vers onze heures. Comme tante Liu et oncle Zheng n'avaient plus de parents ni de relations dans ce monde, ils ne recevaient jamais de courrier. Simplement le facteur nous criait bonjour en passant. De temps en temps, il entrait après sa tournée pour nous faire dresser les cheveux sur la tête avec des histoires sur les horreurs de la guerre en échange d'un grand bol de nouilles de riz.

Mais que venait-il faire aujourd'hui ? Ce n'était quand même pas le moment de venir nous raconter la misère humaine quand on en avait plein les yeux…

Eh bien non, cette fois c'était pour me donner une lettre. Une lettre de Jing-Ming ! J'ai reconnu tout de suite son écriture sur l'enveloppe froissée. Les visages des affamés ont brusquement disparu, je ne voyais plus que cette enveloppe dans ma main. Faut avouer que j'étais vraiment égoïste, une lettre de Jing-Ming pouvait me faire oublier tous ces malheureux autour de moi. « Tante Liu ! Tante Liu !… » j'ai crié comme une folle. Je lui ai mis la louche dans la main et j'ai couru me cacher dans la maison comme une petite souris dans son trou. Je ne pouvais pas attendre pour ouvrir la lettre. Mais je n'y arrivais pas. Mes mains tremblaient comme des feuilles de bambou dans le grand froid. Le sang battait violemment mes artères. J'ai cru que j'allais mourir.

Une lettre de Jing-Ming, tu te rends compte ! Après toutes ces années d'attente. Après la découverte du secret épouvantable de ma belle-mère. Après toutes ces espérances trompées. Et, soudain, une lettre de Jing-Ming. Tombée du ciel.

Je riais d'un œil et pleurais de l'autre.

Qu'avait-il écrit dans sa lettre ? Eh bien, des choses que tu peux deviner : il s'inquiétait de mon silence persistant ; il croyait que ses lettres précédentes avaient été perdues – dans ces années de trouble, tout pouvait arriver, tu sais. Il avait été blessé deux fois dans des combats contre l'Armée rouge et il avait perdu un œil ; après, il avait tenté à plusieurs reprises de retourner à Tien-Ma pour me chercher mais il n'y était pas parvenu, d'abord à cause de la guerre contre les Japonais, puis de la guerre contre l'armée communiste ; les Japonais avaient capitulé, mais la guerre contre les communistes avait été perdue ; ils avaient dû se replier sur l'île de Taiwan, en attendant un jour la grande contre-attaque qui leur permettrait de reconquérir leur territoire… Eh bien, comme tu le sais, cette grande contre-attaque n'a jamais eu lieu, et n'aura jamais lieu, je crois… Enfin. Il voulait que j'aille le rejoindre à Xia-Men, la capitale de la province de Fu-Jian. Il m'y attendrait jusqu'au 15 octobre au plus tard.

Le 15 octobre ! On était déjà le 3 et Xia-Men se trouvait à plus de mille kilomètres de Tien-Ma. Il avait fallu plus d'un mois pour que la lettre de Jing-Ming me parvienne. Combien de temps alors faudrait-il à Bai-Lan et moi pour aller jusqu'à Xia-Men ? Aujourd'hui, par le train, tu peux parcourir le même trajet en deux jours. Mais, à l'époque, Tien-Ma n'était qu'une toute petite ville sans importance. Le chemin de fer n'arrivait pas jusqu'à nous. Il fallait d'abord remonter le Quing-Shui en bateau jusqu'à Liu-Zhou. Ça prenait un jour environ. Puis changer de train là-bas. Mais comme il n'y avait pas de train direct de Liu-Zhou à Xia-Men, il fallait faire d'énormes détours et changer de train plusieurs fois… Ça prendrait combien de jours ? Je n'en avais aucune idée. Figure-toi que déjà en temps de paix ce n'était pas facile, mais en temps de guerre, avec ces conflits qui éclataient partout et à tout moment !

Pourtant, j'ai décidé de tenter ma chance. Eût-il fallu franchir des montagnes hérissées de couteaux pointus que j'y serais allée…

D'abord j'ai couru au port pour me renseigner sur l'horaire du prochain bateau pour Liu-Zhou. Et, une fois là-bas, on m'a conseillé de ne pas prendre le train du tout : « Les rails ont été coupés partout par des combats. Vous n'arriverez jamais à Xia-Men. Par le bateau, vous aurez peut-être plus de chance… » Mais il fallait aussi passer par Liu-Zhou. Puis, de Liu-Zhou, descendre le fleuve Liu, le fleuve Qian et le fleuve Xun pour arriver à Wu-Zhou. Ensuite, suivre le fleuve Xi pour aller à Guang-Zhou. Et de là, prendre un autre bateau pour parvenir à Xia-Men par la mer du Sud. « Combien de jours me faudra-t-il ? » ai-je demandé. « Alors là, personne ne le sait », m'a-t-on répondu.

Mais pour rejoindre Jing-Ming, je ferais n'importe quoi, même traverser des océans en flammes…

En trempant mon courage au feu de notre amour, je suis revenue à la maison. J'ai sorti mes économies, les ai comptées et recomptées. Quarante-neuf sous seulement. Pas même la moitié d'une pièce d'argent. Pas même assez pour un billet de bateau de Tien-Ma à Liu-Zhou. Comment faire ?… Si je vendais l'anneau d'argent massif et les vieux meubles ? Ça donnerait quelques pièces mais pas plus de cinq. Et si je vendais la maison ? Avec de la chance, ça pourrait me rapporter jusqu'à trente-cinq… Alors, ça ferait environ quarante au total. Oui, ça pourrait suffire pour le voyage… Mais comment les vendre en moins d'un jour ? Et à qui ?…

Désespérée, je me suis mise à pleurer.

Un coup léger sur la porte. J'ai essuyé mes larmes, je suis allée ouvrir.

Tante Liu se trouvait sur le seuil. Elle avait l'air inquiet.

– Qu'est-ce qu'il y a, Mei-Li ? m'a-t-elle demandé. T'es partie tout à l'heure comme une folle.

– La lettre… c'est sa lettre…

Je parlais sans suite comme une bègue.

– Qu'est-ce que tu dis ? Une lettre ? T'as reçu une lettre ?

– Oui, une lettre de lui…

– Tu veux dire une lettre de Jing-Ming ?

– Oui, c'est ça. Il veut que j'aille le rejoindre à Xia-Men…

– Mais Xia-Men c'est très loin…

– Ça je sais.

– Et avec la guerre…

– Ça je sais.

– Comment tu feras pour y aller alors ?

– Par le bateau. Je me suis déjà renseignée. Il y aura un bateau demain après-midi pour Liu-Zhou.

– Et Bai-Lan ?

– Elle viendra avec moi.

– Elle le sait ?

– Pas encore. Je lui dirai quand elle reviendra de l'école. Je ne partirai pas sans elle.

– D'accord. Moi je vais tout de suite prévenir ton oncle Zheng et vous préparer quelques casse-croûte pour la route.

Elle était déjà sortie lorsqu'elle s'est souvenue de quelque chose. Elle s'est alors retournée pour me demander si j'avais assez d'argent pour le voyage.

Je lui ai avoué que non, que je voulais vendre mon bijou, les meubles et la maison, mais je ne savais pas comment ni à qui.

– T'inquiète pas, Mei-Li, m'a-t-elle dit de sa voix calme. L'argent, je te le donne. La maison et les meubles, faut pas les vendre. Si jamais quelque chose vous arrivait sur la route et si vous étiez obligées de revenir à Tien-Ma ?…

– Non, tante Liu, je ne peux pas, lui ai-je dit. Si vous avez quelques économies, c'est pas parce que vous gagnez beaucoup avec votre restaurant, c'est parce que vous vous serrez fort la ceinture…

– Écoute, Mei-Li, nous sommes déjà vieux, nous, ta tante Liu et ton oncle Zheng. Nous n'allons quand même pas emporter notre argent dans notre tombe, non ? Les sous, si on les gagne, c'est pour les utiliser là où il est nécessaire. Faut pas te sentir gênée avec moi. T'es toujours comme ma fille, tu sais…

Ô ma tante Liu ! Ô ma tante Liu !

Après le départ de tante Liu, j'ai pensé à faire mes bagages. Mes doigts tremblaient encore de cette fièvre d'impatience mêlée d'inquiétude qu'on connaît avant une grande aventure dont on rêve pourtant depuis longtemps… Mais en fait, je n'avais pas grand-chose à mettre dans la valise. Cela faisait combien d'années déjà que je n'avais pu me faire faire une veste ou un pantalon neuf ? Je ne sais plus. La vie avait tellement augmenté ces dernières années, c'était affolant. À vrai dire, c'était à peine si je pouvais encore payer les études de ta mère. Et si ta mère pouvait aller à l'école dans des habits à peu près corrects, c'était grâce à la patronne du petit théâtre qui lui donnait de temps en temps quelques vêtements qu'elle ne portait plus et que je rajustais moi-même.

J'ai fouillé un bon moment dans l'armoire, je n'ai trouvé que des vêtements usés jusqu'à la corde, rapiécés au col, aux coudes ou aux genoux. Revoir Jing-Ming dans ces vieilles loques misérables ? Inimaginable… D'une main furieuse, j'ai balayé toutes les planches de l'armoire, et soudain, sous des piles de vieux habits, mes doigts ont effleuré quelque chose de soyeux… Ah, enfin une chose présentable, un costume de soie dont le temps n'a pas fané la couleur rouge vif… Oui, c'est bien ça – tu l'as deviné sans que je le dise – c'était mon costume de noces que je n'avais porté qu'une seule fois… Je l'ai mis tout de suite dans la valise. J'ai choisi encore une veste et un pantalon de lin, les moins usés, comme vêtements de rechange pour le voyage, j'y ai ajouté aussi quelques habits de Bai-Lan, puis j'ai fermé la valise. C'est là que je me suis posé la question : puis-je porter encore ce costume de soie rouge ?…

Très rapidement, j'ai rouvert la valise, ressorti le costume, et j'ai commencé de le passer… Oh non, impossible. Trop petit et trop étroit, forcément. Figure-toi que c'était un costume taillé pour une fille de seize ans et que j'allais sur mes quarante-cinq !

Comment ai-je pu n'y pas penser plus tôt !

Le costume de soie rouge a glissé de mes mains comme une couleuvre froide. Lentement, je suis allée m'asseoir devant le miroir et, plus lentement encore, j'ai levé les paupières, tellement j'avais peur de me retrouver face à mon reflet. Depuis tant d'années que je m'enfermais dans mes souvenirs et mes songes, dans mes devoirs filiaux envers ma belle-mère, dans mes devoirs d'épouse envers Meng-Yu, et dans mes devoirs de mère, j'en avais oublié que je possédais un visage.

Quelle différence ô ciel entre cette femme dans le miroir qui me regardait et celle que Jing-Ming avait retrouvée au bord du Quing-Shui, dix-sept ans plus tôt ! Le soleil pâle de trois heures de l'après-midi en hiver, voilà ce que j'étais…

La perspective de retrouvailles heureuses s'est assombrie tout à coup. Ce serait sans doute pour nous deux une grande aventure dont on ignorait totalement l'aboutissement si j'avais le courage d'aller le rencontrer. Allons-y, Mei-Li, me disais-je, du courage. Si tu recules, tu passeras le reste de ta vie à le regretter. Tu as beaucoup changé d'accord, mais lui aussi, il doit avoir changé, il doit se sentir aussi anxieux de te retrouver… Si jamais les choses ne peuvent plus marcher entre vous, au moins tu auras essayé, au moins il aura connu tes sentiments pour lui, au moins il aura pu voir sa fille, et Bai-Lan son père… Puis tu pourras vivre ou mourir en paix…

J'ai ramassé le costume de soie rouge, l'ai replié soigneusement, l'ai posé à côté de la valise refermée, et j'ai attendu tranquillement le retour de Bai-Lan. Elle allait l'essayer, ça devrait lui aller parfaitement…

J'étais en train d'allumer le feu pour préparer le dîner quand Bai-Lan est entrée en trombe. Ses joues étaient toutes rouges.

– Maman ! Maman ! s'est-elle écriée d'une voix excitée. J'ai plusieurs grandes nouvelles pour toi !

Ah bon, me disais-je, toutes les grandes nouvelles se rassemblent en un jour.

Bai-Lan s'est penchée à mon oreille et m'a interrogée à voix basse :

– Maman, sais-tu ce qui s'est passé avant-hier à Pékin ?

– Non. Et alors ?

– Le président Mao Tsé-Tong a déclaré au monde entier que la République populaire de Chine est née ! Que désormais le peuple chinois est debout !

Bai-Lan avait dit ça d'un seul souffle, sur un ton solennel, en scandant chaque mot. Je ne comprenais pas trop ce qu'elle venait de dire, mais en regardant son visage grave, j'ai réalisé soudain que ma fille n'était plus une enfant. Certes, elle venait bien d'avoir seize ans, mais elle n'en restait pas moins une enfant à mes yeux jusqu'à il y a encore une seconde.

– La deuxième grande nouvelle, maman : la famille Deng s'est sauvée aujourd'hui, parce que l'Armée de libération du peuple s'approche. Liu-Zhou va être bientôt libéré.

– Ah bon, ai-je dit avec un air surpris.

J'avais vu cet après-midi au port que les valets de la famille Deng transportaient des cartons, des valises et des malles sur un bateau, mais ça ne m'avait pas fait penser à quoi que ce fût. Ma tête était trop pleine.

– La dernière grande nouvelle : j'ai été admise aux Jeunesses communistes de l'école, a annoncé Bai-Lan, fière et émue.

– Ah bon, ai-je dit de plus en plus étonnée. Qu'est-ce que c'est que ça ? Tu ne m'avais rien dit…

– Eh bien, ça fait plus de deux ans que je participe au mouvement, mais c'était clandestin, on ne pouvait le dire à personne…

– Même à sa maman ?

– Non, même à sa maman. C'est la discipline.

Je me sentais blessée. Je n'aurais jamais imaginé que ma Bai-Lan pût me cacher quoi que ce fût, mais je n'avais plus le temps de demander des explications.

J'avais moi aussi une très grande nouvelle à lui annoncer. Alors, je me suis éclairci la gorge et je lui ai dit :

– Écoute, mon enfant, j'ai aussi quelque chose de très important à te dire. Assieds-toi d'abord. Voilà. J'ai reçu une lettre ce matin. C'est une lettre de ton père. Non non, ce n'est pas ça. C'est de ton vrai père… Non, Meng-Yu n'est pas ton vrai père – je t'expliquerai ça plus tard… Ton vrai père s'appelle Jing-Ming. C'est le frère cadet de Meng-Yu. Il a quitté la maison avant ta naissance. En fait, il ne savait pas et ne sait pas encore que j'étais enceinte. Voilà pourquoi tu ne l'as jamais vu. Pourquoi n'est-il pas revenu depuis ? Eh bien, parce qu'il n'a pas pu. Il s'est passé tellement de choses… C'est très long à raconter… Mais tu le verras bientôt. Demain après-midi, nous partirons pour un long voyage. Nous irons le rejoindre à Xia-Men. Ce sera peut-être notre dernière chance de le retrouver… Comment ça ? Il partira bientôt pour Taiwan… Pourquoi pour Taiwan ? Parce qu'il est un officier dans l'Armée nationaliste…

Je me suis arrêtée là, soudain saisie par un sentiment de désastre. Le visage de ma fille blêmissait au fur et à mesure que je parlais. Ses lèvres devenaient blanches tellement elle les serrait. Père nationaliste, fille communiste… la rencontre était trop brutale…

J'ai pris ma fille dans les bras et je lui ai dit doucement :

– Oh, pardonne-moi chérie, pardonne-moi, je sais que j'aurais dû te dire la vérité plus tôt mais…

– Excuse-moi, maman, m'a-t-elle coupée d'une voix faible mais déterminée, en se dégageant de mon étreinte, mais je ne peux pas y aller avec toi.

– Mais pourquoi ?

– Je n'ai connu d'autre papa que Meng-Yu. C'est lui mon VRAI père.

– Mais c'est le sang de Jing-Ming qui coule dans tes veines…

– D'accord, j'ai son sang dans mes veines, mais c'est Meng-Yu dont j'ai eu l'amour paternel, non ?

Elle a tourné les talons et elle est sortie en courant, la main sur la bouche.

J'ai su qu'elle allait pleurer. En se cachant.

Ma fille avait renié Jing-Ming son père naturel. Elle avait refusé d'aller le rejoindre avec moi. Elle était partie. Je n'avais pas fait un geste pour la retenir. Sa parole m'avait transpercée de part en part comme une épée de glace. J'étais paralysée. Que faire ? Je ne savais plus…

J'ai regardé longtemps le feu sous la marmite. J'ai cru voir un moment les yeux au regard clair de Jing-Ming dans les flammes dansantes. Puis, le feu éteint, le foyer refroidi, il n'y avait plus que des cendres…

J'ai passé ainsi la nuit dans la cuisine, assise sur mon tabouret. Quand le jour s'est levé, je suis retournée dans la chambre. La valise était encore sur le lit. Le costume de soie rouge était encore à côté de la valise. Bai-Lan n'était pas revenue dormir cette nuit. J'ai allumé la lampe à huile. J'ai sorti la lettre de Jing-Ming, et je l'ai brûlée.

Ai-je jamais regretté de ne pas être allée chercher Jing-Ming ? Comment dire… Faut pas espérer trop de la vie. J'avais revu Jing-Ming, nous avions eu trois nuits ensemble, trois nuits inoubliables ; puis j'avais eu Bai-Lan – elle était la raison et la joie de ma vie… Si j'avais perdu Bai-Lan en suivant Jing-Ming à Taiwan, aurais-je regretté pour le reste de ma vie ? J'étais la mère. Nos anciens sages disaient souvent qu'on est heureux quand on sait se contenter de ce qu'on a. Tu ne crois pas ?

生活

C'était vers les deux heures de l'après-midi, le 13 juillet 1979. Le ciel flambait. L'air était épais et gluant. La météo avait annoncé 39 °C. Ça, c'était à l'ombre. Au soleil, on pouvait faire cuire une omelette sur une pierre. Devant l'entrée de l'institut de médecine de Wuhan, plusieurs étudiants attendaient l'autobus à l'ombre d'un petit bazar. À quelques pas de là, au pied d'un platane d'Orient à larges feuilles, une vieille femme aux cheveux blancs de neige somnolait sur un escabeau de bois, la figure cachée dans ses bras pliés posés sur sa boîte de sucettes glacées.

Une jeune fille d'un mètre soixante-treize, chemisette bordeaux, pantalon noir, sacoche de toile à l'épaule, approchait de l'arrêt d'autobus à grands pas. Elle avait un visage ovale, de grands yeux brun sombre, des cheveux longs hâtivement ramassés en queue de cheval. C'était Fan-Fan. Elle jeta un coup d'œil dans la direction où l'autobus devait apparaître. Aucun signe du véhicule. Elle sortit un mouchoir de la poche de son pantalon, s'épongea le front et se dirigea vers la vieille femme.

– Une sucette glacée, s'il vous plaît, dit Fan-Fan.

La vieille femme souleva avec peine ses paupières, demanda :

– Quel parfum ? Pois rouges, pois verts, kiwis…
– Kiwis, s'il vous plaît.
– Cinq fens.

Fan-Fan posa trois pièces de monnaie sur la main tendue de la vieille femme. Celle-ci les compta soigneusement, les glissa dans un petit sac de toile bleue attaché à sa taille, puis elle plongea son bras en entier dans sa boîte d'où elle tira une sucette glacée enveloppée de papier blanc à petites fleurs jaunes.

Fan-Fan revint à l'arrêt de l'autobus. Comme elle enlevait le papier, pouf ! la sucette glacée s'effondra. Fan-Fan, le bâtonnet nu entre ses doigts et la sucette déjà fondue dans la poussière, ne put s'empêcher de rire. Mais elle n'avait pas le temps d'en acheter une autre, l'autobus apparaissait au détour de la rue. Tant pis ! se dit Fan-Fan en passant la langue sur ses lèvres sèches.

L'autobus s'arrêta, quelques passagers descendirent par la porte avant. D'autres frappèrent furieusement contre la porte arrière qui demeurait fermée. « Ouvrez ! Ouvrez ! » criaient-ils. La receveuse impassible près de la porte avant répétait d'une voix monocorde : « Tout le monde descend par la porte de devant ! Montrez votre ticket ! » Comme le dernier passager descendait, la receveuse saisit soudain son bras : « Restez, vous ! » Celui-ci, un véritable athlète d'un mètre quatre-vingts et de plus de cent kilos, beugla d'un air menaçant : « Enlève ta patte de moi, sinon je… » Mais la receveuse chétive ne le lâcha pas : « Achetez votre ticket d'abord », dit-elle d'un ton ferme. Le chauffeur de l'autobus ferma la portière, se tourna vers le sans-ticket, ajoutant d'une voix calme : « Soyez sage, jeune homme, sinon vous irez vous expliquer à la police… » Le garçon cracha un juron et sortit un billet froissé. Le chauffeur ouvrit la porte pour le laisser descendre. La receveuse échangea un petit sourire complice avec son collègue en s'essuyant le front.

Fan-Fan monta la dernière, acheta son ticket, puis se plaça sous la petite fenêtre percée dans le toit de l'autobus dans l'espoir d'un courant d'air. Mais il n'y avait que des bouffées torrides au goût de poussière.

Fan-Fan avait reçu une lettre de sa grand-mère en plein milieu de la « période des examens ». Elle avait été bouleversée par ce que Mei-Li lui avait appris et, surtout, par ce qu'elle lui avait demandé de faire. Écrire à un père qui t'a quittée tout bébé. Et de qui tu ne gardes aucun souvenir. Et que tu ne sais même pas vivant ou mort… Enfin, espérons qu'il est toujours en vie, que son ancienne adresse est toujours valable. Mais qu'est-ce que tu vas lui dire ? Lui raconter ta vie ? La vie de Ming-Ming ? La vie de maman ? La vie de grand-mère ? Comment sais-tu que notre vie l'intéresse ?… Bon, supposons qu'il attende toujours de nos nouvelles. Mais par où commencer ? Presque vingt-deux ans, toutes ces choses, tous ces gens, tous ces pleurs, tous ces rires, tous ces parcours de vie pleins de hauts et de bas, tous ces souvenirs à la fois amers et doux… ça pourrait devenir un roman. Un gros… Coincée dans ses propres pensées, Fan-Fan était décidée à traiter cette affaire après ses examens. Mais il lui était devenu difficile de se concentrer sur ses livres et ses notes. Elle, toujours calme et de bonne humeur, avait même eu une discussion violente avec une camarade à propos de rien. Elle était donc allée à la boutique de l'institut et avait rapporté dans sa chambre un gros bloc de papier à lettres. Elle avait écrit, déchiré, recommencé, déchiré encore, recommencé à nouveau… Et en fin de journée, après que tout le bloc de papier eut fini dans la corbeille, Fan-Fan avait écrit quelques lignes sur une feuille détachée de son carnet de notes :

« Cher Papa,

Ming-Ming, Grand-Mère, Maman et moi, nous allons tous bien et nous habitons toujours à Guang-Ning, dans la même rue. Nous espérons que vous pourrez revenir à la maison très bientôt. Nous pensons à vous,

Votre fille : Fan-Fan. »

L'enveloppe une fois glissée dans la boîte aux lettres, Fan-Fan avait respiré. Elle s'était sentie soulagée, déchargée d'un fardeau invisible. Elle avait pu enfin se pencher sur ses livres. Maintenant, dans l'autobus qui la conduisait à la gare de Wuchang, Fan-Fan se souvenait de cette lettre envoyée à son père une semaine plus tôt. Papa a dû la recevoir si l'adresse est bonne, songeait Fan-Fan en descendant de l'autobus à l'arrêt de Dadongmen. Elle voulait acheter quelques spécialités de Wuhan pour Ming-Ming, maman et grand-mère. Elle traversa la rue, descendit un grand escalier, et la voilà dans un des plus grands marchés libres de Wuchang. Fan-Fan passa devant des paniers pleins de légumes verts, des étals de viande, des cages remplies de poulets ou de canards, s'arrêta devant une énorme bassine de bois à moitié remplie d'eau : sept gros jia-yu, tortues aux carapaces molles, s'y promenaient. Le vendeur saisit tout de suite sa balance :

– Ce sont les plus beaux jia-yu de Wuhan, vanta-t-il fièrement, combien en voulez-vous ?

Fan-Fan regarda les bêtes un moment, puis demanda :

– Quel est votre prix ?

– Les deux plus gros, trois kuais la livre. Les autres, deux kuais six maos.

– C'est trop cher.

– Si vous pouvez trouver moins cher pour cette qualité, je me couperai la tête !

Fan-Fan sourit.

– Je me demande combien de fois déjà vous vous êtes coupé la tête ! plaisanta-t-elle.

Le vendeur rit en se grattant le crâne.

– Allons, dit-il, je vous les laisse à deux kuais neuf maos la livre pour les gros, deux kuais cinq maos pour les petits. C'est à prendre ou à laisser.

À ce moment-là, un homme d'une trentaine d'années s'approcha.

– C'est combien, vos jia-yu ? s'enquit-il.

– Bah, si vous les voulez, répondit le vendeur avec un air respectueux, deux kuais cinq maos pour les gros, deux kuais pour les petits.

– Euh…, fit l'homme.

– Alors, dit le vendeur en se forçant d'un sourire, deux kuais pour les gros, un kuai cinq maos pour…

– Gardez les gros pour moi, l'interrompit l'homme avec impatience. Je reviendrai tout à l'heure.

Quand l'homme fut reparti, Fan-Fan demanda au vendeur :

– Pourquoi lui avez-vous donné un prix différent ?

– Pourquoi ? pourquoi ? dit le vendeur avec mauvaise humeur. Il travaille pour le comité de contrôle municipal des marchés. Il pourrait me faire payer une amende s'il n'est pas content…

– Mais si vous n'avez pas tort, dit Fan-Fan avec sympathie, vous pourrez vous plaindre auprès du…

– Vous plaisantez ou quoi, jeune fille, dit le vendeur en hochant la tête, qui serait assez bête pour essayer de briser la pierre avec un œuf, hein ?

Fan-Fan alors ne dit plus rien. Elle tourna les talons.

– Hé, jeune fille, l'appela le vendeur de jia-yu, si vous en prenez trois petits, je vous les donnerai à un kuai huit maos la livre.

Fan-Fan s'arrêta. Le vendeur saisit habilement trois jia-yu qu'il jeta dans le plateau de sa balance.

– Trois livres juste, alors, ça fait cinq kuais quatre maos.

Fan-Fan paya. Le vendeur avait retrouvé sa bonne humeur. Tout en aidant Fan-Fan à mettre les jia-yu dans un filet à mailles plastique, il plaisanta :

– Si j'avais une fille jolie comme vous, je la marierais à un garçon qui travaille pour le comité du contrôle des marchés. Comme ça, elle mangerait toujours les choses de la meilleure qualité au meilleur prix.

– Voilà pourquoi vous n'avez pas de fille comme moi, répondit Fan-Fan en souriant.

Comme elle s'éloignait, le vendeur ajouta :

– N'oubliez pas de leur donner un peu d'eau de temps en temps !…

Fan-Fan acheta encore dix livres de racines de lotus roses comme des joues de bébé et une petite pastèque avant de quitter le marché.

À quatre heures, elle arriva à la gare de Wuchang. Le hall d'attente était bourré de valises, de sacs, de ballots de vêtements, de voyageurs qui parlaient, criaient, s'interpellaient, fumaient, somnolaient, suaient, mangeaient, buvaient, dormaient à même le sol… Fan-Fan y jeta un regard hâtif et passa dans la salle des réservations. Là aussi, ça bourdonnait comme dans une ruche. La même foule, les mêmes files d'attente moroses et résignées devant chaque guichet. Fan-Fan avait eu beau faire la queue pendant plus de trois heures la veille, l'express 5, le seul train direct qui va de Pékin à Guang-Ning en s'arrêtant seize minutes à Wuchang, était complet depuis deux jours. Fan-Fan n'était revenue que pour voir si, par hasard, quelqu'un qui ne partait plus voulait revendre son billet. Non. Pas de chance. Alors, Fan-Fan sortit de la salle des réservations pour aller acheter un ticket de quai. Quatre heures et demie, il lui restait presque une heure avant l'arrivée du train. Fan-Fan se dirigea vers la sortie de la gare. Si on m'interroge, pensait-elle en jetant un coup d'œil à ses achats, je répondrai que je vais dire au revoir à un oncle et que ce sont des cadeaux pour lui…

Une foule incroyable se pressait à la sortie. Fan-Fan ne s'y était pas attendue. Sans doute un train vient-il d'arriver, se dit-elle en observant au loin les deux jeunes contrôleuses qui vérifiaient les billets des passagers qui sortaient. Un quart d'heure plus tard, le calme était revenu, les contrôleuses bavardaient. Fan-Fan attendit encore quelques minutes, puis s'approcha de la sortie avec l'air le plus naturel du monde. Elle passa, miracle ! Aucune des deux contrôleuses n'avait cillé. Fan-Fan poussa un petit soupir de soulagement et s'engagea dans le passage souterrain menant au quai n° 1. Le train 5 s'arrête d'habitude sur ce quai-là. Elle déposa sa sacoche et son filet près d'un robinet qui jouxtait une terrasse fleurie, laissa des flots d'eau froide caresser délicieusement son visage, ses bras, ses pieds… Puis elle mit le filet sous le robinet pendant un bon moment. Les jia-yu assoupis par la chaleur bougèrent soudain comme s'ils avaient retrouvé la vie. Après avoir rempli un bidon, elle alla s'asseoir à l'ombre de l'unique boutique, sortit son canif et découpa la pastèque qu'elle dévora tout entière en moins de cinq minutes.

Le haut-parleur annonça l'arrivée prochaine du train 5 au quai n° 4.

Mince ! Fan-Fan ramassa rapidement son filet et sa sacoche, redescendit dans le passage souterrain, courut jusqu'au bout, tourna à droite, monta une dizaine de marches. Elle arriva en même temps que l'express.

Le train s'arrêta lentement. Les contrôleuses descendirent en premier puis se postèrent à côté du marchepied. Des voyageurs sortaient, les bras encombrés de bagages divers, d'autres se bousculaient pour monter les premiers. Les employés vérifiaient leurs billets un à un. Fan-Fan s'approcha du wagon 11, donna son billet à la contrôleuse. Celle-ci lui barra la route.

– Ça, c'est un ticket de quai, dit-elle.

– Oui, c'est ça, expliqua Fan-Fan, je viens voir mon oncle.

– Où est-il, votre oncle ? interrogea l'employée d'un air méfiant.

– Là, à la fenêtre, répondit Fan-Fan avec un geste vague.

– Quelle fenêtre ? insista encore l'employée.

Alors Fan-Fan ne put que risquer le tout pour le tout.

À la quatrième fenêtre un homme d'une cinquantaine d'années regardait au-dehors d'un air pensif en se rafraîchissant avec un éventail de papier. À travers la fenêtre grande ouverte, Fan-Fan posa les jia-yu et les racines de lotus sur la tablette devant l'homme.

– Je suis là, oncle, dit-elle à haute voix pour que l'employée pût l'entendre. Maman m'a dit que tu m'attendrais au wagon 11. Un instant, je monte tout de suite.

Elle ajouta rapidement à voix basse :

– Aidez-moi, s'il vous plaît.

Puis, laissant l'homme plongé dans une affreuse perplexité, Fan-Fan revint vers la contrôleuse.

– C'est lui mon oncle, dit-elle d'une voix tranquille.

L'employée la laissa monter.

Le wagon était bondé. Dans le couloir comme dans le soufflet. Fan-Fan se faufila entre des amoncellements de bagages et de voyageurs qui s'écartaient à peine. « Aïe ! Mais tu es aveugle ou quoi ! » s'écria soudain une voix rude. Fan-Fan sursauta, et vit deux pieds sales et nus en travers du couloir. Un homme était couché sous le banc, Fan-Fan avait marché sur ses pieds. « Pardonnez-moi, je ne vous ai pas vu », s'excusa-t-elle en l'enjambant avec précaution. Ouf ! le voilà enfin ! Fan-Fan retrouva son homme. Celui-ci dardait sur elle un regard d'une intensité dérangeante. Fan-Fan lui adressa un petit sourire d'embarras, s'excusant :

– Je vous prie de me pardonner pour tout à l'heure. Je n'ai pas de billet, mais je dois partir. Je retourne à Guang-Ning pour voir ma famille.

L'homme continuait à regarder Fan-Fan de son regard étrangement intense. Un peu gênée, Fan-Fan ajouta :

– Je vous remercie beaucoup.

L'homme sembla se réveiller.

– Me remercier ? Pourquoi ?

– Bah, dit Fan-Fan, pour n'avoir pas renié votre « nièce ».

– Mais qu'allez-vous faire si vous êtes attrapée ? demanda l'homme sur un ton sympathique.

Fan-Fan se sentit plus détendue.

– Non, on ne me prendra pas, répondit-elle en souriant, car je demanderai à voir le chef du train dès que le train bougera. Je lui payerai mon billet, avec un petit supplément bien entendu.

– Comment savez-vous qu'il vous le vendra ?

– Eh bien, il sera obligé de le faire ! Il ne pourra quand même pas me jeter par la fenêtre !

Les autres voyageurs écoutaient leur conversation avec une curiosité marquée.

– Ce n'est pas la première fois que vous faites ça alors ? demanda l'homme avec un sourire amusé.

– Non, avoua Fan-Fan qui ramassait ses jia-yu et racines de lotus. Merci encore, oncle, je vais remonter le train pour chercher une place assise…

– Inutile, dit l'homme, c'est partout pareil.

– Je descendrai à Yue-Yang, dans deux heures environ, proposa le garçon qui était assis en face. Vous pourrez avoir la place si vous restez ici.

– Il a raison, dit l'homme.

– D'accord, je reste, acquiesça Fan-Fan.

Deux heures debout, ce n'était rien pour elle. La dernière fois, elle avait dû rester debout presque dix heures, et ses pieds étaient terriblement gonflés lorsque enfin elle avait trouvé une place assise à Gui-Lin.

– Passez-moi vos jia-yu et racines de lotus, lui dit l'homme. Je les mets sous la banquette, il y a encore de la place.

– Un instant, répondit Fan-Fan.

Elle sortit le bidon et versa un peu d'eau sur les animaux avant de les lui donner.

Le train s'ébranla. Les visages, puis les arbres, les murs barbouillés de publicités, les maisons basses devant lesquelles de vieilles femmes lavaient des légumes, les blocs d'immeubles en béton dont les balcons comme les toits plats étaient décorés de pots de toutes sortes, les poteaux télégraphiques et les petits potagers, défilaient des deux côtés de la voie, d'abord très lentement, puis de plus en plus vite…

L'employée du wagon apparut. Elle promena un regard circulaire. Sa figure s'allongea quand elle aperçut Fan-Fan.

– Ah, vous êtes encore là !

– Mais oui, répondit Fan-Fan, un petit sourire aux lèvres, j'ai décidé de partir avec mon oncle. Pourriez-vous informer le chef du train que je veux acheter un billet ?

Mécontente, l'employée lui tourna le dos sans un mot.

Fan-Fan fit une grimace. Elle savait que le chef du train allait passer tout à l'heure.

Le train entrait lentement dans la gare de Yue-Yang. Dans le wagon 11, deux voyageurs se préparaient à descendre ; par la fenêtre grande ouverte, on voyait des dizaines de personnes se précipiter sur le train.

Le garçon assis en face de l'homme prit dans le filet un gros sac plein à craquer et tira de sous la banquette un carton percé de trous. On entendit des gloussements de volaille.

– Voilà, je descends ici, dit-il en cédant sa place à Fan-Fan sous les regards envieux de ceux qui se serraient debout dans le couloir.

– Laissez vos bagages ici, lui conseilla l'homme, nous vous les passerons par la fenêtre.

Le garçon fendit la foule à coups de coudes jusqu'à la porte, repoussa de toutes ses forces plusieurs voyageurs qui luttaient pour monter, sauta sur le quai. Fan-Fan aida l'homme à lui passer son gros sac et son carton de poules à travers la fenêtre. « Merci et bon voyage ! » les salua le garçon avant de s'éloigner.

Lorsque la silhouette du garçon eut disparu dans la meute de voyageurs refluant vers la sortie, Fan-Fan se retourna. Son regard surprit celui de l'homme qui la contemplait d'un air rêveur.

L'homme ébaucha un petit sourire embarrassé. Il sortit d'un sac de toile verte accroché à côté de la fenêtre deux poires énormes dont la peau jaune d'or était ornée de points brun foncé.

– Voulez-vous une poire ? proposa-t-il à Fan-Fan.

– Non, merci, refusa-t-elle avec politesse.

Mais l'homme insista :

– Si si, prenez, c'est très bon. Sucrée, craquante, et pleine de jus. On l'appelle « fleur-de-neige ». Un fruit idéal pour apaiser le feu intérieur en été.

Fan-Fan sourit, car la parole de l'homme lui rappela sa grand-mère. Elle prit la poire pour ne pas le décevoir.

– Vous pouvez la manger comme ça, elle est déjà lavée, ajouta l'homme avec chaleur.

Fan-Fan y planta les dents. Le fruit était vraiment délicieux, elle avait chaud, soif et faim.

En la voyant croquer sa poire avant tant de plaisir, l'homme esquissa un sourire de satisfaction.

– Vous faites des études ici ? demanda-t-il.

– Oui, répondit Fan-Fan entre deux bouchées, à l'institut de médecine de Wuhan. J'entre en troisième année après les vacances. Et vous, oncle – vous me permettez de vous appeler comme ça ?

– Pourquoi pas ? dit l'homme dont le sourire fendait sa bouche jusqu'aux oreilles. Vous étiez déjà ma nièce avant même qu'on n'ait fait connaissance.

Fan-Fan sourit.

– J'enseigne à l'institut de technologie de Qinghai, poursuivit l'oncle, je suis professeur de physique. Vous avez dit que vous retourniez à Guang-Ning pour voir vos parents ?

– Oui, c'est ça, répondit Fan-Fan. Ma grand-mère, ma mère et mon grand-frère.

L'oncle pâlit.

– Ah, vous avez aussi un grand frère ! fit-il d'une voix tremblante.

– Oui, continua Fan-Fan qui ne s'apercevait de rien. Il est de trois ans et demi mon aîné, il…

– Pardon, mais comment vous appelez-vous ? l'interrompit l'oncle.

Fan-Fan hésita un instant, le lui dit.

L'oncle poussa un gémissement douloureux en portant la main à son front.

– Quelque chose ne va pas ? s'inquiéta Fan-Fan.

– Non non, ce n'est rien, un coup de chaleur, fit l'oncle en laissant tomber les paupières.

– Vous en êtes sûr ? insista Fan-Fan. J'ai du baume du tigre…

– Non non, ne vous en faites pas, ça va passer.

C'est curieux, se disait Fan-Fan. Elle commença de regarder l'homme en face d'elle avec l'attention d'un médecin qui examine un malade. Cheveux grisonnants, front haut, mouillé, gravé de ridules innombrables, de grands sillons creusés par le temps… – ou par les vicissitudes de la vie ? – qui descendaient de ses yeux fermés jusqu'à sa bouche, lèvres blanchâtres aux coins tombants, menton large et carré couvert d'une barbe naissante et poussiéreuse comme un champ de blé qu'on vient de couper… Quel âge a-t-il ? Cinquante ? Cinquante-cinq ? Non, plus que ça… au moins cinquante-sept… ou même plus… Il a l'air très fatigué. Écrasé. On paraît toujours plus vieux que son âge quand on est fatigué. Il porte une chemise blanche à manches courtes, jaunie de sueur et de poussière. Et une vieille montre d'argent à bracelet de cuir noir. Ses mains aux doigts longs ont dû être belles dans sa jeunesse. Il a dit qu'il travaillait à Qinghai. C'est très loin, Qinghai. Il doit être sur la route depuis deux ou trois jours déjà. Par une chaleur pareille. Où va-t-il ? Pourquoi ? Il a un curieux accent, très mélangé, difficile de dire s'il est du Nord ou du Sud…

Le train arriva à Chang-Sha. Ceux qui en descendaient étaient toujours moins nombreux que ceux qui essayaient d'y grimper. On passait les bagages et les enfants par les fenêtres. Les wagons étaient si pleins qu'il était impossible pour les serveuses de circuler dans le couloir. La distribution d'eau bouillie se faisait alors depuis le quai. Par les fenêtres également. Avant même que le train ne s'arrêtât complètement, des gobelets de toutes sortes et de toutes couleurs s'étaient déjà accumulés sur la tablette derrière chaque fenêtre. Quand enfin paraissait la serveuse une grosse bouilloire à la main, tous ces gens, privés d'eau depuis plus de deux heures par une chaleur torride, se pressaient aux fenêtres, tendant des gobelets que la serveuse ne remplissait qu'à moitié. Une fillette passa, portant une boîte de sucettes glacées, des dizaines de bras s'allongèrent hors des fenêtres : « Trois sucettes glacées ! » « Deux pour moi ! » « Quatre, s'il vous plaît ! » « Six ! J'en veux six ! »… Le train secoua ses reins solides, repartit. « Hé ! mon argent !… » cria un homme à la vendeuse qui n'avait pas eu le temps de lui rendre sa monnaie.

La nuit tombait. L'Ouest écarlate noircissait. Des rizières, des villages, des ondulations musicales de collines lointaines, tout se fondait en s'éloignant. La radio diffusait une musique joyeuse de Guang-Dong : *Le Retour des pêcheurs au coucher du soleil.* Fan-Fan pianotait sur ses genoux du bout des doigts, paupières closes. Elle aimait bien cette musique, ça la détendait. Mais soudain, la musique s'interrompit brutalement. Fan-Fan ouvrit les yeux.

« Votre attention, s'il vous plaît ! Votre attention, s'il vous plaît ! annonça la radio. Une passagère est en train d'accoucher. Tout passager qui est médecin ou infirmier est prié de se présenter immédiatement au bureau du chef de train, entre le wagon 7 et le wagon 8… »

Fan-Fan se leva.

– Vous y allez ? interrogea l'oncle.

Fan-Fan fit signe que oui.

– Pourriez-vous garder cette place pour moi ? lui demanda-t-elle. Je pose ce livre ici, comme ça on sait que la place est prise.

– Pas de problème, promit l'oncle.

Il jeta un coup d'œil sur le bouquin. C'était la traduction de *La Peste*. Elle aime la littérature étrangère, songea-t-il, je pourrai lui en envoyer quelques-uns comme cadeaux d'anniversaire. Elle aura 22 ans dans un mois 18 jours.

Lorsque Fan-Fan atteignit enfin le bureau du chef de train après avoir traversé trois wagons à coups de coudes, elle vit un homme en uniforme de l'armée qui s'affairait près de la couchette où une femme se tordait comme une bête blessée. Une employée du train arrêta Fan-Fan à la porte.

– Je suis étudiante en médecine, lui expliqua Fan-Fan. J'ai déjà assisté à des accouchements.

L'homme en uniforme de l'armée dit sans se retourner :

– Laissez-la entrer.

L'oncle retira la dernière cigarette de la boîte, se tourna à contrevent pour l'allumer. Cet après-midi, à la gare de Wuchang, il avait failli pousser un cri quand il avait vu Fan-Fan se diriger vers lui. En un instant, il avait cru revoir Bai-Lan. Jeune et belle comme il l'avait rencontrée la première fois. Des paroles que lui avait dites Fan-Fan, il n'avait rien entendu. Et il n'avait pas cherché à comprendre. Il avait mis toute son énergie dans son regard. Il n'avait pu détourner les yeux du visage de la jeune fille. Je suis fou, se dit-il, ce n'est qu'une fille qui lui ressemble. Puis, lorsqu'il avait appris qu'elle habitait à Guang-Ning avec sa grand-mère, sa mère et son grand-frère, il avait deviné… Le nom de Fan-Fan avait confirmé son pressentiment. C'était bien sa fille qui était devant lui. Un flot d'images d'un passé lointain l'avait soudain envahi. Comme si en un millième de seconde le temps était revenu vingt-deux années en arrière…

L'express s'arrêta à Heng-Yang. Une ambulance attendait déjà à la gare. La mère et le bébé furent transportés immédiatement à l'hôpital.

Le train repartit.

Épuisés mais contents, le Dr Luo et Fan-Fan étaient assis sur le bord de la couchette dans le bureau du chef de train, mangeant de bon appétit les nouilles que celui-ci leur avait fait porter.

– Où allez-vous ? demanda le médecin militaire à la jeune fille qui l'avait bien secondé.

– À Guang-Ning, répondit Fan-Fan. Et vous, docteur Luo ?

– À Gui-Lin, pour voir un vieil ami. J'ai été envoyé à Guang-Ning l'an dernier, lors de la guerre contre le Viêt-nam.

– Ah bon. J'étais alors à Wuhan, mais j'ai entendu dire que ce n'était pas facile…

– Bien sûr que non. Les Vietnamiens ne sont pas des tigres de papier, figurez-vous ! Ils ont chassé les Français, et les Américains aussi. Ce sont d'excellents soldats. Même les enfants savent lancer des grenades dans votre dos !

– J'ai entendu dire que les hôpitaux de Guang-Ning étaient remplis de blessés transférés du front…

– C'était la guerre…

– On a raconté aussi que les armes utilisées par les Vietnamiens avaient été fabriquées en Chine. Est-ce vrai ?

– Oui, c'est vrai, malheureusement. Les sacs de riz que nos soldats ont trouvés dans les tranchées des ennemis portaient aussi les caractères « Produits en Chine ». Quelle ironie !

Le médecin militaire se tut un moment. Puis, encouragé par l'attention que la jeune fille accordait à ses paroles, il ajouta :

– C'était vraiment très dur. Il y a eu beaucoup de morts parmi les soldats venus du Nord, ils n'étaient pas habitués au terrain et à la guérilla. Certains d'entre eux ont été tués par les feux de notre propre artillerie de campagne…

Les yeux de Fan-Fan s'écarquillèrent.

– Mais comment est-ce possible ? demanda-t-elle, incrédule.

– Eh bien, le manque de coordination et l'incompétence du commande…

Le médecin s'arrêta net en voyant entrer le chef de train.

– Les nouilles étaient bonnes ? demanda celui-ci dans un large sourire. J'ai dit au cuisinier d'y mettre les meilleures tranches de viande…

– Oui, c'était délicieux, répondit le docteur poliment.

– Je me suis bien régalée, ajouta Fan-Fan en montrant son bol vide.

Le chef de train se frotta les mains avec satisfaction.

– Je vous suis très reconnaissant pour votre aide…

– Ce n'est rien, l'interrompit le docteur. C'est ce que tout médecin aurait fait à notre place.

– Je retourne à mon wagon, dit rapidement Fan-Fan qui avait horreur de ce genre de formalités. Au revoir et bonne nuit !

À la vue de Fan-Fan, l'oncle écrasa sa cigarette dans le cendrier de fer fixé sous la fenêtre. Le cendrier débordait de mégots.

– Tout s'est bien passé ? s'enquit l'oncle qui venait d'émerger de son combat secret.

– Oui, la mère et le bébé se portent bien, répondit Fan-Fan en se laissant tomber lourdement sur la banquette. On les a descendus à la gare de Heng-Yang. Une ambulance les attendait.

– Voulez-vous un peu de thé ? demanda l'oncle en poussant un gobelet vers la jeune fille. Il a déjà refroidi.

– Merci, dit Fan-Fan.

Elle but une longue gorgée, puis reposa le gobelet sur la tablette.

– Je suis crevée, dit-elle. Quelle heure est-il ?

– Une heure du matin.

– Une heure déjà ? Pourquoi ne dormez-vous pas ?

– Je n'y arrive pas.

L'oncle hésita un instant, puis se lança :

– Et je vous attendais.

– M'attendre ? Pourquoi ? demanda Fan-Fan surprise.

– J'aimerais vous parler.

– Me parler ? De quoi ? demanda Fan-Fan de plus en plus étonnée.

– De quelqu'un… d'un ami…

Fan-Fan reprit le thé froid, but à petites lampées.

– Je vous écoute, dit-elle.

– Alors… Voilà… C'est l'histoire d'un homme. Il a fait une bêtise dans sa jeunesse. Une erreur qui lui a coûté très très cher. Mais il était jeune, naïf, animé d'un enthousiasme ardent. Il a cru ce qu'on lui disait, et il a dit ce qu'il pensait. Pour cela, il a été puni. Envoyé en camp de travaux forcés, à des milliers de kilomètres loin de sa famille, loin de sa femme et de ses enfants. Pendant trois ans, il s'est vu imposer les travaux les plus durs pour être transformé en une « nouvelle personne » comme on disait. Au bout de quatre ans, il a réussi à s'évader du camp. Mais quelques heures plus tard il a été retrouvé par la police. Cette tentative avortée lui a rapporté deux ans de peine supplémentaires. Il est resté dans le camp dix-sept années au total. Quand il en est sorti, déjà vieux de quarante ans, il a travaillé d'abord dans une usine d'engrais chimiques. Là, il a rencontré une veuve avec trois enfants. Elle le comprenait et elle prenait soin de lui. Ils se sont mariés. Plus tard, après la réhabilitation, il a enfin repris son métier qu'il avait été forcé d'abandonner vingt-deux ans plus tôt. Mais quelque chose le tourmente depuis. Il veut rentrer revoir la femme et les enfants qu'il a quittés il y a plus de vingt ans, il se sent tellement coupable envers eux, vous comprenez ? Envers la femme qu'il aimait et qu'il aime encore, mais qu'il a été obligé de laisser seule élever leurs enfants dans un monde désormais hostile. Socialement perdue. Envers les enfants qui grandissent orphelins de père, si loin de lui, socialement perdus eux aussi… Ils auraient eu une meilleure vie s'il n'avait pas fait cette bêtise impardonnable… Il meurt d'envie de savoir comment ils sont maintenant, de les revoir, de les embrasser, mais…

L'oncle ne put continuer. Les larmes l'étouffaient. Fan-Fan le regardait en silence. C'est lui, mon père ?

se répétait-elle. Elle essaya de retrouver sur ce visage dévasté ce qui restait de l'homme rayonnant qu'elle avait vu une fois sur une photo à côté de sa mère également jeune, belle et heureuse… Mais… Rien. Tout a été effacé. Tout. Fan-Fan se sentit triste.

– Si… si vous étiez sa fille, reprit l'oncle avec effort en levant sur Fan-Fan ses yeux brûlés de pleurs et d'angoisse, qu'est-ce que vous lui diriez s'il revenait ?

Fan-Fan regarda droit les yeux qui attendaient, elle sourit du sourire qu'elle avait eu en prenant des mains du Dr Luo le bébé nouveau-né.

– Moi ? dit-elle, je lui demanderais s'il a soif et s'il veut une tasse de thé d'azerole.

L'oncle émit un long sanglot.

Fan-Fan prit ses mains dans les siennes et l'appela doucement :

– Papa !

Aux premières lueurs de l'aube, le train atteignit Gui-Lin. Des voyageurs descendaient. Des voyageurs montaient. Fan-Fan dormait le front posé sur ses deux bras croisés sur la tablette, sous les yeux caressants de son père.

À onze heures trente, l'express dépassa Liu-Zhou. Fan-Fan dormait toujours. Son père la contemplait d'un regard rêveur.

À trois heures six de l'après-midi, l'express entra dans la gare de Guang-Ning. Le terminus. Les passagers descendaient. Le wagon se vidait. Fan-Fan dormait encore. Hong attendit que le dernier passager fût sorti pour la réveiller.

– Fan-Fan, on arrive, dit-il en tapotant doucement son épaule.

– Grand-mère ! Grand-mère ! appela Fan-Fan en poussant la porte.

Mei-Li était en train de lire un journal, confortablement installée dans le fauteuil d'osier que Bai-Lan lui avait acheté en janvier dernier, deux jours avant le Nouvel An chinois. Son visage s'illumina à l'apparition de sa petite-fille.

Fan-Fan déposa les jia-yu, les racines de lotus aux pieds de sa grand-mère.

– Comme c'était long de t'attendre ! dit Mei-Li en saisissant les mains que lui tendait sa petite-fille.

– Regarde qui je t'amène ! lui dit Fan-Fan en s'écartant un peu.

Mei-Li plissa les yeux pour mieux regarder l'homme debout derrière Fan-Fan.

– Mais ce n'est pas toi, Hong ? dit-elle avec émotion. Je savais que tu reviendrais. Pourquoi rester debout ? Assieds-toi. Je vais te verser une tasse de thé d'azerole…

– Ne bouge pas, grand-mère, dit Fan-Fan en retirant ses mains. Je vais le faire.

Elle alla au buffet bas, prit une tasse, la remplit de thé froid, la tendit à Hong des deux mains.

– Voilà, papa.

Hong prit la tasse de ses mains tremblantes, la vida d'un long trait.

Fan-Fan échangea un petit sourire avec sa grand-mère.

– Où est maman ? demanda Fan-Fan en se versant une tasse de thé.

– Au travail, répondit Mei-Li. Il y a une grosse pastèque dans la cuisine. Elle trempe dans l'eau froide depuis hier soir. Va la chercher.

– Laisse-la pour ce soir. Je vais chercher maman d'abord. À tout à l'heure, papa ! À tout à l'heure, grand-mère !

Elle partit en courant.

– Tu peux emprunter un vélo à Vieux Zhou ! cria Mei-Li par la fenêtre.

Hong promena dans la pièce un regard de nostalgie mêlée de tendresse. Les longues années avaient changé bien des choses : les rideaux bleu clair avaient été remplacés par des rideaux vert tendre avec des dessins de bambous ; le fauteuil d'osier où trônait Mei-Li se dressait à la place du petit lit de Ming-Ming ; deux thermos de fer peint flambant neufs avaient remplacé les vieux ; posé sur un tabouret haut couvert d'une nappe blanche, un vase de terre cuite ciselé d'une orchidée frémissant au pied d'un rocher frappait l'œil par sa forme et sa couleur originales. Quelques meubles qu'il avait bien connus étaient encore là, le buffet bas, la petite table pliante, le porte-cuvette en bois, les tabourets, le réveil de Bai-Lan, le poste de radio qu'ils avaient acheté ensemble juste avant leur mariage… Seulement, ces objets étaient tous très usés. Comme lui…

– Tu as reçu la lettre de Fan-Fan ? demanda Mei-Li.

– Non. J'ai changé d'adresse plusieurs fois. Nous nous sommes rencontrés par hasard dans le train. Un coup de chance.

– Tu n'aurais pas pu la manquer. C'est le portrait de Bai-Lan à son âge.

– Sauf que Fan-Fan est plus grande.

Mei-Li s'essuya les yeux.

– Tu as beaucoup changé, Hong.

– J'ai vieilli, maman.

– Moi aussi, j'ai vieilli. J'ai soixante-quinze ans cette année.

Ils se regardaient en silence. Puis Mei-Li demanda :

– Tu resteras avec nous ?

– Non, maman, je ne pourrai pas.

– Tu es remarié ?

– Oui. Elle a trois enfants.

– J'ai compris. Quand repartiras-tu ?

– Dans quatre ou cinq jours.

– Si pressé que ça ?

– Oui. Sinon elle s'inquiétera. Bai-Lan n'a-t-elle pas rencontré quelqu'un dans toutes ces années-là ?

– Non, oui. Mais il est mort dans l'inondation il y a onze ans.

Un nouveau silence s'abattit. Hong demanda :

– Où est Ming-Ming ?

– Il a disparu.

– Disparu ? Quand ?

– Il y a dix jours. Ming-Ming est allé au centre d'examens le matin, mais il n'est pas rentré le soir. Affolée, Bai-Lan est allée se renseigner auprès du comité municipal des examens. Ils lui ont dit que Ming-Ming avait triché…

– Triché ? Lui ?

– Nous ne le croyons pas. Ming-Ming est trop fier pour avoir fait ça. Enfin. Ils ont dit aussi qu'il avait été disqualifié du concours, qu'il avait battu un surveillant, et qu'il avait quitté le centre des examens en début d'après-midi. Mais personne ne l'a revu depuis. Nous étions mortes d'inquiétude. Nous avons fouillé les quartiers, nous avons alerté la police. Mais…

Sa voix se noya dans des larmes.

– Crois-tu qu'il se soit suicidé ? demanda Hong au bout d'un moment.

– L'espoir existe toujours tant que le corps n'a pas été retrouvé…, murmura Mei-Li comme si elle s'était parlé à elle-même.

Hong baissa la tête.

– Si je n'avais pas commis cette erreur il y a vingt-deux ans…, dit-il à voix basse.

– Tout ce qui doit arriver arrive, dit Mei-Li avec douceur. Ce n'est pas ta faute.

La porte s'ouvrit avec fracas. Fan-Fan entra suivie de Bai-Lan.

Mei-Li ramassa les jia-yu et les racines de lotus.

– Fan-Fan, dit-elle à sa petite-fille, viens m'aider à préparer le dîner.

Fan-Fan suivit sa grand-mère dans la cuisine, refermant sans bruit la porte derrière elles.

美丽

Liu-Zhou est tombé dans les mains de l'Armée de libération du peuple vers la fin novembre 1949. Paniquées, toutes les familles riches de Tien-Ma ont pris la fuite. Cinq jours plus tard, les soldats sont entrés dans la ville. La population est descendue dans la rue pour les acclamer. Finie la guerre civile ! Fini le féodalisme ! On criait, on chantait, on frappait des tambours et des gongs, on allumait des pétards. C'était la fête.

Puis Bai-Lan est partie avec l'équipe de propagande qui suivait l'Armée jusqu'à Guang-Ning, libérée le 17 décembre. Plus tard, ta mère est allée à la campagne pour participer à la réforme agraire avant de rejoindre, début 1950, la troupe de l'opéra Gui de Guang-Ning.

Comment se fait-il que je sois devenue comptable ? Eh bien, ma Bai-Lan partie, je me suis retrouvée toute seule, et j'ai commencé à me pencher sur ma propre vie, à réfléchir à ce que j'allais faire du reste de mes jours. Jusque-là, je peux dire, j'avais toujours fait ce qu'on me disait de faire ou ce que les circonstances me forçaient à faire, et j'avais toujours vécu pour les autres. Mais, tout à coup, à l'âge de quarante-cinq ans, la possibilité de choisir s'est présentée à moi, dans une société en plein changement, où les repères d'autrefois ne servaient plus à rien. C'était épouvantable, tu sais, car on ne m'avait jamais laissé choisir avant, et je n'avais jamais imaginé que le monde pût changer comme ça, du jour au lendemain. Je regardais autour de moi, j'avais le vertige. Je fermais les yeux pour les rouvrir encore plus grands, et là je me suis aperçue de quelque chose !

Après la prise du pouvoir, il y a eu un besoin urgent de nouveaux fonctionnaires, des écoles de formation rapide ont poussé comme les champignons après les pluies de printemps. Alors je suis allée me présenter dans l'une de ces écoles.

– Vous ? À l'école ? m'a dit le garçon de vingt ans qui se trouvait à la réception.

– Vous me trouvez trop vieille, jeune homme ? lui ai-je dit, mais je ne suis pas encore grand-mère. Et je sais lire et écrire.

À l'époque, comme tu le sais, la plus grande part de la population était illettrée, savoir lire et écrire était un atout.

Le jeune réceptionniste a hésité, puis il est allé consulter quelqu'un. Il est revenu cinq minutes plus tard et m'a donné un formulaire à remplir.

Le soir, quand j'ai dit à tante Liu que j'allais quitter le restaurant, elle m'a dit en essuyant ses yeux : « Ton oncle Zheng et moi nous avions pensé te laisser le restaurant quand nous serions trop vieux pour y travailler, mais maintenant… mieux vaut ne rien posséder… » Elle ajouta ensuite en collant sa bouche à mon oreille : « Faut jamais dire à personne que Jing-Ming est le père de Bai-Lan et qu'il est allé à Taiwan. »

Après avoir passé un an à l'école de formation rapide, j'ai été envoyée à Ying-Bing pour travailler comme comptable dans une pharmacie d'État. Voilà.

Ce que sont devenus tante Liu et oncle Zheng ? Leur petit restaurant a été collectivisé fin 1951. Tante Liu est morte d'une crise cardiaque quatre mois plus tard. Ô ma tante Liu ! Après la disparition de sa femme, oncle Zheng a donné la maison à l'État puis est venu vivre avec moi à Ying-Bing. Il est décédé à l'automne 1952. Je l'ai fait enterrer dans les environs de Tien-Ma, à côté de tante Liu. Le 5 avril chaque année, je revenais à Tien-Ma, enlevais la mauvaise herbe sur leurs tombes, y ajoutais de la terre, brûlais pour tante Liu une dizaine de feuilles de tabac aussi jaunes que l'or, versais pour oncle Zheng une bouteille de « Trois-Fleurs » qu'il aimait tant. Mais, après que ton papa a été envoyé en camp, j'ai dû arrêter mon travail pour venir vivre avec vous, ta maman, ton frère et toi. Je n'avais plus les moyens d'aller à Tien-Ma. Puis ton frère a disparu, ton père est reparti pour Qing-Hai et toi pour Wuhan… J'avais tellement envie de parler à tante Liu que j'y suis retournée. Mais on avait construit un grand barrage sur le Quing-Shui, les tombes de tante Liu et d'oncle Zheng se trouvaient sous les tonnes d'eau du réservoir… Oui, c'est bien pour eux que je brûle de la monnaie de papier le jour de la fête des Morts chaque année. Te souviens-tu de ces feuilles de monnaie que je fabriquais moi-même pendant la Révolution culturelle ? Elles n'étaient pas aussi jolies que celles que tu peux trouver maintenant dans les boutiques, mais avec ça dans leur monde tante Liu et oncle Zheng pouvaient déjà se payer un paquet de tabac ou un verre d'eau-de-vie de temps en temps…

生活

1984. Le printemps arrivait tôt cette année à Guang-Ning. Les habitants ne pouvaient plus attendre pour sortir en famille : il fallait profiter de ces premiers beaux jours avant que les longues pluies printanières ne revinssent les engourdir à nouveau entre quatre murs.

Sur le sentier de dalles qui effleurait le bord du lac du Sud, Fan-Fan marchait à pas lents, poussant devant elle un fauteuil roulant tout neuf. Elle portait une jolie robe noire à petites fleurs rouges et un gilet de fine laine blanche. Le soleil doux de mars brillait dans ses cheveux brun foncé qui tombaient en cascade jusqu'à sa taille. La bise ridait légèrement la surface argentée du lac qui s'étendait sur sa droite comme un immense miroir d'argent. À gauche, des bouquets de bambous géants craquaient de sève nouvelle, des bananiers secouaient leurs larges éventails laqués d'un vert frais, des roses sauvages étalaient leurs fleurs jaune pâle, des myrtes parfumaient l'air de leur floraison blanche, des volubilis aux corolles violettes s'enroulaient autour des troncs d'eucalyptus, des papillons et des libellules voltigeaient joyeusement sur un tapis d'herbe tendre luisant de rosée et constellé de violettes et de petits champignons bruns… Tout, même la douceur de l'air, chantait en silence la symphonie d'un printemps glorieux. De temps en temps, Fan-Fan devait lever le bras pour écarter une branche qui se penchait trop bas vers le sentier. Tout ouïe et tout regard déployés, Mei-Li assise dans le fauteuil buvait jusqu'à s'en soûler ces saveurs, ces couleurs, ces lumières, ces odeurs, ces vibrations de la vie.

C'était la première fois qu'elle franchissait le seuil de la maison depuis qu'elle était paralysée des jambes. Le fauteuil roulant lui avait été offert par Fan-Fan pour son quatre-vingtième anniversaire.

– Je ne pourrai jamais assez te remercier, Fan-Fan, murmura Mei-Li.

Fan-Fan sourit alors d'un sourire qui ne s'adressait à personne. Elle avait eu son diplôme en 82. On lui avait offert un poste intéressant à Wuhan, mais elle avait préféré retourner à Guang-Ning, près de sa mère et de sa grand-mère. Elle travaillait depuis lors à l'hôpital du peuple de Guang-Ning, à moins de quinze minutes à bicyclette de la maison. Elle avait un lit réservé dans le dortoir du personnel, mais quand elle n'était pas de garde elle mangeait et dormait toujours à la maison.

– Regarde, grand-mère ! Regarde ce gros poisson, là, à côté de cette feuille de lotus, dit Fan-Fan à voix basse en poussant le fauteuil près du bord du lac.

– Mmm..., dit Mei-Li en fermant à demi les yeux pour mieux voir, il pèse au moins dix livres.

Le poisson attrapa une proie, secoua la queue avec satisfaction, puis s'éloigna, majestueux, dans les profondeurs du lac.

– C'est mieux de se rendre au parc par ce côté, fit Fan-Fan. Le paysage est plus beau, et il n'y a pas d'embouteillage de vélos.

– On peut s'arrêter ici un moment si tu veux, tu es un peu essoufflée, suggéra Mei-Li en montrant d'un mouvement du menton un banc de pierre au pied d'un vieux goyavier.

– Non, ça va, dit Fan-Fan continuant à pousser le fauteuil.

– Dis-moi, que penses-tu de la proposition de ton père ? demanda Mei-Li qui portait la main en abri sur son front pour mieux distinguer l'autre côté du lac.

Fan-Fan ne répondit pas tout de suite. Cela faisait plus d'une semaine qu'elle était bloquée dans ses réflexions. Elle avait reçu une lettre de son père, et ça avait rompu son calme intérieur comme un caillou lancé dans un étang tranquille. Après maints essais, Hong était parvenu à reprendre contact avec son frère qu'il n'avait pas vu depuis trente-quatre ans et qui vivait toujours aux États-Unis. Du même coup, Hong avait appris que sa mère était morte dix ans plus tôt et que son père était décédé en décembre dernier en lui laissant la moitié de ses biens. Oui, bien sûr, Hong aimerait bien retourner en Amérique pour revoir son frère. Mais y passer le reste de ses jours ? Y laisser ses os déjà rongés d'une vieillesse précoce ? Pas question. Il était trop attaché à cette terre chinoise, celle de ses ancêtres et de ses enfants, cette terre à laquelle il avait donné les plus belles années de sa vie. Malgré les infinies souffrances qu'il y avait subies, il pensait qu'il appartenait toujours à cette terre pour laquelle il était prêt à se consumer comme une bougie jusqu'à la dernière goutte de cire. Alors, que pouvait-il faire du patrimoine hérité de son père ? Rien de plus simple ! Il l'utiliserait pour envoyer sa fille Fan-Fan aux États-Unis, afin qu'elle pût se perfectionner en médecine dans l'une des meilleures écoles du monde… Poursuivre ses études à l'étranger ! Tous ses camarades de classe à l'institut de médecine de Wuhan en brûlaient d'envie. Aux États-Unis ! Tous ses jeunes collègues à l'hôpital du peuple de

Guang-Ning en rêvaient. Certains d'entre eux étaient d'ailleurs déjà partis pour l'Europe ou l'Amérique, y compris sa meilleure amie Kong-Hua. Fan-Fan aussi aurait bien aimé aller voir un autre monde, découvrir une autre civilisation, rencontrer des gens différents, connaître les techniques les plus modernes de la médecine. Mais voilà que l'occasion se présentait et qu'elle hésitait… Le grand âge de sa grand-mère paralysée, la santé fragile de sa mère qui ne cessait de se détériorer depuis la disparition mystérieuse de Ming-Ming et les retrouvailles brèves et douloureuses avec son père, cela la préoccupait plus que toute autre chose pour l'instant. Si elle partait, qui s'occuperait d'elles ?…

– Pourquoi ne pas parler, Fan-Fan ? insista Mei-Li en tournant la tête pour regarder sa petite-fille.

– J'ai besoin de réfléchir, répondit Fan-Fan d'un ton évasif.

– Il faut savoir saisir les occasions quand la vie te les présente, mon enfant, dit Mei-Li doucement. Ton futur est plus important que nos vieux jours.

Fan-Fan hocha la tête sans rien dire.

– À propos, reprit Mei-Li qui se souvenait soudain de la visite que sa petite-fille adoptive lui avait faite la veille, sais-tu que Bi-Zhu va demander le divorce ?

– À sa place, répondit Fan-Fan, je l'aurais fait depuis longtemps.

– Si tu avais un jeune enfant comme elle, tu penserais autrement.

– Peut-être…

Fan-Fan se pencha, cueillit une rose dont les pétales délicats étaient encore mouillés de rosée, enleva soigneusement les épines, planta la fleur dans les cheveux blancs de sa grand-mère.

– Qu'est-ce que tu fais ? demanda Mei-Li.
– Rien, répondit Fan-Fan en souriant.

Bai-Lan, essoufflée, posa son panier par terre devant la porte de l'appartement 11, rue des Bambous-Nouveaux. Elle revenait du marché. Pour célébrer l'anniversaire de sa mère, elle allait préparer un plat spécial : des fleurs de citrouille farcies. Bi-Zhu viendrait dîner à la maison avec son fils. Bai-Lan ouvrit le cadenas et poussa la porte. Deux enveloppes avaient été glissées sous la porte.

La première s'adressait à Mei-Li. C'était une lettre envoyée de l'étranger. Le nom et l'adresse de l'expéditeur étaient écrits en anglais. Le peu d'anglais que Bai-Lan avait appris à l'école secondaire, juste avant la prise du pouvoir par les communistes trente-quatre ans auparavant, avait été complètement « rendu » au professeur, comme on dit, et depuis très longtemps. Après beaucoup d'efforts, elle ne réussit qu'à déchiffrer le nom du pays d'où la lettre avait été postée : le Canada. Qui pouvait écrire à sa mère du Canada ? Les coins de l'enveloppe étaient très usés. Une quinzaine de vignettes étaient collées sur le dessus et au dos, émises par différents bureaux de poste elles révélaient le nombre d'essais infructueux que les facteurs avaient tentés avant de trouver enfin le destinataire.

Bai-Lan posa cette lettre mystérieuse sur la table, puis regarda la seconde. Au premier coup d'œil, sa main se mit à trembler violemment : c'est son écriture ! Il est en vie !

Le sentier s'éloignait maintenant du lac, montait en pente douce, filait droit à travers un petit bois de poiriers en fleur, puis rejoignait la grand-route bordée d'eucalyptus à larges feuilles menant au parc du Lac-du-Sud.

– On arrive, dit Fan-Fan en arrêtant le fauteuil à côté d'une table dressée devant la guérite de l'entrée.

Fan-Fan acheta deux tickets au vieux gardien assis sur un banc de bois derrière la table.

Le gardien échangea un sourire de sympathie avec Mei-Li.

– Quel beau temps pour sortir ! dit-il.

– Ma petite-fille m'emmène au jardin des Plantes médicinales du parc, dit Mei-Li.

– Quel âge avez-vous ?

– Quatre-vingts ans aujourd'hui.

– Alors, toutes mes félicitations ! Que vous viviez jusqu'à cent ans !

– Merci beaucoup, c'est très gentil.

– Vous êtes de sept ans plus âgée que moi, comme ma sœur aînée.

– Vous avez soixante-treize déjà ? On ne le dirait pas.

– C'est gentil de me dire ça. Je suis à la retraite depuis 1971. Je remplace ma fille cadette aujourd'hui. Elle a été invitée au mariage de sa belle-sœur.

– Combien d'enfants et de petits-enfants avez-vous ?

– Euh… trois fils, cinq filles… six petites-filles et quatre petits-fils.

– Vous avez de la chance !…

– Quand mes enfants sont nés, il n'y avait pas encore la politique d'un enfant par famille. Alors, vous savez… Haaa !…

Fan-Fan écoutait en souriant la conversation entre le vieux gardien et sa grand-mère. Elle n'était pas pressée. Elle les comprenait. Plus on est vieux, plus on a besoin de parler et d'être écouté. De sentir la chaleur humaine. Quel dommage que grand-mère ne puisse plus sortir seule, même à l'aide de son fauteuil roulant, elle qui aime tant rencontrer les gens.

D'autres visiteurs arrivaient. Fan-Fan et Mei-Li dirent au revoir au vieux gardien et entrèrent dans le parc. Un grand pont en dos d'âne les conduisit d'abord sur un îlot couvert d'arbustes au milieu du lac. Des familles étaient assises sur l'herbe, les enfants sautillaient entre les groupes, des jeunes posaient sur le perron du pavillon central ou devant la rocaille pour se faire prendre en photo. Fan-Fan et Mei-Li traversèrent la petite île, se frayant un chemin parmi les promeneurs de plus en plus nombreux. Fan-Fan poussa ensuite le fauteuil sur un autre pont en pierre qui menait par de nombreux zigzags jusqu'à l'autre rive du lac. Que ce soit sur la terrasse ombragée par des palmiers géants, entre les aquariums de la cour des Carassins-Dorés, sous les toitures jaune d'or aux arêtes aiguës et rebiquées des pavillons de l'étang des Lotus, à l'intérieur comme à l'extérieur du restaurant des Poissons-du-Lac-du-Sud, partout c'était la même foule, les mêmes groupes d'excursionnistes de tous âges. Mais une fois dans les haies de ketmies hautes de trois mètres du jardin des Plantes médicinales, Fan-Fan et Mei-Li se sentirent débarquées dans un autre monde. Paisible. De petites allées de briques rouges dont les fentes se cachaient sous la mousse verte se déroulaient entre des milliers de pots de terre cuite posés à même le sol ou sur une pierre. Dans ces pots rustiques, parfois fendus ou ébréchés, mais toujours très ensoleillés, étaient rassemblées des herbes et des fleurs de toutes espèces utilisées dans la région comme fortifiants ou médicaments depuis des générations et des générations.

– Voilà « une-fleur-au-dessus-de-sept-feuilles », expliqua Mei-Li à sa petite-fille. La plante n'a que sept feuilles vertes autour d'une seule tige violacée comme la roue du moulin à eau. Mais le plus curieux c'est que la tige se termine par une seule fleur jaune à sept pétales aussi. Sa racine est un contrepoison très actif. Les chasseurs de serpents ne sortent jamais sans elle dans leur poche… Ah, regarde celle-ci, cette grosse liane, on l'appelle « sang-de-poule », car si tu la brises, du jus rouge vif en coule. On l'utilise comme fortifiant… Et ça, c'est la « plante-aux-perles ». Pourquoi ce nom ? Parce que ça donne de petits fruits ronds et rouges sous les feuilles en été et en automne. Tu peux l'utiliser pour guérir les maladies des reins… Tu ne connais pas celle-ci ? C'est une « herbe-des-femmes ». Ça soulage le mal des périodes menstruelles… Et ça…

Fan-Fan fit soudain demi-tour.

– Hé ! Fan-Fan ! dit Mei-Li en saisissant les bras de son fauteuil, je n'ai pas encore terminé…

– Je sais, grand-mère, souffla Fan-Fan à l'oreille de Mei-Li. Deux amoureux s'embrassent là, derrière cet arbuste. Je ne veux pas les effrayer. On prend une autre allée.

– Dis donc, murmura Mei-Li, ils ont bien su choisir leur place…

Un sourire amusé apparut aux lèvres de la jeune fille. Mei-Li tourna la tête pour la regarder.

– À propos, Fan-Fan, demanda-t-elle, pourquoi n'invites-tu jamais de garçon à la maison ? Il n'y en a pas à ton travail ?

– Si, grand-mère, il y en a beaucoup, répondit Fan-Fan en riant, trop même. Comme des abeilles.

– Pas un qui te plaise ?

– Bah, pourquoi être si pressée, grand-mère ? Je ne suis pas encore vieille…

– Pas encore vieille… d'accord. Mais tu auras vingt-sept ans cette année. À ton âge, ta mère vous avait déjà eus ton frère et toi…

– Autres temps, autres mœurs, grand-mère. On est dans les années 80 maintenant. Comment ça s'appelle, cette plante ?

Avant de franchir le seuil de la maison, Fan-Fan fut soudain saisie d'un pressentiment tragique. Mei-Li bougea nerveusement dans son fauteuil roulant.

En effet, dès qu'elles entrèrent dans la salle à manger, elles furent frappées par la pâleur de Bai-Lan. Assise sur un tabouret, le dos appuyé contre le mur, elle avait le souffle court, les yeux hagards, la main crispée sur une feuille de papier blanc.

– Tu souffres, maman ? demanda Fan-Fan en saisissant les épaules de Bai-Lan.

Bai-Lan s'affaissa dans les bras de sa fille, murmurant dans un sanglot :

– Il est en vie !

Saisissant de toutes ses forces les bras du fauteuil roulant, Mei-Li se pencha en avant comme si elle allait en descendre.

– Qui ?... Ming-Ming ?... interrogea-t-elle, essoufflée.

– Oui, dit Bai-Lan d'une voix faible. Voilà sa lettre.

Fan-Fan prit la lettre de la main de Bai-Lan, la passa à Mei-Li, puis installa sa mère dans le fauteuil d'osier.

Il n'y avait sur la feuille de papier qu'un dessin qui ressemblait à une porte, et au milieu de la porte un seul caractère, écrit au pinceau : *Vide*. Pas de signature. Pas de date.

– Donne-moi l'enveloppe, Fan-Fan ! cria Mei-Li avec impatience.

Fan-Fan ramassa l'enveloppe tombée au pied de la table, la mit dans les mains de Mei-Li.

Pas d'adresse de l'expéditeur non plus.

Mei-Li tourna et retourna l'enveloppe et la feuille de papier d'un air pensif. Après un long moment de silence, elle prononça :

– Il a rompu ses liens avec le monde d'ici-bas.

– Tu veux dire qu'il s'est fait bonze ? demanda Fan-Fan.

– Oui, expliqua Mei-Li. Le dessin et le mot signifient kong-men, « la porte du vide », doctrine de la vacuité de toutes choses du bouddhisme. Le message veut dire qu'il s'y est déjà converti.

Fan-Fan tourna la tête pour interroger sa mère du regard. Bai-Lan fit signe que oui.

– Alors, pourquoi n'y a-t-il pas d'adresse ? demanda Fan-Fan qui refusait encore de le croire.

– Parce qu'il ne veut pas qu'on le recherche, répondit Mei-Li.

– J'irai le chercher, moi ! dit Fan-Fan tout émue. On ne laisse pas sa mère et sa grand-mère comme ça. Je fouillerai tous les temples du pays. Je ne crois pas…

– Non, Fan-Fan, l'interrompit Mei-Li d'une voix calme. Laisse-le tranquille là où il veut. À chacun son destin.

Fan-Fan se retourna vers sa mère comme pour l'appeler à son secours. Bai-Lan lui fit un faible sourire en hochant la tête.

– Ta grand-mère a raison, Fan-Fan, dit-elle. C'est très difficile, je te comprends, ce sentiment d'avoir retrouvé et reperdu en même temps quelqu'un qu'on aime. Mais il ne faut pas forcer le destin.

– C'est sa façon à lui aussi de chercher à l'intérieur de lui-même ce qu'il n'a pas trouvé à l'extérieur, ajouta Mei-Li. Sors ma bouteille de « Trois-Fleurs », Fan-Fan, je veux en boire un doigt.

– Moi aussi, dit Bai-Lan.

Fan-Fan ouvrit le buffet, prit la bouteille et trois petites tasses de porcelaine. Elle ne buvait jamais d'alcool, mais aujourd'hui, il y avait de quoi.

Fan-Fan donna une tasse remplie à ras bord à Mei-Li qu'elle savait capable d'avaler une demi-bouteille en gardant les idées claires, une tasse à moitié pleine à Bai-Lan dont le cœur n'était pas très brillant. Puis elle s'en versa un tiers qu'elle but d'un coup en fermant les yeux. Le feu lui tomba sur la langue, descendit dans sa gorge, lui brûla l'estomac. Mei-Li et Bai-Lan échangèrent un regard. Fan-Fan posa sa tasse sur la table.

– Qu'est-ce que c'est que ça ? fit-elle en ramassant une enveloppe.

– Ah, je l'avais oubliée, dit Bai-Lan, c'est une lettre pour ta grand-mère.

Fan-Fan jeta un coup d'œil aux vignettes collées sur l'enveloppe.

– Dis donc, ça a fait beaucoup de route pour arriver, dit-elle en la donnant à Mei-Li. Le timbre est très joli.

Au premier regard, Mei-Li blêmit. Les mains tremblantes elle tira plusieurs feuillets de l'enveloppe, les déplia. Au fur et à mesure qu'elle les lisait, son front se déridait, son visage rougissait, ses yeux s'enflammaient. On eût dit qu'elle buvait la vie à la fontaine de Jouvence.

Surprise par le changement qu'elle observait chez Mei-Li, Fan-Fan demanda :

– C'est de qui, grand-mère ?

Mei-Li hésita, lança un coup d'œil en direction de sa fille qui faisait aussi peser sur elle son regard interrogatif.

– Euh… c'est… d'un ami, bégaya-t-elle. Un ami que vous ne connaissez pas.

Fan-Fan allait poser une autre question lorsque quelqu'un frappa à la porte. Elle alla l'ouvrir.

Bi-Zhu apparut sur le seuil, les cheveux en désordre, un œil au beurre noir, son fils de quatre ans dans les bras.

– Mais qu'est-ce qu'il y a ? demanda Fan-Fan en s'effaçant pour les laisser entrer.

Bi-Zhu dit en déposant l'enfant :

– Plus jamais je ne retournerai là-bas. C'est fini entre lui et moi.

Bai-Lan se leva pour prendre l'enfant dans ses bras.

– Viens, Hua-Hua, grand-mère te montre quelque chose, dit-elle en l'emportant vers sa chambre.

– Qu'est-ce qui s'est passé, Bi-Zhu ? demanda Mei-Li en rangeant la lettre dans sa poche. Viens, approche-toi, laisse-moi regarder ton œil.

Bi-Zhu prit le tabouret que Fan-Fan lui tendait, s'assit devant Mei-Li.

– Ne t'en fais pas, grand-mère, dit-elle, le noir disparaîtra dans quelques jours. Ce n'est pas la première fois qu'il me fait ça. Ce matin, je lui ai dit que je demandais le divorce, que ce serait mieux pour chacun de nous. Furieux, il a cassé toutes les porcelaines. Il a fait éclater les thermos au mur. Il m'a battue. Il a même menacé de tuer Hua-Hua. Quand j'ai réussi à m'enfuir avec Hua-Hua, il a crié par la fenêtre qu'il ne signerait jamais le papier et que je ne pourrais pas me débarrasser de lui comme ça. Mais qu'il signe ou non, je ne retournerai plus jamais là-bas.

Elle promena un regard circulaire dans la pièce, ajouta :

– Pourrons-nous rester ici avec vous, grand-mère ?

– Bien sûr que oui ! s'écria Mei-Li en lui caressant les cheveux. Tu es toujours notre fille, tu le sais.

Bi-Zhu posa la tête sur les genoux de Mei-Li, pleura.

Fan-Fan lui versa une tasse de thé.

– On te trouvera un bon avocat.

Deux mois plus tard, par un beau jour de mai, Fan-Fan poussait Mei-Li à nouveau sur le sentier de dalles qui longeait le lac du Sud.

– On peut s'arrêter ici, dit Mei-Li pointant du doigt le banc de pierre au pied du goyavier centenaire.

Les branches de l'arbre étaient chargées de petits fruits très durs, brillant d'un vert sombre. Fan-Fan enleva quelques fleurs sèches qui traînaient sur le banc, s'assit.

Silencieuses, elles contemplaient le lac. Les fleurs de lotus oscillaient épanouies et roses au-dessus de feuilles énormes où de grosses gouttes d'eau brillaient au soleil comme des perles immenses. Plus loin, au milieu du lac, quatre ou cinq petites barques flottaient. De temps en temps, des rires et des fragments de paroles parvenaient jusqu'à elles.

– Alors, tu es décidée à partir pour l'Amérique ? demanda Mei-Li sans détourner les yeux des fleurs de lotus.

– Oui, grand-mère, répondit Fan-Fan en regardant les petites barques qui s'éloignaient lentement. Bi-Zhu m'en a persuadée. Elle s'occupera de maman et de toi jusqu'à mon retour.

Mei-Li déplaça ses yeux du lac au visage radieux de sa petite-fille.

– Pars tranquille, Fan-Fan, dit-elle. Ta maman a seulement cinquante et un ans cette année, et je suis aussi solide que ce goyavier tordu malgré mes jambes mortes. Nous t'attendrons.

– Je reviendrai le plus tôt possible, dit Fan-Fan en prenant ses mains dans les siennes, je te le promets, grand-mère.

Mei-Li sourit. Elle tira une enveloppe de sa poche, la tendit à Fan-Fan.

– Qu'est-ce que c'est ? demanda Fan-Fan.
– La lettre de ton grand-père.
– Mon grand-père ?
– Oui, ton grand-père, père de ta maman.
– Mais l'autre jour…
– L'autre jour j'ai dit que c'était d'un ami. À cause de ta maman. Elle a déjà eu assez d'émotions comme ça.
– Mais… Je ne comprends plus… Maman m'a dit que son père était mort quand elle était très jeune…
– Celui qui est mort est mon mari, père adoptif de ta maman. Celui qui m'a écrit de Taiwan a été mon amant, le frère cadet de mon mari. Il est le père naturel de ta maman…
– Il ne vit pas au Canada ?
– Non, il vit à Taiwan. Mais comme il n'y a pas de communication directe entre Taiwan et la Chine continentale, il a donné la lettre à un ami qui l'a postée du Canada.
– Maman le savait ?
– Elle savait seulement qu'elle avait un autre père – son père naturel qu'elle n'a jamais vu et qu'elle rejette toujours.
– Pourquoi ?
– Ça, c'est une très longue histoire. Il faut remonter au jour de mon mariage, il y a soixante-quatre ans…

美丽

Cela fait combien d'années déjà que Jing-Ming et moi nous ne nous sommes pas revus ? Attends… cinquante, cinquante et un, cinquante-deux… oui, bientôt cinquante-deux ans. Nous reverrons-nous ? Quand ? Le jour de la réunification du pays ? Non, je ne crois pas que nous pourrons voir ce jour arriver. Nous sommes tous les deux trop vieux. Parfois, je me dis que c'est peut-être mieux comme ça. J'avais une dette immense envers ton grand-père, c'est vrai, mais j'ai eu la chance d'avoir pu l'honorer avant qu'il ne fût trop tard. Par la très longue lettre que je lui ai écrite après avoir reçu la sienne. Nous revoir, ce n'est donc plus aussi important pour moi, ni pour lui sans doute. Ne serait-ce pas mieux que nous mourrions en gardant en nous l'un de l'autre la plus belle image ?…

Pourtant, si à l'étranger tu parvenais à obtenir un visa pour Taiwan, ce serait bien que tu puisses aller voir ton grand-père. Il serait comblé.

Voilà. J'ai répondu à toutes tes questions, et ma vie n'a plus de secret pour toi. Tu connais mon histoire d'amour. Et tous ces gens qui ne cessent d'arpenter mon cœur lorsque la nuit avance. Oui, je suis très riche comme tu dis. Riche de ce que j'ai vécu, riche de l'amour que j'ai connu, riche de t'avoir aussi, toi ma petite-fille chérie et ma meilleure amie. Qu'est-ce que c'est que le bonheur, tu me le demandes ? Je ne sais pas. Je ne me suis jamais posé la question. Mais une chose est sûre : je l'ai connu. Ou plus exactement, j'ai vécu des moments de bonheur. Pour moi, le bonheur n'est pas quelque chose d'abstrait, mais l'accumulation des moments heureux que la vie m'a réservés et me réservera, innombrables. La question, c'est de savoir les saisir à la volée, les vivre pleinement. Quand j'ai revu ton grand-père Jing-Ming, j'ai été heureuse ; quand j'ai su que j'étais enceinte, j'ai été heureuse ; quand je savourais les nouilles de riz de tante Liu, j'étais heureuse ; quand ta maman est née, j'ai été heureuse ; quand j'ai aperçu ses premières dents, j'ai été heureuse ; quand je la voyais grande, belle et gaie, j'étais heureuse ; quand j'ai préparé le repas de noces le jour de son mariage, j'ai été heureuse ; quand j'écoutais l'opéra Gui, j'étais heureuse ; quand je trouvais une jolie phrase dans ma lecture, j'étais heureuse ; quand je rentrais à la maison après une journée de travail, j'étais heureuse ; quand je suis entrée dans un cinéma pour la première fois de ma vie, j'ai été heureuse ; quand j'ai appris la naissance de Ming-Ming, j'ai été heureuse ; quand j'ai embrassé tes petites joues roses de bébé, j'ai été heureuse ; quand tu as ramené ton père à la maison, j'ai été heureuse ; quand ton rêve d'être médecin est devenu réalité, j'ai été heureuse ; quand nous nous promenions sur ce sentier au bord du lac et dans le jardin des Plantes médicinales, j'étais heureuse ; quand on a enfin eu des nouvelles de ton frère, j'ai été heureuse ; quand j'ai reçu la lettre de ton grand-père, j'ai été heureuse… Ce sont ces moments lumineux et bien d'autres, parfois très brefs, mais toujours aussi réels, aussi palpables et aussi essentiels que le sel et le riz, qui ont adouci les coups durs du destin et qui m'ont fait sentir que, malgré tout, la vie vaut la peine de vivre…

Tu partiras quand ? Aussitôt que tu auras eu ton visa ?… Oui, maintenant c'est bien plus facile qu'avant. Tiens, mets ça à ton doigt. Ainsi, cette bague d'argent te suivra partout où tu iras comme un porte-bonheur. Mais souviens-toi de cela, Fan-Fan : si jamais tu ne me retrouves plus à ton retour, ne pleure pas. Mets sur ma tombe une fleur de grenadier aussi rouge que le bonheur, et je saurai que tu es là…

RÉALISATION : NORD COMPO À VILLENEUVE-D'ASQ
IMPRESSION : CPI BRODARD ET TAUPIN À LA FLÈCHE
DÉPÔT LÉGAL : MARS 2010. N° 102159 (56362)
IMPRIMÉ EN FRANCE

Collection Points

DERNIERS TITRES PARUS

P1609. La Terre des Morts. Les Enfants de l'Atlantide IV
Bernard Simonay
P1610. Thenser. Aradia II, *Tanith Lee*
P1611. Le Petit Livre des gros câlins, *Kathleen Keating*
P1612. Un soir de décembre, *Delphine de Vigan*
P1613. L'Amour foudre, *Henri Gougaud*
P1614. Chaque jour est un adieu
suivi de Un jeune homme est passé
Alain Rémond
P1615. Clair-obscur, *Jean Cocteau*
P1616. Chihuahua, zébu et Cie.
L'étonnante histoire des noms d'animaux
Henriette Walter et Pierre Avenas
P1617. Les Chaussettes de l'archiduchesse et autres défis
de la prononciation
Julos Beaucarne et Pierre Jaskarzec
P1618. My rendez-vous with a femme fatale.
Les mots français dans les langues étrangères
Franck Resplandy
P1619. Seulement l'amour, *Philippe Ségur*
P1620. La Jeune Fille et la Mère, *Leïla Marouane*
P1621. L'Increvable Monsieur Schneck, *Colombe Schneck*
P1622. Les Douze Abbés de Challant, *Laura Mancinelli*
P1623. Un monde vacillant, *Cynthia Ozick*
P1624. Les Jouets vivants, *Jean-Yves Cendrey*
P1625. Le Livre noir de la condition des femmes
Christine Ockrent (dir.)
P1626. Comme deux frères, *Jean-François Kahn et Axel Kahn*
P1627. Equador, *Miguel Sousa Tavares*
P1628. Du côté où se lève le soleil, *Anne-Sophie Jacouty*
P1629. L'Affaire Hamilton, *Michelle De Kretser*
P1630. Une passion indienne, *Javier Moro*
P1631. La Cité des amants perdus, *Nadeem Aslam*
P1632. Rumeurs de haine, *Taslima Nasreen*
P1633. Le Chromosome de Calcutta, *Amitav Ghosh*
P1634. Show business, *Shashi Tharoor*
P1635. La Fille de l'arnaqueur
P1636. En plein vol, *Jan Burke*
Ed Dee
P1637. Retour à la Grande Ombre, *Hakan Nesser*
P1638. Wren. Les Descendants de Merlin I, *Irene Radford*

P1639. Petit manuel de savoir-vivre à l'usage des enseignants
Boris Seguin, Frédéric Teillard
P1640. Les Voleurs d'écritures *suivi de* Les Tireurs d'étoiles
Azouz Begag
P1641. L'Empreinte des dieux. Le Cycle de Mithra I
Rachel Tanner
P1642. Enchantement, *Orson Scott Card*
P1643. Les Fantômes d'Ombria, *Patricia A. McKillip*
P1644. La Main d'argent. Le Chant d'Albion II
Stephen Lawhead
P1645. La Quête de Nifft-le-mince, *Michael Shea*
P1646. La Forêt d'Iscambe, *Christian Charrière*
P1647. La Mort du Nécromant, *Martha Wells*
P1648. Si la gauche savait, *Michel Rocard*
P1649. Misère de la Ve République, *Bastien François*
P1650. Photographies de personnalités politiques
Raymond Depardon
P1651. Poèmes païens de Alberto Caeiro et Ricardo Reis
Fernando Pessoa
P1652. La Rose de personne, *Paul Celan*
P1653. Caisse claire, poèmes 1990-1997, *Antoine Emaz*
P1654. La Bibliothèque du géographe, *Jon Fasman*
P1655. Parloir, *Christian Giudicelli*
P1656. Poils de Cairote, *Paul Fournel*
P1657. Palimpseste, *Gore Vidal*
P1658. L'Épouse hollandaise, *Eric McCormack*
P1659. Ménage à quatre, *Manuel Vázquez Montalbán*
P1660. Milenio, *Manuel Vázquez Montalbán*
P1661. Le Meilleur de nos fils, *Donna Leon*
P1662. Adios Hemingway, *Leonardo Padura*
P1663. L'avenir c'est du passé, *Lucas Fournier*
P1664. Le Dehors et le Dedans, *Nicolas Bouvier*
P1665. Partition rouge.
Poèmes et chants des Indiens d'Amérique du Nord
Jacques Roubaud, Florence Delay
P1666. Un désir fou de danser, *Elie Wiesel*
P1667. Lenz, *Georg Büchner*
P1668. Resmiranda. Les Descendants de Merlin II
Irene Radford
P1669. Le Glaive de Mithra. Le Cycle de Mithra II
Rachel Tanner
P1670. Phénix vert. Trilogie du Latium I, *Thomas B. Swann*
P1671. Essences et Parfums, *Anny Duperey*
P1672. Naissances, *Collectif*
P1673. L'Évangile une parole invincible, *Guy Gilbert*
P1674. L'Époux divin, *Francisco Goldman*

P1675. La Comtesse de Pimbêche
et autres étymologies curieuses, *Pierre Larousse*
P1676. Les mots qui me font rire
et autres cocasseries de la langue française
Jean-Loup Chiflet
P1677. Les carottes sont jetées.
Quand les expressions perdent la boule
Olivier Marchon
P1678. Le Retour du professeur de danse, *Henning Mankell*
P1679. Romanzo Criminale, *Giancarlo de Cataldo*
P1680. Ciel de sang, *Steve Hamilton*
P1681. Ultime Témoin, *Jilliane Hoffman*
P1682. Los Angeles, *Peter Moore Smith*
P1683. Encore une journée pourrie
ou 365 bonnes raisons de rester couché, *Pierre Enckell*
P1684. Chroniques de la haine ordinaire 2, *Pierre Desproges*
P1685. Desproges, portrait, *Marie-Ange Guillaume*
P1686. Les Amuse-Bush, *collectif*
P1687. Mon valet et moi, *Hervé Guibert*
P1688. T'es pas mort !, *Antonio Skármeta*
P1689. En la forêt de Longue Attente.
Le roman de Charles d'Orléans, *Hella S. Haasse*
P1690. La Défense Lincoln, *Michael Connelly*
P1691. Flic à Bangkok, *Patrick Delachaux*
P1692. L'Empreinte du renard, *Moussa Konaté*
P1693. Les fleurs meurent aussi, *Lawrence Block*
P1694. L'Ultime Sacrilège, *Jérôme Bellay*
P1695. Engrenages, *Christopher Wakling*
P1696. La Sœur de Mozart, *Rita Charbonnier*
P1697. La Science du baiser, *Patrick Besson*
P1698. La Domination du monde, *Denis Robert*
P1699. Minnie, une affaire classée, *Hans Werner Kettenbach*
P1700. Dans l'ombre du Condor, *Jean-Paul Delfino*
P1701. Le Nœud sans fin. Le Chant d'Albion III
Stephen Lawhead
P1702. Le Feu primordial, *Martha Wells*
P1703. Le Très Corruptible Mandarin, *Qiu Xiaolong*
P1704. Dexter revient !, *Jeff Lindsay*
P1705. Vous plaisantez, monsieur Tanner, *Jean-Paul Dubois*
P1706. À Garonne, *Philippe Delerm*
P1707. Pieux Mensonges, *Maile Meloy*
P1708. Chercher le vent, *Guillaume Vigneault*
P1709. Les Pierres du temps et autres poèmes, *Tahar Ben Jelloun*
P1710. René Char, *Éric Marty*
P1711. Les Dépossédés
Robert McLiam Wilson et Donovan Wylie

P1712. Bob Dylan à la croisée des chemins. Like a Rolling Stone
Greil Marcus
P1713. Comme une chanson dans la nuit
suivi de Je marche au bras du temps, *Alain Rémond*
P1714. Où les borgnes sont rois, *Jess Walter*
P1715. Un homme dans la poche, *Aurélie Filippetti*
P1716. Prenez soin du chien, *J.M. Erre*
P1717. La Photo, *Marie Desplechin*
P1718. À ta place, *Karine Reysset*
P1719. Je pense à toi tous les jours, *Hélèna Villovitch*
P1720. Si petites devant ta face, *Anne Brochet*
P1721. Ils s'en allaient faire des enfants ailleurs
Marie-Ange Guillaume
P1722. Le Jugement de Léa, *Laurence Tardieu*
P1723. Tibet or not Tibet, *Péma Dordjé*
P1724. La Malédiction des ancêtres, *Kirk Mitchell*
P1725. Le Tableau de l'apothicaire, *Adrian Mathews*
P1726. Out, *Natsuo Kirino*
P1727. La Faille de Kaïber. Le Cycle des Ombres I
Mathieu Gaborit
P1728. Griffin. Les Descendants de Merlin III, *Irene Radford*
P1729. Le Peuple de la mer. Le Cycle du Latium II
Thomas B. Swann
P1730. Sexe, mensonges et Hollywood, *Peter Biskind*
P1731. Qu'avez-vous fait de la révolution sexuelle ?
Marcela Iacub
P1732. Persée, prince de la lumière. Le Châtiment des dieux III
François Rachline
P1733. Bleu de Sèvres, *Jean-Paul Desprat*
P1734. Julius et Isaac, *Patrick Besson*
P1735. Une petite légende dorée, *Adrien Goetz*
P1736. Le Silence de Loreleï, *Carolyn Parkhurst*
P1737. Déposition, *Leon Werth*
P1738. La Vie comme à Lausanne, *Erik Orsenna*
P1739. L'Amour, toujours !, *Abbé Pierre*
P1740. Henri ou Henry, *Didier Decoin*
P1741. Mangez-moi, *Agnès Desarthe*
P1742. Mémoires de porc-épic, *Alain Mabanckou*
P1743. Charles, *Jean-Michel Béquié*
P1744. Air conditionné, *Marc Vilrouge*
P1745. L'homme qui apprenait lentement, *Thomas Pynchon*
P1746. Extrêmement fort et incroyablement près
Jonathan Safran Foer
P1747. La Vie rêvée de Sukhanov, *Olga Grushin*
P1748. Le Retour du Hooligan, *Norman Manea*
P1749. L'Apartheid scolaire, *G. Fellouzis & Cie*

P1750. La Montagne de l'âme, *Gao Xingjian*
P1751. Les Grands Mots du professeur Rollin
Panacée, ribouldingue et autres mots à sauver
Le Professeur Rollin
P1752. Dans les bras de Morphée
Histoire des expressions nées de la mythologie
Isabelle Korda
P1753. Parlez-vous la langue de bois ?
Petit traité de manipulation à l'usage des innocents
Martine Chosson
P1754. Je te retrouverai, *John Irving*
P1755. L'Amant en culottes courtes, *Alain Fleischer*
P1756. Billy the Kid, *Michael Ondaatje*
P1757. Le Fou de Printzberg, *Stéphane Héaume*
P1758. La Paresseuse, *Patrick Besson*
P1759. Bleu blanc vert, *Maïssa Bey*
P1760. L'Été du sureau, *Marie Chaix*
P1761. Chroniques du crime, *Michael Connelly*
P1762. Le croque-mort enfonce le clou, *Tim Cockey*
P1763. La Ligne de flottaison, *Jean Hatzfeld*
P1764. Le Mas des alouettes, Il était une fois en Arménie
Antonia Arslan
P1765. L'Œuvre des mers, *Eugène Nicole*
P1766. Les Cendres de la colère. Le Cycle des Ombres II
Mathieu Gaborit
P1767. La Dame des abeilles. Le Cycle du latium III
Thomas B. Swann
P1768. L'Ennemi intime, *Patrick Rotman*
P1769. Nos enfants nous haïront
Denis Jeambar & Jacqueline Remy
P1770. Ma guerre contre la guerre au terrorisme
Terry Jones
P1771. Quand Al-Qaïda parle, *Farhad Khosrokhavar*
P1772. Les Armes secrètes de la CIA, *Gordon Thomas*
P1773. Asphodèle, *suivi de* Tableaux d'après Bruegel
William Carlos Williams
P1774. Poésie espagnole 1945-1990 (anthologie)
Claude de Frayssinet
P1775. Mensonges sur le divan, *Irvin D. Yalom*
P1776. Le Sortilège de la dague. Le Cycle de Deverry I
Katharine Kerr
P1777. La Tour de guet *suivi des* Danseurs d'Arun.
Les Chroniques de Tornor I, *Elisabeth Lynn*
P1778. La Fille du Nord, Les Chroniques de Tornor II
Elisabeth Lynn
P1779. L'Amour humain, *Andreï Makine*

P1780. Viol, une histoire d'amour, *Joyce Carol Oates*
P1781. La Vengeance de David, *Hans Werner Kettenbach*
P1782. Le Club des conspirateurs, *Jonathan Kellerman*
P1783. Sanglants Trophées, *C.J. Box*
P1784. Une ordure, *Irvine Welsh*
P1785. Owen Noone et Marauder, *Douglas Cowie*
P1786. L'Autre Vie de Brian, *Graham Parker*
P1787. Triksta, *Nick Cohn*
P1788. Une histoire politique du journalisme
Géraldine Muhlmann
P1789. Les Faiseurs de pluie.
L'histoire et l'impact futur du changement climatique
Tim Flannery
P1790. La Plus Belle Histoire de l'amour
Dominique Simonnet
P1791. Poèmes et proses, *Gerard Manley Hopkins*
P1792. Lieu-dit l'éternité, poèmes choisis, *Emily Dickinson*
P1793. La Couleur bleue, *Jörg Kastner*
P1794. Le Secret de l'imam bleu, *Bernard Besson*
P1795. Tant que les arbres s'enracineront
dans la terre et autres poèmes, *Alain Mabanckou*
P1796. Cité de Dieu, *E.L. Doctorow*
P1797. Le Script, *Rick Moody*
P1798. Raga, approche du continent invisible, *J.M.G. Le Clézio*
P1799. Katerina, *Aharon Appelfeld*
P1800. Une opérette à Ravensbrück, *Germaine Tillion*
P1801. Une presse sans Gutenberg.
Pourquoi Internet a révolutionné le journalisme
Bruno Patino et Jean François Fogel
P1802. Arabesques. L'aventure de la langue en Occident
Henriette Walter et Bassam Baraké
P1803. L'Art de la ponctuation. Le point, la virgule
et autres signes fort utiles
Olivier Houdart et Sylvie Prioul
P1804. À mots découverts. Chroniques au fil de l'actualité
Alain Rey
P1805. L'Amante du pharaon, *Naguib Mahfouz*
P1806. Contes de la rose pourpre, *Michel Faber*
P1807. La Lucidité, *José Saramago*
P1808. Fleurs de Chine, *Wei-Wei*
P1809. L'Homme ralenti, *J.M. Coetzee*
P1810. Rêveurs et Nageurs, *Denis Grozdanovitch*
P1811. – 30°, *Donald Harstad*
P1812. Le Second Empire. Les Monarchies divines IV
Paul Kearney
P1813. Été machine, *John Crowley*

P1814. Ils sont votre épouvante, et vous êtes leur crainte
Thierry Jonquet
P1815. Paperboy, *Pete Dexter*
P1816. Bad City blues, *Tim Willocks*
P1817. Le Vautour, *Gil Scott Heron*
P1818. La Peur des bêtes, *Enrique Serna*
P1819. Accessible à certaine mélancolie, *Patrick Besson*
P1820. Le Diable de Milan, *Martin Suter*
P1821. Funny Money, *James Swain*
P1822. J'ai tué Kennedy ou les mémoires d'un garde du corps
Manuel Vázquez Montalbán
P1823. Assassinat à Prado del Rey et autres histoires sordides
Manuel Vázquez Montalbán
P1824. Laissez entrer les idiots. Témoignage d'un autiste
Kamran Nazeer
P1825. Patients si vous saviez, *Christian Lehmann*
P1826. La Société cancérigène
Geneviève Barbier et Armand Farrachi
P1827. La Mort dans le sang, *Joshua Spanogle*
P1828. Une âme de trop, *Brigitte Aubert*
P1829. Non, ce pays n'est pas pour le vieil homme
Cormac McCarthy
P1830. La Psy, *Jonathan Kellerman*
P1831. La Voix, *Arnaldur Indridason*
P1832. Les Nouvelles Enquêtes du juge Ti, vol. 4
Petits meurtres entre moines, *Frédéric Lenormand*
P1833. Les Nouvelles Enquêtes du juge Ti, vol. 5
Madame Ti mène l'enquête, *Frédéric Lenormand*
P1834. La Mémoire courte, *Louis-Ferdinand Despreez*
P1835. Les Morts du Karst, *Veit Heinichen*
P1836. Un doux parfum de mort, *Guillermo Arriaga*
P1837. Bienvenue en enfer, *Clarence L. Cooper*
P1838. Le Roi des fourmis, *Charles Higson*
P1839. La Dernière Arme, *Philip Le Roy*
P1840. Désaxé, *Marcus Sakey*
P1841. Opération Vautour, *Stephen W. Frey*
P1842. Éloge du gaucher, *Jean-Paul Dubois*
P1843. Le Livre d'un homme seul, *Gao Xingjian*
P1844. La Glace, *Vladimir Sorokine*
P1845. Je voudrais tant revenir, *Yves Simon*
P1846. Au cœur de ce pays, *J.M. Coetzee*
P1847. La Main blessée, *Patrick Grainville*
P1848. Promenades anglaises, *Christine Jordis*
P1849. Scandale et folies.
Neuf récits du monde où nous sommes, *Gérard Mordillat*
P1850. Un mouton dans la baignoire, *Azouz Begag*

P1851. Rescapée, *Fiona Kidman*
P1852. Le Sortilège de l'ombre. Le Cycle de Deverry II
Katharine Kerr
P1853. Comment aiment les femmes. Du désir et des hommes
Maryse Vaillant
P1854. Courrier du corps. Nouvelles voies de l'anti-gymnastique
Thérèse Bertherat
P1855. Restez zen. La méthode du chat, *Henri Brunel*
P1856. Le Jardin de ciment, *Ian McEwan*
P1857. L'Obsédé (L'Amateur), *John Fowles*
P1858. Moustiques, *William Faulkner*
P1859. Givre et Sang, *John Cowper Powys*
P1860. Le Bon Vieux et la Belle Enfant, *Italo Svevo*
P1861. Le Mystère Tex Avery, *Robert Benayoun*
P1862. La Vie aux aguets, *William Boyd*
P1863. L'amour est une chose étrange, *Joseph Connolly*
P1864. Mossad, les nouveaux défis, *Gordon Thomas*
P1865. 1968, Une année autour du monde, *Raymond Depardon*
P1866. Les Maoïstes, *Christophe Bourseiller*
P1867. Floraison sauvage, *Aharon Appelfeld*
P1868. Et il y eut un matin, *Sayed Kashua*
P1869. 1 000 mots d'esprit, *Claude Gagnière*
P1870. Le Petit Grozda. Les merveilles oubliées du Littré
Denis Grozdanovitch
P1871. Romancero gitan, *Federico García Lorca*
P1872. La Vitesse foudroyante du passé, *Raymond Carver*
P1873. Ferrements et autres poèmes, *Aimé Césaire*
P1874. La force qui nous manque, *Eva Joly*
P1875. Les Enfants des morts, *Elfriede Jelinek*
P1876. À poèmes ouverts, *Anthologie Printemps des poètes*
P1877. Le Peintre de batailles, *Arturo Pérez-Reverte*
P1878. La Fille du Cannibale, *Rosa Montero*
P1879. Blue Angel, *Francine Prose*
P1880. L'Armée du salut, *Abdellah Taïa*
P1881. Grille de parole, *Paul Celan*
P1882. Nouveaux poèmes *suivis de* Requiem, *Rainer Maria Rilke*
P1883. Dissimulation de preuves, *Donna Leon*
P1884. Une erreur judiciaire, *Anne Holt*
P1885. Honteuse, *Karin Alvtegen*
P1886. La Mort du privé, *Michael Koryta*
P1887. Tea-Bag, *Henning Mankell*
P1888. Le Royaume des ombres, *Alan Furst*
P1889. Fenêtres de Manhattan, *Antonio Muñoz Molina*
P1890. Tu chercheras mon visage, *John Updike*
P1891. Fonds de tiroir, *Pierre Desproges*
P1892. Desproges est vivant, *Pierre Desproges*

P1893. Les Vaisseaux de l'ouest. Les Monarchies divines V
Paul Kearney
P1894. Le Quadrille des assassins. La Trilogie Morgenstern I
Hervé Jubert
P1895. Un tango du diable. La Trilogie Morgenstern II
Hervé Jubert
P1896. La Ligue des héros. Le Cycle de Kraven I
Xavier Mauméjean
P1897. Train perdu, wagon mort, *Jean-Bernard Pouy*
P1898. Cantique des gisants, *Laurent Martin*
P1899. La Nuit de l'abîme, *Juris Jurjevics*
P1900. Tango, *Elsa Osorio*
P1901. Julien, *Gore Vidal*
P1902. La Belle Vie, *Jay McInerney*
P1903. La Baïne, *Eric Holder*
P1904. Livre des chroniques III, *António Lobo Antunes*
P1905. Ce que je sais (Mémoires 1), *Charles Pasqua*
P1906. La Moitié de l'âme, *Carme Riera*
P1907. Drama City, *George P. Pelecanos*
P1908. Le Marin de Dublin, *Hugo Hamilton*
P1909. La Mère des chagrins, *Richard McCann*
P1910. Des louves, *Fabienne Jacob*
P1911. La Maîtresse en maillot de bain. Quatre récits d'enfance
Yasmina Khadra, Paul Fournel,
Dominique Sylvain et Marc Villard
P1912. Un si gentil petit garçon, *Jean-Loup Chiflet*
P1913. Saveurs assassines. Les enquêtes de Miss Lalli
Kalpana Swaminathan
P1914. La Quatrième Plaie, *Patrick Bard*
P1915. Mon sang retombera sur vous, *Aldo Moro*
P1916. On ne naît pas Noir, on le devient
Jean-Louis Sagot-Duvauroux
P1917. La Religieuse de Madrigal, *Michel del Castillo*
P1918. Les Princes de Francalanza, *Federico de Roberto*
P1919. Le Conte du ventriloque, *Pauline Melville*
P1920. Nouvelles chroniques au fil de l'actualité.
Encore des mots à découvrir, *Alain Rey*
P1921. Le mot qui fait mouche. Dictionnaire amusant
et instructif des phrases les plus célèbres de l'histoire
Gilles Henry
P1922. Les Pierres sauvages, *Fernand Pouillon*
P1923. Ce monde est mon partage et celui du démon
Dylan Thomas
P1924. Bright Lights, Big City, *Jay McInerney*
P1925. À la merci d'un courant violent, *Henry Roth*
P1926. Un rocher sur l'Hudson, *Henry Roth*

P1927. L'amour fait mal, *William Boyd*
P1928. Anthologie de poésie érotique, *Jean-Paul Goujon (dir.)*
P1929. Hommes entre eux, *Jean-Paul Dubois*
P1930. Ouest, *François Vallejo*
P1931. La Vie secrète de E. Robert Pendleton, *Michael Collins*
P1932. Dara, *Patrick Besson*
P1933. Le Livre pour enfants, *Christophe Honoré*
P1934. La Méthode Schopenhauer, *Irvin D. Yalom*
P1935. Echo Park, *Michael Connelly*
P1936. Les Rescapés du Styx, *Jane Urquhart*
P1937. L'Immense Obscurité de la mort, *Massimo Carlotto*
P1938. Hackman blues, *Ken Bruen*
P1939. De soie et de sang, *Qiu Xiaolong*
P1940. Les Thermes, *Manuel Vázquez Montalbán*
P1941. Femme qui tombe du ciel, *Kirk Mitchell*
P1942. Passé parfait, *Leonardo Padura*
P1943. Contes barbares, *Craig Russell*
P1944. La Mort à nu, *Simon Beckett*
P1945. La Nuit de l'infamie, *Michael Cox*
P1946. Les Dames de nage, *Bernard Giraudeau*
P1947. Les Aventures de Minette Accentiévitch
Vladan Matijeviç
P1948. Jours de juin, *Julia Glass*
P1949. Les Petits Hommes verts, *Christopher Buckley*
P1950. Dictionnaire des destins brisés du rock
Bruno de Stabenrath
P1951. L'Ère des dragons. Le Cycle de Kraven II
Xavier Mauméjean
P1952. Sabbat Samba. La Trilogie Morgenstern III
Hervé Jubert
P1953. Pour le meilleur et pour l'empire, *James Hawes*
P1954. Doctor Mukti, *Will Self*
P1955. Comme un père, *Laurence Tardieu*
P1956. Sa petite chérie, *Colombe Schneck*
P1957. Tigres et Tigresses. Histoire intime des couples présidentiels sous la Ve République, *Christine Clerc*
P1958. Le Nouvel Hollywood, *Peter Biskind*
P1959. Le Tueur en pantoufles, *Frédéric Dard*
P1960. On demande un cadavre, *Frédéric Dard*
P1961. La Grande Friture, *Frédéric Dard*
P1962. Carnets de naufrage, *Guillaume Vigneault*
P1963. Jack l'éventreur démasqué, *Sophie Herfort*
P1964. Chicago banlieue sud, *Sara Paretsky*
P1965. L'Illusion du péché, *Alexandra Marinina*
P1966. Viscéral, *Rachid Djaïdani*
P1967. La Petite Arabe, *Alicia Erian*

P1968. Pampa, *Pierre Kalfon*
P1969. Les Cathares. Brève histoire d'un mythe vivant
Henri Gougaud
P1970. Le Garçon et la Mer, *Kirsty Gunn*
P1971. L'Heure verte, *Frederic Tuten*
P1972. Le Chant des sables, *Brigitte Aubert*
P1973. La Statue du commandeur, *Patrick Besson*
P1974. Mais qui est cette personne allongée
dans le lit à côté de moi ?, *Alec Steiner*
P1975. À l'abri de rien, *Olivier Adam*
P1976. Le Cimetière des poupées, *Mazarine Pingeot*
P1977. Le Dernier Frère, *Natacha Appanah*
P1978. La Robe, *Robert Alexis*
P1979. Le Goût de la mère, *Edward St Aubyn*
P1980. Arlington Park, *Rachel Cusk*
P1981. Un acte d'amour, *James Meek*
P1982. Karoo boy, *Troy Blacklaws*
P1983. Toutes ces vies qu'on abandonne, *Virginie Ollagnier*
P1984. Un peu d'espoir. La trilogie Patrick Melrose
Edward St Aubyn
P1985. Ces femmes qui nous gouvernent, *Christine Ockrent*
P1986. Shakespeare, la biographie, *Peter Ackroyd*
P1987. La Double Vie de Virginia Woolf
Geneviève Brisac, Agnès Desarthe
P1988. Double Homicide, *Faye et Jonathan Kellerman*
P1989. La Couleur du deuil, *Ravi Shankar Etteth*
P1990. Le Mur du silence, *Hakan Nesser*
P1991. Mason & Dixon, *Thomas Pynchon*
P1992. Allumer le chat, *Barbara Constantine*
P1993. La Stratégie des antilopes, *Jean Hatzfeld*
P1994. Mauricio ou les Élections sentimentales
Eduardo Mendoza
P1995. La Zone d'inconfort. Une histoire personnelle
Jonathan Franzen
P1996. Un goût de rouille et d'os, *Craig Davidson*
P1997. La Porte des larmes. Retour vers l'Abyssinie
Jean-Claude Guillebaud, Raymond Depardon
P1998. Le Baiser d'Isabelle.
L'aventure de la première greffe du visage
Noëlle Châtelet
P1999. Poésies libres, *Guillaume Apollinaire*
P2000. Ma grand-mère avait les mêmes.
Les dessous affriolants des petites phrases
Philippe Delerm
P2001. Le Français dans tous les sens, *Henriette Walter*
P2002. Bonobo, gazelle & Cie, *Henriette Walter, Pierre Avenas*

P2003. Noir corbeau, *Joel Rose*
P2004. Coupable, *Davis Hosp*
P2005. Une canne à pêche pour mon grand-père, *Gao Xingjian*
P2006. Le Clocher de Kaliazine. Études et miniatures
Alexandre Soljenitsyne
P2007. Rêveurs, *Knut Hamsun*
P2008. Pelures d'oignon, *Günter Grass*
P2009. De l'aube au crépuscule, *Rabindranath Tagore*
P2010. Les Sept Solitudes de Lorsa Lopez, *Sony Labou Tansi*
P2011. La Première Femme, *Nedim Gürsel*
P2012. Le Tour du monde en 14 jours, 7 escales, 1 visa
Raymond Depardon
P2013. L'Aïeul, *Aris Fakinos*
P2014. Les Exagérés, *Jean-François Vilar*
P2015. Le Pic du Diable, *Deon Meyer*
P2016. Le Temps de la sorcière, *Arni Thorarinsson*
P2017. Écrivain en 10 leçons, *Philippe Ségur*
P2018. L'Assassinat de Jesse James par le lâche Robert Ford
Ron Hansen
P2019. Tu crois que c'est à moi de rappeler ?
Transports parisiens 2, *Alec Steiner*
P2020. À la recherche de Klingsor, *Jorge Volpi*
P2021. Une saison ardente, *Richard Ford*
P2022. Un sport et un passe-temps, *James Salter*
P2023. Eux, *Joyce Carol Oates*
P2024. Mère disparue, *Joyce Carol Oates*
P2025. La Mélopée de l'ail paradisiaque, *Mo Yan*
P2026. Un bonheur parfait, *James Salter*
P2027. Le Blues du tueur à gages, *Lawrence Block*
P2028. Le Chant de la mission, *John le Carré*
P2029. L'Ombre de l'oiseau-lyre, *Andres Ibañez*
P2030. Les Arnaqueurs aussi, *Laurent Chalumeau*
P2031. Hello Goodbye, *Moshé Gaash*
P2032. Le Sable et l'Écume et autres poèmes, *Khalil Gibran*
P2033. La Rose et autres poèmes, *William Butler Yeats*
P2034. La Méridienne, *Denis Guedj*
P2035. Une vie avec Karol, *Stanislao Dziwisz*
P2036. Les Expressions de nos grands-mères, *Marianne Tillier*
P2037. Sky my husband ! The integrale / Ciel mon mari !
L'intégrale, Dictionary of running english /
Dictionnaire de l'anglais courant, *Jean-Loup Chiflet*
P2038. Dynamite Road, *Andrew Klavan*
P2039. Classe à part, *Joanne Harris*
P2040. La Dame de cœur, *Carmen Posadas*
P2041. Ultimatum (En retard pour la guerre), *Valérie Zénatti*
P2042. 5 octobre, 23 h 33, *Donald Harstad*

P2043. La Griffe du chien, *Don Wislow*
P2044. Les Nouvelles Enquêtes du juge Ti, vol. 6
Mort d'un cuisinier chinois, *Frédéric Lenormand*
P2045. Divisadero, *Michael Ondaatje*
P2046. L'Arbre du dieu pendu, *Alejandro Jodorowsky*
P2047. Découpé en tranches, *Zep*
P2048. La Pension Eva, *Andrea Camilleri*
P2049. Le Cousin de Fragonard, *Patrick Roegiers*
P2050. Pimp, *Iceberg Slim*
P2051. Graine de violence, *Evan Hunter (alias Ed McBain)*
P2052. Les Rêves de mon père. Un héritage en noir et blanc
Barack Obama
P2053. Le Centaure, *John Updike*
P2054. Jusque-là tout allait bien en Amérique.
Chroniques de la vie américaine 2, *Jean-Paul Dubois*
P2055. Les juins ont tous la même peau. Rapport sur Boris Vian
Chloé Delaume
P2056. De sang et d'ébène, *Donna Leon*
P2057. Passage du Désir, *Dominique Sylvain*
P2058. L'Absence de l'ogre, *Dominique Sylvain*
P2059. Le Labyrinthe grec, *Manuel Vázquez Montalbán*
P2060. Vents de carême, *Leonardo Padura*
P2061. Cela n'arrive jamais, *Anne Holt*
P2062. Un sur deux, *Steve Mosby*
P2063. Monstrueux, *Natsuo Kirino*
P2064. Reflets de sang, *Brigitte Aubert*
P2065. Commis d'office, *Hannelore Cayre*
P2066. American Gangster, *Max Allan Collins*
P2067. Le Cadavre dans la voiture rouge
Ólafur Haukur Símonarson
P2068. Profondeurs, *Henning Mankell*
P2069. Néfertiti dans un champ de canne à sucre
Philippe Jaenada
P2070. Les Brutes, *Philippe Jaenada*
P2071. Milagrosa, *Mercedes Deambrosis*
P2072. Lettre à Jimmy, *Alain Mabanckou*
P2073. Volupté singulière, *A.L. Kennedy*
P2074. Poèmes d'amour de l'Andalousie à la mer Rouge.
Poésie amoureuse hébraïque, *Anthologie*
P2075. Quand j'écris je t'aime
suivi de Le Prolifique et Le Dévoreur
W.H. Auden
P2076. Comment éviter l'amour et le mariage
Dan Greenburg, Suzanne O'Malley
P2077. Le Fouet, *Martine Rofinella*
P2078. Cons, *Juan Manuel Prada*

P2079. Légendes de Catherine M., *Jacques Henric*
P2080. Le Beau Sexe des hommes, *Florence Ehnuel*
P2081. G., *John Berger*
P2082. Sombre comme la tombe où repose mon ami
Malcolm Lowry
P2083. Le Pressentiment, *Emmanuel Bove*
P2084. L'Art du roman, *Virginia Woolf*
P2085. Le Clos Lothar, *Stéphane Héaume*
P2086. Mémoires de nègre, *Abdelkader Djemaï*
P2087. Le Passé, *Alan Pauls*
P2088. Bonsoir les choses d'ici-bas, *António Lobo Antunes*
P2089. Les Intermittences de la mort, *José Saramago*
P2090. Même le mal se fait bien, *Michel Folco*
P2091. Samba Triste, *Jean-Paul Delfino*
P2092. La Baie d'Alger, *Louis Gardel*
P2093. Retour au noir, *Patrick Raynal*
P2094. L'Escadron Guillotine, *Guillermo Arriaga*
P2095. Le Temps des cendres, *Jorge Volpi*
P2096. Frida Khalo par Frida Khalo. Lettres 1922-1954
Frida Khalo
P2097. Anthologie de la poésie mexicaine, *Claude Beausoleil*
P2098. Les Yeux du dragon, petits poèmes chinois, *Anthologie*
P2099. Seul dans la splendeur, *John Keats*
P2100. Beaux Présents, Belles Absentes, *Georges Perec*
P2101. Les Plus Belles Lettres du professeur Rollin.
Ou comment écrire au roi d'Espagne
pour lui demander la recette du gaspacho
François Rollin
P2102. Répertoire des délicatesses du français contemporain
Renaud Camus
P2103. Un lien étroit, *Christine Jordis*
P2104. Les Pays lointains, *Julien Green*
P2105. L'Amérique m'inquiète.
Chroniques de la vie américaine 1, *Jean-Paul Dubois*
P2106. Moi je viens d'où ? *suivi de* C'est quoi l'intelligence ?
et de E = CM2, *Albert Jacquard, Marie-José Auderset*
P2107. Moi et les autres, initiation à la génétique
Albert Jacquard
P2108. Quand est-ce qu'on arrive ?, *Howard Buten*
P2109. Tendre est la mer, *Philip Plisson, Yann Queffélec*
P2110. Tabarly, *Yann Queffélec*
P2111. Les Hommes à terre, *Bernard Giraudeau*
P2112. Le Phare appelle à lui la tempête et autres poèmes
Malcolm Lowry
P2113. L'Invention des Désirades et autres poèmes
Daniel Maximin

P2114. Antartida, *Francisco Coloane*
P2115. Brefs Aperçus sur l'éternel féminin
Denis Grozdanovitch
P2116. Le Vol de la mésange, *François Maspero*
P2117. Tordu, *Jonathan Kellerman*
P2118. Flic à Hollywood, *Joseph Wambaugh*
P2119. Ténébreuses, *Karin Alvtegen*
P2120. La Chanson du jardinier. Les enquêtes de Miss Lalli
Kalpana Swaminathan
P2121. Portrait de l'écrivain en animal domestique
Lydie Salvayre
P2122. In memoriam, *Linda Lê*
P2123. Les Rois écarlates, *Tim Willocks*
P2124. Arrivederci amore, *Massimo Carlotto*
P2125. Les Carnets de monsieur Manatane
Benoît Poelvoorde, Pascal Lebrun
P2126. Guillon aggrave son cas, *Stéphane Guillon*
P2127. Le Manuel du parfait petit masochiste
Dan Greenburg, Marcia Jacobs
P2128. Shakespeare et moi, *Woody Allen*
P2129. Pour en finir une bonne fois pour toutes avec la culture
Woody Allen
P2130. Porno, *Irvine Welsh*
P2131. Jubilee, *Margaret Walker*
P2132. Michael Tolliver est vivant, *Armistead Maupin*
P2133. Le Saule, *Hubert Selby Jr*
P2134. Les Européens, *Henry James*
P2135. Comédie new-yorkaise, *David Schickler*
P2136. Professeur d'abstinence, *Tom Perrotta*
P2137. Haut vol : histoire d'amour, *Peter Carey*
P2139. La Danseuse de Mao, *Qiu Xiaolong*
P2140. L'Homme délaissé, *C.J. Box*
P2141. Les Jardins de la mort, *George P. Pelecanos*
P2142. Avril rouge, *Santiago Roncagliolo*
P2143. Ma mère, *Richard Ford*
P2144. Comme une mère, *Karine Reysset*
P2145. Titus d'Enfer. La Trilogie de Gormenghast, 1
Mervyn Peake
P2146. Gormenghast. La Trilogie de Gormenghast, 2
Mervyn Peake
P2147. Au monde.
Ce qu'accoucher veut dire : une sage-femme raconte…
Chantal Birman
P2148. Du plaisir à la dépendance.
Nouvelles thérapies, nouvelles addictions
Michel Lejoyeux

P2149. Carnets d'une longue marche.
Nouvelle marche d'Istanbul à Xi'an
Bernard Ollivier, François Dermaut
P2150. Treize Lunes, *Charles Frazier*
P2151. L'Amour du français.
Contre les puristes et autres censeurs de la langue
Alain Rey
P2152. Le Bout du rouleau, *Richard Ford*
P2153. Belle-sœur, *Patrick Besson*
P2154. Après, Fred Chichin est mort, *Pascale Clark*
P2155. La Leçon du maître et autres nouvelles, *Henry James*
P2156. La Route, *Cormac McCarthy*
P2157. À genoux, *Michael Connelly*
P2158. Baka !, *Dominique Sylvain*
P2159. Toujours L.A., *Bruce Wagner*
P2160. C'est la vie, *Ron Hansen*
P2161. Groom, *François Vallejo*
P2162. Les Démons de Dexter, *Jeff Lindsay*
P2163. Journal 1942-1944, *Hélène Berr*
P2164. Journal 1942-1944 (édition scolaire), *Hélène Berr*
P2165. Pura vida. Vie et Mort de William Walker, *Patrick Deville*
P2166. Terroriste, *John Updike*
P2167. Le Chien de Dieu, *Patrick Bard*
P2168. La Trace, *Richard Collasse*
P2169. L'Homme du lac, *Arnaldur Indridason*
P2170. Et que justice soit faite, *Michael Koryta*
P2171. Le Dernier des Weynfeldt, *Martin Suter*
P2172. Le Noir qui marche à pied, *Louis-Ferdinand Despreez*
P2173. Abysses, *Frank Schätzing*
P2174. L'Audace d'espérer. Un nouveau rêve américain
Barack Obama
P2175. Une Mercedes blanche avec des ailerons, *James Hawes*
P2176. La Fin des mystères, *Scarlett Thomas*
P2177. La Mémoire neuve, *Jérôme Lambert*
P2178. Méli-vélo. Abécédaire amoureux du vélo, *Paul Fournel*
P2179. Le Prince des braqueurs, *Chuck Hogan*
P2180. Corsaires du Levant, *Arturo Pérez-Reverte*
P2181. Mort sur liste d'attente, *Veit Heinichen*
P2182. Héros et Tombes, *Ernesto Sabato*
P2183. Teresa l'après-midi, *Juan Marsé*
P2184. Titus errant. La Trilogie de Gormenghast, 3
Mervyn Peake
P2185. Julie & Julia. Sexe, blog et bœuf bourguignon
Julie Powell
P2186. Le Violon d'Hitler, *Igal Shamir*
P2187. La mère qui voulait être femme, *Maryse Wolinski*

P2188. Le Maître d'amour, *Maryse Wolinski*
P2189. Les Oiseaux de Bangkok, *Manuel Vázquez Montalbán*
P2190. Intérieur Sud, *Bertrand Visage*
P2191. L'homme qui voulait voir Mahona, *Henri Gougaud*
P2192. Écorces de sang, *Tana French*
P2193. Café Lovely, *Rattawut Lapcharoensap*
P2194. Vous ne me connaissez pas, *Joyce Carol Oates*
P2195. La Fortune de l'homme et autres nouvelles, *Anne Brochet*
P2196. L'Été le plus chaud, *Zsuzsa Bánk*
P2197. Ce que je sais… Un magnifique désastre 1988-1995. Mémoires 2, *Charles Pasqua*
P2198. Ambre, vol. 1, *Kathleen Winsor*
P2199. Ambre, vol. 2, *Kathleen Winsor*
P2200. Mauvaises Nouvelles des étoiles, *Serge Gainsbourg*
P2201. Jour de souffrance, *Catherine Millet*
P2202. Le Marché des amants, *Christine Angot*
P2203. L'État des lieux, *Richard Ford*
P2204. Le Roi de Kahel, *Tierno Monénembo*
P2205. Fugitives, *Alice Munro*
P2206. La Beauté du monde, *Michel Le Bris*
P2207. La Traversée du Mozambique par temps calme *Patrice Pluyette*
P2208. Ailleurs, *Julia Leigh*
P2209. Un diamant brut, *Yvette Szczupak-Thomas*
P2210. Trans, *Pavel Hak*
P2211. Peut-être une histoire d'amour, *Martin Page*
P2212. Peuls, *Tierno Monénembo*
P2214. Le Cas Sonderberg, *Elie Wiesel*
P2215. Fureur assassine, *Jonathan Kellerman*
P2216. Misterioso, *Arne Dahl*
P2217. Shotgun Alley, *Andrew Klavan*
P2218. Déjanté, *Hugo Hamilton*
P2219. La Récup, *Jean-Bernard Pouy*
P2221. Les Accommodements raisonnables, *Jean-Paul Dubois*
P2222. Les Confessions de Max Tivoli, *Andrew Sean Greer*
P2223. Le pays qui vient de loin, *André Bucher*
P2224. Le Supplice du santal, *Mo Yan*
P2225. La Véranda, *Robert Alexis*
P2226. Je ne sais rien… mais je dirai (presque) tout *Yves Bertrand*
P2227. Un homme très recherché, *John le Carré*
P2228. Le Correspondant étranger, *Alan Furst*
P2229. Brandebourg, *Henry Porter*
P2230. J'ai vécu 1 000 ans, *Mariolina Venezia*
P2231. La Conquistadora, *Eduardo Manet*
P2232. La Sagesse des fous, *Einar Karason*

P2233. Un chasseur de lions, *Olivier Rolin*
P2234. Poésie des troubadours. Anthologie, *Henri Gougaud (dir.)*
P2235. Chacun vient avec son silence. Anthologie
Jean Cayrol
P2236. Badenheim 1939, *Aharon Appelfeld*
P2237. Le Goût sucré des pommes sauvages, *Wallace Stegner*
P2238. Un mot pour un autre, *Rémi Bertrand*
P2239. Le Bêtisier de la langue française, *Claude Gagnière*
P2240. Esclavage et Colonies, G. J. Danton et L. P. Dufay,
L. Sédar Senghor, *C. Taubira*
P2241. Race et Nation, *M. L. King, E. Renan*
P2242. Face à la crise, *B. Obama, F. D. Roosevelt*
P2243. Face à la guerre, *W. Churchill, général de Gaulle*
P2244. La Non-Violence, *Mahatma Gandhi, Dalaï Lama*
P2245. La Peine de mort, *R. Badinter, M. Barrès*
P2246. Avortement et Contraception, *S. Veil, L. Neuwirth*
P2247. Les Casseurs et l'Insécurité
F. Mitterrand et M. Rocard, N. Sarkozy
P2248. La Mère de ma mère, *Vanessa Schneider*
P2249. De la vie dans son art, de l'art dans sa vie
Anny Duperey et Nina Vidrovitch
P2250. Desproges en petits morceaux. Les meilleures citations
Pierre Desproges
P2251. Dexter I, II, III, *Jeff Lindsay*
P2252. God's pocket, *Pete Dexter*
P2253. En effeuillant Baudelaire, *Ken Bruen*
P2254. Meurtres en bleu marine, *C.J. Box*
P2255. Le Dresseur d'insectes, *Arni Thorarinsson*
P2256. La Saison des massacres, *Giancarlo de Cataldo*
P2257. Évitez le divan
Petit guide à l'usage de ceux qui tiennent à leurs symptômes
Philippe Grimbert
P2258. La Chambre de Mariana, *Aharon Appelfeld*
P2259. La Montagne en sucre, *Wallace Stegner*
P2260. Un jour de colère, *Arturo Pérez-Reverte*
P2261. Le Roi transparent, *Rosa Montero*
P2262. Le Syndrome d'Ulysse, *Santiago Gamboa*
P2263. Catholique anonyme, *Thierry Bizot*
P2264. Le Jour et l'Heure, *Guy Bedos*
P2265. Le Parlement des fées
I. L'Orée des bois, *John Crowley*
P2266. Le Parlement des fées
II. L'Art de la mémoire, *John Crowley*
P2267. Best-of Sarko, *Plantu*
P2268. 99 Mots et Expressions à foutre à la poubelle
Jean-Loup Chiflet

P2269. Le Baleinié. Dictionnaire des tracas
Christine Murillo, Jean-Claude Leguay, Grégoire Œstermann
P2270. Couverture dangereuse, *Philippe Le Roy*
P2271. Quatre Jours avant Noël, *Donald Harstad*
P2272. Petite Bombe noire, *Christopher Brookmyre*
P2273. Journal d'une année noire, *J.M. Coetzee*
P2274. Faites vous-même votre malheur, *Paul Watzlawick*
P2275. Paysans, *Raymond Depardon*
P2276. Homicide special, *Miles Corwin*
P2277. Mort d'un Chinois à La Havane, *Leonardo Padura*
P2278. Le Radeau de pierre, *José Saramago*
P2279. Contre-jour, *Thomas Pynchon*
P2280. Trick Baby, *Iceberg Slim*
P2281. Perdre est une question de méthode, *Santiago Gamboa*
P2282. Le Rocher de Montmartre, *Joanne Harris*
P2283. L'Enfant du Jeudi noir, *Alejandro Jodorowsky*
P2284. Lui, *Patrick Besson*
P2285. Tarabas, *Joseph Roth*
P2286. Le Cycliste de San Cristobal, *Antonio Skármeta*
P2287. Récit des temps perdus, *Aris Fakinos*
P2288. L'Art délicat du deuil
Les nouvelles enquêtes du juge Ti (vol. 7)
Frédéric Lenormand
P2289. Ceux qu'on aime, *Steve Mosby*
P2290. Lemmer, l'invisible, *Deon Meyer*
P2291. Requiem pour une cité de verre, *Donna Leon*
P2292. La Fille du Samouraï, *Dominique Sylvain*
P2293. Le Bal des débris, *Thierry Jonquet*
P2294. Beltenebros, *Antonio Muñoz Molina*
P2295. Le Bison de la nuit, *Guillermo Arriaga*
P2296. Le Livre noir des serial killers, *Stéphane Bourgoin*
P2297. Une tombe accueillante, *Michael Koryta*
P2298. Roldán, ni mort ni vif, *Manuel Vásquez Montalbán*
P2299. Le Petit Frère, *Manuel Vásquez Montalbán*
P2300. Poussière d'os, *Simon Beckett*
P2301. Le Cerveau de Kennedy, *Henning Mankell*
P2302. Jusque-là… tout allait bien !, *Stéphane Guillon*
P2303. Une parfaite journée parfaite, *Martin Page*
P2304. Corps volatils, *Jakuta Alikavazovic*
P2305. De l'art de prendre la balle au bond
Précis de mécanique gestuelle et spirituelle
Denis Grozdanovitch
P2306. Regarde la vague, *François Emmanuel*
P2307. Des vents contraires, *Olivier Adam*
P2308. Le Septième Voile, *Juan Manuel de Prada*

P2309. Mots d'amour secrets.
100 lettres à décoder pour amants polissons
Jacques Perry-Salkow, Frédéric Schmitter
P2310. Carnets d'un vieil amoureux, *Marcel Mathiot*
P2311. L'Enfer de Matignon, *Raphaëlle Bacqué*
P2312. Un État dans l'État. Le contre-pouvoir maçonnique
Sophie Coignard
P2313. Les Femelles, *Joyce Carol Oates*
P2314. Ce que je suis en réalité demeure inconnu, *Virginia Woolf*
P2315. Luz ou le temps sauvage, *Elsa Osorio*
P2316. Le Voyage des grands hommes, *François Vallejo*
P2317. Black Bazar, *Alain Mabanckou*
P2318. Les Crapauds-brousse, *Tierno Monénembo*
P2319. L'Anté-peuple, *Sony Labou Tansi*
P2320. Anthologie de Poésie africaine,
Six poètes d'Afrique francophone, *Alain Mabanckou (dir.)*
P2321. La Malédiction du lamentin, *Moussa Konaté*
P2323. L'Histoire d'un mariage, *Andrew Sean Greer*
P2324. Gentlemen, *Klas Östergren*
P2325. La Belle aux oranges, *Jostein Gaarder*
P2326. Bienvenue à Egypt Farm, *Rachel Cusk*
P2327. Plage de Manacorra, 16 h 30, *Philippe Jaenada*
P2328. La Vie d'un homme inconnu, *Andreï Makine*
P2329. L'Invité, *Hwang Sok-yong*
P2330. Petit Abécédaire de culture générale
40 mots-clés passés au microscope, *Albert Jacquard*
P2331. La Grande Histoire des codes secrets, *Laurent Joffrin*
P2332. La Fin de la folie, *Jorge Volpi*
P2333. Le Transfuge, *Robert Littell*
P2334. J'ai entendu pleurer la forêt, *Françoise Perriot*
P2335. Nos grand-mères savaient
Petit dictionnaire des plantes qui guérissent, *Jean Palaiseul*
P2336. Journée d'un opritchnik, *Vladimir Sorokine*
P2337. Cette France qu'on oublie d'aimer, *Andreï Makine*
P2338. La Servante insoumise, *Jane Harris*
P2339. Le Vrai Canard, Karl Laske, *Laurent Valdiguié*
P2340. Vie de poète, *Robert Walser*
P2341. Sister Carrie, *Theodore Dreiser*
P2342. Le Fil du rasoir, *William Somerset Maugham*
P2343. Anthologie. Du rouge aux lèvres. Haïjin japonaises.
Haïkus de poétesses japonaises du Moyen Age à nos jours
P2344. Poèmes choisis, *Marceline Desbordes-Valmore*
P2345. « Je souffre trop, je t'aime trop », *Passions d'écrivains*
sous la direction de Patrick et Olivier Poivre d'Arvor
P2346. « Faut-il brûler ce livre ? », *Écrivains en procès*
sous la direction de Patrick et Olivier Poivre d'Arvor